D1729718

Katharina Sommer

INDIGO

BEIM LEBEN DES DRACHEN

GEDANKENREICH VERLAG

GedankenReich Verlag
Denise Reichow
Heitlinger Hof 7b
30419 Hannover
www.gedankenreich-verlag.de

INDIGO - BEIM LEBEN DES DRACHEN

Text © Katharina Sommer, 2019
Cover & Umschlaggestaltung: Marie Graßhoff
Lektorat/Korrektorat: Marie Weißdorn
Satz & Layout: Phantasmal Image
Covergrafik © shutterstock
Innengrafiken © depositphoto
Druck: bookpress

ISBN 978-3-94714-742-7

Katharina Sommer

INDIGO

BEIM LEBEN DES DRACHEN

DAS DRACHENEI

Tristan

Mit gerecktem Hals kämpfte sich Tristan durch die Menge. Im Thronsaal der Hauptstadt Dehnariens hatten sich Hunderte Schaulustige versammelt und versuchten wie er einen Blick auf die Eröffnungszeremonie zu erhaschen.

Gerade als er einen guten Platz gefunden hatte, sprang ihm übermütig eine kleine Wüstenelfe auf die Schulter. Ungehalten fegte er sie mit einer Hand von sich, woraufhin das lästige Geschöpf weiter nach vorne flatterte. Tristan verdrehte entnervt die Augen, denn nun brachte es die tasmanische Königin ins Straucheln. Die aus dem Norden stammenden Gäste waren mit den Gepflogenheiten des südländischen Feuervolkes nicht vertraut und der Königin war der Ärger über das rüde Verhalten der Elfe deutlich anzusehen. Das zarte Flügelwesen war zwar nicht viel größer als eine Fliege, verhielt sich jedoch genauso nervig und sonnte sich in der allgemein angespannten Atmosphäre.

»Es ist mir eine Ehre, Euch kennenzulernen«, grüßte der dehnarische König Scąr die Gäste und küsste der tasmanischen Königin freundschaftlich die Hand.

Die Sprachbarriere überbrückte er sowohl mit weitläufigen Gesten als auch mit einem abnormal breiten Lächeln, zu dem er sich unter normalen Umständen niemals herabgelassen hätte. Der heutige Tag war jedoch alles andere als normal. Denn der Besuch des nördlichen Königshauses musste glatt über die Bühne gehen, da das Reich die Allianz mit den Tasmanen dringend brauchte. Die Hochzeit von Scąrs ältestem Sohn Joschua und der tasmanischen Prinzessin Izabel würde Frieden und Stabilität über die Länder bringen.

Fasziniert verfolgte Tristan die Willkommenszeremonie. Das Leben am Hof hatte ihn schon immer beeindruckt. Während der letzten Jahre seiner Lehre außerhalb des Palastes war jeder Besuch wie das Abtauchen in eine fremde Welt gewesen. Bunt schillernd, wahrlich magisch und aufregend. Nun, da er die vergangenen fünf Wochen hier verbracht hatte, war die Begeisterung für den Palast allerdings verflogen.

Bedauerlicherweise neigte sich seine Ausbildung als Pfleger für magische Wesen dem Ende zu und er wollte sich nicht eingestehen, was das für seine Zukunft bedeuten würde. Die letzten Jahre hatte er in den königlichen Wäldern verbracht und mit faszinierenden Tieren wie Golem, Nymphen und Drachen gearbeitet, aber er ahnte, dass seine Familie nun von ihm erwarten würde, dem Wald den Rücken zu kehren.

Dabei reizte ihn die Lust des Abenteuers und er wollte viel lieber alle Länder Godsquanas bereisen. Bisher hatte er Dehnarien noch nie verlassen und er brannte darauf, auch das tasmanische und kopanische Reich zu erkunden und mit den dortigen magischen Wesen vertraut zu werden. Allerdings hatte er in dieser Hinsicht wenig Mitspracherecht. Man würde von ihm verlangen, dass er die Pflichten eines erwachsenen Mannes annahm, und keine Rücksicht auf seine Wünsche nehmen.

Sein Blick schweifte zu Moné, die neben ihrem Halbbruder Prinz Joschua auf der Empore stand. Er sollte sich glücklich schätzen, mit ihr verlobt zu sein. Doch nachdem sie ihm die Pläne ihres Vaters anvertraut hatte, wollte sich einfach keine Zufriedenheit einstellen. Es war eine Ehre, dass der König ihn und Moné nach ihrer Hochzeit in den Süden schicken wollte, um die dortigen Aufstände zu beruhigen. Die Menschen begehrten gegen die Sklaverei auf, wollten die Monarchie endgültig aus dem Land vertreiben und den König stürzen. Deshalb brauchte König Scąr sie vor Ort in Yehl als Repräsentanten der Königsfamilie. Aber Tristan war zum Pfleger magischer Tiere ausgebildet worden, nicht zum Statthalter.

»Als Zeichen meines Segens gegenüber dieser Verbindung habe ich ein Verlobungsgeschenk für die Braut vorbereitet«, erläuterte der König, während ein Übersetzer den tasmanischen Gästen leise seine Worte vermittelte.

Scąr reckte selbstbewusst die Brust, sodass der purpurne Mantel im Licht der glühenden Sonne, das durch die hohen Buntglasfenster leuchtete, majestätisch schillerte wie die Schuppen eines Drachen.

Die Atmosphäre im prunkvoll geschmückten Thronsaal war geladen vor Spannung und alle Anwesenden streckten die Hälse. Auch Tristan lehnte sich gespannt nach vorne. Nun würde der Sohn des Königs der Prinzessin das Geschenk präsentieren. Gleichermaßen nervös wie freudig erregt betrachtete Tristan die Schatulle, in welcher das wertvolle Stück gebettet auf Seidenkissen lag. Weder ein Ring noch eine Kette oder ein Juwel könnte je an seinen Wert heranreichen.

Es war das Ei eines Wasserdrachen.

Tristan höchstpersönlich hatte die letzten Monate für die Pflege des kostbaren Dracheneis gesorgt. Es erfüllte ihn mit Stolz, dass ausgerechnet ihm diese wichtige Aufgabe anvertraut worden war. Schließlich gehörten die Wasserdrachen zu den seltensten und kostbarsten Tieren dieser Welt. Hinzu kam die Bedeutung, die an den rauen Schuppen des Dracheneis klebte wie Pech an Schwefel. Denn sie galten in ganz Godsquana als Friedenssymbol. Eine wichtige Geste in der momentanen Konfliktsituation zwischen den Königreichen.

Feierlich überreichte ein Page dem Prinzen die Schatulle, während der ruhige Gesang eines Wasserhorns für musikalische Untermalung sorgte. Diese heiligen Geister der Göttin Godsqua zählten in der freien Wildbahn zu scheuen Tieren. Daher war es nicht weiter verwunderlich, dass das Gesicht des Wasserhorns zu einer angespannten Maske verzogen war, welche der des Prinzen auf fatale Weise glich.

Der junge Mann wirkte nervös und unbeholfen. Als er auf die in jeder Hinsicht bezaubernde Prinzessin zuging, stolperte er beinahe über den roten Teppich. Tristans Mundwinkel zuckten, als das aufgesetzte Lächeln des Königs bei diesem Anblick immer mehr zu einer Grimasse wurde. Doch er verstand die unverhohlene Bewunderung, die der Prinz der Prinzessin entgegenbrachte. Mit ihren langen blonden Haaren, die sich wie flüssiges Gold über ihren Rücken ergossen, war Izabel wirklich wunderschön.Hier im

Süden hatte der Großteil der Bevölkerung dunkles, beinahe schwarzes Haar und gebräunte Haut – nun so einen blassen Engel vor sich zu sehen, kam Tristan unwirklich vor.

Mit geröteten Wangen trat Prinz Joschua vor und öffnete die Schatulle. Voller gespannter Vorfreude betrachtete Tristan das Gesicht der Prinzessin. Er war auf ihre Überraschung und vor allem ihre Freude ganz erpicht, ohne Zweifel erwartete er ein strahlendes Lächeln und ein begeistertes Glitzern in ihren blauen Augen. Doch nichts dergleichen geschah. Stattdessen sah die Prinzessin betreten von einem zum anderen.

Tristan verlagerte unruhig das Gewicht auf das linke Bein und hielt vor Anspannung den Atem an. Da stimmte etwas nicht. Am liebsten wäre er sofort nach vorne gestürmt und hätte ihr die Schatulle entrissen, um sich eigens vom Wohlbefinden des Dracheneis zu überzeugen.

»Die Truhe ist leer«, sagte die Prinzessin in unbeholfenem Dehnarisch. Sie sah vom Prinzen zum König, als wartete sie darauf, dass sie die leere Schatulle als einfachen Scherz enttarnten.

»Das kann nicht sein.« Der König verengte die dunklen Augen zu Schlitzen.

Mit der auffallenden Narbe, die sich über seine linke Wange zog, erschien er geradezu furchterregend, als er nach vorne stürzte und der Prinzessin grob die Schatulle entriss. Überrascht taumelte Izabel wenige Schritte zurück.

»Nein. Nein, das darf nicht wahr sein!«, rief der König auf Dehnarisch.

Sein südländischer Akzent verlieh den Worten die Härte eines Knurrens. Kein Wunder, dass die tasmanische Königin zusammenzuckte und entsetzt die Hand vor den Mund schlug. In Tasmanien herrschten andere Sitten vor.

»Nein!« Das unter dem dunklen Bart versteckte Gesicht des Königs lief vor Zorn rot an. Jegliche Fassade brach. »Das Drachenei, es ist weg!«

Obwohl ihm bewusst sein musste, dass er auf die tasmanische Königsfamilie keinen guten Eindruck machte, warf er die Schatulle mit einem wütenden Schrei vor die Füße der Umstehenden. Somit war es auch allen tasmanischen Gästen klar.

Das Drachenei – es war verschwunden.

Innerhalb eines Herzschlages kippte die Atmosphäre im Thronsaal. Niemand regte sich, selbst das Wasserhorn war verstummt und auch Tristan schluckte schwer. Der Zorn des Königs war allerdings nicht der Grund. Nachdem er die Launen des Königs über die Jahre hinweg gewöhnt worden war, beeindruckte Scąr ihn kaum. Dafür stieß ihm das Verschwinden des Dracheneis übel auf. Das kostbare Ei war keine Sekunde unbewacht gewesen!

Tristan brach der kalte Schweiß aus. Es konnte doch nicht einfach verschwunden sein. Im Gegensatz zum König sorgte er sich einzig und allein um das Wohl des schutzlosen Wasserdrachen. Dieses schöne und seltene Geschöpf war einzigartig und zudem von unvorstellbar hohem Wert, sowohl materiell als auch symbolisch. Für Tristan stand fest, dass es hierbei nicht mit rechten Dingen zuging.

Es musste gestohlen worden sein – doch von wem?

Zara

Schwüle Hitze trieb mir den Schweiß auf die Stirn und laugte mich immer weiter aus. Ich war hohe Temperaturen gewöhnt, jedoch nicht die stechende Hitze nahe dem Äquator. Als Sklavin eines kopanischen Landherren hatte ich im Nordosten Godsquanas unter extremen Bedingungen auf den Plantagen die Wolle von Feuerspinnen geerntet. Aber die Feldarbeit hatte mich augenscheinlich nicht genügend abgehärtet, sonst hätten mir auch die viel höheren Temperaturen hier im Südwesten des kopanischen Reiches nichts ausgemacht.

Bisher war ich noch nie so weit gegangen. Die Luft flirrte geradezu vor Hitze und der Durst verzehrte mich von innen heraus. Kein Wunder, dass jeder mit Kopanien – dem Land voller Sand – nur dessen Wüsten in Verbindung brachte. Ein Lächeln schlich sich auf meine Lippen.

Das Land voller Sand.

Dieses Kinderlied hatte meine Mutter uns Kindern immer vorgesungen. Damals hatte ich nicht wirklich begriffen, dass das zauberhafte Wunderland dasselbe Reich war, in dem ich lebte. Denn obwohl wir auf den Plantagen im Osten genauso mit Trockenheit und Dürre kämpften, hatte ich noch nie eine Wüste gesehen. Ich hatte von dem aufregenden, fremden Land aus den wunderbaren Geschichten meiner Mutter geträumt und mir immerzu gewünscht, eines Tages selbst in die weite Welt hinauszuziehen.

Nun war ich in der bitteren Realität angekommen und wollte nur noch zurück in meine Kindheit. Auch wenn ich schon in die Sklaverei geboren worden war, so war es mir damals wenigstens nicht bewusst gewesen. Aber eine Flucht bot nun mal nicht die beste Basis für einen Abenteuerurlaub.

Ich trat aus dem Schatten der Häuser und strebte den öffentlichen Trinkbrunnen am Marktplatz der kopanischen Hauptstadt an. Doch als mein Blick auf die dort stationierten Stadtwachen fiel, war mir augenblicklich sonnenklar, dass ich hier zu keinem Trinkwasser kommen würde. Mit der armen Unterschicht hatten die Soldaten kein Mitleid und Bettler waren in der Innenstadt nicht gern gesehen. Außerdem hatte ich kein Geld.

Ich verfluchte diesen scheußlichen Tag, der schlimmer gar nicht mehr werden konnte. Ein verdammter Dieb hatte mir meine Tasche und damit wortwörtlich mein Leben geklaut, denn darin befanden sich die offiziellen Papiere, die meine Freiheit bestätigten. Unter einem leeren Metallflachmann, einer in ein Tuch gewickelten alten Scheibe Brot und einer dehnarischen Rorange versteckt, lagen die zusammengefalteten Dokumente.

Der Gedanke an die saftige Rorange, die mir ein Bauer auf meiner Durchreise aus Freundlichkeit oder Mitleid – das war mir gleich – geschenkt hatte, ließ mir das Wasser im Mund zusammenlaufen und mein Magen knurrte. Diese Region war für das außergewöhnliche Rot dieser seltenen Frucht bekannt. Es war so satt und leuchtend wie das Blut an meinen wundgetretenen Füßen und glich dem glühenden Feuerball am Himmel, dessen Strahlen jeden Tag meiner Reise durch das Land beinahe unerträglich gemacht hatten.

Ich verzehrte mich danach, die saftige Frucht zu essen. Normale Orangen gab es auch im Osten in Fülle, allerdings konnte ich an einer Hand abzählen, wie oft ich ein Stück davon hatte kosten können. Solche Kostbarkeiten standen den Sklaven nicht zu. Natürlich hatte ich wahrlich größere Probleme als den Verlust dieser einfachen Frucht, aber meine Gedanken waren erschöpft und wirr.

Mein ramponiertes Aussehen und das Erkennungsmal an meinem Unterarm enttarnten mich unweigerlich als Unfreie. Spätestens das Fehlen der Lebensarmreifen, wie sie von freien Bürgern im Süden getragen wurden, würde jegliche Zweifel der Wachen ausräumen. Nichts an mir zeugte vom Gegenteil – ich war als Sklavin geboren. Einzig meine Papiere hätten bewiesen, dass mich mein Herr vor seinem Tod freigelassen hatte.

Zähneknirschend zog ich weiter über den Markt. Geld für Essen hatte ich natürlich keines mehr und auf Mitleid war hier in der Hauptstadt Kopa auch nicht zu hoffen. Nun blieb mir nichts anderes übrig, als die Stadt zu verlassen und in der Weite des ausgetrockneten Landes nach einem Fluss und Nahrung zu suchen.

Die Sonne stand schon hoch am Himmel und glühte erbarmungslos auf mich herunter. Ohne Zweifel würde es noch ein anstrengender Tag werden. Und eine anstrengende Nacht, schließlich wusste ich nicht, ob und wo ich einen Unterschlupf zum Schlafen finden würde.

Frustriert setzte ich meine Schritte fester auf den trockenen Lehmboden auf. Was sollte ich tun? Ohne das Geld, welches mir mein Herr kurz vor seinem Tod überreicht hatte, hatte ich keine Chance auf eine Überfahrt nach Tasmanien.

Gut zwei Wochen war ich nun schon auf der Reise in den Westen. Mein Zuhause lag weit im Osten und Kopa, die Hauptstadt, im westlichen Teil Kopaniens. Von hier aus wollte ich nun weiter in den Norden. Ignis war die Hauptstadt Tasmaniens und das Ziel meiner halsbrecherischen Flucht. In jenem fruchtbaren Land im Norden hatten auch ehemalige Sklaven einen Funken an Hoffnung auf ein normales Leben als freie Menschen. Nun stand in Frage, ob ich den Süden überhaupt lebend verlassen würde.

Heiße Tränen der Verzweiflung sammelten sich in meinen Augenwinkeln und ich blinzelte sie schnell weg. Ich durfte meinen Kampfgeist nicht verlieren. Er war alles, was mir noch blieb. Ich war schon so weit gekommen. Es wäre auch zu ironisch gewesen, zwischen unzähligen Händlern auf dem

Marktplatz zu verhungern, doch so war das Leben in diesem grausamen Land und der gefürchtete König Aréolan dachte gar nicht daran, etwas zu ändern.

Stolz präsentierten die Verkäufer die saftigen Früchte aus dem untersten Süden Kopaniens, selbst aus Dehnarien hatten sie Waren importiert. Konnte man allerdings nicht zahlen, ließen sie die Menschen vor ihren Füßen sterben. Als ich die Plantagen in meiner Heimat verließ, hatte ich gedacht, der Hölle entkommen zu sein. Doch der Weg in die Freiheit würde eine Tortur werden, steinig und schwer.

Mit gestrafften Schultern und gehobenem Kinn kämpfte ich mich durch die Menge. Sobald ich die Verkaufsstände umrundet hatte, war in den Gassen etwas mehr Platz. Kinder tollten vor mir über die Straße und ich musste aufpassen, niemanden niederzustoßen.

Mit einem Mal kam mir die Menschenmasse in Kopa unglaublich drückend vor. So hatte ich mir die Freiheit nach siebzehn Jahren als Sklavin nicht vorgestellt. Ich empfand keine überschwängliche Freude, nicht mal ein laues Glücksgefühl. Da war einzig die Angst, den morgigen Tag nicht zu erleben.

Und all das nur, weil mir ein dummer Tandos die Tasche gestohlen hatte. Ein Tandos, ein elender Schuft! Kalte Wut braute sich in meinem Magen zusammen, aber davon wurde ich auch nicht satt. Es war Zeit für einen Plan!

Zielsicher wanderte ich über den Marktplatz. Gaukler versuchten die Aufmerksamkeit der Umstehenden auf sich zu ziehen, doch mich konnte ihre Unterhaltung nicht weiter beeindrucken. In der Mitte, zwischen zahlreichen Ständen und mit Wagen herumziehenden Verkäufern, thronte eine Marmorstatue unserer Göttin Godsqua.

Ihr Antlitz funkelte in der Mittagssonne und ich schickte ein stummes Gebet zu ihr.

Ich war verloren – nun konnten mir einzig die Götter beistehen. In Gedanken betete ich zu Schmar, dem Gott des Überflusses, und zu Zetta, der Göttin der Früchte. So würde ich womöglich sogar noch an meine Rorange kommen.

Doch meine Gebete wurden nicht erhört und auf Mitgefühl und Hilfe konnte man in dieser Stadt bis in alle Ewigkeit warten. Am großen Wollmarkt, auf welchem wir im Herbst jedes Jahr in der nächstgelegenen Stadt die kostbare Feuerspinnenwolle verkauft hatten, hatte ich nicht nur einmal einen verhungerten Bettler auf der Straße gesehen. Herr Salamon hatte mich jedes Mal dazu gedrängt, wegzusehen, der Anblick war zu verstörend für ein kleines Kind.

Ich hatte mich gefragt, ob es meinem Vater genauso ergangen war, nachdem er von seinem Herren – ein grauenvoller Mann, der uns an Herrn Salamon verkauft hatte – und uns davongelaufen war. Ohne Zweifel, um ein besseres Leben anzufangen, auch wenn es so etwas für Sklaven wie uns nicht gab. Ich hätte die Chance gehabt. Nichtsdestotrotz waren meine Papiere weg und meine Zukunft gleich mit.

Einer der Gaukler sprang mir in den Weg. Er wedelte mit einer Büchse vor meiner Nase herum, ich hörte die Goldstücke klirren. Ganz offensichtlich wollte er Geld. Da konnte ich mich ihm nur anschließen.

»Ich habe nichts«, fauchte ich ärgerlich und drängte mich unwirsch an ihm vorbei.

Meine harsche Abwehr verstimmte ihn wohl, denn plötzlich wurde er ungemütlich und rief mir etwas auf Kopanisch hinterher. Die Umstehenden lachten. Schnell tauchte ich in der Menge unter.

In meinem Kopf nahm einfach kein Plan Form an. Verzweifelt hielt ich am Rand des Marktplatzes in den Schatten der Hausmauern inne. Mein Blick schweifte über den Platz, bis er bei einem großen Mann hängen blieb. Sein kurz geschorenes, schwarzes Haar glänzte in der Sonne, Schweiß stand auf seiner Stirn. Er saß an einem Tisch vor einer Schänke und setzte einen Krug an die Lippen. Wer sich hier etwas zu trinken leisten konnte, bekam nur das Beste vom Besten. Vermutlich ein delikater Zwergenwein aus dem Norden.

Das lumpige äußere Erscheinungsbild des Mannes ließ darauf schließen, dass es sich um einen armen Schlucker handelte, der erst kürzlich zu einigen Goldstücken gekommen war und diese nun versoff. Sofort glitt mein Blick zu seinem Handgelenk, an dem lediglich drei Lebensarmreifen baumelten. Immer noch drei mehr als bei Sklaven wie mir, aber damit war er nicht mehr als ein gewöhnlicher Stadtbewohner. Um das alles zu unterstreichen, war sein Benehmen laut und rüpelhaft.

Ich sah der hübschen Bedienung an, dass sie sich unwohl fühlte, als er ihr in den Ausschnitt glotzte. Stutzig machten mich allerdings weder sein ungewöhnlich trainiertes Aussehen noch sein auffallendes Verhalten – sondern vielmehr die graue Tasche, die er lässig über seine Schulter gelegt hatte. Fassungslos starrte ich ihn an, während die unterschiedlichsten Gefühle und Gedanken durch mich hindurchrauschten.

Schlussendlich blieb nur eine Erkenntnis: Er hatte meine Tasche!

Leichtfüßig pirschte ich mich an den Dieb heran. Ich kniff die Augen zusammen, als ich den grauen Stoffbeutel fokussierte. Mein Herr hatte mir dieses teure Stück anvertraut, als er am Sterbebett lag und mir die Freiheit schenkte. Die Verschlüsse bestanden aus Silberknöpfen, die nun in der prallen Mittagssonne wie Sterne funkelten.

Unverkennbar, es war meine Tasche. Würde ich den Mann nun in der Öffentlichkeit als Dieb beschuldigen, hatte ich als augenscheinliche Sklavin keine Chance. Die Bürger würden sich sofort auf seine Seite stellen. Immerhin hatte er das Geld und Geld regierte bekanntlich die Welt. Ahnungslos drehte der Dieb einen Silberdior zwischen seinen dreckverkrusteten Fingern und betrachtete das Geldstück mit einem verschleierten Lächeln. Er war bereits betrunken. Gut so!

Ich verschmolz mit der vorbeiströmenden Menschenmasse und hatte ihn schnell erreicht. Als ich mich an seinem Tisch vorbeidrängte, griff ich ohne zu zögern nach dem Träger der Tasche. Der Dieb hatte gerade den Weinbecher an seine Lippen gesetzt, als er bemerkte, wie ich ihm mein Eigentum entwendete.

»He!«, brüllte er aus vollem Hals und donnerte den Holzbecher mit einer Wucht auf den Tisch, dass der Henkel abbrach und sich die Splitter in seine Hand gruben.

Vor Schmerz und Wut gleichwohl schreiend, stürzte er mir nach. Doch da war ich bereits in der Menschenmasse verschwunden.

»Haltet sie! Haltet die Diebin!«

Unruhe kam auf. Waren Händler, Bettler, Bewohner und Kinder zuvor in ruhigem Gleichklang nebeneinander über den Platz geschwebt, so stockte dieser Fluss nun. Einige blieben stehen und brachten die Folgenden ins Straucheln. Wie aus einer Trance erwacht, sahen sich die Leute plötzlich um und begannen aufgeregt zu reden.

»Haltet sie auf!«, fielen weitere in das Gebrüll mit ein.

Wunderbar. Nun bestraften mich die Götter dafür, dass ich so impulsiv reagiert hatte, auch wenn ich keine Wahl gehabt hatte. Kalter Angstschweiß trat mir auf die Stirn.

Plötzlich griff jemand nach mir und mich rettete allein die Tatsache, dass der Fremde sich nicht so flink durch das Getümmel schlängeln konnte. Meine Beine bewegten sich wie von selbst, bis ich endlich in eine der Gassen abtauchte. Donnernd hallten meine Schritte von den aus Sandstein erbauten Wänden wider.

»Da! Da ist sie«, erklang eine keuchende Stimme hinter mir.

Als ich einen kurzen Blick zurück riskierte, erkannte ich die bronzefarbene Uniform der Stadtwache von Kopa.

»Verdammt«, fluchte ich laut. Ein Viehwagen stand mitten in der Gasse und versperrte mir den Durchgang. Augenblicklich war mir klar, dass die Flucht ausweglos war.

»Haltet sie auf!«, schrie eine der Stadtwachen dem verwirrten Bauern zu, der sich mir sofort in den Weg warf. Aber so schnell würde ich nicht aufgeben. Meine Tasche war zurück und mit ihr die Möglichkeit, nach Tasmanien zu gelangen. Das würde ich mir nicht kaputt machen lassen.

Während des Laufens zog ich mir den Träger der Tasche über den Kopf, sodass ich die Hände frei hatte. Dann machte ich eine abrupte Wendung und sprang auf ein am Gassenrand stehendes Fass. Unter meinem Gewicht begann es zu schwanken, doch bevor es umkippte, griff ich nach dem darüber liegenden Fenstersims und zog mich hoch. Das Fass flog polternd um und rollte den zwei Soldaten entgegen.

»Ihr nach«, schrie der Größere der zwei.

Sie waren mir dicht auf den Fersen, aber mit ihrer metallenen Rüstung waren sie deutlich ungelenker und konnten mir unmöglich über die Außenfassade des alten Hauses folgen. Stattdessen traten sie die Holztür des Hauses rücksichtslos auf und stürmten ins Innere. Die Bewohner schrien vor Schreck und ich bekam es ebenfalls mit der Angst zu tun. Meine Arme zitterten, als ich über die Mauervorsprünge die Fassade hinaufkletterte und mich auf das Dach vorkämpfte. Meinen halben Oberkörper hatte ich bereits hochgestemmt, da erklang der triumphierende Schrei eines Soldaten.

»Ich hab sie!«, hörte ich ihn rufen, da spürte ich auch schon, wie jemand meinen Knöchel packte.

Schreiend trat ich wild um mich und verlor beinahe den Halt. Ich rutschte gefährlich weit das Ziegeldach hinunter, als der Soldat immer kräftiger zog. Fluchend biss ich die Zähne zusammen. Die raue Oberfläche schrammte schmerzhaft über meine Unterarme. Verzweifelt krallte ich mich fest, schlug ein weiteres Mal mit dem Fuß aus, dann traf ich seinen Kopf und schüttelte ihn endlich ab. Während er aufschrie, hievte ich mich keuchend das letzte Stück hoch und rappelte mich auf. Im Westen waren die Dächer flacher gebaut und so lief ich geduckt über die leichte Schräge.

Erst als ich das Öffnen einer Dachluke vernahm, packte mich erneut ein Adrenalinschub und ich beschleunigte meine Schritte. Die Tasche fest an mich gepresst, schlitterte ich über die Dächer davon. Drei Häuser weiter wandte ich mich um und sah, dass die zwei Soldaten mir mit Mühe, aber auch verbissener Beharrlichkeit folgten. In ihren schweren Schuhen rutschten sie auf den glatten Ziegeln umher und konnten sich kaum halten. Mir entschlüpfte ein erleichterter Seufzer.

»Hat mich gefreut, euch kennenzulernen!«, schrie ich ihnen zu, dann hob ich lächelnd zum Abschied die Hand und sprang.

Tristan

Auch Stunden nach der Öffnung der leeren Truhe war das gesamte Schloss noch in Aufruhr. Tristan verstand die Welt nicht mehr. Es war absolut unmöglich, dass das Drachenei gestohlen worden war.

Er hatte es bis heute Morgen gehütet wie seinen Augapfel! Nun war er wie betäubt. Für den tasmanischen König musste es wirken, als würde König Scąr ihn mit diesem Fauxpas verhöhnen, und auch die Sprachbarriere tat nicht gerade zur Versöhnung bei. Nur dem Geschick der Diplomaten war es zu verdanken, dass die Königsfamilie noch nicht abgereist war.

Prinzessin Izabel hingegen war erstaunlich gefasst. Die missglückte Begrüßung und die damit einhergehende Beleidigung schienen ihr nicht so wichtig. Das faszinierte Tristan. Bisher hatte er wenig gute Erfahrungen mit dem Temperament der dehnarischen Königsfamilie gemacht und hätte instinktiv erwartet, jede Monarchenfamilie würde sich in ihrer überlegenen gesellschaftlichen Stellung so verhalten. Er war erstaunt, wie sanft die Prinzessin aus dem Norden war.

Ihre Eltern wirkten allerdings misstrauisch. Dass die Rebellen im Süden König Scąr einige Probleme bereiteten, war allgemein bekannt und nun kam auch noch das Fiasko mit dem verschwundenen Verlobungsgeschenk hinzu. Tristan hatte manche Tasmanen flüstern hören, Scąr sei nicht mehr fähig, sein Land zu regieren. Die Berichte über die Geschehnisse der letzten Monate waren durch das Gerede der Leute selbst bis nach Tasmanien vorgedrungen und es war kein Geheimnis, dass die Lage im dehnarischen Königreich momentan sehr instabil war.

Inzwischen machte man im Schloss eben jene Rebellen aus dem Süden Dehnariens für den Diebstahl verantwortlich. Für Tristan klang das nach ausgemachtem Unsinn.

Der Hass zwischen den drei Großmächten Dehnarien, Tasmanien und Kopanien bestand seit Jahrhunderten und niemand erwartete, die Hochzeit – so unheilvoll sie auch schon startete – könnte vom einen auf den anderen Tag etwas an der tiefen Feindschaft ändern. Doch die zwei Königreiche brauchten ein starkes Bündnis. Sowohl Dehnarien als auch Tasmanien hatte nicht nur gegen äußere Bedrohungen, sondern genauso gegen Feinde im eigenen Land zu kämpfen.

Waren in Dehnarien die Rebellen aus dem Süden ein Problem, so versetzte der selbsternannte Schattenkönig aus dem Norden die tasmanische Bevölkerung in Angst und Schrecken. Tristan faszinierte schon das Können einfacher Elementbändiger, aber wie jemand Schatten manipulieren und manifestieren sollte, war für ihn unbegreiflich.

In Zeiten wie diesen mussten die Völker über ihre Differenzen, ausgelöst durch Neid und Habgier, hinwegsehen. Niemand profitierte davon, für ein wertvolles Diamantengebiet zu kämpfen, wenn das eigene Land nicht versorgt werden konnte. Jedes Königreich hatte besondere Ressourcen oder Rohstoffe zu bieten, doch keines konnte alles haben, und so würde es für immer ein aussichtsloser Kampf bleiben.

Das tasmanische Königspaar hatte sich in seinem Stolz gekränkt zurückgezogen, während König Scąr voller Wut eine Truppe an Soldaten einberufen hatte. Es herrschte Chaos im Schloss und Tristan wusste nicht viel mit sich anzufangen. Obwohl ihm alles daran lag, das Drachenei zu finden, hatte er keine Anhaltspunkte und so wartete er gespannt, bis ihn einer der Offiziere informieren würde. Irgendwann konnte er nicht länger stillsitzen und streifte ziellos durch den Palast. Er verharrte erst, als er einen Blick in den Innenhof warf.

Plötzlich waren seine rasenden Gedanken wie weggeweht und Ruhe hüllte ihn ein. Prinzessin Izabel saß im Garten des Innenhofes und hielt mit einem Lächeln ihr Gesicht der Sonne entgegen. Im Gegensatz zu ihren vier Hofdamen versteckte sie sich nicht unter dem Baldachin, sondern saß etwas abseits auf einer Bank zwischen zwei Rosenbüschen. So war sie dem glühenden Sonnenball, der alle Aufmerksamkeit auf sie zog, vollkommen ausgeliefert.

Ihre blasse Haut strahlte alabasterweiß und ihr blondes Haar fiel wie ein goldener Vorhang in sanften Wellen über ihre Schultern. Sie war wahrlich eine faszinierende Frau und Tristan war nicht der Einzige, dem sie es angetan hatte. Ihr eilte der Ruf der Prinzessin der Herzen voraus. Selbst in Dehnarien, wo die tasmanische Königsfamilie verhasst war, verfielen die Menschen scharenweise ihrer Schönheit und Anmut.

Tristan dachte im Stillen, dass sie vermutlich als Einzige die Differenzen zwischen den Königreichen wenigstens in den Augen der Öffentlichkeit überbrücken konnte. Für ihn war aber nicht ihre Schönheit das Ausschlaggebende, sondern ihre Ruhe. Die eiserne Gelassenheit, welche sie selbst nach dieser grauenvollen Eskapade zur Schau stellte, als würde die Unruhe einfach von ihr abprallen. Unweigerlich fragte er sich, ob sie tatsächlich so ruhig oder lediglich eine gute Schauspielerin war, die ihre wahren Gefühle zu verstecken wusste.

Diese offenen Fragen machten die Prinzessin in Tristans Augen nur noch interessanter.

»Pass auf, dass du nicht zu sabbern beginnst«, ertönte eine vertraute Stimme hinter Tristan.

Wie von einem Fomori gebissen, schreckte er auf.

»Moné. Was tust du hier?«, rief er überrascht aus und sah seinem hübschen Gegenüber mit wild klopfendem Herz entgegen. Er fühlte sich ertappt.

»Ich habe von dem Diebstahl gehört und wollte sicherstellen, dass es dir gut geht«, antwortete die junge Frau und beäugte ihn aus dunklen Augen.

Sie war eine wahre Schönheit, beinahe so außergewöhnlich wie die Prinzessin, und doch unterschieden sie sich wie Sonne und Mond. Anstatt der blonden Haarpracht hatte Moné rabenschwarzes, glänzendes Haar, welches ihr bis zur Hüfte reichte, und die olivfarbene Haut verstärkte den Kontrast zu ihrer weißen Tunika, die ihre weiblichen Kurven betonte. Die sinnlichen Lippen waren meist zu einem Schmollmund verzogen. Tristan wollte nicht bestreiten, dass sie zum Küssen einluden, dennoch versuchte er stets, sich ihrem Bann zu widersetzen. Warum, konnte er nicht sagen.

»Danke, das ist sehr zuvorkommend.« Selbst in seinen Ohren klangen die Worte gestelzt, also atmete er tief durch. »Aber bei mir ist alles in Ordnung, du brauchst dir keine Sorgen zu machen.«

Tristan zwang sich zu einem warmen Lächeln, obwohl er innerlich vor Sorge aus allen Nähten platzte. Das Drachenei war weg. Natürlich ging es ihm nicht gut, so sehr er sich auch abzulenken versuchte.

Normalerweise hätte Moné nun bei seinem Lächeln dahinschmelzen müssen. Ihm war bewusst, welche Wirkung er auf die Damenwelt hatte, doch Moné war anders. Sie durchschaute ihn.

»Du trägst keine Schuld«, sagte sie ruhig.

Obwohl Tristan wusste, dass sie recht hatte, veränderte sich nichts an seiner gedrückten Stimmung. Das Drachenei war monatelang in seiner Obhut gewesen und er fühlte sich noch immer verantwortlich.

»Vater glaubt, die Rebellen aus dem Süden haben das Ei gestohlen«, sprach sie weiter, als er nicht antwortete.

»Tatsächlich?«, fragte er nachdenklich, obwohl er schon davon gehört hatte.

Moné war die uneheliche Tochter des Königs, somit stellte er ihre Aussage nicht in Frage … und er konnte auch nachvollziehen, warum die Rebellen verdächtigt wurden. Sie waren dehnarische Landsleute wie er selbst. Für sie wäre es leichter, sich in den Hof einzuschleichen, als es beispielsweise für einen Kopanen gewesen wäre. Gerade, da in den letzten Tagen besonders viele Fremde aufgrund der Feierlichkeiten angereist waren.

Außerdem hatten die Rebellen nach den Ausschreitungen im Süden definitiv ein Motiv. Sie wollten König Scąrs Machtposition schaden, um die Königsfamilie endgültig zu stürzen und die Sklaverei in Dehnarien abzuschaffen. Die Rebellen aus dem Süden bereiteten schon seit Monaten Probleme.

Tristan verstand ihre Beweggründe und auch ihre Wut darüber, dass König Scąr die Aufstände niederschlagen ließ. Dennoch hielt er eine Rebellion für falsch. Trotz ihrer Motive bezweifelte Tristan, dass jemand aus den eigenen Reihen das Friedensbündnis mutwillig zerstören würde.

»Ja, aber das sollte nicht deine Sorge sein. Der General kümmert sich darum und das Drachenei wird bestimmt bald gefunden«, antwortete Moné.

Tristan sah ihr an, wie ungern sie über solche vertraulichen Informationen sprach. Sie wusste nicht, dass Tristan bereits mit General Loyd gesprochen hatte. Aus einem Impuls heraus hatte er sich freiwillig für den Suchtrupp gemeldet. Obwohl er als Pfleger magischer Wesen selten mit dem Militär zu tun gehabt hatte, hatte er das Bedürfnis, nicht nur abzuwarten, sondern selbst zu handeln. Schlussendlich musste sich jemand um das Ei kümmern, sobald es gefunden wurde.

»Ich habe dich die letzten Wochen kaum gesehen«, wechselte Moné das Thema. »Jetzt, da deine Ausbildung zu Ende ist, hatte ich gehofft, du würdest wieder mehr Zeit mit mir verbringen.«

Wachsam musterte sie seine Reaktion. Misstrauen und Skepsis sprachen aus ihren Augen. Als Tristan nicht antwortete und sein Blick nachdenklich wurde, seufzte sie.

»Ich vermisse dich«, sagte sie mit leiser Stimme und näherte sich ihm einen Schritt.

Tristan wusste, dass es sie viel Überwindung kostete, sich ihm gegenüber so verletzlich zu zeigen. Seit klar war, dass ihre Familien eine Verbindung zwischen ihnen beiden wünschten, hatte sie immer wieder mit Eifersucht zu kämpfen. Sie waren noch nicht einmal verheiratet, und Moné – und der ganze Hof – wusste, dass Tristan ihr nicht treu war. Es war nicht fair, aber während seiner Zeit außerhalb des Schlosses hatte er versucht, zu verdrängen, welche Pflichten ihn zu Hause erwarteten.

Es ärgerte ihn, sein ganzes Leben schon von anderen durchgeplant zu wissen. Seine Familie bestimmte über seine Zukunft und Moné erinnerte ihn mit jedem Wort daran. Daher vergnügte er sich gerne mit anderen Frauen, flirtete und lebte sein Junggesellenleben – solange er noch konnte. Sein Freiheitsdrang war einfach größer als das schlechte Gewissen.

Hätte Moné sich ebenso verhalten, wäre ihr Ruf unweigerlich dahin gewesen. Aber das Schlimmste war, dass sie es gar nicht gewollt hätte. Tristan wusste wie der ganze Hofstaat, dass sie in ihn verliebt war und alles dafür geben würde, dass er ihre Gefühle endlich erwiderte.

Er wusste, dass er sie verletzte. Tag für Tag.

Die Hochzeit würde geschehen, egal wie er dazu stand. Das war ihm durchaus bewusst. König Scąr wollte die Verbindung zwischen den zwei Familien, denn er liebte seine Mätresse mehr als seine Frau und wollte sein Goldstück Moné in einer hochangesehenen Bändiger-Familie wissen. Zwar war Tristan selbst kein Bändiger, aber seine Mutter und die kleinen Schwestern, weshalb die Familie als Feuerbändiger am Hof einen hohen Status innehatte. Und einem König verwehrte man solch einen Wunsch bekanntlich nicht.

»Lass uns heute ausgehen«, schlug Tristan halbherzig vor. »Oder ein Essen mit den Familien, ganz wie du möchtest.«

Ein Lächeln erschien auf ihrem schönen Gesicht.

Kokett strich sie sich eine lange, schwarze Haarsträhne hinters Ohr.

»Ich hätte da schon eine Idee, wie wir die Nacht verbringen könnten«, flüsterte sie ihm mit einem verführerischen Augenaufschlag zu und schmiegte sich an ihn.

Ihr Atem kitzelte seine Wange. Beinahe wäre er der Versuchung und der Verlockung in ihrer Stimme erlegen, doch dann schüttelte er den Kopf.

»Du weißt, dass das keine gute Idee ist.«

Sein Blick schweifte zu Prinzessin Izabel, welche noch immer in der Sonne saß. Für einen Moment dachte er, sie hätte ihn beobachtet, aber da hatte sie schon wieder den Kopf abgewandt und Tristan drehte sich seufzend Moné zu.

»Warum nicht?« Ihre Augen funkelten verärgert. »Wir sind einander versprochen. Wir …«

»Tristan! Da bist du ja endlich. Ich habe dich überall gesucht«, unterbrach sie eine Stimme.

Schwer atmend kam General Loyd auf die zwei zugeeilt. Tränen glitzerten in Monés dunklen Augen, doch schnell verbarg sie ihre Enttäuschung hinter einer wohlgeübten Maske.

»Da bin ich«, antwortete ihm Tristan, wobei er seinen Unwillen nicht ganz verbergen konnte.

Eigentlich sehnte er sich nach Ruhe, aber Loyd gab ihm immerhin die Möglichkeit, Moné zu entgehen. Außerdem hatte er nur auf Nachrichten des Generals gewartet.

»Was gibt es?«, fragte er, während Moné betrübt die Arme vor der Brust verschränkte.

»Es geht um das Drachenei. Kann ich dich kurz unter vier Augen sprechen? Es ist wichtig.«

DIE FLUCHT

Zara

Schwer landete ich im getrockneten Heu des Viehwagens unter dem Dach und holte einen Moment lang Luft. Schnell richtete ich mich auf und kletterte von dem Karren. Immer noch zitternd klopfte ich mir das Heu von der Kleidung und lauschte in die Gasse. Es war erstaunlich ruhig …

»Was machst du da?«, ließ mich eine Stimme zusammenfahren. Wild rauschte das Blut durch meine Adern. Vor mir stand ein junger Knecht, der sich den Schweiß von der Stirn wischte und meinen Sprung offenbar gesehen hatte.

»Hab mich wohl zu weit aus dem Fenster gelehnt«, gab ich möglichst unbeschwert von mir, drehte mich um und stolzierte davon.

»Aber was …?«, rief der blonde Hüne noch vollkommen verwirrt aus, doch er folgte mir nicht.

Mit federnden Schritten lief ich Richtung Hafen. Das Adrenalin in meinem Körper hatte Hunger und Durst vorübergehend verdrängt und ich fühlte mich seltsam beflügelt. Endlich war ich frei. Frei und glücklich. Nach einem Leben in Gefangenschaft ging es letztendlich bergauf. Im Norden würde ich mir eine Zukunft aufbauen. Weit fort von der tyrannischen Herrschaft der kopanischen Königsfamilie, weg von den Plantagen. Ich war nicht länger eine Sklavin – ich war frei.

Das Hafengebiet war deutlich ruhiger als das Zentrum Kopas. Der Fischmarkt war zu Mittag wie ausgestorben, folglich begegnete ich auf meinem Weg nur einer Handvoll Menschen. Die Fähre, welche am Dreiländereck vorbei nach Tasmanien fuhr, würde gegen Nachmittag vom Hafen auslaufen.

Der hohe Stand der Sonne trieb mich zur Eile und ich lief, so schnell mich meine Füße trugen.

Abgesehen von der Fähre nach Tasmanien lagen lediglich ein paar Fischerboote im Hafen der Hauptstadt vor Anker. Die Handelsbeziehungen zwischen den drei Reichen waren aufgrund all der Konflikte seit Langem wie eingefroren und die Einreisebestimmungen immer strenger geworden, weswegen der Export sich kaum auszahlte und die Schifffahrtsunternehmen eingingen. Ich konnte mich glücklich schätzen, das heutige Schiff noch zu erreichen. Andernfalls könnte es Wochen dauern, bis eine andere Fähre den Weg in den Norden antrat, und diese Zeit hatte ich nicht. In einer Woche konnte viel passieren. Angefangen bei einem schnellen Hungertod oder dem Arrest wegen Diebstahls.

Als ich das Dock erreichte, ragten die Masten des Schiffes bereits hoch in meinem Sichtfeld auf. Einige Passagiere waren schon an Bord, es wurden lediglich noch die Waren für den Transport im Frachtraum verstaut.

»Halt!«, schrie ich und legte einen Zahn zu. Als ich vor einem mies gelaunten Kartenverkäufer schlitternd zum Stehen kam, war ich vollkommen außer Puste. »Ich muss mit. Ich muss auf dieses Schiff«, keuchte ich und stemmte die Hände in die Hüften. Beißendes Seitenstechen nahm mir die Luft zum Atmen, mein Herz raste.

Widerwillig sah der miesepetrige Junge von seiner Zeitung auf. »Geht nicht«, antwortete er und rümpfte missmutig die Nase. »Du bist zu spät.«

»Ich sehe doch, dass noch Karten da sind«, entgegnete ich aufgebracht und warf einen anklagenden Blick auf den Ticketstapel vor ihm.

»Geht nicht«, wiederholte er und kratzte sich die pickelige Stirn.

»Geht doch!« Wut prickelte in meinem Inneren. »Ich muss auf dieses Schiff. Wirklich.« Eindringlich sah ich ihn an, aber das beeindruckte den Jungen herzlich wenig.

»Ich mache gleich Feierabend, glaubst du, das interessiert mich?« Gelangweilt wandte er sich wieder seiner Zeitung zu.

»Bitte, ich flehe dich an! Ich muss auf dieses Schiff.« Verzweifelt warf ich jeglichen Stolz über Bord und versuchte es mit der Mitleidsmasche.

Mit großen Augen sah ich zu ihm auf.

»Du nervst«, erwiderte der Junge, legte jedoch raschelnd die Zeitung zur Seite. »Nur Hinfahrt oder auch zurück?«

Erleichterung durchströmte mich. Beinahe wären mir die Tränen gekommen. Hoffentlich hatte der Trunkenbold, der meine Tasche gestohlen hatte, nicht das ganze Geld ausgegeben. Erstmals, seit ich sie wiederbekommen hatte, griff ich in die Tasche, um eine Handvoll Silberdiore herauszufischen.

»Nur Hinfahrt«, antwortete ich schnell. Auf eine emotionale Dankesrede hatte er vermutlich ohnehin keine Lust.

»Das Schiff läuft gleich aus, also beeile dich«, brummte er und reichte mir die Fahrkarte zur Freiheit.

Kalte Luft fuhr durch meine Haare und fröstelnd schlang ich die Arme um meinen Oberkörper. Ich trug nichts Wärmeres bei mir als den blauen Schal, den meine Mutter mir vor Jahren geschenkt hatte.

Auf den Plantagen war es das ganze Jahr über warm, kein Herr würde seinen Sklaven einen Wintermantel kaufen. Hier am Meer hingegen wehte eine frische Brise, die das Gefühl von Freiheit nur noch untermalte.

Ich musste mir schleunigst wärmere Kleidung zulegen, wenn ich den Norden erreichte. Das würde teuer werden. Nachdem der Dieb meiner Tasche bereits einiges an Geld vergeudet hatte, konnte ich mich glücklich schätzen, sollte ich die nächsten Wochen über die Runden kommen.

»Wir brauchen einen Pfleger hier drüben. Einer der Dragis macht Probleme. Warum haben diese hochgezüchteten Viecher auch alle Platzangst?«, rief einer der Tierwärter fluchend zu seinem Freund.

Dem Gebrüll nach zu urteilen, war einer der Hausdrachen eines reichen Passagiers unruhig. Eigentlich waren die Tiere mehr Schoßhündchen als Drachen und wenn man bedachte, dass sie nur hochgezüchtete Mischungen aus Squa und Amphib waren, weit weniger gefährlich, als auf den ersten Blick zu vermuten. Mit kaum einem Prozent Drachenblut waren sie nichts Besonderes, aber anstrengend und biestig.

Ich hatte auf den Plantagen zur Genüge mit übellaunigen Ghulen zu kämpfen gehabt, daher konnte ich die Frustration des Wärters gut verstehen, der nun verzweifelt versuchte, das hübsche Tier zu beruhigen. Die braune Farbe seiner Schuppen zeichnete ihn als Erddragi aus. Diese Art lebte vor allem in Dehnarien, dem Land der Erd- und Feuerbändiger, und hatte somit kaum gefährliche Eigenschaften. Die meisten Exemplare waren von ruhigem Gemüt – zumindest, wenn sie nicht gerade Platzangst hatten.

Ich kicherte vergnügt und trat wieder an die Reling. Hier auf dem Schiff ergriff mich eine wunderbare Leichtigkeit.

Nach einiger Zeit nahm meine Aufregung überhand. Die Überfahrt würde nicht lange dauern, in wenigen Stunden würden wir die tasmanische Küste erreichen. Es war das erste Mal, dass ich den Ozean überquerte und Kopanien verließ. Nervös lief ich die Reling auf und ab.

Sobald Land in Sicht kam, füllte sich das Deck mit neugierigen Passagieren, die die Aussicht genossen. Diese Gegend war für ihre Wasserfälle bekannt und diese nun in Wirklichkeit zu sehen, überwältigte mich vollkommen. Ich war absolut hingerissen von der atemberaubenden Landschaft. Irgendwann wurde es mir jedoch zu voll und ich zog mich unter Deck zurück.

Gemächlich schlenderte ich durch den beinahe menschenleeren Frachtraum voller Wagen, Drachen, Pferden und Squas. Am liebsten beobachtete ich die ruhigen Squas, eine beeindruckende Mischung aus Drache und Pferd.

Sobald ich mich sicher und allein fühlte, kauerte ich mich in einer Ecke auf den Boden und öffnete die Tasche. In der Öffentlichkeit hatte ich mich nicht getraut, nachzuzählen, wie viel Geld der Dieb bereits ausgegeben hatte – doch ich konnte nicht mehr länger warten. Meine Finger zitterten, als ich die Knöpfe öffnete. So viel hing davon ab, wie viele Gold- und Silberdiore ich für den Start in mein neues Leben zur Verfügung hatte. Ich versicherte mich noch mal, allein zu sein, dann zog ich die Tasche auf und blickte hinein.

Ich zählte jeden Dior und stellte überrascht fest, dass es mehr waren als angenommen. Mehr als zuvor. Mehr als zu dem Zeitpunkt, als ich die Tasche überreicht bekommen hatte. Verwirrt runzelte ich die Stirn.

Wie war das möglich? Der Dieb hatte das Geld verprasst, ich hatte es mit eigenen Augen gesehen. Woher kamen nun die vielen Münzen? Und wo waren die Papiere? Die Papiere, die meine Freiheit bezeugten? Ohne sie hatte ich keinerlei Beweise, dass ich tatsächlich freigegeben wurde!

Hektisch grub ich tiefer.

Am Grund der Tasche ertastete ich etwas Schwereres. Verwirrt legte ich die Hand um den runden Gegenstand, bei dem es sich offenbar nicht um die ersehnte Rorange handelte, und zog ihn heraus. Es fühlte sich hart wie ein Stein an, allerdings zu rau, um einer zu sein. Ich neigte den Kopf zur Seite und betrachtete das Ei-förmige Etwas, das Herr Salamon mir ganz bestimmt nicht gegeben hatte.

Irritiert warf ich erneut einen Blick in die nun leere Tasche. Wo waren meine Papiere und warum trug der Taschendieb ein Ei bei sich? Meine Biologiekenntnisse hielten sich in kläglichen Grenzen. Es war zumindest zu groß für ein Hühnerei. Die kalte Schale fühlte sich sonderbar an, überraschend rau und robust, als könnte man sie nicht so leicht zerstören.

Als ich einen näheren Blick auf das Ei warf, erkannte ich, dass es viel zu schön war, um von einem einfachen Nutztier zu stammen. Die Schale schillerte in einem wunderschönen Blauton und kunstvolle Einkerbungen verfingen sich zu einem beeindruckenden Muster. Es hatte Andeutungen von Schuppen, jedoch keine scharfkantigen wie die Squas. Sofort schloss ich auch die Möglichkeit aus, es könnte sich um das Ei eines Dragis handeln, denn deren Eierschalen waren so braun wie die Schuppen ihrer Haut.

Plötzlich vernahm ich Schritte und Stimmengewirr. Hektisch packte ich das Geld und das Ei zurück in die Tasche und hechtete die Mauer entlang, bis ich eine Tür erreichte. Im letzten Moment zog ich sie auf und schlüpfte hindurch. Leise fiel sie hinter mir ins Schloss. Mein Atem rasselte, als ich mich mit dem Rücken gegen die Wand presste, als könnte ich so mit ihr verschmelzen und unsichtbar werden.

»Wir sollen ein ganzes Schiff abriegeln? Wie soll das gehen?«, hörte ich eine unwirsche Stimme.

Ich befand mich in einem kleinen, metallenen Treppenhaus, welches wohl nur für die Besatzung gedacht war. Die Stufen knarrten beachtlich unter dem Gewicht der hinaufgehenden Männer.

»Wir sind auf dem offenen Meer. Ist ja nicht so, als könnte sie einfach abhauen«, antwortete sein Begleiter.

»Aber nicht mehr lang. Wir erreichen jeden Moment den Hafen … Und da sollen wir die Passagiere nicht von Bord lassen, nur weil diese dummen Dehnaren nicht auf ihre Sachen aufpassen können?«

Ein ungutes Gefühl beschlich mich und spätestens mit dem nächsten Satz verwandelte sich die anfängliche Unruhe in ausgewachsene Panik.

»Gut, dass uns die Boten-Elfe vor unserer Ankunft in Tasmanien erreicht hat«, sagte der eine und mir wurde ganz kalt ums Herz.

»Dennoch knapp. Ewig können wir die Passagiere nicht hinhalten, sollte sie sich verstecken.«

»Ein Grund, uns zu beeilen. Wer ist so dumm, ein so kostbares Drachenei zu stehlen? Kein Mensch wird ihr das abkaufen, solange das ganze Land nach ihr und dem verdammten Ei sucht …«

Heiß lief mir die Erkenntnis den Rücken hinab. Nun, da die Männer es ausgesprochen hatten, war mir sonnenklar, worum es sich bei dem Gegenstand in meiner Tasche handelte: ein Drachenei.

Die Tasche, die ich trug, war nicht meine. Ich hatte sie gestohlen und das Drachenei gleich mit. Eilig griff ich nach dem Türgriff und drückte ihn hinunter. Aber die Tür ging nicht auf. »Nein, nein, nein.«

Panisch rüttelte ich an der Tür, doch anstatt nachzugeben, brach der Griff einfach ab. Mein Herz raste.

»Verdammt«, fluchte ich. Ein kurzer Blick den Schacht hinunter genügte, um zu sehen, dass die zwei Wärter nur noch wenige Stockwerke unter mir waren und immer näher kamen. Hektisch stopfte ich den Griff in meine Tasche, dann nahm ich die Beine in die Hand und sprintete die Treppen weiter nach oben.

Tristan

»Ich wollte nicht stören, aber es ist wirklich wichtig«, begann Loyd.

Tristan winkte ab. Eigentlich war er sogar froh, Monés Verhör entgangen zu sein. Es war nicht so, dass er ihre Gesellschaft nicht mochte, doch in seinem Inneren sträubte sich etwas gegen die bald anstehende Vermählung.

Er war bereits zwanzig Jahre alt und konnte die Hochzeit mit dem Ende seiner Ausbildung nicht länger aufschieben. Moné war zwei Jahre jünger als er und der ganze Hof tratschte über die ungewöhnlich lange Verlobungszeit. Die meisten Töchter reicher Männer wurden bereits mit fünfzehn, spätestens siebzehn verheiratet. Dementsprechend hob sich Moné stark hervor, noch dazu als Tochter des Königs und seiner Mätresse.

Tristan wusste, dass es sie schmerzte, so im Mittelpunkt des Tratsches zu stehen. Sie konnte nichts dafür, als uneheliches Kind geboren zu sein. Vermutlich hatte sie immer darauf gehofft, eine gute Heirat würde sie in den Augen der anderen gleichwertig machen. Doch das Gegenteil war der Fall und einzig Tristan war daran schuld. Warum missfiel ihm die Hochzeit nur so sehr?

»Keine Sorge, du bist genau zur rechten Zeit gekommen«, sagte er an Loyd gewandt und beobachtete, wie Moné hinter der nächsten Ecke verschwand. »Was hast du mir zu sagen?«

»Hast du Pläne für heute Abend?« Für einen Moment sah Loyd Tristan vielsagend an, setzte allerdings nach: »Dann blas sie ab. Wir haben einen Tipp, wo das Drachenei sein soll, und brechen sofort auf.«

Tristan zog überrascht Luft ein. »Also ist es wirklich gestohlen worden?«

»Natürlich. Dracheneier lösen sich nicht einfach in Luft auf«, erwiderte General Loyd forsch.

»Wer hat es gestohlen? Kennen wir den Dieb? Ein gesuchter Radikaler?«

»Beruhige dich«, mahnte der General und sah Tristan aus seinen blauen Augen eindringlich an. »Wir müssen einen kühlen Kopf bewahren. Der Dieb ist genau genommen eine Sie. Innerhalb des heutigen Tages hat sie das Ei von Dehnarien nach Kopanien gebracht. In der Hauptstadt Kopa hat man sie zu

Mittag gesichtet, es gab eine aufsehenerregende Flucht. Augenzeugen berichten, dass sie eine Tasche bei sich trug, in welcher sich das Ei befinden soll.«

»Tatsächlich«, sagte Tristan nachdenklich und schluckte schwer. Das Schlimmste war eingetreten, aber nun gab es wenigstens schon einen Anhaltspunkt.

Loyd war mit seinen fünfundzwanzig Jahren eigentlich viel zu jung, um bereits General zu sein, doch sein Ehrgeiz war groß und er brannte für das dehnarische Königreich. Tristan vertraute ihm und seinen Fähigkeiten.

»Woher will man wissen, dass das Ei gerade in der Tasche ist?«, fragte Tristan dennoch nach.

»Die Stadtwache hat ihre Augen überall«, war Loyds einzige Aussage dazu.

Tristan zuckte akzeptierend mit den Schultern. Es war auch nicht weiter wichtig. Einzig von Bedeutung war, dass das Ei gefunden wurde. »Und wo ist sie jetzt? Hast du Angaben zu ihrer Identität?«

»Noch nicht.« Loyd schüttelte bedauernd den Kopf. »Keiner der Zeugen gibt an, sie je zuvor gesehen zu haben. Sie ist weder eine Bürgerin der Stadt noch auf der Liste der gesuchten Verbrecher …« Seufzend fuhr er sich durch die zerzausten dunklen Haare, in denen trotz des jungen Alters bereits helle Strähnen schimmerten. Die Kombination mit den buschigen Augenbrauen machte die Ähnlichkeit zu einem Falken unverkennbar. »Aber mein Bauchgefühl sagt mir, dass sie eine der dehnarischen Rebellen aus dem Süden ist. Es ergibt einfach Sinn. Genau das, was wir verhindern wollten, ist eingetreten. Das Bündnis mit Tasmanien steht in Gefahr.« Er atmete tief aus. »All das nur wegen des dummen Görs. Als würde sie damit durchkommen …« Düster stierte er in den Schlossgarten.

»Und wo ist sie jetzt?«, fragte Tristan ungeduldig. Er konnte es gar nicht abwarten, das Drachenei in Sicherheit zu wissen.

»Wir vermuten, dass sie sich auf einem Schiff nach Tasmanien befindet.« Zufrieden nickte Loyd Tristan zu. »Dorthin werden auch wir uns auf den Weg machen.«

»Großartig. Dann dürften wir sie bald schnappen«, antwortete Tristan grimmig.

In Gedanken verfluchte er die Dummheit des Mädchens, das kostbare Drachenei zu stehlen. Vermutlich war sie nur eine unscheinbare Marionette eines größeren Haifischs, der die Fäden hinter den Kulissen zog. Wenn dem so war, konnte man für sie nur beten. Verräter der Krone landeten ohne weiteren Prozess am Galgen. So würde dies wohl auch ihr Schicksal werden.

Zara

Panisch erklomm ich die restlichen Stufen. Zwei Stockwerke weiter oben stürmte ich durch eine Seitentür nach draußen aufs Deck.

Die Männer suchten nach dem Drachenei in meiner Tasche. Niemand würde mir abnehmen, dass ich einem Missverständnis zum Opfer gefallen war oder dass die Tasche gar nicht mir gehörte. Das Wort einer weggelaufenen Sklavin, die nicht beweisen konnte, dass sie freigelassen wurde, war so oder so nichts wert.

Genauso wenig konnte ich das Drachenei loswerden, immerhin suchten sie bereits nach mir. Es gab keine andere Möglichkeit. Ich musste flüchten. Aber wie, wenn sie das Schiff abriegelten?

Bei der Abfahrt hatten sie keine Dokumente kontrolliert. Sobald wir allerdings den Hafen in Tasmanien erreichten, befand sich das kopanische Schiff in feindlichem Gebiet und unweigerlich würde man alle Passagiere durchsuchen und registrieren. Über die normale Rampe würde ich die Fähre nie verlassen können.

»Sehr geehrte Passagiere. Wir erreichen in Kürze den Hafen Ignis'. Machen Sie sich bereit, an Land zu gehen. Die Grenzkontrolle bittet um eine kurze Registrierung. Halten Sie dazu bitte Ihre Papiere und Pässe bereit. Danke für Ihre Aufmerksamkeit.«

Die Stimme des Kapitäns wurde magisch verstärkt durch die Luft transportiert, sodass jeder an Bord die Worte deutlich verstehen konnte. Ich bezweifelte, dass der Kapitän ein Magier war, also hatten sie dafür wohl eine

Hexe eingestellt. Mir blieb nur zu hoffen, dass die Hexe in ihren ersten Lehrjahren war. Sollte sie das Schiff bereits mit einem Rettungszauber belegt haben, der sofort einen Alarm auslöste, wenn jemand von Bord fiel, würde der Plan, der in meinem Kopf Form annahm, zunichtegemacht werden.

Da die Passagiere an Deck noch staunend die Aussicht genossen, wusste wohl nur die Besatzung, dass eine Diebin gesucht wurde. Wenigstens musste ich nicht befürchten, von einem der Passagiere gemeldet zu werden. Dennoch zog ich den Kopf ein und schlang den dünnen Stoff meines blauen Tuches über meine Haare, sodass mein Gesicht im Schatten verborgen lag. Aufgeregt suchte ich mir einen Weg durch die Menge. Solange wir nicht angelegt hatten, konnte ich das Schiff nicht verlassen … oder?

Mein Blick schweifte in die Tiefe und skeptisch beäugte ich das dunkle Wasser des Ozeans. Die Strömung des eisigen Wassers war gefährlich. Ich konnte nicht abschätzen, wie lange ich bei dem Kälteschock durchhalten würde. Näher bei der Küste hatte ich bessere Chancen, das Meer auch wieder lebend zu verlassen.

Unauffällig mischte ich mich unter die Menschen und wartete mit zitternden Knien zwischen den restlichen Passagieren am offenen Sonnendeck. Der Wind fuhr durch meine Haare. Ich schloss meine dunkle Jacke aus kühlem Leder und zog zugleich den Schal hoch bis zur Nasenspitze. Das Schiff wurde langsamer und manövrierte an der Küste entlang in eine Bucht. In der Ferne waren bereits zahlreiche kleinere Boote auszumachen.

Als die Passagiere sich in Bewegung setzten, um ihr Gepäck zu suchen, strebte ich gegen den Strom auf den hinteren Teil des Schiffes zu. Dort waren die Außentreppen für die Besatzung und ich begegnete zum Glück niemandem. Hektisch schloss ich alle Knöpfe der Tasche und blickte ängstlich über die Reling hinunter ins Wasser. Wir hatten den Hafen fast erreicht. Am Dock bereiteten Matrosen die Taue vor, am Heck standen die Crewmitglieder und hantierten mit ihrem Tauwerk. Sie beachteten mich nicht, doch vorne warteten die tasmanischen Soldaten an der Grenzkontrolle. Es gab nur einen Fluchtweg für mich, und das war ein Schritt zurück.

Ich schluckte schwer, als ich in die Tiefe sah. Es ging gut fünf Meter hinunter in die kalten Wellen, die gegen die Fähre schwappten. Nervös sah ich von links nach rechts. Angst hielt mich gefangen. Dies war nicht damit zu vergleichen, von einem Dach in einen Heuwagen zu springen – das hier war viel gefährlicher. Doch die Zeit lief mir davon und als ich die Stimmen der Matrosen hörte, erwachte ich aus meiner Starre. Behände schwang ich mich über die Reling, sodass ich mit dem Rücken gegen die Metallstangen gepresst auf der Außenseite balancierte. Fest klammerte ich mich an das kalte Metall. Nun trennte mich nur noch eine Entscheidung vom freien Fall.

»Alles in Ordnung. Dir kann nichts passieren«, versuchte ich mich zu beruhigen. Immer und immer wieder murmelte ich die Worte leise wie ein Mantra vor mich hin.

»Da oben ist jemand!«, vernahm ich eine entfernte, männliche Stimme auf dem Deck.

Ohne weiter zu überlegen, ließ ich mich einfach fallen. Es kostete mich jegliche Überwindung, nicht aus voller Kehle zu schreien. Adrenalin pulsierte durch meinen Körper und ließ den Fall aus schwindelerregender Höhe ewig erscheinen, als wäre die Zeit stehen geblieben. Der Wind zerrte an meiner Kleidung, panisch presste ich die Tasche an mich.

Sobald ich die Wasseroberfläche durchbrach, war es, als würde ich in eine Truhe mit Eiswürfeln greifen. Die Kälte schlug mir mit voller Wucht entgegen und setzte meinen Körper unter Schock.

Blinzelnd öffnete ich die Augen. Ich erkannte einzig das dunkle Wasser, welches mich gefangen hielt. Immer noch die Tasche an mich gedrückt, begann ich zu strampeln und versuchte, die Oberfläche zu erreichen. Doch die Dunkelheit umfing mich von allen Seiten. Wo war oben, wo war unten? Strampelnd trat ich um mich. Ich durfte nur nicht aufgeben. Mich nicht der Kälte geschlagen geben.

Keuchend und hustend tauchte ich auf. Für einen Moment war mein Kopf über Wasser, dann packte mich die nächste Welle und zog mich in einem mächtigen Strudel nach unten. Die Kraft des Ozeans zerrte an mir.

Mühsam kämpfte ich mich wieder nach oben, zog rasselnd Luft in meine Lungen. Prompt traf mich die nächste Welle. Hustend atmete ich brennendes Salzwasser ein. Kurz dachte ich daran, die schwere Kleidung abzuwerfen, aber ohne diese würde ich an Land erfrieren. Also biss ich die Zähne zusammen und aktivierte jegliche Kraftreserven. Mit festen Zügen kämpfte ich gegen die Strömung an – doch die See war zu aufgewühlt. Ich musste mich mit dem Sog des Wassers ziehen lassen, selbst wenn das bedeutete, die Kontrolle zu verlieren. Es dauerte nicht lange, da war ich der Küste überraschend nahe.

»Scheiße«, fluchte ich erneut, als ich eine brechende Welle gegen die Felsen der Felsküste donnern sah.

Dort durfte ich auf gar keinen Fall landen. In unmittelbarer Nähe zum felsigen Abschnitt erkannte ich einen flacheren Einstieg. Der Teil war geschützt von wilden Wellen, doch der Ozean hatte mich in seiner Gewalt und die Kälte zog immer weiter an meinen Kräften. Prustend hielt ich mich über Wasser. Ich war so kurz vor Tasmanien, so kurz vor meinem Ziel durfte ich nicht sterben! Mit eisiger Verbissenheit kämpfte ich gegen die Kraft des Meeres an. Ich tat einen kräftigen Zug nach dem anderen und kam der Küste näher, Tränen vermischten sich mit Salzwasser.

Als ich schließlich tatsächlich den Kiesstrand erklomm, anstatt mausetot gegen eine der Klippen zu klatschen, konnte ich mehr von Glück als von Verstand sprechen. Mit meinen Kräften am Ende, kroch ich aus dem Wasser und hustete das brennende Salzwasser aus meinen Lungen.

Sobald ich nicht mehr Gefahr lief, erneut von den Wellen hineingezogen zu werden, öffnete ich die triefende Tasche. Mit wild klopfendem Herz überprüfte ich, ob das Geld und das Drachenei noch da waren. Besorgt nahm ich das Ei genauer unter die Lupe, aber abgesehen davon, dass es ebenso wie ich besorgniserregend abgekühlt war, schien es heil zu sein.

Oh Godsqua, was für ein Tag.

So hatte ich mir meine Ankunft in meiner neuen Heimat nun wirklich nicht vorgestellt. Ein Blick Richtung Hafen genügte, um mir in Erinnerung zu rufen, dass mein Sprung nicht unbemerkt geblieben war. Wollte ich nicht doch noch geschnappt werden, musste ich mich beeilen.

Zitternd und schwankend richtete ich mich auf. Nasse Haarsträhnen klebten mir im Gesicht und notdürftig zog ich den blauen Schal aus meinen Haaren. Mit vor Kälte klammen Fingern stopfte ich das Drachenei zurück in die Tasche und setzte mich in Bewegung. Schwerfällig stolperte ich über den Strand auf ein kleines Waldstück zu. Hier könnte ich rasten, doch das Knurren meines Magens und mein trockener Hals trieben mich weiter.

Nach einer gefühlten Ewigkeit fand ich einen kleinen Bach, fiel den Tränen nahe auf die Knie und tauchte die Hände in das kühle Wasser. Beinahe erwartete ich, der Bach sei nur meiner Fantasie entsprungen, doch als die ersten Tropfen meine Kehle hinunterrannen, stöhnte ich erleichtert auf.

Dann warf ich einen Blick in den Himmel. Es dämmerte bereits. Da die Überfahrt fast den gesamten Nachmittag in Anspruch genommen hatte und hier im Norden die Sonne früher unterging, musste ich nun schnell an etwas Essbares kommen. Und trockene Sachen … Es war viel zu kalt, sodass meine Kleidung kaum trocknete.

Ignis war eine große Stadt mit vielen Geschäften, Häusern und Schänken. Ich musste mir nur einen kleinen Laden außerhalb der Stadtmitte suchen, dann bestand wenigstens der Hauch einer Okkasion, unbemerkt zu bleiben.

Im Schutze der Bäume näherte ich mich der Stadt und verbarg mich im Schatten, sobald mir jemand entgegenkam. Ich ging so schnell wie möglich und entdeckte schneller als angenommen ein abgelegenes Geschäft. Der Name klang schon mal vielversprechend.

Sannas Hexenstube – Ware für jedermann.

Tief durchatmend zog ich die Eingangstür der kleinen Holzhütte auf. Anstatt des obligatorischen Klingelns der Glocken über einer Ladentür, krächzte ein neben dem Eingang auf einer Holzstange sitzender Rabe laut: »Kundschaft.«

»Huch«, sagte ich und zuckte zusammen.

Offensichtlich handelte es sich bei der Ladenbesitzerin tatsächlich um eine Hexe. Das überraschte mich. Seit den großen Hexenverfolgungen vor einem halben Jahrhundert gab es im kopanischen Reich kaum noch Magier. Selbst heute noch hielten viele ihre magischen Begabungen im Verborgenen, wenn sie nicht gerade im Dienste der Krone standen. Lediglich Elementbändiger genossen in jedem der drei Königreiche großes Ansehen. Hier im Norden schien dies anders zu sein.

Ich fühlte mich unwohl und wollte schon ein anderes Geschäft aufsuchen, doch da kam bereits eine rundliche Dame aus dem hinteren Teil des Ladens gewuselt.

»Kundschaft«, keifte der Rabe erneut und betrachtete mich aus wachsamen, schwarzen Augen.

»Halt's Maul. Ich hab dich schon gehört, dummes Vieh«, rief die Ladenbesitzerin munter und ich erstarrte in der Bewegung.

Geschäftig wischte sie sich die Hände an einer um die Hüfte gebundenen Schürze ab. Ihre Finger hinterließen rote Spuren auf dem weißen Stoff. Ich wollte gar nicht wissen, was sie da zuvor angegriffen hatte. Graziös wandte der Rabe den Kopf ab und begann hoheitsvoll, sein schwarz glänzendes Gefieder zu putzen. Die Hexe seufzte erbost.

»Wie kann ich dir helfen, Liebes?«, fragte sie mich mit freundlicher Stimme.

Immer noch wie eine Eisstatue an der Tür stehend, die Hand halb nach dem Türgriff ausgestreckt, machte ich wohl einen sonderbaren Eindruck.

»Ich wollte nur Essen kaufen. Aber eigentlich war ich gerade dabei zu ge…«

»Nahrungsmittel sind hier hinten«, unterbrach sie mein Stottern. »Schau dich ruhig um. Brot ist soeben frisch aus dem Ofen, das kann ich nur empfehlen.«

Herr Salamon hatte immer gesagt: *Ein guter Geschäftsmann muss nur reden, dann verkauft sich die Ware von selbst*. Den Spruch schien auch die Hexe zu kennen.

In meinem gesamten bisherigen Leben hatte ich noch keine echte Hexe gesehen. In diesem Fall waren die Erzählungen wohl wirklich wahr. Befremdet musterte ich ihre grünliche Haut, welche selbst im gedämmten Licht gespenstisch schimmerte. Das beinahe schneeweiße Haar war unter einem schwarzen Hut versteckt, dessen Spitze eingeknickt nach rechts deutete. Die Hexe ließ sich von meinem Starren nicht weiter stören, vermutlich war sie das gewohnt. Schnell ermahnte ich mich dazu, wegzusehen.

»Danke schön, dann werde ich mich mal umsehen«, antwortete ich, zwang mich zu einem Lächeln und wandte mich bereits Richtung Nahrungsmittelecke.

»So nicht, junge Dame!«

Wieder zuckte ich zusammen und drehte mich ihr mit ängstlich geweiteten Augen zu. Mein Herz raste, ich hatte das Gefühl, gleich endgültig umzukippen.

»Du bist doch vollkommen durchnässt. So vertropfst du mir nur den gesamten Boden. Ich kümmere mich schon darum«, fügte die Hexe hinzu.

Beinahe hätte ich aufgelacht. Nun war es offiziell – ich litt unter Verfolgungswahn. Zugegeben, nicht wirklich unbegründet, dennoch zeigte dies nur noch mal klar und deutlich auf, dass mein Leben gerade ganz und gar nicht so lief, wie ich es geplant hatte.

»Hat es etwa geregnet?« Nachdenklich zog sie die Stirn kraus.

Ich setzte bereits zu einer Antwort an, da hielt ich irritiert inne. Anstatt mich an ein wärmendes Feuer zu verfrachten, welches meine triefende Kleidung getrocknet hätte, hob die Hexe beschwörend die Hände. Sie murmelte wenige Worte in einer seltsamen Sprache und jagte mir damit einen Schauder über den Rücken.

»Was wird das?«, fragte ich und sah mich unsicher um, doch außer uns war niemand hier, der mir zur Hilfe hätte eilen können.

Statt mir zu antworten, bewegte sie nun ihre Hände ein kleines Stück nach oben und einen Herzschlag später begann sich meine Kleidung zu bewegen. Es fühlte sich beinahe so an, als befänden sich Tausende Spinnen unter dem Stoff, die nun mit trippelnden Schritten über meine Haut zogen.

»Bei Godsqua, was ist hier los?«, rief ich in Panik. Mein Herz schlug schneller.

»Alles in Ordnung. Nur nicht aufregen, es ist gleich vorbei«, sagte die Hexe mit sanfter Stimme, doch dass sich die Wassertropfen nun aus meiner Kleidung lösten, trug nicht zu meiner Beruhigung bei. Mein Mund stand vor Erstaunen weit offen, als ich mich in alle Richtungen umblickte und kleine Wassertropfen wie glitzernde Perlen von meiner Kleidung aufsteigen sah. Es folgte eine weitere Handbewegung, dann schlossen sich die Tropfen zu einer einzigen Kugel zusammen.

»Wow«, murmelte ich staunend und starrte mit weit aufgerissen Augen den über meinem Kopf schwebenden Wasserball an.

Er erinnerte mich an den silbernen Vollmond bei wolkenloser Nacht.

»Nur ein kleiner Trick. Manchmal ganz schön hilfreich«, antwortete die Hexe mit einem schelmischen Lächeln.

Fasziniert verfolgte ich, wie die Kugel auf die in einer Ecke stehende Topfpflanze zuschwebte. Mit einem lauten Plopp platzte die Wasserblase auf und ergoss sich in die Erde der grünen Pflanze.

»Du schaust hungrig aus. Die Nahrungsmittel sind gleich dort bei der Theke.« Mit einem amüsierten Lächeln deutete sie in den hinteren Teil des Ladens.

Ich raffte mich mühsam zusammen und nickte. Der Tag heute war so ereignisreich gewesen wie mein gesamtes bisheriges Leben. Einzig mein wild knurrender Magen konnte mich aus meiner Erstarrung reißen. Sobald ich den Duft des frisch gebackenen Brots in meine Nase zog, packte mich die Realität mit voller Wucht.

Ich entschied mich für zwei Brotlaibe und eine Scheibe Käse. Früchte in den ausgefallensten Farben leuchteten mir aus einer Obstschüssel entgegen und ließen das Wasser in meinem Mund zusammenlaufen, doch die Früchte waren aus dem Süden importiert und unerschwinglich teuer. Zu dumm, dass ich nun im Besitz eines Dracheneis war statt der Rorange. Meinem wehmütigen Magen blieb einzig die Hoffnung, vielleicht irgendwo im Wald, wo ich mein Nachtlager aufschlagen würde, am Morgen Waldbeeren oder Pilze zu finden.

Als ich an der Kleidungsecke vorbeiging, packte mich Frustration. Offenbar war die Tasche nicht so einzigartig, wie ich angenommen hatte. Ein beinahe identisches Modell hing dort gut sichtbar. Es war so dumm von mir gewesen, anzunehmen, der Mann hätte ausgerechnet meine gestohlene Tasche bei sich.

»Ist das alles, Liebes?«, fragte die Hexe freundlich, als ich ihr die Münzen aushändigte.

Ich nickte, während mein Blick auf einen im Schaufenster platzierten schwarzen Wintermantel fiel. Er war aus edlem Stoff gemacht und an den Borten silbern verziert. Die Kapuze hatte einen Pelzkragen und alles in mir verzehrte sich danach, ihn zu tragen. Der bitteren Kälte hier im Norden war ich mit meiner leichten Bekleidung schutzlos ausgeliefert. Doch der Preis war ohne Zweifel viel zu hoch.

»Der ist schön, nicht?« Die Hexe war meinem Blick gefolgt und lächelte mich nun wissend an.

»Ja, wirklich sehr schön«, sagte ich leise.

»Probier ihn ruhig an«, forderte sie mich auf. »Der elegante Schnitt würde ganz ausgezeichnet zu deinem dunklen Teint und der schlanken Figur passen.«

»Danke«, sagte ich lachend. »Aber das kann ich mir nicht leisten.«

Da ich Angst hatte, doch noch schwach zu werden, wandte ich mich ruckartig ab. Fluchtartig wollte ich den Laden verlassen, da stolperte ich beinahe über einen Hocker. Um Haaresbreite wäre die darauf gebettete Glaskugel auf dem Boden aufgeschlagen, doch die Hexe bewahrte das zerbrechliche Stück mit einem schnellen Griff vor dem Fall. Die Kugel abzuzahlen, hätte mir gerade noch gefehlt. Als wäre mein Teller, überhäuft von Problemen, nicht so und so zu voll und mein Geldbeutel zu leer.

»Verzeihung«, murmelte ich mit hochrotem Kopf.

»Nichts passiert.« Sie winkte ab und deutete auf den schwarzen Mantel. »Anprobieren kannst du ihn ja trotzdem. Dann hast du eine Motivation, das Geld anzusparen«, schlug sie vor.

Ich erwähnte nicht, dass ich mir das teure Kleidungsstück selbst nach einem Jahr Arbeit nicht würde leisten können. Als ehemalige Sklavin hatte ich nicht gerade die besten Arbeitsaussichten. Stattdessen nickte ich mit einem zaghaften Lächeln. Es war zu verlockend, den Stoff auch nur zu berühren. Nach einem Schwenker ihres Zeigefingers schwebte der Mantel aus dem Schaufenster direkt auf uns zu, als würde er von einer unsichtbaren Seilbahn getragen werden.

»Hier, nimm.« Überschwänglich reichte sie mir das Stoffstück.

Begeistert legte ich die Tüte mit dem Brot und dem Käse auf der Ladentheke ab und schlüpfte in den Umhang. Er passte wie angegossen. Der warme Stoff schmiegte sich an meinen Körper, beinahe ehrfurchtsvoll zog ich die feine Naht nach.

»Er ist wirklich wundervoll.« Schnell verklang jedoch meine Begeisterung. Ich konnte ihn mir nicht leisten.

»Ofen«, krächzte da der Rabe.

»Oh, die nächste Partie Brot ist fertig«, erklärte die Hexe und stemmte die Arme in die Hüfte. »Ich bin gleich wieder zurück.« Mit diesen Worten verschwand die Ladenbesitzerin in den angrenzenden Raum.

Sobald sie außer Sicht war, sah ich unentschlossen durch den Laden. Draußen dämmerte es bereits. Es würde kalt werden heute Nacht – sehr kalt. Innerlich seufzte ich und setzte dazu an, den Mantel abzustreifen, da stoppte ich in der Bewegung.

Vorsichtig lugte ich um die Ecke, doch die Hexe war nirgends zu sehen. Ich hörte metallisches Klappern, als würde sie in einer Küche hantieren. Schwer zu sagen, wie lange sie noch fort sein würde. Der Mantel war für mich unerschwinglich, ich würde ihn nicht kaufen können. Aber ich brauchte ihn. Ohne ihn würde ich mir vermutlich nicht nur eine Erkältung, sondern den Tod holen. Ich war nicht mehr länger im Süden, wo selbst die Nächte schwül und warm waren …

Schnell hatte ich meinen Entschluss gefasst. Verzweifelt zog ich den Mantel enger um mich.

Es geht einfach nicht anders, redete ich mir stumm vor. *Es geht einfach nicht anders.*

Bevor ich meine Entscheidung überdenken konnte, hatte ich bereits die Tüte mit dem Brot gepackt und stürmte auf den Ausgang zu. Kalter Schweiß trat mir auf die Stirn, als ich daran dachte, was man mir über die Rachsucht des Hexenvolkes erzählt hatte. Mir blieb nur die Hoffnung, dass es nur Erzählungen waren.

Hals über Kopf riss ich die Ladentür auf. Als ich die Türschwelle übertrat, raschelten Flügel und der Rabe krächzte schrill: »Diebin! Haltet die Diebin!«

DIE GRENZE

Tristan

»Halt mich auf dem Laufenden«, sagte Tristan an Loyd gewandt, der dies mit einem Kopfnicken zur Kenntnis nahm und davoneilte.

Nervös nagte Tristan an seiner Unterlippe, während er sich gegen eine der Säulen lehnte und an dieser vorbei hinaus in den Garten stierte.

Die Fenster des Kreuzganges waren weder von Glas noch von Vorhängen verschlossen und in harten Wintern fuhr ein kalter Wind durch die Rundbögen in das Gemäuer. Doch momentan waren die Tage hier im Süden gewohnt heiß. Die glühenden Strahlen der Sonne tauchten den Garten in ein zartes goldenes Licht, sodass die Erinnerung an die kalten Wintertage verblasste.

Er konnte es nicht verleugnen – er machte sich Sorgen. Die Pflege eines Dracheneis war alles andere als einfach und er war sich sicher, dass die Diebin sich keine Gedanken um das Wohlergehen des Eis machen würde. Jemand, der sich zum Stehlen verleiten ließ, noch dazu aus radikalen Gründen, konnte kein Herz haben.

Würde dem ungeschlüpften Drachenbaby etwas geschehen, würde er es dieser Rebellin heimzahlen. Tristan war kein rachsüchtiger oder gewalttätiger Mann. Nicht ohne Grund hatte er eine Ausbildung als Pfleger magischer Tierwesen angestrebt, anstatt der Armee beizutreten.

Seine Mutter hatte ihn schon in seiner Kindheit immer ausgeschimpft, dass er sich besser um die Prinzessin statt um die Viecher der königlichen Familie kümmern sollte. Auch Moné teilte seine Liebe zu den Tieren nicht mit ihm. Vielleicht fand er sie deswegen bereits im jungen Alter nicht mehr so liebreizend, wie sie auf alle anderen wirkte.

Starr blickte Tristan in den Garten hinaus. Sein Missmut passte rein gar nicht zu der strahlenden Sonne und dem munteren Vogelgezwitscher. Eine Weile hing er stumm seinen trostlosen Gedanken nach, bis die Glocken des Gotteshauses zum Gebet erschallten. Wie aus einer Trance erwacht, blinzelte er einige Male gegen die Sonne an. Dann schüttelte er den Kopf und verdrängte das Chaos in seinem Inneren. Langsam schlenderte er den Kreuzgang entlang, bis ein glockenklares Lachen ertönte.

»Sagt doch nicht so etwas«, rügte Prinzessin Izabel gerade eine ihrer Zofen.

Ihr Lächeln war über den ganzen Garten hinweg zu sehen und ihre Augen leuchteten vergnügt, also war der Tadel wohl nicht ernst gemeint. Während sein Blick immer noch auf der Prinzessin lag, wanderten seine Gedanken zurück zu Moné.

Das Essen heute Abend würde alles andere als angenehm werden. Tristans Eltern waren geradezu besessen von der unehelichen Tochter des Königs und dementsprechend intensiv bedrängten sie Tristan, mit der Hochzeit nicht länger zu zögern. Vor allem seine Mutter ließ in der Hinsicht nicht locker und er hasste es, wie sie sich in sein Leben einmischte.

Tristan seufzte. Natürlich war ihm klar, dass eine Verlobung mit einer Prinzessin nicht so einfach zu lösen war, noch dazu, wenn ihn niemand dabei unterstützte. Vielleicht sollte er es schlichtweg akzeptieren. Eine wilde Jugend hatte er gehabt. Moné war wunderschön und intelligent, es hätte ihn bei Weitem schlimmer treffen können. Nein, nicht schlimmer – es hätte ihn nicht besser treffen können.

Gerade wollte er sich zum Gehen wenden, da erhob sich Prinzessin Izabel von ihrem Platz auf der Gartenbank. Wie von einer unsichtbaren Macht gefesselt, blieb Tristan gebannt stehen. Graziös schien die Prinzessin in ihrem bodenlangen Kleid förmlich dahinzuschweben. Dabei legte sie ein überraschend hohes Tempo an den Tag. Das zeugte von feurigem Temperament, was sie in Tristans Augen nur noch interessanter machte. Er war so von ihrem Anblick gefesselt, dass er beinahe nicht bemerkt hätte, wie sich eine goldene Brosche von ihrem Mieder löste und in das grüne Gras zu ihren Füßen fiel.

»Moment, wartet!«

Während er leichtfüßig die Steintreppen hinuntersprang und das goldene Stück aus dem Gras fischte, setzte er die selbstbewusste Fassade auf, welche er auch abends in den Schänken an den Tag legte. Schelmisch lächelnd streckte er der Prinzessin die Brosche auf der offenen Handfläche entgegen.

»Ihr habt etwas verloren«, erklärte er mit rauchiger, beinahe betörender Stimme.

Tristan wusste seinen Charme ganz genau einzusetzen und störte sich nicht daran, dass er die Prinzessin eigentlich gar nicht ansprechen durfte. Kurz meinte er, ihre Wangen erröten zu sehen, doch den Bruchteil einer Sekunde später trug sie wieder ein feines Lächeln, welches trotz der Freundlichkeit distanziert und wachsam wirkte.

»Vielen Dank«, sagte sie und bestätigte damit seine Annahme, dass sie Dehnarisch zumindest bruchstückweise beherrschte. Lächelnd nahm sie die Brosche entgegen und wandte sich mit einem kurzen Blick über die Schulter an ihre Zofe. »Mira, geh schon vor.«

Ohne den Befehl ihrer Herrin in Frage zu stellen, neigte die Zofe der Prinzessin respektvoll den Kopf und eilte davon. Izabel wartete einen Moment, bis Mira im Kreuzgang verschwunden war, dann richtete sie ihre Aufmerksamkeit auf Tristan.

»Ich habe Euch irgendwo schon einmal gesehen …«, stellte sie nachdenklich fest und musterte ihn mit einem durchdringenden Blick.

»Bei der Begrüßungszeremonie«, erklärte Tristan schnell. »Ich habe das Drachenei die letzten Monate bewacht und gepflegt.«

»Dann hätten sie es Euch wohl noch einen Tag länger bewachen lassen sollen. So wäre es ihnen womöglich nicht so plötzlich abhandengekommen«, kommentierte die Prinzessin spitz, doch ein kleines Lächeln erhellte ihr Gesicht. Tristan wurde nervös.

»Die radikalen Truppen sind raffiniert, dagegen hätte auch ich nichts tun können«, versuchte er das Versagen seiner Landsleute zu erklären.

»Ihr glaubt also tatsächlich, dass es Radikale waren?«, fragte Izabel.

In ihren Augen lag ein forsches Glitzern. Mit diesem Gespräch wagte er sich auf gefährliches Terrain, aber er wollte ehrlich zu der Prinzessin sein.

Bekräftigend nickte er. »Natürlich. Wer sollte es sonst gewesen sein?«

Das war in der Tat eine gute Frage, auf welche auch Izabel keine Antwort zu haben schien. Unzufrieden schürzte sie die Lippen.

»Ich habe bereits gehört, dass einige dehnarische Bürger sich zu Aufständen zusammengeschlossen haben. Diese nahmen wohl zu, als die ersten Gerüchte bezüglich der Hochzeit aufkamen. In Tasmanien war es nicht anders. Dennoch kann ich mich nicht damit abfinden, dass Radikale tatsächlich glauben sollten, sie könnten so die Verbindung zwischen mir und Joschua verhindern.« Nachdenklich schweifte ihr Blick durch den blühenden Garten.

»Nicht?«, fragte Tristan lahm.

Ihre Überlegung überraschte ihn und er war unsicher, etwas Falsches zu antworten. Ungern wäre er bei der Prinzessin in Ungnade gefallen.

»Würdet Ihr Euer Leben riskieren, um ein Drachenei zu stehlen, nur weil Euch jemand sagt, dass es eine Hochzeit verhindern könnte? Die Betonung liegt hierbei auf dem *könnte*, denn diese Vorkommnisse werden die bereits getroffenen Vorbereitungen wohl kaum aufhalten. Unsere Länder brauchend das Bündnis, das ist kein Geheimnis. Genau dies musste den Aufständischen doch ebenso bewusst gewesen sein … Wäre es nicht viel effektiver gewesen, die Begrüßungszeremonie durch einen geplanten Anschlag zu verhindern? Ein gestohlenes Verlobungsgeschenk ist peinlich, aber kein Grund, die Hochzeit abzusagen. Gerade, da alle wissen, dass Prinz Joschua daran keinerlei Schuld trägt.«

Und der König auch nicht, ergänzte Tristan in Gedanken.

Nachdenklich spielte sie mit der Spitze der Nadel ihrer Brosche. »Ich übersehe etwas. Das Puzzle ist noch nicht vervollständigt …«

Besorgt sah Tristan durch den Garten, doch niemand war in der Nähe, der ihr Gespräch hätte belauschen können.

»Ihr zweifelt also an der Aussage des Königs?«, fragte er unruhig nach.

Er schluckte hart, sodass sein Adamsapfel hüpfte. Wenn die Prinzessin dem dehnarischen Königshaus so weit misstraute, dass sie von einem ausgetüftelten Komplott ausging, war dies ein äußerst schlechtes Zeichen für den Frieden. Tristan lief es kalt den Rücken hinunter, obwohl die Sonne immer stärker gegen die vereinzelten Wolken am Himmel ankämpfte.

»Darum geht es nicht«, antwortete die Prinzessin und wischte seine Frage unwirsch beiseite. »Ich glaube, nein, ich bin mir sicher, dass der König nicht mehr über die Hintergründe weiß. Vermutlich werden sie die Nachforschungen einstellen, sobald das Mädchen gefunden ist. Aber ich will mehr erfahren.«

»Eure Hoheit, ich verstehe nicht ganz.« Unsicher sah Tristan durch den Garten. Mit einem Mal war ihm unerträglich heiß. Nervös lockerte er den Kragen seines Hemdes.

»Gehe ich richtig in der Annahme, dass Ihr Euch an der Suche beteiligen werdet?« Forschend sah sie ihn an, während er konzentriert die selbstsichere Maske aufrecht hielt.

»In der Tat, das werde ich. Allerdings werde ich einzig und allein für die Sicherheit des Dracheneis zuständig sein. Also …«

»Aber Eure Augen und Ohren habt Ihr ja dennoch offen. Ich erwarte nicht mehr, als dass Ihr mir berichtet, sollte Euch etwas Ungewöhnliches zu Ohren kommen. Falls nicht, kann ich in Ruhe damit abschließen und heiraten, andernfalls …« Den Rest ihres Satzes ließ sie unvollständig zwischen ihnen stehen.

»Natürlich, Eure Hoheit«, antwortete Tristan. Izabel wirkte nicht, als würde sie Widerworte dulden.

»Wunderbar. Dann haben wir das ja geklärt.« Mit einem zufriedenen Lächeln streckte sie die Hand aus, sodass er sie zum Abschied küssen konnte. Daraufhin verschwand sie durch den Kreuzgang und Tristan sah ihr verblüfft nach.

Als er das Gespräch Revue passieren ließ, kam ihm der Gedanke, dass die Prinzessin ihre Brosche vielleicht nicht ganz so unbeabsichtigt verloren hatte.

»Wir haben sie gefunden«, rief Loyd durch die Bibliothek. Tristan schreckte aus seiner Versunkenheit und sah überrascht auf.

»Was meinst du?«, fragte er verwirrt.

»Na, was wohl? Wir haben die Diebin!«

»Tatsächlich? Sie ist bereits eingesperrt?« Tristan runzelte die Stirn. Von einer radikalen Rebellin hätte er mehr Geschick erwartet.

»Nein. Geschnappt nicht …«, ruderte der General zurück. »Aber wir wissen nun, wo sie sich aufhält.«

Immerhin schon mal ein Anfang, dachte Tristan bei sich. Neugierig setzte er sich in seinem gepolsterten Sessel auf und lehnte sich Loyd entgegen.

»Sie hat sich verraten, wurde beim erneuten Diebstahl erwischt.« Ein triumphierendes Lächeln breitete sich auf Loyds Gesicht aus. »Am Rand von Ignis hat sie bei einer Hexe einen Mantel gestohlen. Dass das Weib eine Kristallkugel als Sicherheitsvorkehrung besitzt, die die gesamten Geschehnisse aufgezeichnet hat, hat die dumme Göre nicht bedacht.«

»Eine Kristallkugel, die die Kunden überwacht?«, wiederholte Tristan irritiert. »Sachen gibt's.« Kopfschüttelnd legte er das Buch zu Seite, in welchem er zuvor gelesen hatte.

»Hab schon davon gehört, es aber noch nie im Einsatz gesehen«, gab Loyd schulterzuckend zurück.

Es war offensichtlich, dass er eigentlich nicht über die Sicherheitsvorkehrungen der Hexe reden wollte, sondern viel eher auf Anerkennung für die Lokalisierung des Mädchens aus war.

»In Ordnung. Wann brechen wir auf?«

»Hätte nicht gedacht, dich so schnell zum Gehen zu bringen«, stellte Loyd mit einem amüsierten Blick fest. »Was ist mit Moné?«

»Nichts ist mit Moné«, gab Tristan patzig zurück.

»Wenn das so ist …« Loyd grinste wissend. »Wir reiten sofort los. Die Squas werden gerade bepackt.«

»Gut.« Tristan nickte zufrieden.

Zwar dämmerte es bereits, doch er wollte keine Zeit verlieren und der Ritt würde im Dunkeln um einiges erträglicher sein als in der prallen Sonne.

»Bin schon gespannt, wie du Moné beibringen wirst, dass das heutige Treffen wieder nichts wird«, ließ Loyd schadenfroh verlauten, während er sich umdrehte und auf den Ausgang der Bibliothek zuging.

So sah er Tristans Augenverdrehen nicht.

Zara

Vollkommen außer Atem erreichte ich das abgelegene Waldstück, welches ich für mein Lager im Auge hatte. Die Sonne war bereits hinter dem Horizont verschwunden und die Nacht früher als erwartet angebrochen. Ein kalter Wind zog vom Ozean heran und ich war froh, den warmen Stoff des Umhanges an meiner Haut zu spüren. Dennoch klopfte mir das Herz vor Aufregung bis zum Hals.

Kopflos stürzte ich in den Wald. Zweige knackten unter meinen Füßen und ich mahnte mich zur Vorsicht, keine Spuren zu hinterlassen. Außerdem hatte ich wirklich Angst, eine Dryade zu verärgern. Das Völkchen dieser Naturgeister sollte hier in Tasmanien zuhauf vorkommen und geriet sehr leicht in Rage, wenn Eindringlinge den Wald zerstörten. Vorsichtig einen Schritt nach dem anderen setzend, kam ich nur langsam voran.

Doch ich hatte Glück und fand schließlich den Bach, aus welchem ich zuvor getrunken hatte. Als ich ihm folgte, erspähte ich bald eine mit Moos bewachsene Felswand, an deren Fuß ein paar abgestorbene Bäume und Dornenranken wuchsen. Sobald ich mich durch die Dunkelheit näher herangetastet hatte, beschlich mich eine gute Vorahnung. Mit frischem Elan schritt ich auf den Eingang der Höhle zu, welche ich hinter einem verwachsenen Strauch ausmachte.

»Glückstreffer«, murmelte ich zufrieden und schob die Äste beiseite.

Die Höhle war nicht groß und ich musste den Kopf einziehen, um ihn mir nicht an dem kantigen Felsvorsprung anzuschlagen. Ich legte meine Tasche ab und befreite den Boden von Erde und Blättern. Dann wagte ich mich noch mal hinaus in die Dunkelheit, sammelte trockene Zweige für ein Feuer und fasste sie in der Höhle zu einem kleinen Stoß zusammen. Den Handdrill zum Feuermachen hatte mir meine Mutter beigebracht, aber heute sprang der Funke nicht über und ich schaffte es einfach nicht, das Holz zum Brennen zu bringen.

Frustriert gab ich es nach einigen Anläufen auf und trat wütend gegen das Geäst, doch auch das entfachte natürlich kein Feuer. Stöhnend glitt ich an der Höhlenwand hinunter. Am liebsten hätte ich vor Frustration aufgestampft und meinem Ärger freien Lauf gelassen. Stattdessen kauerte ich mich wie ein Häufchen Elend zu einer Kugel zusammen. Die Tasche fest an meinen Bauch gepresst, zog ich die Knie an.

Mittlerweile war es draußen schwarze Nacht, sodass selbst das dumpfe Licht des Mondes nicht mehr bis in die Höhle vordrang. Trotz des Mantels begann ich zu frösteln. Der kalte Erdboden strahlte eine eisige Kälte aus. Je länger ich bewegungslos verharrte, umso kälter wurde mir. Ich hatte Angst, einzuschlafen und nie wieder aufzuwachen, aber meine Lider wurden immer schwerer und irgendwann fielen sie wie von allein zu. Ich dämmerte weg und war mir schon sicher, die Kälte würde wie der erbarmungslose Tod die Hand nach mir ausstrecken – doch mit einem Mal wurde mir warm.

Irritiert griff ich an meinen Bauch. Ich fühlte den weichen Stoff der Tasche und eine glühende Hitze, die davon ausging. Sofort öffnete ich die Knöpfe und tastete nach der Quelle dieser Wärme. Überrascht zuckte ich zusammen, als meine Finger die raue und regelrecht heiße Oberfläche des Dracheneis streiften.

Zögernd legte ich die Handfläche daran und zog es aus dem Stoffbeutel. Sobald es den Schutz der Tasche verloren hatte, erleuchtete ein sanftes Blau die Höhle. Doch ich hatte nicht mehr die Kraft, mir darüber Gedanken zu machen. Glücklich schloss ich das Drachenei unter meinem Mantel in die Arme und kuschelte mich in den weichen Stoff. Sogleich griff der Schlaf nach mir.

Tristan

Die Squas waren gesattelt und die gesamte Gruppe startbereit. Missmutig starrte Tristan dem Sonnenuntergang entgegen, während Moné im Schatten des hoch aufragenden Gebäudes verschwand. Die Verabschiedung hatte alles andere als im Guten geendet und Tristan fühlte sich kläglich.

»Bereit?«, fragte Loyd und zurrte den Gurt seines Sattels fester. Sein Squa stampfte unruhig mit den Hufen und sträubte die Flügel. »Schsch«, machte er beruhigend und klopfte dem Squa den Hals.

»Natürlich. Ich will die Diebin endlich hinter Gittern sehen«, gab Tristan zurück, doch seine Gedanken waren immer noch bei Moné. Ihr verletzter Gesichtsausdruck tanzte vor seinem inneren Auge.

»Dann lasst uns keine Zeit verlieren.« General Loyd warf elegant seinen Umhang zurück und stieg auf den Rücken des Squas.

Sie bildeten eine Truppe von gut zwanzig Mann. Notwendig war dieses große Aufgebot nicht, doch nun, da die Stimmung zwischen den Königreichen wieder so angespannt war, legte König Scąr viel Wert darauf, auch nach außen hin zu zeigen, dass das Finden des Dracheneis höchste Priorität hatte.

»Auf geht's, Pyreus«, murmelte Tristan seinem Squa zu, stieg mit einem Fuß in den Steigbügel und schwang sich auf den Rücken des Tieres.

Für den Weg nach Tasmanien planten sie einen Tagesritt ein und würden dabei auch das Meer überqueren. Pyreus tänzelte unruhig, während Tristan die Zügel anzog und abwartete, bis die anderen Reiter den Platz verließen – er bildete das Schlusslicht. Im orangefarbenen Licht der untergehenden Sonne schillerten die Schuppen der Squas und majestätisch reckten sie die Köpfe. Wahrlich wunderschöne Geschöpfe.

Selbst bei Nacht kamen sie mit den Squas gut voran und als sie im Morgengrauen eine Rast einlegten, war es nach Tasmanien nicht mehr weit. Gähnend streckte Tristan sich und glitt wenig anmutig vom Rücken des Tieres. Die Glieder vom langen Ritt in der Kälte ganz klamm und übermüdet, band er Pyreus an einen Baumstamm. Immer noch vollkommen munter erkundete

Pyreus mit zuckenden Nüstern das taufrische Gras und begann zu grasen. Schon an der Landschaft erkannte man, dass sie sich dem Norden näherten.

»Vermutlich erreichen wir Ignis heute bei Anbruch der Nacht. Nun verweilen wir hier noch für ein paar Stunden, um die Squas rasten zu lassen. Also nutzt die Zeit und ruht euch aus.« Loyds Worte klangen schlaff, auch ihm schien der fehlende Schlaf zu schaffen zu machen.

In Wahrheit brauchten nicht die Squas die Pause, sondern die Reiter, die gestern früh aufgestanden waren, ohne damit zu rechnen, in der Nacht noch die Jagd nach einer Diebin zu beginnen.

»Woher wollen wir wissen, dass sie noch nicht weitergezogen ist?«, fragte Tristan Loyd besorgt, sobald sich die anderen Kameraden abgewendet hatten.

»Eine Garantie haben wir nicht«, gab der junge General zurück. »Aber ich vermute, dass das Mädchen sich ein Zimmer genommen hat und auf weitere Anweisungen ihrer Komplizen wartet.«

»Aber warum sollte sie das Ei nach Tasmanien bringen, wenn die anderen Radikalen im Süden sind? Das ergibt keinen Sinn. Außerdem hat sie einen ganzen Tag Vorsprung.« Unruhig wanderte Tristan auf und ab. Während des Fluges hatte er viel nachgedacht, nun waren seine Gedanken mit Zweifel verpestet.

»Vielleicht hat sie sich auch im Wald ein Lager errichtet, zumindest muss sie vor der Kälte Zuflucht suchen. Mehr wissen wir erst, wenn wir dort sind.«

»Den ganzen Wald zu durchkämmen, wird auch nicht gerade einfach«, murmelte Tristan mürrisch und fuhr sich müde durch den braunen Haarschopf.

»Lass es gut sein, Tristan«, mahnte Loyd streng. »Wir tun alles in unserer Macht Stehende, um das Drachenei zu finden.«

Tristan nickte ergeben. Loyd hatte recht. Dennoch erfüllte ihn eine tiefe Unruhe.

Während sich die anderen für eine kurze Rast niederlegten, stand Tristan am Rand der Klippe und spähte ins Tal hinunter. Zum Glück war es hier nicht nötig, Wache zu halten, denn dazu war Tristan viel zu müde und unkonzentriert. Seine Lider wurden immer schwerer, während sein Blick über die Landschaft schweifte und sich der glühende Sonnenaufgang in seinen Pupillen spiegelte.

Irgendwann legte er sich doch nieder. Seine Augen fielen zu und er glitt in einen unruhigen Schlaf.

»Los! Aufstehen«, grölte Loyd in die Stille und Tristan schreckte aus dem Schlaf.

Verwirrt blinzelte er gegen die Helligkeit an. Die Sonne stand schon hoch am Himmel. In der Ferne erspähte Tristan tief stehende, dunkle Wolken, die sich unheilschwanger zu einer Gewitterfront zusammenbauschten und drohend einen Sommersturm ankündigten. Gähnend trat Tristan an seinen Squa heran.

»Morgen, alter Junge«, neckte er Pyreus, der mit wachsamen Augen Tristans ausgestreckte Handfläche beschnupperte. »Tut mir leid, aber ich habe keine Leckerlies für dich.« Schmunzelnd streichelte er ihm die Stirn.

Enttäuscht blähte Pyreus die Nüstern. Bei Squas bildeten der Kopf und die Beine die verletzlichsten Stellen, da der Körper dort nicht von der robusten Schuppenhaut bedeckt war, sondern von weichem Fell, wie man es von gewöhnlichen Pferden kannte.

»Wir haben keine Zeit zu verlieren. Also packt eure Sachen zusammen, aber dalli!« Verärgert über das Trödeln seiner Truppe zog General Loyd die Stirn in Falten. »Bist wenigstens du schon fertig? Oder sagst du dem Squa noch guten Morgen?«, maulte er Tristan ungehalten an.

Dieser nahm es mit eiserner Gelassenheit. Er kannte Loyds Launen nur zu gut, immerhin waren sie seit Jahren befreundet.

»Welche Stelle wählen wir zum Überqueren des Ozeans? Je kürzer der Flug, desto besser. Einige Squas sind noch jung und dementsprechend unberechenbar«, sagte Tristan an den General gewandt. Dann fügte er etwas gereizt hinzu: »Verstehst du, warum uns der König gerade Paltimor mitschicken musste? Er ist kein Wächter und, um ehrlich zu sein, auch kein guter Kämpfer.« Abschätzig musterte er den in der Nähe stehenden Jüngling.

»Er ist der Neffe des tasmanischen Königs«, gab Loyd schulterzuckend zurück, als erkläre das alles. »Es heißt, er solle etwas über unsere Gepflogenheiten und Kampftechniken lernen, oder so. Dabei werden wir kaum zum Kämpfen kommen. Ganz abgesehen davon, versteht er kaum ein Wort.«

In der Tat wirkte der schmächtige Rotschopf unter den erfahrenen Wachen und Reitern äußerst fehl am Platz. Tristan kam ins Grübeln. Ihn ließ die Vermutung nicht los, dass Paltimor nicht auf Geheiß der Könige, sondern der Prinzessin mit auf die Reise geschickt worden war. Bereits nach dem kurzen Gespräch mit Izabel war Tristan klar, wie klug sie ihre Entscheidungen traf. Ganz bestimmt vertraute sie Tristan nicht vollkommen, ihren Auftrag mit Herz und Seele zu verfolgen. Immerhin war er keiner ihrer Landsmänner. Ihrem Cousin hingegen schenkte sie offenbar ihr ganzes Vertrauen.

Mit einem Mal wuchs Tristans Respekt vor Paltimor und er sah ihn nicht länger als schwaches Glied der Kette, sondern als potenzielle Gefahr. Ohne Zweifel hielt er Izabel auf dem Laufenden und beobachtete Tristan. Er hatte der Prinzessin ein Versprechen gegeben und es lag nur nahe, dass Paltimor sicherstellte, dass er es auch hielt.

Izabel hatte klar die Karten offengelegt. Für sie war die Hochzeit noch nicht verloren und dementsprechend war es nur eine Frage der Zeit, bis sie erst seine Prinzessin und anschließend die Königin seines Heimatlandes werden würde. Er sollte folglich nicht in ihre Missgunst fallen.

»Hey, Paltimor«, rief er, einer plötzlichen Eingebung folgend.

Trotz Loyds offenkundiger Eile band Tristan in eiserner Gelassenheit Pyreus los und schlenderte mit dem Squa im Schlepptau auf den tasmanischen Reiter zu. Pyreus streckte die Flügel und wieherte, wie aus Protest, von seinem Nickerchen geweckt worden zu sein. Mit Genugtuung erkannte Tristan, dass Paltimor bei dem Laut schreckhaft zusammenzuckte. Er war sich sicher, das Vertrauen des Jungen im Handumdrehen zu gewinnen.

»Ignis ist nicht mehr weit!«, schrie Loyd über das Rauschen der Wellen hinweg.

Pyreus spannte die Flügel, der Wind rauschte ihnen um die Ohren. Zwanzig Squas hoben sich in der Abenddämmerung majestätisch vom goldenen Himmel ab. Wie ein Schwarm Raubvögel hielten sie auf die Küste zu. In vollen Zügen genoss Tristan das schwerelose Gefühl in seinem Magen, als Pyreus nach unten sackte und sich langsam in den Sinkflug beugte. Der unruhige Ozean schlug hunderte Meter unter ihnen gegen die Felsküste. Fasziniert beäugte Tristan das Naturspektakel.

Sein Blick wanderte zu Paltimor, der mit seinem Squa nicht sehr gut zurechtzukommen schien. Hektisch zog er an den Zügeln, aber mit Hektik punktete man bei den sanftmütigen Tieren nicht. Tristan schüttelte den Kopf, doch bevor er Pyreus wenden und auf Paltimor zusteuern konnte, hielt Loyd ihn auf.

»Was lehrt man diese Kinder in Tasmanien nur?« Über Paltimors schwächliches Auftreten auf dem Squa den Kopf schüttelnd, lehnte er sich auf dem Rücken seines Tieres nach vorne.

Das Zeichen, dass sie nun den Landeanflug antraten. Ob Izabel auch mit Loyd über ihre Vermutungen gesprochen hatte? Für einen Moment war Tristan unsicher, verwarf den Gedanken dann jedoch schnell. Selbst wenn Izabel eines Tages Königin des Landes werden würde, so war sie es jetzt noch nicht und das war das, was für Loyd galt. Er zählte zu den Loyalsten der Krone und hätte Izabels Bitte sofort abgelehnt. Auch wenn sie es ihm irgendwann, wenn sie auf dem Thron sitzen würde, übel nehmen könnte.

Warum dem König von übermorgen dienen, wenn ich morgen tot sein könnte, war seine Devise.

Pyreus neigte sich steil nach vorne und nahm an Schnelligkeit zu. Der Boden kam immer näher, der Wind peitschte Tristan die Haare aus der Stirn. Keine zehn Meter vom Untergrund entfernt bog der Squa die Flügel und bremste ab. Flüssig wechselte Pyreus vom Flug in einen leichten Trab. Tristan zog sanft, aber bestimmt an den Zügeln und der Squa blieb stehen. Den restlichen Reitern bereitete die Landung mehr Probleme, Paltimor stellte sich besonders ungeschickt an. Immerhin fiel er nicht mit der Nase voran in den Dreck.

Kaum hatten alle festen Boden unter den Füßen, trommelte General Loyd die Truppe zusammen. Im Licht der untergehenden Sonne erschienen seine hellblonden Haare in jugendlichem Gold. Während er in einer kunstvollen Pause abwartete, bis ihm die ungeteilte Aufmerksamkeit galt, reckte er stolz die Brust. Dazu die Arme hinter dem Rücken verschränkt, wanderte er vor aller Augen in einem ruhigen Gleichschritt auf und ab.

»Hier auf tasmanischem Boden sind wir streng genommen Fremde. Dementsprechend erwarte ich Benehmen.« Mit einem drohenden Blick durchbohrte er jeden Einzelnen. »Wir sind hier, um den Auftrag des Königshauses zu erfüllen, nicht um von einem Freudenhaus zum nächsten zu ziehen«, verdeutlichte er, da er einige der Männer seiner Truppe schon zu gut kannte. »Jetzt zum Wichtigen: Die kleine Diebin kann nicht weit von hier sein. Es wird nicht schwierig, sie zu finden, und ein Leichtes, sie zu schnappen.«

Ein unzufriedenes Raunen ging durch die Reihen. Tristan ahnte, dass die Männer durch Loyds Rede den Eindruck bekamen, sie seien für eine lächerliche Aufgabe den weiten Weg hierhergekommen. Insgeheim vermutete Tristan, dass Loyd sich in dieser Hinsicht täuschte, immerhin hatte das Mädchen einen Tag Vorsprung und schien klug zu sein. Zwar nicht klug genug, um zu wissen, dass man keine Dracheneier stahl, jedoch klug genug, es überhaupt erst zustande gebracht zu haben.

Trotz des verärgerten Getuschels unter der Mannschaft legte Tristan seine Sicht der Dinge nicht dar. Er wusste zu gut, wie schnell Loyd solche Worte falsch auffassen konnte. Auch der General entschied, darauf nicht weiter einzugehen.

»Erst sprechen Tristan und ich mit der Hexe.« Er überlegte einen Moment und sah dann zu dem jungen Tasmanen. »Paltimor, du kommst auch mit. Die Hexe spricht bestimmt nicht unsere Sprache, da könnten wir Hilfe gebrauchen.« Der Angesprochene zuckte erschrocken zusammen. »Der Rest erkundet die Stadt. Fragt die Bewohner nach einer Spur des Mädchens. Erkundigt euch nach Einheimischen, die mit dem Wald vertraut sind. Vielleicht kennt jemand einen möglichen Unterschlupf oder auffällige Gegebenheiten, an denen wir uns orientieren können. Eine Lichtung, ein Fluss … irgendetwas. Kommt mir nicht mit leeren Händen zurück.« Drohend fuchtelte er mit dem Zeigefinger in der Luft herum. »Besorgt Feuerfeen, die uns den Weg leuchten, dann geht es noch heute Nacht in den Wald. Wir haben keine Zeit zu verlieren.«

Wie Loyd gehofft hatte, stellte sich das Verhör der Hexe als außerordentlich hilfreich heraus. In ihrer Aufregung sprach sie besonders schnell, woraufhin sich Paltimors Rolle als Übersetzer durchaus auszahlte. Zwar hatten sowohl Loyd als auch Tristan die Grundlagen der anderen Sprachen Godsquanas in ihrer Schulzeit gelernt, aber als die Hexe nun ohne Punkt und Komma wütete, verstand er kaum ein Wort.

»Sie sagt, das Mädchen hatte ein Tattoo am Handgelenk«, übersetzte Paltimor, während Tristan sich misstrauisch in der Hexenstube umsah.

Neben der Tür saß ein Rabe, der ihn keine Sekunde aus den Augen ließ, und die Frau mit der hellgrünen Haut war ihm suspekt.

»Das Zeichen der Unfreien«, kommentierte Loyd nachdenklich. »Das ergibt Sinn. Im Süden rebellieren vor allem Sklaven gegen das Regime.«

»Ein Tattoo an der Hand?«, fragte Tristan skeptisch nach. »Das hat sie ganz sicher erkannt?«

»Der Rabe hat es gesehen«, antwortete Paltimor mit einem irritierten Stirnrunzeln.

»Wir sollen uns auf das Wort eines Raben verlassen?« Tristans Mundwinkel zuckten und er schüttelte ungläubig den Kopf.

»Es passt zusammen und er scheint ein kluges Tier zu sein«, gab Loyd schulterzuckend zurück.

»Ist das dein Ernst?« Tristan hob spöttisch die Augenbrauen. »Glaubst du nicht, du versuchst die Beweise zu drehen, wie sie dir gefallen?«

»Sie sagt, sie habe das Tattoo gesehen, und das zeigt nun mal den Status einer Sklavin an.« Loyd wurde sichtlich ärgerlich.

»Nicht sie, der Rabe«, entgegnete Tristan hitzig.

Loyd atmete einmal tief durch und Tristan erwartete bereits, er würde nun zu schreien beginnen, doch stattdessen zog er ihn mit zusammengepressten Lippen vor die Tür.

»Was ist dein Problem?« Loyds Augen funkelten zornig.

»Du vertraust auf einen Raben, Loyd!«, spie ihm Tristan entgegen. »Das ist doch kein Beweis!«

Für einen Moment starrten sie einander einfach nur wutentbrannt an, dann schien Loyd regelrecht zu platzen. »Wenn ich nach deinen Ansichten arbeiten würde, werden wir das Mädchen niemals fassen! Du bist so schrecklich naiv.«

»Naiv?«, zischte Tristan entrüstet. »Nur weil ich mich nicht auf unseriöse Quellen verlassen möchte? Es ist unsere Aufgabe, dass alles mit rechten Dingen geschieht. Da ist ein Rabe nun mal kein Zeuge!«

»Ja, naiv ist das richtige Wort! In deiner heilen Welt mag alles gerecht zugehen. Aber in der Realität gibt es so etwas nicht.«

Auf Außenstehende musste es wirken, als würden die zwei jungen Männer jeden Moment aufeinander losgehen. Doch dann lenkte Loyd ein. »Tristan, bei aller Freundschaft – das ist meine Mission und wenn dir meine Herangehensweise nicht passt, kannst du gehen!«

Tristan runzelte die Stirn. Die Wut brodelte in ihm, aber er mahnte sich zur Ruhe. Schlussendlich senkte er den Blick.

»Ich wollte deine Entscheidung nicht in Frage stellen«, entschuldigte er sich.

Loyd schnaufte. Dann gab er seine Angriffshaltung auf. »Ich weiß. Du machst dir Sorgen um das Drachenei. Aber vertraue mir.«

Seit sie sich kannten, hatte Tristan Loyd immer vertraut. Mit einem Mal fiel es ihm schwer.

»Unser zweiter Streit«, sagte Tristan lächelnd, nun, da er sich wieder beruhigt hatte. »Das ist ja fast eine Premiere.«

»Ich erinnere mich noch gut an unseren ersten.«

»Der war weit schlimmer.« Tristan lachte.

»Deswegen ist es danach wohl nie wieder zu einem gekommen. Damals haben wir uns gründlich ausgestritten«, kommentierte Loyd schmunzelnd und schüttelte den Kopf. »Obwohl sie ein Jahr älter war als du, wollte sie dich.«

Tristan dachte zurück an die Diplomatentochter, für die sie beide geschwärmt hatten. Das war nun schon mehr als sieben Jahre her. Damals waren sie noch Kinder gewesen. »Rückblickend war es das Mädchen wirklich nicht wert.«

»Mir ging es nie um das Mädchen«, murmelte Loyd und sah plötzlich zur Seite.

Irritiert runzelte Tristan die Stirn. »Worum dann?«

»Ach, Tristan.« Loyd seufzte. »Dir fällt immer alles in den Schoß, ohne dass du einen Finger dafür rührst. Der König vertraut dir seine Tochter an und schickt dich in den Süden, um die Aufstände einzudämmen. Du willst das alles gar nicht und bekommst es trotzdem.«

Schockiert sah Tristan seinen Freund an. Davon hatte er noch nie gesprochen. »Aber du bist einer der jüngsten Generäle des Königreiches, Loyd! Du wirst von allen geachtet und bewundert.«

Unbeeindruckt zuckte Loyd mit den Schultern. »Ich habe hart dafür gearbeitet und gekämpft. Dennoch wird der König mich nie so schätzen wie dich.«

»Das ist nicht wahr«, hielt Tristan dagegen.

»Doch, das ist es, Tristan. Ich werde nie an erster Stelle stehen. Das bin ich mittlerweile gewöhnt.«

Loyds Gesichtsausdruck war verschlossen und Tristan wusste einfach nicht, was er dazu sagen sollte. Geradezu erleichtert atmete er auf, als Paltimor die Hexenstube verließ.

»Können wir aufbrechen?« Interessiert beäugte er Tristan und Loyd.

Beide Männer nickten.

Flankiert von Feuerfeen zogen sie in den Wald. Die Auswirkungen der Reise machte sich bemerkbar und die Männer auf ihren Squas zogen lange Gesichter, als die Temperatur mit dem Verschwinden der Sonne erneut um einige Grad absank.

Tristan befürchtete bereits, der Drache könnte bei dieser Kälte erfroren sein. Der Gedanke war nicht gerade abwegig. Vor allem, da er nicht glaubte, das Mädchen könnte sich um das Ei gekümmert haben.

In seiner Vorstellung tauchte das Bild einer erfrorenen Diebin und eines toten Drachen auf. Er schüttelte sich vor Grauen.

»Bestimmt hat sie ihr Lager nahe dem Fluss aufgeschlagen«, mutmaßte Tristan und winkte eine der Feuerfeen näher, sodass sie ihm die Landkarte in seinen Händen erleuchtete.

Das spröde Papier zeigte die Umgebung von Ignis und reichte fast bis zum kaum bekannten Land des Schattenkönigs Rauke weit im Norden.

»Und wo ist dieser Fluss?«, gab Loyd genervt zurück.

Er saß auf seinem Squa immer noch aufrecht, doch Tristan erkannte den Schmerz in seinem Blick. Vermutlich machte ihm seine alte Hüftverletzung aus dem Unabhängigkeitskrieg von Køtør wieder zu schaffen.

Es beeindruckte Tristan immer wieder aufs Neue ungemein, bei wie vielen Kämpfen, Kriegen und Missionen Loyd seit seiner Jugend beteiligt gewesen war. Immerhin war der bereits frühzeitig ergraute Krieger nur wenige Jahre älter als er selbst. Loyd hatte den Dienst an der Königsfamilie immer seinem eigenen Wohlergehen vorgezogen und kaum ein wirkliches Privatleben vorzuweisen.

Tristan überlegte, ob ihn so ein Leben reizte. Keine Verpflichtungen an eine Ehefrau zu Hause, die es verletzte, einen betrunkenen Ehegatten aus den Fängen einer anderen Frau zu befreien … jedoch auch niemand, der um seinen Tod bittere Tränen vergießen würde.

»Jetzt sag schon«, riss Loyds Stimme ihn gewaltsam aus seinen Gedanken.

»Verzeihung. Der Fluss ist nur ein Stück von hier aus Richtung Westen. Ich würde sagen, wir folgen ihm und halten nach verlassenen Waldhütten, Höhlen und dergleichen Ausschau.« Nach dem Streit war die Stimmung zwischen den zwei Freunden immer noch angespannt.

Loyd nahm den Vorschlag nickend zur Kenntnis. »Gut. Dann vorwärts. Am Fluss teilen wir uns auf, sodass beide Seiten des Gewässers abgesucht werden.«

Wortlos trieben die Reiter ihre Squas an und durchquerten den Wald. Sobald die Bäume, das Gestrüpp und das Geäst immer dichter wurden, war das Vorankommen beschwerlich. Die Squas manövrierten sich mühsam mit ihren Flügeln durch den verwachsenen Wald. Die Zweige unter den Hufen knackten laut und Tristan wurde immer nervöser. Unbemerkt würde ihre Suche so nicht lange bleiben und das Mädchen war zu Fuß im Vorteil.

Irgendwann begannen die Squas zu bocken. Unruhig verweigerte Pyreus jeden weiteren Schritt, was Tristan ein ungutes Gefühl bescherte. Sein Squa hatte ein gutes Gespür für drohende Gefahren, vielleicht lauerte in der Nähe ein wildes Tier? Mit zu Schlitzen verengten Augen spähte er angespannt in die Dunkelheit, konnte jedoch nichts erkennen. Verärgert schnalzte er mit der Zunge, doch Pyreus scheute und steckte mit seiner Nervosität auch die anderen Squas an.

»Tristan, was ist los?«, fragte Loyd, der unmittelbar hinter ihm sein Squa zu beruhigen versuchte.

»Haltet eure Schwerter bereit«, gab Tristan zurück und stieg ab, da Pyreus keinen weiteren Schritt gehen wollte. Stattdessen nahm er den Squa am Zaumzeug und ging voraus. Nur widerwillig folgte er seinem Reiter. »Schsch«, murmelte Tristan beruhigend und spähte in die Dunkelheit.

»Hört ihr das?«, fragte er und lauschte auf das seltsame Rascheln.

Eine beklemmende Kälte erfasste ihn. Mit einem Mal fühlte er sich schwer und in seinem Inneren zog sich alles sorgenvoll zusammen. Zischend atmete er aus. Die unnatürliche Kälte schien den Himmel zu verdunkeln und selbst das Licht der Feuerfeen dämpfte sich merklich. Pyreus weitete die Nüstern, als er den Geruch des Waldes erschnupperte, und er wieherte unruhig.

Tristans Blick glitt über die Blätter. Erschrocken hielt er inne, als er aus dem Gebüsch zwei türkisblaue Augen hervorblitzen sah, in denen sich der Schein der orangefarbenen Flammen der Feuerfeen spiegelte.

Vor Schreck wie gelähmt, starrte er auf die Stelle, doch nach einem Blinzeln war das Mädchen bereits verschwunden. Lediglich das Wippen eines angestoßenen Zweiges bewies ihre überstürzte Flucht.

»Vermutlich ein Tier.« Loyd trat an Tristan vorbei und machte sich nicht einmal die Mühe, die Stimme zu senken. »Mach dir vor den Eichhörnchen nicht in die Hose«, fügte er hinzu, als Tristan ihm widersprechen wollte.

Doch bevor er auch nur ein Wort über die Lippen bringen konnte, tat sich ein Loch zwischen den Zweigen der Büsche auf und eine gigantische Gestalt sprang auf sie zu.

DER KAMPF

Zara

Gleichermaßen müde wie hungrig erwachte ich, als die warmen Sonnenstrahlen durch das Dickicht vor dem Eingang der Höhle schienen. Damit wurde nur noch deutlicher, wie weit fortgeschritten der Tag bereits war.

Stöhnend blinzelte ich dem Licht entgegen. Meine Glieder schmerzten vom harten Höhlenboden und die Müdigkeit war nicht ganz vertrieben. Dennoch ratterten die Gedanken in meinem Kopf und mir war klar, dass ich hier nicht bleiben durfte. Verschlafen sah ich gegen das grelle Morgenlicht und hievte mich in eine aufrechte Position.

Gähnend streckte ich mich und schaute mich um. Das Drachenei, welches die ganze Nacht an meinen Bauch gepresst neben mir gelegen und mich gewärmt hatte, leuchtete nicht länger im mystischen Blau, sondern zeigte sich im altbewährten Schuppenkleid.

Hatte ich das alles nur geträumt? Zögernd betrachtete ich es, wie es so still, beinahe leblos dalag. Kaum vorzustellen, dass darin ein kleiner Drache heranwachsen sollte. Kopfschüttelnd wickelte ich es in den schwarzen Mantel, dann verließ ich die Höhle. Angesichts der strahlenden Sonne verharrte ich für einen Moment taumelnd am Einstiegsloch und blickte mit zusammengekniffenen Augen in den Himmel.

Bei Tag zeigte sich der Wald von einer ganz anderen Seite. Beeindruckt von der Schönheit der nördlichen Natur sog ich den Anblick in mich auf und verinnerlichte ihn mit tiefen Atemzügen. In Kopanien kannte niemand mehr als eine Jahreszeit – den Sommer, der sich durch unerträgliche Hitze auszeichnete. Hier im Norden vollzog die Landschaft jedoch ganze fünf Entwicklungsstadien. Ich war absolut überwältigt davon, nun Zeuge dieses Geschehens zu sein.

Die Blätter strahlten in den schönsten Farben. Orange vermischte sich mit Blutrot und einem Gelb, welches in den warmen Sonnenstrahlen golden glitzerte. Nichtsdestotrotz wusste ich durch Erzählungen, dass das nur der Beginn des leisen Sterbens war. Für alle Augen das blühende Leben, doch in Wirklichkeit starben die Blätter ab, bald würden sie sich schwarz färben.

Der *Tod* – nicht wirklich eine Jahreszeit, sondern das Wirken der Schattenwesen aus dem Norden. Die Armee des Schattenkönigs entzog den Blättern der Bäume endgültig die letzte Energie und ließ sie schwarz und leblos zurück.

Trotz der warmen Sonnenstrahlen auf meiner Haut fröstelte es mich. Nahezu unverändert hoben sich die bunten Baumkronen vom strahlend blauen Himmel ab. Von den kalten Temperaturen von gestern war nicht mehr viel zu spüren … und so beschloss ich, der Verlockung nachzugeben und nicht gleich aufzubrechen.

Ja, man würde nach mir und dem Drachenei suchen, doch der Wald war groß und niemand konnte einen Anhaltspunkt haben, gerade mich zu verdächtigen oder hier mit der Suche zu beginnen. Die Flucht hatte mich ausgelaugt, ich sehnte mich nach ein paar Stunden der Ruhe. Da würde es nicht schaden, ein wenig das fantastische Wetter zu genießen.

Nahezu den ganzen Tag verbrachte ich durch den Wald streifend und das Land erkundend. Zwischenzeitlich tankte ich in der warmen Sonne liegend Kraft. Gelegentlich sah ich Tiere, vor allem Vögel und Feen, die hoch oben in den Baumkronen saßen und ihre Lieder trällerten.

Doch kein Mensch, keine Hexe und kein Bändiger kreuzten meinen Weg. Aber die Ruhe hatte auch eine schlechte Seite an sich. Meine Gedanken rotierten und unentwegt dachte ich an meine Familie, die ich in Kopanien hatte zurücklassen müssen. Meine drei Geschwister bedeuteten mir alles und besonders die kleinsten – Sarabi und Nori – vermisste ich schmerzlich. Natürlich wollte ich sie ebenfalls nach Tasmanien holen. Doch hier Fuß fassen, würde mehr als schwer werden.

Gegen Mittag nahm ich etwas Brot zu mir und trank das klare Quellwasser des Baches. Das kalte Nass weckte meine müden Sinne und füllte mich mit Energie. Einzig das Essen machte mir Sorgen. Die Vorräte, welche ich bei der Hexe gekauft hatte, würden nicht mehr lange reichen, also musste ich mich am nächsten Morgen auf jeden Fall aufmachen, um ein anderes Dorf zu finden.

Auf einer Lichtung fand ich Brombeersträucher, pflückte alle Beeren und sammelte mir damit einen kleinen Vorrat an. An die Pilze traute ich mich nicht heran, da hier im Norden ganz andere Arten als in meiner Heimat vorherrschten und sich darunter vermutlich einige giftige Sorten befanden.

Das Drachenei bettete ich während meiner Wanderung in die Tasche. Erst als es bereits zu dämmern begann und der glühende Feuerball hinter den Baumspitzen verschwand, machte ich mich auf den Weg zurück zur Höhle. Durch die Lücken zwischen den Bäumen sah ich hinauf in den Himmel, welcher in einer faszinierenden Mischung aus Orange und Rosa erstrahlte. Gähnend warf ich noch einen letzten Blick auf die Landschaft, dann krabbelte ich mit einem glücklichen Gefühl im Bauch in die Höhle und legte mich auf meinem Blätterbett nieder.

Mit dem Drachenei in den Armen fiel ich in einen sanften, traumlosen Schlaf.

Irgendwann in der Nacht weckte mich meine drückende Blase. Verschlafen gähnend kletterte ich aus der Höhle. Es war so dunkel, ich sah kaum, wohin ich während meines nächtlichen Toilettengangs trat. Der Mond bot versteckt hinter Wolken kein Licht und meine Augen brauchten einen Moment, bis sie sich an die Dunkelheit gewöhnt hatten.

Verwirrt stierte ich in die schwarze Nacht, als Stimmen an mein Ohr drangen. Von Neugierde getrieben, schlich ich durch das Gebüsch. Mein Verstand schrie, ich sollte umkehren und mich in der Höhle verstecken, doch ich konnte nicht aus meiner neugierigen Haut.

Als ich das nervöse Schnauben eines Squas vernahm, blieb ich ruckartig stehen. Die Tiere hatten nicht nur ein erstaunliches Feingespür vorzuweisen, genauso stark ausgeprägt war ihr Geruchssinn. Ein ungünstiger Windstoß und ich würde mich verraten. Mein Herz raste vor Furcht, entdeckt zu werden, und die Panik umspülte mich wie ein reißender Fluss.

»Hört ihr das?«, fragte eine dunkle Stimme.

Orangefarbenes Licht leuchtete zwischen dem Blätterdickicht hervor. Es waren Männer, und sie hatten Fackeln oder Feuerfeen bei sich.

»Vermutlich ein Tier«, antwortete ein anderer Mann.

Es musste sich um eine ganze Gruppe von Reitern handeln. Mit angehaltenem Atem reckte ich den Hals und spähte zwischen den Blättern hindurch. Eine schlechte Idee, wie mir keine Sekunde später klar wurde. Zwei dunkle Augen, in denen sich das Licht eines Feuers spiegelte, starrten mir nicht minder erschrocken entgegen.

»Mach dir vor den Eichhörnchen nicht in die Hose«, sagte der Mann neben dem Reiter, der mich entdeckt hatte, und riss mich aus meiner Erstarrung.

Ruckartig fuhr ich herum. So schnell es mir meine Beine erlaubten, stürmte ich durch den Wald. Mich verfolgte die beständige Angst, mit meinen Schritten die Squas zu alarmieren, bis ich unerwartet mit einem ganz anderen Problem konfrontiert wurde.

Durch das Adrenalin angetrieben, hatte ich gar nicht bemerkt, wie kalt es plötzlich um mich herum geworden war. Schlotternd atmete ich aus und hinterließ damit eine kleine Wolke in der Luft. Angstvoll weitete ich die Augen, als ich das Tauwasser auf einer nahen Pflanze binnen eines Herzschlags zu Eiskristallen gefrieren sah. Ich brauchte nicht mehr Beweise, um zu wissen, welche Monster sich mir in diesem Moment näherten.

Schattenwesen.

Tristan

Rasselnd atmete Tristan ein. Der Schreck fuhr ihm durch Mark und Bein und als Pyreus in Panik zu scheuen begann, hielt er sich nur mit Mühe im Sattel.

»Gruppe formieren. Wir werden angegriffen!«, brüllte Loyd und zog das Schwert.

Während sich der Wald um die Truppe herum auf gespenstische Art und Weise in eine Winterlandschaft verwandelte, drängten sie sich auf der Lichtung Rücken an Rücken. Keinen Steinwurf entfernt sprang eine brüllende, dunkle Gestalt aus dem Unterholz.

Tristans Herz klopfte wie verrückt, die Aufregung schärfte seine Sinne und brachte den Krieger in ihm zum Vorschein. Mit eiskalter Berechnung nahm er die Szenerie in Augenschein, während sein Schwert bedrohlich im Licht des silbernen Mondes schimmerte.

»Sie haben uns umzingelt.« Paltimors Stimme klang hoch und piepsig.

Sein Blick zuckte von einer Seite zur anderen, aber er hatte recht. Wie die Reinkarnation des Todes schwebte eines der Schattenwesen direkt auf Tristan zu. Sie trugen keine Waffen, doch die Schatten, die an ihrer Gestalt hafteten, als wären sie von oben bis unten mit Öl bedeckt, materialisierten sich zu Fangarmen, Klauen oder Dolchen – je nachdem, was sie gerade zum Kampf benötigten. Aber das war nicht alles. Überrascht registrierte Tristan, dass unter schwarzen Umhängen vereinzelt Gesichter hervorlugten. Doch er hatte keine Zeit, sie genauer in Augenschein zu nehmen.

»Angriff!«, brüllte General Loyd.

Allerdings war die Anweisung gar nicht mehr notwendig. Jeder schwang das Schwert, als hinge sein Leben davon ab. Was es in gewisser Weise wohl auch tat, das war Tristan mit einer dumpfen Bitterkeit bewusst.

»Paltimor, beweg dich!« Unwirsch stieß Tristan den Tasmanen an.

Obwohl der Mann aus dem Norden kam, schien er zum ersten Mal den Schattenwesen gegenüberzustehen. Tristans Warnung kam keine Sekunde zu früh, da schlug eines der Wesen auch schon mit einem aus Schatten materialisierten Schwert nach Paltimor und verfehlte ihn nur haarscharf.

Das Wesen gab ein rasselndes Geräusch von sich, das wohl ein hämisches Lachen darstellen sollte. Tristan lief es kalt den Rücken hinunter. Von allen Seiten strömten weitere Schattenwesen aus der Dunkelheit heraus. Sie verschmolzen mit der Schwärze und bildeten eine unbezwingbare Front.

Voller Verzweiflung hob Tristan das Schwert – sie waren ja so was von geliefert.

»Tristan, pass auf!«

Gerade rechtzeitig riss ihn der Schrei eines Kameraden aus der Starre. Die Klinge seines Schwertes traf auf die des Schattenwesens, ein grausiges Kreischen von Metall folgte.

Von überall ertönten Kampfgeräusche, die gespenstisch in der Stille des Waldes widerhallten. Die drückende Kälte, welche von den Wesen ausging, trug zusätzlich zur Schwäche der ohnehin schon müden Gruppe bei. Die Feuerfeen flohen in Panik, und ließen sie ohne Licht zurück.

Schwungvoll holte er aus und traf das Schattenwesen an der Schulter, doch die Verletzung schien ihm nicht viel auszumachen. Unbeirrt ließ es nicht von Tristan ab, drängte ihn zurück. Sein Schwertarm zitterte, ob vor Furcht oder dem Gewicht der Klinge, konnte er nicht mehr ausmachen. Er war kein ausgebildeter Krieger, er hatte nie gelernt, gegen ein Schattenwesen anzutreten.

Verbissen duckte er sich unter einem Schlag hinweg und kanalisierte seine verbliebene Energie, um nicht einzuknicken. Der Schweiß stand ihm auf der Stirn, sein Atem ging rasselnd, dennoch schwang er weiter das Schwert.

Ihren einzigen Vorteil bildeten die Squas. Durch die erhöhte Position auf den Rücken der Tiere waren sie den Schattenwesen überlegen, doch das hielt nicht lange an. Tristan bezwang eines der Schattenwesen, da stand ihm auch schon ein neuer Gegner gegenüber. Dieser befand sich jedoch mit beiden Beinen fest am Boden, anstatt mit den Schatten zu verschmelzen. Es war kein Schattenwesen – aber was war es dann? Er versuchte, einen Blick unter die Kapuze zu erhaschen, da verlor er plötzlich jegliches Gefühl in seinem Körper. Erschrocken sah er zu Loyd, ob es ihm ähnlich erging, doch dieser war mitten im Gefecht.

»Verdammt, Paltimor, steh auf!«, hörte er Loyds Stimme laut durch das Kampfgetümmel hallen.

Aus den Augenwinkeln bekam er gerade noch mit, wie eines der Schattenwesen den Tasmanen mit seinen schwarzen Schlingen am Hals streifte. Scharf wie ein Messer fuhr die Dunkelheit durch die dünne Haut und schlitzte ihm die Kehle auf. Blut spritzte, doch da hatte Tristan bereits den Blick abgewandt und schlug wie versessen auf die dunklen Schlingfäden eines der Wesen vor ihm ein. Die Fäden erreichten ihn nicht, aber sie streiften die ungeschützten Fesseln seines Squas. Pyreus wieherte unter Schmerzen und bäumte sich auf.

»Ruhig, Junge. Ruhig«, murmelte Tristan, doch Pyreus tänzelte nervös und Tristan spürte seine Hände nicht länger.

Die Zügel entglitten ihm und er schien nicht mehr Herr seines eigenen Körpers zu sein, als hätte jemand anderes die Kontrolle übernommen …

Dies wurde ihm zum Verhängnis.

Dumpf traf ihn ein Schlag am Hinterkopf. Leblos wie eine Puppe kippte er aus dem Sattel und schlug hart auf dem Boden auf. Sein letzter Gedanke galt den unnatürlich blauen Augen, welche zwischen Blättern hervorgespäht hatten.

Dann wurde alles um ihn herum schwarz.

Zara

Zwei Tage waren seit dem Auftauchen der dehnarischen Truppe und dem Angriff der Schattenwesen vergangen. Entgegen jeglicher Erwartungen kam ich mit dem Essen über die Runden, die Beeren und Nüsse des Waldes hielten mich bei Kräften. Das war alles, was zählte.

Warum ich nicht schon längst weiter in den Norden aufgebrochen war? Der Grund dafür lag in diesem Moment keine Armlänge von mir entfernt. Während des Angriffes hatte ich mich in der Höhle versteckt, doch sobald die unnatürliche Kälte und mit ihr die Schattenwesen verschwunden waren, suchte ich das Schlachtfeld ein weiteres Mal auf.

Vor mir tat sich ein grauenhaftes Szenario auf. Die dunklen Wesen hatten gesiegt, wer nicht geflohen war, lag tot am Boden. Dennoch musste ich sichergehen, dass es wirklich keine Überlebenden gab.

Blut tränkte die noch gefrorene Erde und diejenigen, die von den toxischen Schatten der Wesen getroffen worden waren, rotteten bereits dahin. Der Kampf war nur wenige Stunden her, doch die Leichen der Toten sahen viel älter aus. Gesichter waren kaum noch zu erkennen. Übelkeit stieg in mir auf, als ich in die leblosen Augen eines verbluteten Mannes sah. Seine Züge waren zu einer schrecklichen Grimasse verzogen. Es kostete mich all meine Kraft, nicht die Flucht zu ergreifen, doch ich war noch nicht bereit, aufzugeben.

Und tatsächlich – ich fand jemanden, der weiterhin atmete. Vermutlich war er ein junger Soldat, dem Aussehen nach ein gebürtiger Dehnare. Seine dunkle Haut zeichnete ihn unweigerlich als einen derjenigen aus, die nach mir gesucht hatten und ziemlich sicher auf meinen Tod aus waren. Dennoch konnte ich ihn nicht einfach liegen lassen.

Ich sammelte desinfizierende Kräuter und reinigte seine Wunden. An seinem Hinterkopf zeichnete sich eine Beule von einem harten Schlag ab, vielmehr beunruhigten mich jedoch die kleineren Verletzungen. Die Magie der Schattenwesen haftete an den Wunden und verseuchte sein Blut. Da ich ihn nicht einfach am Schlachtfeld liegen lassen konnte, hatte ich aus abgestorbenem Holz eine Trage gebaut und ihn in die Höhle gebracht.

Seitdem gab er Schmerzenslaute von sich und murmelte im Fieberwahn. In der zweiten Nacht war es am schlimmsten. Da kam er das erste Mal zu sich und schlug die Augen auf, doch er sah nicht wirklich. Im Fiebertraum gefangen, huschte sein dunkler Blick durch die Höhle. Er sah Sachen, die nicht da waren, und seine Schmerzensschreie hallten von den Wänden der Höhle wider.

Im Licht des Feuers kühlte ich seine glühende Stirn mit dem Wasser aus dem Fluss. Seine von Blut verschmutzte Kleidung war vollkommen durchgeschwitzt.

Als die ersten Sonnenstrahlen durch die Zweige vor dem Eingang der Höhle spähten, fielen meine Augenlider zu. Erst als sich neben mir etwas regte, schreckte ich aus dem Schlaf. Benommen blinzelte ich und richtete mich auf.

»Bitte nicht«, murmelte er, doch seine Augen waren geschlossen.

Routiniert griff ich nach der Tasche und überprüfte, ob das Drachenei noch dort war. Anschließend nahm ich den Stofffetzen, den ich aus einem Leinenhemd eines der Verstorbenen gerissen hatte, von der Stirn des Soldaten und trug ihn zum Fluss, um ihn auszuwaschen.

Träge spritzte ich mir kaltes Wasser ins Gesicht, um meine Sinne zu beleben. Dann kehrte ich zur Höhle zurück. Das Feuer war schon lange heruntergebrannt, doch das warme Morgenlicht erhellte die Höhle, sodass ich sofort registrierte, dass mich zwei wachsame Augen ansahen. Überrascht setzte mein Herz für einen Schlag aus, nur um daraufhin gleich noch schneller zu schlagen.

»Ihr seid wach«, rief ich erleichtert aus.

Der Blick des jungen Soldaten wirkte klar. Er halluzinierte nicht mehr.

»Wer seid Ihr?«, krächzte er kläglich und wich zurück, als ich näher trat.

»Verzeihung«, flüsterte ich und hielt inne. »Ihr wart verletzt, ich musste Eure Wunden reinigen. Die Schattenwesen haben einigen Schaden angerichtet.«

An den von Schattengift verunreinigten Schnittstellen würden unweigerlich Spuren zurückbleiben, aber als ich seine Wunden ausgewaschen hatte, hatte ich auf seinem Körper weit schlimmere Narben entdeckt. Es überraschte mich deshalb nicht, dass er gleichgültig mit den Schultern zuckte.

»Ihr seid bestimmt durstig. Bitte, trinkt.«

Vorsichtig hob ich die kleine Schüssel hoch, welche ich am Kampfort gefunden und am Fluss mit Wasser gefüllt hatte. Vermutlich hatte sie einem der Soldaten gehört und war im Feuer des Gefechts aus der Satteltasche eines Squas gefallen. Keine Sekunde später bestätigte sich meine Vermutung, als der fremde Mann mit einem wütenden Funkeln in den Augen danach griff.

»Woher habt Ihr das?«

Grob schlug er mir die Schüssel aus der ausgestreckten Hand. Scheppernd fiel sie auf den Boden, wo sie umgedreht liegen blieb. Das Wasser sickerte in die Erde, während ich erschrocken die Augen aufriss.

»Antwortet mir!«, knurrte er in gebrochenem Tasmanisch.

Offenbar dachte er, ich verstände kein Dehnarisch. Aber da ich für Herrn Salamon auch mit Leuten aus dem Ausland hatte verhandeln müssen, waren mir die anderen Sprachen Godsquanas nicht fremd.

»Ich habe sie gefunden«, stotterte ich mit wild schlagendem Herz.

Die dehnarischen Worte kamen mir schwer über die Lippen, doch trotz der lähmenden Angst wusste ich intuitiv, dass ich meine wahre Herkunft verschleiern sollte. Im Moment war er noch von den Wunden geschwächt, aber es war nur eine Frage der Zeit, bis er sich daran erinnern würde, dass er sich eigentlich auf der Suche nach einer Diebin befand.

Da ich nicht vorhatte, mich ihm gleich auf dem Silbertablett zu servieren, zog ich den Ärmel meiner schwarzen Jacke bis über meine Handflächen, um das Tattoo an meinem Handgelenk zu verbergen.

»Ich habe dich gesehen. Kurz bevor die Schattenwesen angegriffen haben.« Unbewusst schien er die Höflichkeitsform vergessen zu haben.

Ich sah ihm den Zorn an, doch genauso erkannte ich, wie viel Kraft ihn dieser Wutausbruch kostete. Als hätte er meine Gedanken gelesen, stand er schwerfällig auf, packte mein Handgelenk und drückte fest zu.

»Sagt mir, was Ihr wisst!« Schwer atmend starrte er mich aus zu Schlitzen verengten Augen an.

Trotz der angespannten Situation kam ich nicht umhin, zu bemerken, wie intensiv graublau seine Augen im Kontrast zu seiner dunklen Haut strahlten.

»Sprich endlich!«

Ich schluckte schwer. »Bitte legt Euch wieder nieder. Ihr müsst Euch ausruhen. Bitte … Ich erzähle Euch auch alles, was ich gesehen habe.« Flehend erwiderte ich seinen Blick.

Die Stille zwischen uns war drückend, doch nach wenigen Sekunden schien er zu begreifen, dass nicht ich die Gefahr war. Abrupt ließ er von mir ab.

Mit dem Blick eines gehetzten Tieres humpelte er zurück zu seiner Schlafstelle und setzte sich vorsichtig nieder. Er atmete zischend zwischen zusammengebissenen Zähnen aus. Die Wunden waren noch nicht gänzlich verheilt und das zu frühe Aufstehen würde sich unweigerlich bemerkbar machen.

Tief einatmend wartete ich, bis er seinen Kopf hob, um mich anzusehen. Dann trat ich zaghaft einen Schritt näher und setzte mich neben ihn.

»Ihr wart zwei Tage nicht ansprechbar. Während des Kampfes mit den Schattenwesen wurdet Ihr verletzt. Ich weiß nicht, durch was, ich hielt mich versteckt und kam erst zurück, als der Kampf vorbei war.«

»Nur Schattenwesen?«, fragte er. »War da sonst niemand?«

»Ich weiß nicht«, murmelte ich eingeschüchtert. »Ich habe sie nicht gesehen, aber ihre Kälte gespürt. Der Wald hat sich verändert und der Tod lag in der Luft.«

Düster stierte er in die Dunkelheit und schien Gedanken über den Kampf nachzuhängen. »Konnten wir sie in die Flucht schlagen?«

Er musste sich den Kopf sehr hart angeschlagen haben, sollte er tatsächlich glauben, sie hätten gegen die Schattenwesen eine Chance gehabt. Ein Fünkchen Hoffnung lag in seinen grauen Augen und es schmerzte mich, ihm diese zu zerschlagen.

»Es tut mir leid, aber Ihr wart der einzige Überlebende. Wer nicht gestorben ist, ist geflohen …« Ich schwieg, um die schwere Nachricht zu ihm durchdringen zu lassen.

»Niemand?«, wiederholte er leise. »Ihr habt niemanden außer mir gesehen?«

Stumm schüttelte ich den Kopf. »Niemand Lebendigen. Todo Godsqua nescete qual«, flüsterte ich.

Die Worte wurden traditionell Soldaten gegenüber ausgesprochen, um ihnen Dank dafür entgegenzubringen, dass sie das Land beschützten. Ich war keine Dehnarin und somit war er auch kein Soldat, der mich beschützte, doch dies ignorierte ich bewusst. Meine beste Chance, ihn nicht erneut misstrauisch zu machen, war, ihm glaubhaft weiszumachen, Tasmanin statt Kopanin zu sein.

»Ich bin kein Soldat«, fuhr er mich an und ich zuckte überrascht zurück.

Die Waffen, das auf der Kleidung aufgestickte Wappen und die Squas zeigten eindeutig, dass es sich um Soldaten des dehnarischen Reiches handelte.

»Warum wart Ihr dann mit der Truppe König Scąrs unterwegs?« Angespannt lehnte ich mich näher zu ihm, spürte jedoch augenblicklich, wie er sich sowohl physisch als auch mental von mir entfernte. Der Fremde vor mir hatte eine innere Mauer hochgezogen, welche es mir unmöglich machte, seine Stimmung zu erkennen.

»Ich glaube nicht, dass Euch das etwas angeht.«

Stirnrunzelnd betrachtete ich ihn. War das sein Ernst?

»Das denke ich schon. Immerhin habe ich dafür gesorgt, dass du nicht verhungerst.« Absichtlich verzichtete ich auf die Höflichkeitsform, während ich stoische Gelassenheit an den Tag legte. Er durfte nicht das Gefühl bekommen, ich sei ihm unterlegen. »Ich hätte dich da draußen sterben lassen können und das kann ich immer noch«, zischte ich und beugte mich drohend vor, sodass ich ihm viel zu nahe kam.

Ich war nicht aus der Sklaverei geflohen, um mich so von einem geschwächten Soldaten behandeln zu lassen.

»Und ich könnte dich umbringen.«

Mit einem Mal sprang er auf, packte mich und zückte wie aus dem nichts ein Messer. Er war viel zu schnell, als dass ich hätte reagieren können. Grob zog er mich an sich, sodass ich wie in einem Schraubstock gefangen mit dem Rücken an seine Brust gepresst wurde, während er die scharfe Klinge gegen meinen Hals presste.

»Ganz schön unvorsichtig, mich nicht nach Waffen zu durchsuchen.« Seine raue Stimme an meinem Ohr ließ mich erschaudern.

»Ich habe dich gerettet, du könntest auch einfach Danke sagen«, fauchte ich zynisch.

Als ich ihn als einzigen Überlebenden fand, war ich erleichtert gewesen. Nun saß mir das pure Entsetzen in den Knochen, aber das würde ich nicht zeigen.

»Wenn du meine Hilfe nicht willst, lass mich gehen. Dann kannst du hier gerne verrotten.«

Den Fremden mit dem Messer in der Hand zu reizen, war nicht gerade schlau, aber ich konnte nicht anders. Nicht, da ich endlich frei war!

»Dummes Ding«, raunte er an meinem Ohr.

Doch er lockerte seinen festen Griff, mit dem er mir die Luft abdrückte, und ließ mich taumelnd zurückweichen. Keuchend fiel ich zu Boden und kroch zum anderen Ende der Höhle, bis ich die Steinwand in meinem Rücken spürte.

»Ich traue dir nicht«, bemerkte er, blieb mir jedoch fern.

Ebenfalls außer Atem setzte er sich zurück auf seinen Platz und spielte mit dem Messer in seiner Hand. Beim näheren Betrachten erkannte ich, dass es sich vielmehr um einen kleinen Dolch handelte. Mit der Entfernung sah es auch gleich um einiges weniger gefährlich aus als direkt an meinem Hals.

»Ich habe dich gerettet«, wiederholte ich verbissen. »Das sollte Vertrauensbeweis genug sein, um mir zu sagen, wer du bist. Fangen wir mit etwas Leichtem an. Wie heißt du?«

Ich hatte den Fremden unterschätzt. Trotz der Verletzungen war er mir um Welten überlegen, doch ich wollte mich nicht unterkriegen lassen. Schon immer hatten mir die Leute nachgesagt, ich sei aufbrausend und stur. Schlechte Eigenschaften. Eigenschaften, die mir womöglich den Tod bereiten konnten.

»Tristan«, antwortete er nach kurzem Zögern.

»Tristan, wie noch?«

Unbeirrt sah ich ihm in die blaugrauen Augen. Es fühlte sich an wie bei einem Blickduell mit einem gefährlichen Tier – ein Wolf, der drauf und dran war, mich zu verschlingen.

»Tristan Andrázzy. Wie ist dein Name?« Er beäugte mich forschend.

Der intensive Blick ließ mein Herz schneller schlagen.

»Mein Name ist Zara.«

Sobald mir der Name über die Lippen kam, erkannte ich, dass ich damit einen fatalen Fehler begangen hatte. Im selben Augenblick verengte Tristan die Augen zu Schlitzen.

»Das ist ein heidnischer Göttername«, bemerkte er bedrohlich ruhig. Ein kalter Schauder kroch mir die Arme hinunter.

»Nein, ich …«, ruderte ich um eine Erklärung bemüht zurück.

Doch Tristan musterte mich stählern. Egal, was ich noch zu sagen beabsichtigte, er würde mir nicht glauben.

»Woher kommst du? Du bist Kopanin, oder?«

Da lag er gar nicht so falsch. Er musste es an meinem Akzent erkannt haben.

»Moment mal. Ein Mädchen allein im Wald vor den Toren der Stadt.« Sein Blick wanderte zu meinem Handgelenk und ich sah ihm an, wie er langsam begriff. »Bei Godsqua, du bist die Diebin!«

Die Erkenntnis fiel ihm wie Schuppen von den Augen. Abstreiten war zwecklos – ich war geliefert.

DAS BÜNDNIS

Zara

Fassungslos blickte mich Tristan an. Ich fixierte das Messer in seinen Händen. Das Vertrauen, welches er mir kurzzeitig entgegengebracht hatte, war hiermit wohl offiziell aufgebraucht. Alles in mir drängte darauf, die Tasche zu packen und die Flucht zu ergreifen.

Jedoch hatte der Plan zwei entscheidende Haken – Tristan und das Messer.

»Ich kann das alles erklären. Ich habe nur …«

»Tatsächlich?«, unterbrach er mich. »Du kannst erklären, warum du ein Drachenei in deiner Tasche hast?« Schnell wie der Blitz hechtete er vor und packte die Tasche, bevor ich sie an mich reißen konnte. Eines musste ich ihm lassen – er kombinierte gut.

»Loyd hatte recht«, murmelte er.

»Ich habe das Ei nicht gestohlen«, verkündete ich mit fester Stimme. Indes begriff ich, dass ich ohne die Tasche nicht fliehen konnte. Ganz abgesehen vom Geld darin bildete das Drachenei die einzige Möglichkeit, meine Papiere und damit meine Freiheit zurückzubekommen. »Mir wurde meine Tasche geklaut, darin befanden sich wertvolle Papiere.«

»Sklaven besitzen keine Papiere«, antwortete er augenblicklich.

Woher wusste er von meiner Vergangenheit? Wieder huschte mein Blick Richtung Ausgang.

»Denk gar nicht erst daran, abzuhauen«, drohte er knurrend.

»Ich bin keine Sklavin«, fauchte ich zurück und hob das Kinn.

»So, also nicht nur eine Diebin, gleichermaßen eine Lügnerin«, antwortete er erbost und hievte sich aus seiner sitzenden Position auf, um mir näher zu kommen.

Auch ich rappelte mich vom Boden auf. Trotz der Felsen in meinem Rücken war das Letzte, was ich wollte, dass er auch noch von oben auf mich herabsah.

»Ich bin keine Sklavin«, wiederholte ich eindringlich und hielt seinem Blick stand.

»Dann fällt es dir bestimmt nicht schwer, mir deine Lebensarmreifen zu zeigen.«

Mir gefror das Blut in den Adern. Wie erstarrt verharrte ich gegen die kalte Felswand gepresst. Alle freien Bürger in Godsquana bekamen bereits im Kindesalter Armreifen als Zeichen ihrer Freiheit. Nur Sklaven und Wilden – oder Außenländern, wie man sie in Dehnarien nannte – wurde dies verwehrt. Stattdessen hatte ich ein anderes Zeichen vorzuweisen. Mit schwarzer Tinte hatten sie mir das Erkennungszeichen meines Herren für die Ewigkeit eintätowiert. Direkt auf der Innenseite meines Handgelenkes. Tristan würde sofort erkennen, um was es sich dabei handelte.

»Bitte, lass mich erklären«, brachte ich mühselig zustande.

Stumm näherte er sich mir wie ein Jäger seiner Beute. Trotz der Verletzungen bewegte er sich graziös wie ein Kämpfer. Immer noch fragte ich mich, was er war, wenn kein Krieger.

»Zeig mir dein Handgelenk!«, verlangte er bestimmt.

Ich starrte auf den Dolch in seiner Faust und traute mich nicht, mich zu wehren.

Grob packte er mich am Oberarm und drehte mich, sodass er nur noch den Ärmel meiner Jacke hochschieben musste. Ich sah demonstrativ weg – ich wusste, was er dort sehen würde. Drei schwarz ausgefüllte Kreise mit einem kleinen Abstand dazwischen, wobei die mittlere Kugel von einem geneigten Rechteck eingefangen wurde.

Ich schluckte schwer.

»Die Hexe hatte recht.« Düster schüttelte er den Kopf.

»Das ist dann wohl Antwort genug«, sprach er mehr zu sich selbst und ließ meinen Arm los, als hätte er sich daran verbrannt.

»Nein, ist es nicht!«, erwiderte ich hitzig. »Als ich die Tasche gestohlen habe, wusste ich nicht, dass sich ein Drachenei darin befindet. Ich dachte, es wäre die Tasche, die mir geklaut wurde, und darin waren meine Papiere! Ich bin keine Sklavin.« Schwer atmend trat ich einen Schritt auf ihn zu. »Bevor mein Herr starb, schenkte er mir die Freiheit. Aber ohne die Papiere ist sein Wort nichts wert. Niemand wird mir glauben. Ich brauche die Papiere zurück!«

Tristan verschränkte die Arme vor der Brust. »Ist das Drachenei heil?«, fragte er, ohne auf meine Ansprache einzugehen.

Ich nickte schnell. »Es kam besser mit der Flucht zurecht als ich«, bemerkte ich spitz.

Nun, da er wusste, dass das Drachenei unversehrt geblieben war, schien sein Gemüt geringfügig besänftigt.

»Wie meinst du das?« Misstrauisch beäugte er mich aus den sturmgrauen Augen und hob eine der buschigen, dunklen Augenbrauen.

»Als es mir am schlechtesten ging und ich dachte, ich würde erfrieren, hat es mich gewärmt«, erklärte ich mit einem Schulterzucken.

Unwillkürlich legte er den Kopf schief. Dann öffnete er die Tasche, um das Drachenei hervorzuholen.

»Wirklich? Dabei können sich Wasserdrachen nicht selbstständig wärmen. Meine größte Angst war, das Ei könnte erfrieren …« Sein Blick verblüffter Blick wanderte zwischen mir und dem Drachenei in seinen großen Händen hin und her.

»Es wurde ganz warm. Es hat geglüht und leicht geleuchtet.« Zaghaft streckte ich die Hand nach der Tasche aus, ließ sie jedoch wieder sinken, als sein starrer Blick mich traf. Tief durchatmend bemühte ich mich um einen diplomatischen Tonfall. »Ich bin nicht dein Feind, Tristan. Ich brauche deine Hilfe, um meine Freiheit zurückzuerlangen und du wiederum brauchst meine Hilfe, um lebendig und mit dem Drachenei aus diesem Wald hier herauszukommen.«

»Willst du mir etwa drohen?«, knurrte er mit zusammengebissenen Zähnen.

Seine Augen blitzten gefährlich.

»Ganz im Gegenteil. Ich biete dir ein Bündnis an. Ein Abkommen, sodass jeder bekommt, was er will.« Fest erwiderte ich seinen Blick.

»Was soll mich davon abhalten, dir die Kehle aufzuschlitzen und mit dem Drachenei zu verschwinden?«, gab er forsch zurück.

»Du bist noch nicht wieder vollkommen genesen. Vermutlich schaffst du es nicht mal bis zum Fluss, geschweige denn aus diesem Wald heraus. Die Frage ist nur, ob du zuerst verdurstest oder dich die Schattenwesen finden.«

Dem schien er fürs Erste zuzustimmen. Ergeben senkte er das Messer. Innerlich zitterte ich vor Anspannung und Angst, doch ich ermahnte mich, äußerlich stark zu bleiben. Die Fassade durfte nicht bröckeln. Ich war nicht länger die hilflose Sklavin.

»Gib mir das Drachenei und das Messer.« Fordernd streckte ich meine flache Hand aus.

»Warum sollte ich das tun?« Ungläubig grinste er mir ins Gesicht.

Es war das erste Mal, dass sich seine Mundwinkel hoben. Obwohl es kalt blieb und seine Augen nicht zum Strahlen brachte, war es ein schönes Lächeln. Fest presste ich die Lippen aufeinander. Ich spürte, wie die Mauer in mir Risse bekam.

»Ich habe dich gerettet, von mir geht keine Gefahr aus. Du hast dies noch nicht bewiesen. Ich vertraue dir nicht«, imitierte ich ihn mit seinen Worten von vorhin. Die Atmosphäre zwischen uns war zum Zerreißen gespannt, während ich auf seine Reaktion wartete.

»In Ordnung«, gab er schlussendlich nach und die Anspannung fiel von mir. »Du bekommst das Messer und das Drachenei, aber zuvor muss ich es noch untersuchen.«

»Du musst was?«, fragte ich irritiert.

Spöttisch sah er mich aus seinen grauen Augen an, wobei er den rechten Mundwinkel zum Anflug eines Lächelns hob.

»Ich bin kein Soldat. Ich bin Pfleger magischer Wesen.«

Tristan

Die Stimmung zwischen Tristan und Zara blieb angespannt. Nach ihrem ersten Gespräch zog es Zara nach draußen, während Tristan in der Höhle verharrte und sich ausruhte.

Tatsächlich hatte ihn die Konfrontation mit dem Mädchen mehr Kraft gekostet, als er sich eingestehen wollte. Nun lag er halb im Schlaf neben dem Drachenei und hing seinen Gedanken nach.

Eines musste er dem Mädchen lassen: Sie hatte ihn mit Bravour ausgetrickst. Allein bei der Vorstellung, ihren Diebstahl unbestraft zu lassen, brodelte der Ärger in ihm. Allerdings meldete sich auch eine andere Seite in seinem Inneren zu Wort. Immerhin hatte sie beteuert, nicht über das Drachenei Bescheid gewusst zu haben. Dies erschütterte sein ganzes Bild der rechtsbrechenden Radikalen, als die er sie von Anfang an imaginiert hatte. Nun, da er wusste, dass sie aus Kopanien kam, ergab die Theorie der dehnarischen Rebellin keinen Sinn mehr.

Jedoch blieb immer noch die Möglichkeit, dass sie log. Aber auf unbegreifliche Art und Weise glaubte er ihre Geschichte. So viel er auch darüber nachdachte, Tristan kam zu keiner Lösung – einzig Kopfschmerzen handelte er sich damit ein. Es widerstrebte ihm, mit ihr zusammenzuarbeiten, doch ihre Einschätzung der Lage war treffend und Tristan war vollauf bewusst, dass er es nicht allein aus diesem Wald schaffen würde.

»Tristan? Bist du wach?«, erklang Zaras ruhige Stimme vom Eingang der Höhle.

Da sie, ohne eine Reaktion abzuwarten, eintrat und sich ihre Blicke sofort trafen, verzichtete er auf eine Antwort. Stumm starrte er zu ihr auf.

»Ich habe Spantus gefunden. Ein großartiges Heilkraut. Ich würde gerne deine Wunden damit einreiben.«

Durch den Eingang der Höhle fiel warmes Sonnenlicht und ließ ihr dunkles Haar leuchten wie einen Heiligenschein. Die Stille zog sich in die Länge, dann nickte Tristan unvermittelt.

»Danke«, sagte er leise, während sich sein Magen zusammenzog und er gegen den Impuls, zurückzuweichen, ankämpfte.

Zwar erwartete er nicht wirklich, dass sie nach dem ganzen Aufwand noch zu Gift greifen würde, dennoch blieb ein Restbestand an Misstrauen. Tief in seinem Herzen vertraute er ihr jedoch. Andernfalls hätte er nicht zugelassen, dass sie sich nun zu ihm auf den Boden setzte. Tristan beobachtete Zara forsch, als sie ein Bündel hellblauer Kräuter hervorholte und vor sich ausbreitete.

»Die Heilkräfte liegen im Saft des Spantus«, informierte sie ihn.

Wie um ihre Worte zu unterstreichen, knickte sie das pralle Blatt in der Mitte und eine honigartige Flüssigkeit trat aus. Auffordernd nickte sie ihm zu, woraufhin er sich das Leinenhemd über den Kopf zog. Starr blickte er in die entgegengesetzte Richtung, während Zara die Flüssigkeit vorsichtig auf den bereits verheilenden Wunden verteilte.

Dort, wo die Schattenschlingen seine Haut berührt hatten, würden wohl für immer graue, halbmondförmige Schrammen zurückbleiben, doch diese sah man auf seiner bronzefarbenen Haut kaum. Zischend zog Tristan Luft ein, als sie die Verletzung versehentlich zu fest berührte.

»Verzeihung«, murmelte sie.

Er folgte ihrem Blick und wusste sogleich, was in ihrem Kopf vor sich ging. Trotz des neugierigen Ausdrucks in ihren blauen Augen schwieg er eisern. Wie eine Mauer verschloss sich sein Blick vor ihr und erst als er ihr resigniertes Seufzen hörte, wurde ihm bewusst, wie abwesend er sich verhielt.

Es besteht kein Grund zur Feindschaft, ermahnte er sich und versuchte sich zu entspannen. Immerhin verdankte er ihr sein Leben.

Er konnte sich keinen Reim darauf machen, wie das filigrane Mädchen es aus dem kopanischen Reich ganz allein bis in den Norden geschafft hatte. Die Reise von Scat nach Ignis war selbst für ihre vorbereitete Truppe beschwerlich gewesen und allein das Zusammentreffen mit den Schattenwesen gab Auskunft genug, wie gefährlich es hier im Norden war.

Seit der frühen Morgenstunde nagten dunkle Gedanken an Tristans Verstand. Es verzehrte ihn, nicht zu wissen, wie viele seiner Kameraden und Freunde den Schattenwesen zum Opfer gefallen waren. Wie viele von ihnen waren geflüchtet? Lebte Loyd noch? Einerseits hoffte Tristan es, andererseits war ihm bewusst, dass der General niemals geflohen wäre. Er war ein Krieger und kämpfte bis zum bitteren Ende. Es schmerzte ihn, dass sie zwei gerade in den letzten Stunden seines Lebens in Streit geraten waren.

Seinen anderen Kameraden war es bestimmt nicht anders ergangen. Was war mit dem tasmanischen Jungen – Paltimor? Vermutlich war er tot.

»Was ist mit meinem Squa passiert?«, fragte er laut, um die schreienden Gedanken zum Schweigen zu bringen.

Zara hob ihren wachsamen Blick und stoppte für einen Moment darin, die Wunden weiter zu betupfen.

»Ich habe sie freigelassen«, antwortete sie ruhig.

Kurzzeitig machte sich Überraschung in Tristan breit, dann verzog sich diese und machte Platz für eine Wolke aus Wut.

»Du hast sie freigelassen? Alle?«

Mit einer Mischung aus Unglauben und Verärgerung starrte er sie an. Zara erwiderte seinen finsteren Blick stolz, aber er erkannte eine Spur von Unsicherheit darin.

»Natürlich. Es sind heilige Tiere. Sie sollten nicht in Gefangenschaft leben.« Gelassen wandte sie sich wieder seinen Wunden zu.

Verärgert schlug er ihre Hand weg. Das Mädchen versetzte sein Blut in Wallung und brachte die aufgestauten Aggressionen in seinem Magen zum Kochen. Er hasste es, so wehrlos und verletzt zu sein. Nun zu erfahren, dass sie Pyreus hatte laufen lassen, ließ ihn vor Ärger ganz schwindelig werden.

»Bei Godsqua, wie konntest du nur?«, fuhr er sie an und hielt sich mühsam zurück, um sie nicht gegen die Wand zu drücken. Als hätte sie seine Gedanken gelesen, wanderte ihr Blick zum Höhleneingang, wo sie das Messer beim Betreten abgelegt hatte.

»Wenn dein Squa zurückkommen will, wird es das tun«, bemerkte sie ruhig und erhob sich. Tristan traf ihr intensiver Blick wie ein kalter Wasserstrahl und plötzlich fühlte es sich an, als könnte sie bis zum Grund seiner Seele sehen. Er schauderte und brach den Blickkontakt ab.

»Ich gehe zum Fluss«, informierte ihn Zara und trat an den Höhleneingang.

»Gut so, und lass mich mit deinen heidnischen Ritualen in Frieden«, antwortete er erbost.

Sobald die Worte seinen Mund verlassen hatten, wollte er sie wieder zurücknehmen. Er war sich nicht sicher, ob sie ihn gehört hatte. Doch bevor er etwas hinzufügen konnte, verschwand sie auch schon durch das Gestrüpp.

Zara

Mit allen Mitteln versuchte ich, mir meinen Ärger nicht anmerken zu lassen. Tristan war ein eingebildeter und unangenehmer Zeitgenosse.

Vor Empörung über seine Anschuldigungen wurde mir ganz schlecht und selbst das kalte Flusswasser, welches ich mir ins Gesicht spritzte, vermochte mich nicht zu beruhigen. Warum verstand er nicht, dass ich ihn gerettet hatte? Er stellte es geradezu so dar, als trachtete ich nach seinem Leben und wollte ihm das Drachenei entreißen, um damit heidnischen Ritualen nachzugehen. Dabei war er derjenige, der mir das Messer an die Kehle gesetzt hatte. Sein Verhalten entbehrte jeder Logik und reizte mich zur Weißglut. Selbst die kleinen Gnome auf den Plantagen, deren einziger Lebensinhalt darin bestand, die Arbeiter zu ärgern und sich einen Spaß daraus zu machen, hätte ich Tristan vorgezogen.

Doch durch ihn könnte ich an meine Papiere gelangen, also schluckte ich meine Wut hinunter. Er war ein Mann von Ehre, das war mir schon in der kurzen Zeit mit ihm klar geworden. Wenn ich ihn lebendig zurück in die Stadt brachte und ihm das Drachenei aushändigte, würde ihm nichts anderes übrig bleiben, als mir als Zeichen des Dankes neue Papiere für meine Freiheit ausstellen zu lassen. So würde ich doch noch zu meinem neuen Leben kommen.

Ich rechnete damit, dass er sich bald so weit erholt hatte, dass er es zurück in die Stadt schaffte und wir den Wald verlassen konnten. Ich würde meine Papiere bekommen, er das Drachenei – dann konnte ich verschwinden. Auf Nimmerwiedersehen.

Den restlichen Tag streunte ich durch den Wald, erkundete die Umgebung und fand das eine oder andere zum Essen. Mein Magen knurrte noch immer, als ich bei Anbruch der Dunkelheit zurück zur Höhle strebte. Nun, da die Sonne bereits hinter den Baumwipfeln verschwand, klirrte die Luft vor Kälte und ich zog den Mantel aus der Hexenstube enger um mich. Mein Atem hing in kleinen Wölkchen in der Luft und mich überfiel die skurrile Angst, die Schattenwesen würden wiederkommen.

Die Anspannung fiel erst von meinen Schultern ab, als ich den Eingang der Höhle erreichte und durch das Gestrüpp ins Innere schlüpfte. Ohne Begrüßung trat ich ein und schüttelte mir die Kälte aus den Knochen.

Tristan saß an die Wand gelehnt und betrachtete das Drachenei. Während meiner Abwesenheit hatte er ein Feuer entfacht. Die Wärme war eine Wohltat und ich setzte mich erschöpft davor in den Schneidersitz. Nachdenklich beäugte ich Tristan, der meinen Blick scheinbar gleichgültig erwiderte.

»Wir müssen reden«, eröffnete ich förmlich.

Meine Worte klangen gestelzt – aber wie verhielt man sich gegenüber einem Fremden, der nach seinem Leben trachtete, auch angemessen? Er hob abwartend die dunklen Augenbrauen. »Deine Verletzungen heilen gut, ich halte es für das Richtige, wenn wir morgen bei Sonnenaufgang aufbrechen.«

»Warum?«

Ich konnte nicht einschätzen, ob er mich mit seiner Frage nur zu provozieren beabsichtigte oder meine Beweggründe wirklich nicht verstand. Dezent genervt, dass meine Informationsübermittlung sich in ein tatsächliches Gespräch verwandelte, schnaufte ich auf.

»Uns gehen die Nahrungsmittel aus, wir können uns nicht auf ewig von Wasser und Beeren ernähren. Ganz abgesehen davon, dass wir nicht wissen, was die Schattenwesen das erste Mal angelockt hat. Sie könnten jederzeit wieder auftauchen. Außerdem habe ich nicht vor, deine Gesellschaft länger als nötig in Anspruch zu nehmen. Sobald ich meine Papiere habe, bist du mich los.« Fest erwiderte ich seinen Blick.

»Es könnte ein paar Tage dauern, bis ich den König kontaktiert habe, aber dann bekommst du die Dokumente. Zumindest, wenn du mich samt Drachenei sicher in die Stadt zurückbringst. Ich traue dir noch immer nicht, aber ich rate dir, keine Faxen zu machen. Versuch es gar nicht erst.«

»Faxen?«, wiederholte ich mit skeptisch hochgezogenen Augenbrauen. »Du hältst mich für einen radikalen Quisling und bezeichnest die Tatsache, dass ich dich gerettet habe, als Faxen?« Unwillkürlich schlich sich ein kleines Lächeln auf meine Lippen, obwohl man über Landesverräter vermutlich nicht scherzen sollte.

Er überlegte einen Moment. »Ich glaube nicht mehr, dass du das Drachenei aus radikalen Gründen gestohlen hast. Andernfalls hättest du mich nicht am Leben gelassen.«

Mein Inneres meldete sich zwar sarkastisch zu Wort, dass ich sehr wohl aus radikalen Gründen heraus hätte handeln und ihn jetzt nur aufgrund der für mich notwendigen Papiere nicht hätte zurücklassen können. Doch ich würde sein beinahe freundliches Zugeständnis nicht zerstören.

»Ich könnte das Drachenei immer noch auf dem Schwarzmarkt verscherbeln«, murmelte ich dennoch.

Verkniffen presste er die Lippen zu einer Linie zusammen. Genervt verdrehte ich die Augen. Natürlich verstand er den Scherz nicht. Seit Tagen fehlte mir jeglicher gesellschaftliche Kontakt und ich vermisste meine Freunde und Bekannten auf einen Schlag schmerzlich. Die Ereignisse hatten sich seit meiner Flucht überschlagen und damit blieb mir kaum die Zeit, darüber nachzudenken, was ich getan hatte.

»Das war ein Scherz«, sagte ich kraftlos. »Ich hole noch Wasser vom Fluss.«

Mit dem unangenehmen Gefühl, auf der Flucht zu sein, stürzte ich aus der Höhle und ließ Tristan verwirrt zurück.

»Warte!«, vernahm ich seine Stimme, jedoch nicht laut genug, um mich zurückzuhalten.

»Aufwachen. Wach auf.« Die Worte klopften dumpf an die Tür meines Bewusstseins. Für einen Moment hing ich schwerelos in der Welt zwischen Realität und Traum. Noch immer sah ich den Zwerg mit grüner Mütze und langem, weißen Bart vor mir, der mir auf die neunmalkluge Art dieser Spezies erklärte, warum Stehlen, speziell das von Raben, zu den neun Todsünden des Lebens gehörte. Dann schreckte ich auf.

»Bist du wach?« Tristans schneidende Stimme holte mich zurück in die Wirklichkeit. Verärgert strich ich mir die Haare aus dem Gesicht.

»Natürlich, sonst würde ich wohl kaum sitzen«, erwiderte ich patzig.

»Die Sonne geht auf. Wir müssen los.« Ohne auf meine spitze Bemerkung einzugehen, tippte er ungeduldig mit der Fußspitze auf den Boden. Da erst bemerkte ich, dass er bereits aufrecht am Höhleneingang stand.

»Dir scheint es wirklich wieder gut zu gehen«, stellte ich mit einer Mischung aus Überraschung und Bestürzen fest. Beinahe verblüfft, dass er sich nicht mit dem Drachenei aus dem Staub gemacht hatte, während ich schlief. Doch gesund genug, um Ignis allein zu erreichen, war er bestimmt nicht.

»Mir geht es besser. Dennoch wird es dauern, bis wir den Wald durchquert haben.« Als ich immer noch nicht reagierte, klopfte er ungeduldig mit dem Ende eines Holzsteckens, der ihm offenkundig als Krücken diente, auf den festgetretenen Erdboden. »Also auf mit dir!«

Von seinem herrischen Ton nur noch verärgerter, rappelte ich mich auf und strich den um meinen Körper drapierten Mantel glatt. Dennoch musste ich schweren Herzens eingestehen, dass er recht hatte. Obwohl sich alles in mir dagegen wehrte, Tristans Befehle zu befolgen, wischte ich mir die zerzausten Haarsträhnen aus den Augen und taumelte schlaftrunken nach draußen.

»Wir können gleich los, ich brauche nur noch Wasser«, informierte ich ihn mit einem Gähnen. Zugegebenermaßen sogar ein echtes, statt einem provokantem – dennoch schien er es persönlich zu nehmen.

»Gut. Aber beeil dich.« Resigniert setzte er sich vor der Höhle auf einen mit dunklem Moos bewachsenen Stein und streckte die Füße von sich.

»Jaja«, grummelte ich.

Tristan wies die klassische arrogante Art der dehnarischen Südländer auf, die ich nicht ausstehen konnte. Genau das reizte mein Blut in seiner Gegenwart. Meine dauerschlechte Stimmung würde sich hoffentlich ändern, sobald ich Tristan los war und meine Freiheit wiedererlangt hatte.

Am Bach angekommen, spritzte ich mir das kalte, klare Wasser ins Gesicht und trank, woraufhin sich der Hunger nur noch eindringlicher zeigte. Lange würde ich diesen Zustand nicht mehr aushalten. In meine düsteren Gedanken versunken, kehrte ich zur Höhle zurück. Als Tristan in meinem Sichtfeld auftauchte, erkannte ich bereits, dass etwas nicht stimmte.

»Was ist …?«, begann ich ängstlich, da hielt er mich mit einer einfachen Handbewegung auf, weiterzusprechen.

Wie erstarrt begegnete ich seinem Blick, nur um keine Sekunde später festzustellen, dass nicht Tristan der Grund zur Vorsicht war. Es war ein Squa. Verblüfft betrachtete ich das wunderschöne Geschöpf, welches im Licht der aufgehenden Sonne nicht weit von uns zwischen den Bäumen stand.

Graziös hob es den pferdeähnlichen Kopf und stieß einen hilfesuchenden Ruf aus. Die blauen Schuppen an seinem Hals zogen sich bis fast zu den Nüstern und schillerten majestätisch im goldenen Licht, wie das Wasser des Flusses an seiner tiefsten, dunkelsten Stelle, bei gleißendem Sonnenschein. Unruhig spreizte das Tier die drachenähnlichen Flügel und schüttelte sich. Erstaunt erkannte ich in ihm den Squa wieder, welchen ich erst vor wenigen Tagen von Sattel und Zaumzeug befreit und freigelassen hatte.

»Pyreus«, flüsterte Tristan voller Erleichterung.

Langsam humpelte er seinem Squa entgegen. Ich wollte ihn bereits zur Ruhe ermahnen, um das Tier nicht zu erschrecken, doch zu meiner Überraschung lief der Squa nicht davon.

Nein, er kam auf Tristan zu.

DIE SCHÄNKE

Tristan

Atemlos verharrte Tristan an seinem Platz, während Pyreus Schritt für Schritt näher kam. Das Aufsetzen der Hufe erzeugte ein leises Rascheln, welches in der natürlichen Stille des Waldes überraschend laut erklang. Tristan befürchtete, Pyreus könnte davon erschrecken, zum Rückzug ansetzen und weglaufen. Doch entgegen seiner Erwartung kam der Squa unbeirrt auf ihn zu.

Glücksgefühle, Überraschung und Erleichterung rauschten durch Tristan hindurch. Nachdem ihm das Mädchen vergangene Nacht erzählte, dass sie Pyreus laufen gelassen hatte, hatte er geglaubt, er würde das Tier nie wiedersehen. Am liebsten hätte er ihr nach dem Geständnis den Kopf abgerissen – oder sie alternativ im Fluss ertränkt.

Wenn er zurückkommen will, wird er das tun – waren das nicht ihre Worte gewesen?

Trotz seiner Wut und Verachtung dem heidnischen Mädchen gegenüber schlich sich ein glückliches Lächeln auf seine Lippen, als er ihrem verblüfften Blick begegnete. Ein kleiner Teil von ihm spürte Genugtuung, ihr beweisen zu können, dass er Pyreus nie wie einen Gefangenen behandelt hatte. Schlussendlich jedoch fühlte er sich dumm. Er musste sich vor ihr nicht rechtfertigen. Eigentlich hatte ihn die Meinung der Sklavin gar nicht zu interessieren.

Pyreus machte sich mit einem unruhigen Scharren der Hufe bemerkbar und Tristan registrierte, dass ihn die Gedanken an das Mädchen von viel Wichtigerem ablenkten.

»Pyreus, braver Junge. Komm zu mir«, sprach er das Tier leise an.

Mit zielsicheren Schritten trat der Squa über den unebenen Boden auf ihn zu. Ein Stich der Erleichterung durchfuhr Tristan, als er die Hand ausstreckte und Pyreus an seiner offenen Handfläche schnupperte. Das Tier stieß ein zufriedenes Schnauben aus und blähte die Nüstern, als erwartete es einen Apfel oder andere Leckereien.

»Tut mir leid, aber ich hab nichts für dich«, sagte er bedauernd und rubbelte ihm das weiche Fell am Hals. »Haben wir noch Sattel und Zügel?«, wandte er sich mit einem selbstzufriedenen Grinsen, für welches er sich im selben Moment am liebsten geohrfeigt hätte, an Zara.

»Ja«, gab sie einsilbig zurück. »Aber ich glaube nicht, dass du dorthin zurückkehren möchtest.«

Augenblicklich verschwand das Lächeln aus seinem Gesicht und eine dumpfe Leere füllte sein Inneres. Das Schlachtfeld. Sie mussten zurück. Pyreus, der Tristans Unruhe bemerkte, wieherte und spannte die Flügel. Trotz der Anspannung kam Tristan nicht umhin zu bemerken, dass die Flügel im selben intensiven Meerblau schillerten wie Zaras Augen.

»Bringen wir es hinter uns«, gab er tonlos von sich und setzte sich in Bewegung.

Er spürte Zaras beeindruckten Blick in seinen Rücken brennen, als ihm Pyreus aus freiem Stück und ohne Aufforderung folgte. Sein Herz klopfte wild und seine Hände schwitzten vor Nervosität, wenn er daran dachte, zu dieser Lichtung zurückzukehren, doch er hob stolz das Kinn und strahlte damit einzig Arroganz und Überlegenheit aus. Er wusste nicht, warum er sich gerade in Zaras Gegenwart so gab – war er in Wirklichkeit nicht ein ganz anderer Mensch?

»Falsche Richtung«, bemerkte Zara. Ein Grinsen zog an ihren Mundwinkeln.

»Geh einfach vor«, maulte er und drehte sich missmutig um die eigene Achse.

Pyreus warf wiehernd den Kopf zurück und Tristan knirschte verärgert mit den Zähnen – es wirkte fast, als würde selbst der Squa ihn auslachen. Doch das Lachen verging ihnen allen schnell. Je näher sie dem Schlachtfeld kamen, desto drückender wurde die Stimmung.

»Es kann nicht mehr weit sein«, sagte Zara leise und Tristan schluckte hart.

Erneut beschleunigte sich sein Herzschlag und unbewusst übertrug er die Nervosität auf Pyreus, der unruhig den Kopf hin und her warf. Bemüht, sich seine Furcht vor dem drohenden Anblick nicht anmerken zu lassen, nickte er mit unbewegter Miene und schritt stur weiter.

Er sah aus den Augenwinkeln, wie sie resigniert die Schultern hochzog und ihm dann folgte. Obwohl er es nie zugeben würde, setzte ihm die Verletzung noch schwer zu. Ohne den Stock als Stütze wäre er vermutlich keinen Steinwurf weit vorangekommen.

»Woher stammt das Drachenei?«, fragte Zara unvermittelt.

Tristan hielt irritiert inne. Dann erkannte er, dass sie ihn damit ablenken wollte, und seine Miene gefror zu einer Maske. Obgleich ihm sein Verstand zuflüsterte, er solle dankbar sein, zog in seinem Inneren eine Mauer auf.

»Ich glaube nicht, dass dich das etwas angeht, Sara«, antwortete er von oben herab. Er rechnete bereits mit einem entrüsteten Schnauben und einer hitzigen Antwort, doch sie schwieg für den Bruchteil einer Sekunde.

»Ich heiße Zara«, schoss sie den Ball dann zurück und hob das Kinn an. »Solange wir den Wald nicht verlassen haben, sitze ich am längeren Ast. Also ich glaube …« Sie betonte die drei Worte provokant. »… dass ich an deiner Stelle antworten würde.«

Ohne seine Reaktion abzuwarten, stapfte sie weiter über den unebenen Waldboden. Tristan zögerte nur kurz. Ihr feuriges Temperament beeindruckte ihn und um ehrlich zu sein, sah er nicht wirklich einen Grund, ihre banale Frage nicht zu beantworten.

»Es ist ein Wasserdrachenei vom Nordkap«, sagte er mit ruhiger Stimme.

Obwohl er ihr Gesicht nicht sah, entnahm er ihrer Körpersprache, dass sie lächelte. Seine Antwort bedeutete viel mehr, als die Worte allein aussagten. Es war ein Friedensangebot. Zumindest, bis sie den Wald verlassen hatten.

»Besonders in den Bergen des Naveragebirges gibt es noch ein paar Drachen. Die Wasserdrachen leben speziell an den Gletscherseen. Aber die meisten Arten wurden von Schatzräubern getötet. Die Spezies ist so gut wie ausgestorben. Vor allem Feuer- und Wasserdrachen«, fuhr er fort und geriet plötzlich in den alten Enthusiasmus, welchen er für diese Wesen hegte. »Wasserdrachen gelten trotz ihrer Stärke und Kraft als friedliche und harmonieliebende Tiere. Deshalb war das Drachenei das perfekte Verlobungsgeschenk für die tasmanische Prinzessin. Es zeigt genau das, was unsere Länder brauchen – Frieden.«

Nachdenklich stützte er sich auf seinen Stock und machte eine kurze Pause. Das Reden während des Gehens strengte ihn zusätzlich an.

»Du meinst, ein Drachenei als Geschenk könnte die Ungerechtigkeit in den Ländern beseitigen?«, gab Zara spöttisch zurück. Tristan sah ihr an, für wie naiv sie ihn hielt.

»Es ist ein Zeichen«, erwiderte er verärgert. Stur richtete er seinen Blick geradeaus und ging weiter.

»Manchmal ist ein Zeichen einfach nicht genug«, murmelte Zara und seufzte.

Trotz des Ärgers, der in ihm brodelte, fragte er sich, wohin ihre Gedanken gerade wanderten. Ein trauriger Zug lag auf ihrem Gesicht und er verspürte das unwirkliche Bedürfnis, sie in die Arme zu nehmen. Schnell schüttelte er den Kopf und wandte den Blick ab.

»Hier ist es«, sagte sie unverwandt und Tristan zuckte überrascht zusammen.

Von der Unterhaltung abgelenkt, hatte er nicht bemerkt, wie sich das Laub unter seinen Füßen verändert hatte.

Das Waldstück war verdorrt wie nach einem Waldbrand. Eine graue Schicht überzog Büsche und Bäume, das Schattengift hatte das Laub zu Asche zerfallen lassen. Beklemmung und Angst setzten Tristan mehr zu, als er offen zugeben würde. Die Magie der Schattenwesen war grausam und dennoch faszinierend.

Woher hatten sie diese Macht? Es schauderte ihn, wenn er daran dachte, dass es ihm genauso hätte ergehen können. Innerhalb weniger Tage verwest wie das Laub unter seinen Füßen. Pyreus wieherte ängstlich. Auch er erkannte den Ort wieder.

»Ich lasse dich besser allein. Wir warten hier.« Zara legte beruhigend ihre flache Hand auf den Hals des Squas und versuchte ihn mit leisen Worten zu besänftigen.

Sie wollte ihm wohl die nötige Privatsphäre geben, die Geschehnisse zu verarbeiten, dabei hätte er sich zu gern durch ihre spitzzüngigen Worte von diesem Grauen ablenken lassen. Doch er war zu stolz, es zuzugeben. Stattdessen nickte er mit unbewegter Miene und ging langsam auf das Schlachtfeld zu.

Der Boden war grau wie Asche. Die Schatten hatten dem Wald das Leben entzogen, jedoch beschränkte sich das Grauen nur auf den Schauplatz des Kampfes.

Bevor Tristan dazu kam, weitere Schlüsse zu ziehen, entdeckte er einen Kleiderhaufen am Boden. Entsetzt fuhr er zusammen. Von der Leiche des Soldaten war nicht mehr viel übrig. Das Schattengift hatte den Körper vollkommen zerfressen. Tristan wurde übel, alles in seinem Kopf begann sich zu drehen und er hörte das Blut laut in seinen Ohren rauschen.

Es war abstoßend, was die Schatten seinen Kameraden angetan hatten. Insgeheim war er jedoch erleichtert, nicht die Gesichter der Toten zu sehen. Erneut tauchte die Frage in seinem Kopf auf, ob Loyd unter ihnen war. Hatten die Schatten auch sein Gesicht vollkommen unkenntlich gemacht?

Halb rechnete er damit, sich in einem grauenhaften Traum gefangen zu finden. Trunken von zu viel Elfenwein würde er gleich die Augen öffnen und neben einer seiner Liebschaften aufzuwachen.

Stattdessen hielt ihn das Grauen gefangen. Ein kalter Windstoß fegte über die Lichtung hinweg, wirbelte die den Boden bedeckende Asche auf und damit auch den beißenden Geruch des Todes. Das pure Entsetzen erfasste Tristan.

Mit starrem Blick humpelte er auf die Stelle zu, an welcher er Pyreus' Sattel am Boden ausmachte. Er brauchte die Sachen, um die Stadt zu erreichen, ermahnte er sich immer und immer wieder. Alles in ihm schrie danach, diesen grauenhaften Ort zu verlassen. Doch er konnte nicht. Er hatte das Drachenei gefunden und seine Pflicht bestand darin, es ins dehnarische Königreich zurückzubringen. Penetrant wiederholte er diesen Satz in seinem Kopf und kämpfte sich verbissen über das Schlachtfeld.

Endlich angekommen, klemmte er sich Sattel und Zaumzeug unter den Arm und kehrte um. Mit eiserner Verbissenheit stampfte er über das tote und zerfallene Laub. Die Obsession, seine Pflicht dem Königreich gegenüber zu erfüllen, ließ ihn die Schmerzen seiner Verletzungen vollkommen ausblenden. Stattdessen füllte eine drückende Taubheit seinen Körper. Wie ein Schlafwandler zog er über das Schlachtfeld. So ließ er das Grauen hinter sich. Vergessen könnte er diesen Anblick nie wieder.

»Warte, ich helfe dir«, hörte er Zaras honigklare Stimme.

Schnell kam sie auf ihn zu, sprang leichtfüßig die Böschung hinunter, um ihm zur Hilfe zu eilen.

»Geht schon«, fuhr er sie verärgert an, doch als sie die Reitausrüstung packte und ihn damit entlastete, knickte er erschöpft ein und stützte sich hilfesuchend am nächsten Baumstamm ab.

»Ja, das sehe ich«, bemerkte Zara patzig und ließ Tristan schwer schnaufend stehen, um Pyreus zu satteln.

Ihm blieb kein Atem, um zu antworten. Erschöpft machte er eine Pause und ihm wurde bewusst, dass er für die Reise viel zu schwach war. Die Verletzungen setzten ihm mehr zu, als er sich eingestehen wollte, und er fragte sich beim Anblick der Zerstörung unweigerlich, ob nicht noch Reste des Schattengifts durch seinen Körper wanderten und die Schmerzen verursachten.

»Sitz auf. Schneller als Schritt werden wir nicht gehen können.« Auffordernd deutete Zara auf den Rücken des Squas. »Worauf wartest du?«

Ihr Tonfall zeigte deutlich, dass er sie mit seiner rauen Zurückweisung zuvor verletzt hatte. Doch eine Entschuldigung schaffte es nicht über seine Lippen. Wortlos humpelte er mit dem Stock als Stütze auf Pyreus zu.

Ein brennender Schmerz schoss ihm durch die Glieder, als er sich auf den Rücken des Squas schwang. Es kostete ihn all seine Kraft, nicht sogleich seitlich wieder aus dem Sattel zu fallen. Zara hatte recht, schneller als Schritt würden sie tatsächlich nicht vorankommen. Allein das Sitzen schmerzte und jede Erschütterung ließ ihn erneut die Zähne zusammenbeißen.

Die Luft um sie herum klirrte vor Kälte und Tristan beobachtete, wie Zara fröstelnd den Kragen des gestohlenen Mantels weiter hochzog. Ihr Atem hinterließ weiße Wölkchen und ihre Wangen waren bereits ganz rot vom Wind, der ihnen immer stärker um die Ohren wehte. Der sonnige Morgen verwandelte sich zunehmend in einen düsteren Herbsttag.

»Hat es das Drachenei warm?«, erkundigte sich Tristan nach einer Weile der Stille.

Solange er nicht die gewünschten Papiere für sie hatte, bestand Zara darauf, das Drachenei bei sich zu behalten. Tief in seinem Inneren verstand er nur zu gut, warum sie ihm so sehr misstraute – auch wenn er es ihr natürlich einfach abnehmen könnte, sobald es ihm wieder besser ging. Sie konnte nicht wissen, dass seine Ehre ihm solch eine unrühmliche Tat verbot. Trotz allem hatte sie ihm das Leben gerettet.

»Wie ich dir gesagt habe, es hat von selbst Wärme ausgestrahlt. Ich glaube nicht, dass es …«

»Ich passe bereits gut ein Jahr auf dieses Drachenei auf. Ich weiß, was gut für es ist«, fuhr er sie verärgert an.

»Ja, ja. Es hat es schön warm in meiner Tasche«, feixte sie genervt.

So schnell ließ er sich nicht abspeisen, entgegen seiner Erwartung fielen seine nächsten Worte jedoch sanfter aus.

»Seit fast zehn Jahren folge ich der Ausbildung zum Pfleger magischer Wesen. Die Arbeit mit den Tieren ist Balsam für meine Seele.« Nachdenklich betrachtete er Pyreus. »Anstatt zu zerstören und zu kämpfen wie die Krieger, rette und helfe ich den Wesen …«

Zara stieß ein abschätziges Schnauben aus. Tristan hob auffordernd die Augenbrauen. Er las in ihrem Mienenspiel, dass sie seine Art des Helfens nicht guthieß.

»Pyreus ist zu mir zurückgekommen«, sagte er ernst.

»Das macht es dennoch nicht richtig, dieses Drachenei aus seiner Heimat und von seiner Familie fortzubringen, um es einer verwöhnten Prinzessin als Geschenk zu servieren«, gab Zara zurück und stemmte die Hände in die Hüften. Sie war stehen geblieben und Pyreus, der sich an sie hielt, ebenfalls. »Die Wesen sehnen sich nach Freiheit. In diesen Ländern scheint jeder zu vergessen, dass es nicht das Recht des Königs ist, Mensch und Tier einzusperren.«

Sie redete sich zunehmend in Rage. Wütend blitzten ihre kristallblauen Augen wie geschliffene Saphire im Mondlicht.

»Das ist …«, stotterte Tristan überrumpelt.

»Das ist Ungerechtigkeit«, sprach sie für ihn weiter, obwohl das ganz bestimmt nicht seine gesuchten Worte waren. »Der König hat nicht das Recht, Sklaven zu halten. Ob menschlich oder tierisch«, flüsterte sie leise. »Man wird nicht als Sklave geboren, sondern zu einem gemacht.«

»König Scąr geht in Dehnarien bereits gegen den Sklavenhandel vor und …« Unfähig, die richtigen Worte zu finden, schluckte er schwer.

»Dieses Drachenei ist ein Sklave der Königreiche, wie ich einer bin …« Sie stockte. »Wie ich einer war.« Traurig senkte sie den Kopf, sodass ihr die dunklen Haarsträhnen ins Gesicht fielen.

»Das«, betonte sie nun wieder mit fester Stimme und hob den Blick. »Das ist Unrecht.«

Zara

Wütend stapfte ich durch das vom Morgentau nasse Laub, während es in meinem Inneren brodelte.

»Sara, warte«, rief Tristan. Ich hörte ihm an, dass ihm eine Entschuldigung auf der Seele brannte, doch ich hörte auch etwas anderes.

»Ich heiße Zara, nicht Sara«, fauchte ich und fuhr so abrupt herum, dass der Squa nervös zur Seite tänzelte.

Überrascht blinzelten mir sowohl das Tier als auch Tristan entgegen.

»Zwerg, Zelt und Zeit kannst du doch auch aussprechen. Was ist so schwierig an Zara?«, brachte ich mit unverhohlener Wut hervor.

Seine arrogante und selbstgefällige Art stieß mich ab und wie gut er sich wegen seiner Arbeit mit den Wesen vorkam, ließ mich den Kopf schütteln. Seine Auffassung von Richtig und Falsch war so verdreht wie die der Königsfamilien, die blind die Ungerechtigkeit zuließen und unterstützten.

»Es ist ein heidnischer Name, das weißt du genau«, entgegnete Tristan unnachgiebig. »In Kopanien mag es in Ordnung sein, an mehrere Götter zu glauben, aber im tasmanischen und dehnarischen Reich ist es eine Sünde. Wenn wir erst mal in der Stadt sind, darf niemand auf die Idee kommen, ich sei mit einer ungläubigen, entlaufenen Sklavin unterwegs. Also gewöhn dich besser schon mal dran.« Fest erwiderte er ihren Blick. »Das ist auch in deinem Interesse, wenn du nicht sofort eingesperrt werden willst.«

Für einen Moment starrten wir einander wütend in die Augen, dann brach er den Blickkontakt ab und schnalzte mit der Zunge, um Pyreus zum Weitergehen zu bewegen.

»Los! Wir müssen die Stadt vor Einbruch der Dunkelheit erreichen.« Er war ihr bereits einige Schritte voraus, da drehte er sich noch mal im Sattel um. »Komm schon, Sara. Wir haben nicht ewig Zeit.«

Wie provokant er Zeit im selben Satz aussprach wie meinen falschen Namen, brachte mich zur Weißglut. Am liebsten hätte ich ihm das süffisante Grinsen aus dem Gesicht geschlagen, stattdessen knirschte ich mit den Zähnen und ließ meinem Zorn mit einem Fußstampfen freien Lauf.

Als wir den Stadtrand erreichten, stand die Sonne bereits tief am Himmel und färbte den Horizont in ein fantastisches Spektakel von leuchtenden Orange-, Rot- und Blautönen. Für einen Moment verharrte ich und starrte in die Ferne.

Wie ein rot glühender Feuerball lugte die untergehende Sonne durch die Baumwipfel und würde schon bald hinter den Bergen verschwinden. Obwohl ich die letzten Tage kaum etwas anderes gemacht hatte, als die Umgebung und die atemberaubende Landschaft zu erkunden, blieb mir beim Anblick der weit entfernten, hoch in den Himmel aufragenden Berge der Atem weg. Im kopanischen Reich gab es kaum Berge. Der einzige Unterschied zum Flachland, wo auch die Plantagen waren, fand sich in hügeligen Sanddünen im Westen meiner Heimat.

»Wunderschön«, flüsterte ich andächtig.

Vollkommen im Anblick des Sonnenuntergangs versunken, vergaß ich sowohl das Hungergefühl als auch die Müdigkeit. Beides hatte sich unweigerlich über den langen Tag hinweg aufgestaut.

»Es ist nicht mehr weit, dennoch sollten wir es vermeiden, bei Dunkelheit noch außerhalb der Stadtmauern zu sein«, bemerkte Tristan mit einem erhabenen Unterton, der mich sofort wieder aus meinem Entzücken riss.

Meine Lippen angesäuert zu einer Linie gepresst, betrachtete ich ihn abschätzig. Schlussendlich entschied ich mich dazu, dass eine Antwort verschwendeter Atem wäre. Ich stapfte weiter, den Blick starr in die Ferne gerichtet, wobei ich die Schönheit des Naturspektakels nicht mehr so stark wahrnahm wie wenige Atemzüge zuvor.

»Ich kenne den Wirt der Schänke, er wird sich noch an mich erinnern. Sobald wir dort sind, werde ich jemanden losschicken, um die tasmanische Botschaft zu konsultieren.«

»Sobald wir dort sind …«, fing ich seine Worte auf und verdrehte die Augen. »… werde ich etwas essen und die nächsten Tage durchschlafen.« Demonstrativ entschlüpfte mir ein Gähnen. »Du solltest übrigens einen Heiler rufen lassen. Vielleicht kennen sich die Leute im Norden mit Verletzungen durch Schattenwesen besser aus.«

»Möglich.« Tristan zuckte mit den Schultern.

So gingen wir schweigend weiter. Obwohl Tristan auf dem Squa saß, setzte ihm die Reise sichtbar zu. Trotz seiner natürlich dunklen Hautfarbe waren seine Wangen blass und kalter Schweiß stand ihm auf der Stirn. Daraus schloss ich, dass das Fieber womöglich zurückgekehrt war, doch ganz sicher konnte ich mir dabei nicht sein. Vielleicht war es auch das Resultat der Schmerzen.

Pyreus wieherte unruhig. Auch ihm schien das schlechte Befinden seines Reiters Sorgen zu machen, wie ich überrascht feststellte. Entgegen meiner anfänglichen Meinung schien der Squa Tristan tatsächlich zu mögen, fast als hätten die zwei eine Verbindung zueinander. Ich war immer noch ganz überwältigt, wenn ich daran zurückdachte, wie Pyreus aus freien Stücken zu ihm zurückkam.

Tristan sorgte sich um den Squa wie um das Drachenei, weshalb ich ihm trotz meiner Vorbehalte eingestehen musste, dass er seiner Arbeit mit den magischen Wesen mit wahrer Hingabe nachging. Instinktiv tastete ich nach der rauen Schale des Eis in meiner Tasche. Warm fühlte ich das Leben unter der Schale pochen. Die Stadtmauer kam in Sicht und ich atmete erleichtert aus.

»Wir sind da«, stieß ich hervor und ein glückliches Lächeln stahl sich auf mein Gesicht.

Ich beschleunigte meine Schritte. Die Erleichterung, die Stadt rechtzeitig erreicht zu haben, strömte als ein neuer Schub Energie durch mich hindurch.

»Warte«, rief Tristan mich zurück. Mit ernster Miene hielt er Pyreus an und stieg ab.

»Nicht. Ich helfe dir«, wollte ich ihn aufhalten, da ich befürchtete, er würde sich in seiner Verfassung nicht allein auf den Beinen halten können, doch sein versteinerter Gesichtsausdruck hielt mich zurück. »Was tust du da?« Kopfschüttelnd sah ich ihn an.

»Hier. Du brauchst etwas, das dich zumindest augenscheinlich als freien Bürger auszeichnet«, erklärte Tristan und nahm einen seiner aus breitem Metall bestehenden Lebensarmreifen ab. An der hohen Zahl erkannte ich, dass er entweder bereits viel in seinem Leben erreicht hatte, oder dem Königshaus sehr nahestand. Abwehrend betrachtete ich den goldenen Reifen, welchen er mir entgegenhielt. »Worauf wartest du? Du musst einen tragen, andernfalls werden die Leute misstrauisch.«

Zögernd nahm ich den Armreifen entgegen. Hatte er keine Angst, ich würde mit diesem wertvollen Zeichen und dem Drachenei weglaufen? Als hätte er meine Gedanken gelesen, schlich sich ein amüsiertes Lächeln auf sein Gesicht.

»Denk gar nicht erst daran. Sobald jemand das Tattoo deines Herren sieht, wird ein einfacher Armreif nicht ausreichen, um deine Freiheit zu beweisen.«

Stumm nickte ich. Das hätte ich mir gleich denken können.

»Trag ihn an der rechten Hand und halte dein linkes Handgelenk immer bedeckt«, wies er mich an, während er den goldenen Verschluss zudrückte und ihn damit endgültig an meinem Handgelenk befestigte.

Nachdenklich betrachtete ich den Reif. In schwarzer Farbe zeichneten sich verschiedene Ornamente und Symbole auf dem Gold ab, welche mich an meine Heimat erinnerten. Ich schluckte schwer. Wie lange hatte ich davon geträumt, eines Tages wie jeder Freie in den Königreichen einen dieser Armreifen zu tragen, die mich als vollwertiges Mitglied des Reiches auswiesen. Doch entgegen meiner Erwartung verspürte ich weder Freude noch Genugtuung. Ich fühlte mich einfach nur leer und müde.

»Wir müssen weiter. Steig wieder auf den Squa.« Ich bemühte mich darum, mir meine Niedergeschlagenheit nicht anmerken zu lassen.

»Ich gehe zu Fuß.« Demonstrativ griff er nach Pyreus' Zügeln und humpelte los.

»Was? Sei nicht dumm. Warum quälst du dich damit selbst?« Kopfschüttelnd folgte ich ihm. Trotz seiner Verletzungen legte er ein verbissenes Tempo vor.

»Es darf nicht so aussehen, als sei ich verletzt«, presste er zwischen den Zähnen hervor.

»Aber du bist verletzt!«

»Sara«, fuhr er mich entnervt an, woraufhin ich ebenso genervt mit den Zähnen knirschte. »Hör mir gut zu! Wir haben ein Drachenei bei uns. Das ist wertvolle Fracht. Sollte jemand erfahren, dass es sich in unseren Händen befindet, sind wir ein gefährdetes Ziel und in solch einem Fall dürfen wir auf gar keinen Fall den Eindruck erwecken, leicht angreifbar zu sein.«

Unfähig, darauf eine schlagfertige Antwort zustande zu bringen, nickte ich mit großen Augen. Erst jetzt leuchtete mir ein, wie wertvoll das Drachenei in meiner Tasche tatsächlich war. Nicht ohne Grund hatte es jemand aus dem Besitz der Königsfamilie gestohlen. Außerdem hatten Tristans Worte von vorhin klar gemacht, wie selten Dracheneier in der heutigen Zeit waren.

Den restlichen Weg über schwiegen wir einträchtig, während die Anspannung immer größer wurde. Da Tristan darauf bestand, selbst zu laufen, kamen wir nur langsam voran. Doch als wir die Stadtmauer erreichten, nahm er all seine Kräfte zusammen, um so normal wie möglich zu wirken. Schwer atmend wischte er sich die schweißnasse Stirn mit dem Ärmel seines Leinenhemdes ab, dann trat er aus dem Schatten des Squas hervor und sprach die neugierig wartende Stadtwache an.

»Seid gegrüßt zu dieser späten Stunde«, sagte er förmlich in gebrochenem Tasmanisch und richtete sich zu seiner vollen Größe auf.

Einer der zwei Wachmänner nickte grüßend und trat vor.

»Ich kenne Euch«, stellte er nachdenklich fest und beäugte Tristan von oben bis unten.

»Das ist richtig. Ich bin Teil der dehnarischen Truppe, welche vor wenigen Tagen in den Wald auszog.«

Wohlweislich verzichtete Tristan darauf, zu erwähnen, warum sie in den Wald gegangen waren. Mir lief es kalt den Rücken hinunter, während mein Herz nervös wie der Flügel eines Kolibris flatterte. Ich überließ das Reden ihm und hielt mich im Hintergrund.

»Wir wurden angegriffen. Einige starben, nun frage ich Euch – sind Überlebende zurückgekehrt?«

Bedauernd schüttelte der Wachmann den Kopf. Tristan schluckte schwer. Ich sah ihm an, wie er den Schmerz der Worte zu verbergen versuchte. Die Züge seines Kiefers wurden ganz starr, wie eine unbewegte Maske. Alles in mir zog sich zusammen und ich senkte traurig den Kopf.

»Waren es Schattenwesen?«, fragte die zweite Wache aufgeregt.

Tristan nickte ernst.

»Bitte lasst uns passieren, ich muss so schnell wie möglich Kontakt zum dehnarischen König aufnehmen.« Die Autorität, die in seinen Worten mitklang, ließ die Wachen sogleich zurücktreten.

»Natürlich.«

Mit hoch erhobenem Kopf ging Tristan mit Pyreus am Zügel bereits los, da streckte der Kleinere der zwei Wachen seinen Speer vor.

»Das Mädchen gehört zu Euch?«, fragte er misstrauisch und schielte auf meine Arme.

Wie zufällig schüttelte ich mein rechtes Handgelenk, sodass der Armreifen gut zu sehen war. Dass ich dazu noch fähig war, obwohl mir das Herz beinahe zwei Stockwerke tiefer gefallen war, glich einem Wunder. Nur mit Mühe hielt ich mich aufrecht, meine Knie waren wacklig wie die Häuser der nordischen Zwerge.

»Sie gehört zu mir«, bemerkte Tristan mit fester Stimme und beäugte den Wachmann von oben herab, als würde er ihn dafür schelten, mit dieser Frage seine wertvolle Zeit zu vergeuden.

Dies war und würde damit wohl das erste und letzte Mal bleiben, dass ich Tristans hochnäsige und herablassende Art schätzte.

»Viel Glück«, rief der andere uns noch entschuldigend nach, als wir passierten und die Stadt betraten.

»Die erste Hürde geschafft«, frohlockte Tristan, während mir das Herz immer noch bis zum Hals schlug.

Bisher hatte ich Ignis nur kurz gesehen, als ich am Rand der Stadt in die Hexenstube ging. Nun nahm ich mir die Zeit, mich staunend genauer umzusehen. Die Häuser waren nicht aus Sandstein und Ziegeln gebaut wie in Kopanien, sondern zum Großteil Holzhütten mit Strohdächern. Alles wirkte klein und eng, wie es in einer Großstadt üblich war, und dennoch vermittelten die Häuschen den Charme eines Zwergendorfes.

»Wohin jetzt?«, fragte ich erschöpft.

Die Dunkelheit machte mir nur noch deutlicher bewusst, wie lange wir heute unterwegs gewesen waren und wie auf das Stichwort knurrte mein Magen laut.

»Nicht mehr weit. Die Schänke ist gleich hinter der nächsten Straße.«

»Gut«, murmelte ich und folgte Tristan und Pyreus wie im Schlaf.

»Hier ist es. Lass uns zuerst zurück zu den Ställen gehen und Pyreus einstellen lassen, vielleicht finden wir dort auch gleich den Wirt.«

Ohne Widerworte tapste ich ihnen hinterher. Nun, da wir uns hinter den sicheren Stadtmauern befanden, schlug die Erschöpfung über mir zusammen.

»Kato?«, rief Tristan laut und riss mich damit wenigstens kurzzeitig aus meinem Dämmerzustand.

»Wer ist Kato?«, fragte ich müde und gähnte.

»Der Wirt«, gab Tristan zurück und verdrehte die Augen, offenbar hielt er meine Frage für blöd – war sie wohl auch. Doch die Müdigkeit ließ mein Gehirn ganz schwammig werden.

»Ja?«, erklang eine fragende Stimme hinter uns und wir fuhren herum.

»Tristan? Seid Ihr es?« Mit einer Mischung aus Überraschung und Ehrfurcht kam der bullige Mann auf uns zu. »Bei Godsqua! Nach dem Bericht der Feuerfeen dachte ich, ihr wärt alle mausetot. Es freut mich so sehr, Euch zu sehen.«

Mit einem bärenhaften Lachen packte er Tristan an den Schultern und drückte ihn an sich. Der feste Griff des Wirts ließ Tristan zusammenzucken, doch er überspielte die Schmerzen der Verletzungen eisern.

»Die Wachen haben uns bereits mitgeteilt, dass niemand zurückgekommen ist«, erklärte Tristan düster und Katos zuvor noch hell erleuchtete Miene verdunkelte sich ebenfalls.

»Wer ist *uns*? Wer hat noch überlebt?«, schlussfolgerte der Wirt und sah sich um.

»Kato, darf ich dir vorstellen – das ist Sara. Sie hat mich gefunden und meine Wunden versorgt.« Mit der freien Hand deutete er auf mich und Katos Blick folgte der Bewegung.

Überrascht betrachtete er mich. Ich sah ihm an, dass ihm sofort der Gedanke durch den Kopf schoss, dass ich unmöglich von hier stammen konnte, doch er hütete seine Zunge.

»Ihr seht sehr erschöpft aus. Sagua wird euch etwas zu essen richten, während ich die Zimmer fertig machen lasse.« Mit einem geschäftigen, aber freundlichen Lächeln strich er sich über den zerzausten Bart und nickte entschlossen. »Geht schon mal hinein. Ich versorge den Squa.«

»Danke, Kato.« Tristan tätschelte Pyreus den Hals, dann überreichte er Kato die Zügel und wandte sich mir zu. »Lass uns hineingehen. Ich bin so hungrig, ich könnte einen ganzen Basilisken hinunterbringen.«

Kato hatte dafür wohl schon ein Gespür gehabt, denn als wir schlussendlich in einer dunklen Ecke des Wirtshauses an einem freien Tisch saßen, stellte uns Sagua, die Köchin, zwei Schüsseln mit Schlangensuppe vor die Nasen.

»Guten Appetit«, verkündete die vollbusige Frau inbrünstig, während ich entsetzt in die Schüssel sah.

»Was ist los?«, zischte Tristan, da ihm mein Blick nicht entging.

»Ich esse keine Tiere«, gab ich angespannt zurück und Tristan stöhnte entnervt auf.

»Im Gegensatz zu euch bringen wir den Göttern keine Tieropfer dar und ich würde niemals ein heiliges Tier töten, um es zu essen. Schlangen stehen unter dem Schutz des Gottes Godsquan, dem Bruder eurer Göttin Godsqua«, fuhr ich ihn leise an. »Ich kann das unmöglich essen.«

»Dann verhungere. Mir auch egal«, gab Tristan spöttisch zurück.

Stumm sah ich die Suppe an und vor Hunger wären mir beinahe die Tränen gekommen. Ich war so ausgelaugt und am Ende meiner Kräfte, dass ich unbedingt etwas brauchte, um wieder auf die Beine zu kommen.

»Ist etwas nicht in Ordnung?«, fragte Sagua, die mit zwei Krügen Elfenwein an unseren Tisch zurückgekommen war.

»Ich … ich kann nicht …«, stotterte ich, wobei ich nicht wusste, wie ich mein Anliegen vorbringen konnte, ohne ihr Misstrauen zu wecken. Nur in Kopanien glaubten die Leute an die Heiligkeit aller Tiere und würde sie erkennen, woher ich wirklich kam, würde unweigerlich die Frage aufkommen, was ich als Kopanin hier im Norden tat.

»Schaut aus, als würde es Euch schmecken, Tristan. Esst doch auch Saras Portion. Für dich Mädchen hab ich noch eine Kartoffelbrühe. Na, wie klingt das?« Mütterlich zwinkerte sie mir zu.

»Danke«, murmelte ich erleichtert.

»Da hattest du noch mal Glück«, murrte Tristan und machte sich auch über meine Schüssel her. Ich antwortete nicht und wartete stumm auf Sagua.

»Hier. Lass es dir schmecken«, sagte sie und stellte mit Schwung eine volle Schale vor mich, sodass die Suppe beinahe überschwappte.

»Vielen Dank.«

Mit glänzenden Augen schob ich die Schüssel zu mir heran und nahm gierig einen Löffel. Mein Magen knurrte Beifall, als ich den verblichenen Messinglöffel in die Brühe eintauchte und an meinen Mund führte. Die heiße Flüssigkeit verbrühte mir auf dem Weg in den Magen die halbe Speiseröhre, dennoch lehnte ich mich zufrieden zurück und genoss den Geschmack auf meiner Zunge.

»Sagua, bitte seid so gut und schickt jemanden zur tasmanischen Botschaft. Ich muss den König kontaktieren«, wandte sich Tristan an die Köchin.

»Und zu einem Heiler«, warf ich dazwischen und nahm den nächsten Löffel.

»Oh nein, Jungchen, bist du verletzt? Zur Botschaft hat Kato bereits jemanden geschickt.« Bestürzt trat sie näher, was Tristan mit einem Zähneknirschen zur Kenntnis nahm.

»Es geht schon«, presste er hervor, wobei er mir einen strafenden Blick zuwarf. Ohne mich davon einschüchtern zu lassen, wandte ich mich Sagua zu.

»Er braucht Kräuter zur Desinfektion und zur Linderung der Schmerzen.«

»Natürlich.« Sagua nickte freundlich. »Du kennst dich gut aus. Sara, richtig?« Aus neugierigen grünen Augen, mit welchen sie mich dezent an eine Kröte erinnerte, unterzog sie mich einer genauen Musterung. »Woher kommst du?«

»Aus dem Süden«, antwortete ich, obwohl dies aufgrund meiner von der Sonne gebräunten Haut offensichtlich war. Ich hielt lediglich meine Richtungsangabe vage, sodass sie nicht auf die Idee kam, ich käme aus dem Südosten.

»Aus Dehnarien wie Tristan also?«, bohrte sie weiter nach.

Obwohl es nicht der Wahrheit entsprach, nickte ich leicht.

»Hoch interessant.« Ihre grünen Augen wirkten alles andere als überzeugt, was mich nervös auf der alten Holzbank hin und her rutschen ließ.

»Die Zimmer sind jeden Moment fertig«, erschallte die laute Stimme Katos und zog damit die allgemeine Aufmerksamkeit auf sich.

Obwohl es noch recht früh war und die Arbeiter gerade erst nach Hause kamen, saßen bereits einige Männer in der Schänke verteilt auf Sesseln, Bänken und Barhockern, tranken und unterhielten sich lautstark. Währenddessen klimperte in der Ecke eine junge Elfe mit zarten Armen an einem ausgefallenen Musikinstrument, welches äußerlich einer gewöhnlichen Harfe ähnelte, sich klanglich jedoch in jeder Hinsicht davon unterschied.

»Großartig. Danke, Kato.« Tristan lächelte ihm freundlich zu.

»Ich habe auch jemanden zur Botschaft geschickt«, sagte Kato, zog sich einen Holzstuhl heran und ließ sich rücklings darauf fallen. Ächzend rieb er sich den vollen Bart. »Aber es ist schon zu spät. Vermutlich wird erst morgen früh jemand von deinen Leuten hier auftauchen.«

»Damit habe ich bereits gerechnet.«

Nickend schob er sich einen weiteren Löffel zwischen die Lippen.

»Aber nun erzählt, was hat sich dort draußen zugetragen und woher kommt das Mädchen?« Neugierig beäugte mich der beleibte Wirt.

»Das Mädchen kommt aus Dehnarien«, soufflierte Sagua mit einem hämischen Grinsen, als sowohl Tristan als auch ich unsicher um Worte rangen.

»Und dann warst du dort draußen allein unterwegs?« Kato betrachtete mich mit einer Mischung aus Staunen und Unglauben.

»Ich war auf dem Weg nach Ignis, um Arbeit zu finden«, erklärte ich.

»Mädchen haben im Gewerbe nichts zu suchen. Bist du deinem Mann davongelaufen?« Misstrauisch hob er die dunkelbraunen Augenbrauen.

»Ich habe keinen Mann«, entgegnete ich sofort, wobei sich meine Wangen rot färbten.

Als Sklavin hatte ich harte Arbeit verrichtet, da war es auch jedem egal gewesen, dass ich nur ein kleines Mädchen war. Doch als anständige Frau, als die er mich mit meinem Armband erachtete, hielt ich nur als gutes Ehematerial her.

»Dann einen Verlobten?« Kato ließ nicht locker.

Genervt verdrehte ich die Augen. »Auch keinen Verlobten.«

»Lasst uns das Plaudern besser auf morgen verschieben. Wir waren den ganzen Tag unterwegs und sind müde«, schaltete sich Tristan ein und rettete mich damit vor weiteren Fragen.

»Müde ist ein wenig untertrieben«, murmelte ich gähnend.

Die warme Suppe hatte kurzzeitig als Kraftsprenkel hergehalten, nun verließen mich jedoch alle Kräfte. Einzig das Bild eines Bettes tanzte vor meinem inneren Auge.

»In Ordnung«, brummte Kato in seinen Bart und rieb sich den dicken Bauch. »Dann bringe ich euch hoch.«

Rumpelnd stand er auf und marschierte voraus. Überrascht erkannte ich, dass eines seiner Beine anstatt in einen Fuß in ein Holzbein mündete. Seine Schritte waren abgehackter als normal, dennoch legte er ein beachtliches Tempo vor.

»Gute Nacht«, murmelte ich Sagua zu, die die zwei leeren Suppenschüsseln in einer Hand balancierte und mit wippender Hüfte zurück zum Tresen eilte.

»Hier entlang«, dirigierte Kato uns eine enge, knarrende Holztreppe hinauf in das Obergeschoß.

In den Händen hielt er jeweils eine mit grüner Flamme brennende Kerze. Diese wurden mithilfe von Magie so verzaubert, dass sie nicht herunterbrannten. Mit Schwung zog Kato eine der zahlreichen dunkelbraunen Holztüren auf.

»Die Dame bitte hier herein. Eine Wasserschale steht in der Ecke am Tisch und sollte es zu kalt werden, befindet sich im Schrank noch ein weiteres Laken«, informierte er mich.

»Vielen Dank«, murmelte ich und blinzelte in den dunklen Raum.

Kato stellte die Kerze am Nachttisch ab, dann wandte er sich zum Gehen. Als ich aufsah, stand Tristan noch immer an der Tür.

»Ist etwas?« Fragend hob ich die Augenbrauen.

Für einen Moment schwieg er. Dann veränderte sich der Ausdruck auf seinem vom Schein der Kerze nur schwach beleuchteten Gesicht und ich erkannte, dass er sich um das Drachenei sorgte.

»Ich pass schon auf«, gab ich mit gedämpfter Stimme von mir, sodass Kato vor der Tür uns hoffentlich nicht verstand.

Vermutlich hätte es ihn beruhigt, selbst darüber zu wachen, doch ich konnte nicht das Risiko eingehen, meinen Trumpf aus dem Ärmel zu ziehen und auf seine Güte zu spekulieren. Das wäre töricht gewesen, ich traute ihm noch immer nicht. Intensiv erwiderte er meinen Blick, dann gab er es auf und wandte sich ebenfalls ab.

»Gute Nacht, Sara.«

Hatte ich zuvor noch das Gefühl gehabt, eine wortlose Übereinkunft getroffen zu haben, so zerstörte dieses eine Wort alles.

»Gute Nacht«, knurrte ich und unterdrückte meine Wut.

Für ihn war ich immer noch nichts weiter als eine Diebin und Sklavin.

Knarrend fiel die Holztür hinter ihm ins Schloss und sobald die Schritte im Gang verklangen, eilte ich zur Tür und zog den Riegel vor. Erst dann fühlte ich mich einigermaßen sicher.

Trotz der bleiernen Müdigkeit konnte ich mich nicht einfach auf das Bett in die weißen Laken schmeißen, stattdessen erkundete ich das Zimmer nach möglichen Gefahren. Einer Falltür oder einem versteckten Eingang hinter dem Schrank.

Als ich nicht fündig wurde, spähte ich ein letztes Mal durch die von außen mit Schneekristallen bedeckte Fensterscheibe in die schwarze Nacht. Erst dann kehrte Ruhe in mein Inneres ein und erschöpft nahm ich auf dem breiten Bett in der Mitte des Raumes Platz.

Gewissenhaft nahm ich das Drachenei aus der Tasche und legte es in die Mulde des Kopfpolsters. Die Tasche mit dem Geld verstaute ich unter dem Bett und streifte meine Schuhe ab. Meine Kleidung war noch immer ganz kalt und starr und es war eine Wohltat, den dicken Mantel und die enge Hose loszuwerden. Dabei wurde mir bewusst, dass hier im Norden niemand Anstoß daran gefunden hatte, eine Frau in Männerkleidung zu sehen, wie es im Süden der Fall war. Das war wohl nur einer der anderen Punkte, in denen sich die Länder von Grund auf unterschieden.

Unordentlich hängte ich Mantel, Hose und Jacke über das Fußende des Bettes, schlüpfte unter die Decke und lockerte meinen Zopf, bis mir die Strähnen in dunklen Wellen über den Rücken flossen.

Erschöpft fiel ich zurück in die Strohmatratze und drehte mich müde auf die Seite, sodass ich mit dem Drachenei auf Augenhöhe lag. Im Gegensatz zu den Nächten davor schillerte das Ei im Schein der Kerze auf dem Nachttisch in einem ruhigen Blau. Vom roten Glühen war nichts zu erkennen.

Ich fragte mich, ob dies tatsächlich meiner Einbildung entsprungen war, wie Tristan dachte. Als ich meine flache Hand auf die raue Schale legte, fühlte ich eine beruhigende Kälte. Einzig das pulsierende Klopfen verriet, dass es dem Drachenbaby gut ging.

Ein kleines Lächeln schlich sich auf meine Lippen. Ich hatte noch nie einen echten, lebendigen Drachen gesehen. Die gezüchteten Erddrachen, die als Haustiere verkauft wurden, waren nicht mit ihnen zu vergleichen. Meine einzigen Vorstellungen über diese Tiere beruhten auf Erzählungen und in den Erdboden geritzten Zeichnungen.

Meine Mutter hatte in ihren Geschichten von ihrer Stärke und den besonderen Fähigkeiten wie Fliegen, Heilen oder Feuerspucken erzählt. Da Tristan gesagt hatte, dass es sich um einen Wasserdrachen handelte, würde seine Besonderheit vermutlich das Heilen von Krankheiten und Wunden sein. Gerne hätte ich den Drachen nach dem Schlüpfen gesehen, doch so lange würde ich nicht mehr hierbleiben. Bald würde mir Tristan meine neu ausgestellten Papiere übergeben.

»Dir wird es gutgehen«, murmelte ich. »Wenn du zu einer Prinzessin kommst, wird es dir an nichts fehlen.«

Nachdenklich betrachtete ich die feinen Einkerbungen in der Schale, welche die Oberfläche mit kunstvollen Ornamenten bedeckten. Es war einfach wunderschön.

Das Leben in einem Palast hatte bestimmt einige Vorzüge, doch galt das auch für einen Drachen? Nicht nur von Heimat und Familie getrennt, auch der Freiheit beraubt und in einem goldenen Käfig gefangen – das war kein Leben für einen Drachen. Wie Prinzessin Izabel wohl so war? Ich hatte kein Bild von ihr im Kopf und bisher nur wenig gehört. Ob sie gut zu dem Tier sein würde? Oder war sie genauso ein Monster wie die Herrscher im kopanischen Reich, welche die Bewohner des Landes unterdrückten und zu Tode schuften ließen? Monster, die Blut bändigen konnten und damit eine der größten Gefahren ganz Godsquanas darstellten.

»Nein, dir wird es gutgehen«, unterbrach ich das Wirrwarr in meinen Gedanken und verdrängte die negativen Vermutungen.

Tasmanien war anders. Fortschrittlicher und besser. Nicht ohne Grund hatte ich es als neue Heimat für mein freies Leben gewählt. Es musste einfach so sein.

Tristan

Als Tristan am Morgen erwachte, fühlte er sich wie gerädert. Ächzend streckte er sich und lockerte die angespannten Schultern. Trotz der übermannenden Müdigkeit hatte der Schlaf lange auf sich warten lassen und immer wieder war er aus einem unruhigen Traum geschreckt.

Nun strahlte die Morgensonne durch die kleinen Fenster oberhalb des Bettes und wie er so die Staubkörner im Licht der Sonnenstrahlen tanzen sah, wehrte sich alles in ihm dagegen, das Bett zu verlassen. Irgendwie hatte er schon im Gefühl, dass der heutige Tag einige unangenehme Überraschungen für ihn bereithielt …

Mit einem Mal hatte er es ganz eilig, aus dem Bett zu kommen und bei Zara nach dem Drachenei zu sehen.

Kalte Morgenluft umfing ihn, als er das warme Deckennest verließ und die kalte Kleidung überstreifte. An der Wasserschüssel hielt er kurz inne, um sich notdürftig das Gesicht zu waschen, dann war er auch schon an der Tür.

Auf dem Gang begegnete er lediglich einem Mann im mittleren Alter, der sich damit abmühte, einer kleinen Putzelfe umständlich zu vermitteln, dass er Rosenwasser für seine Rasur benötigte. Die Elfe schien ihn jedoch nicht zu verstehen oder nicht verstehen zu wollen, denn als Tristan die offene Zimmertür passierte, raufte sich der grauhaarige Mann wütend die Haare.

»Morgen«, grüßte Tristan höflich, doch weder der Gast noch die Elfe reagierten, viel zu vertieft waren sie in ihre Diskussion.

An Zaras Tür angekommen, holte Tristan tief Luft und fuhr sich noch schnell mit den Fingern durch die Haare, um einen nicht ganz so zerfledderten Eindruck zu vermitteln. Dann pochte er mit den Fingerknöcheln gegen die Holztür. Als niemand öffnete, klopfte er ein weiteres Mal.

»Sara?«, rief er, als schon wieder keine Antwort kam. »Sara! Mach die Tür auf.«

Die Angst, sie könnte mit dem Drachenei bereits auf und davon sein, überrollte ihn wie ein außer Kontrolle geratener Karren und er fühlte sein schlechtes Gefühl von vorhin bestätigt.

»Verdammt«, fluchte er und schlug vor Wut mit der flachen Hand gegen die Tür.

Über seinen Ärger hinweg hatte er gar nicht gehört, wie sich der Riegel vorschob und als die Tür nun plötzlich nach innen aufschwang, stolperte er kopflos über die Türschwelle.

»Was soll der Lärm?«, motzte Zara und beäugte ihn aus noch halb geschlossenen Lidern.

»Entschuldigung«, murmelte Tristan und rieb sich peinlich berührt den Hinterkopf. Zara stand nur in einem dünnen Leinenhemd vor ihm, welches ihr gerade bis kurz über den Hintern reichte. »Ich … komme besser später wieder.«

Er rügte sich dafür, dass bereits ein zu kurzes Kleidungsstück ihn so aus der Bahn warf. Immerhin hatte er schon genügend Frauen nackt gesehen, Zara war nur eine wie jede andere.

»Jetzt bin ich sowieso wach. Also sag, was ist?« Seufzend trat sie zur Seite, um ihn hereinkommen zu lassen.

»Ich wollte sichergehen, dass unsere Übereinkunft noch steht.« Tristan schluckte schwer. Im selben Moment, als die Worte seinen Mund verließen, wusste er bereits, dass sie ein Fehler gewesen waren.

»So, du hast also gedacht, ich habe mich aus dem Staub gemacht«, gab sie spöttisch von sich und verschränkte verärgert die Arme.

Über sich selbst wütend, legte er den Kopf in den Nacken. Er war nicht hergekommen, um mit ihr zu diskutieren. Er wollte einzig und allein nach dem Drachenei sehen.

»Ich möchte nicht mit dir streiten«, sprach er seine Gedanken laut aus und schloss dennoch vorsichtshalber die Tür hinter sich. Aber anstatt zu toben, ließ sie entspannt die Arme sinken.

»Das Drachenei liegt dort«, sagte sie mit einem Hauch von Spott in der Stimme.

Tristans Blick folgte sofort der Bewegung, mit welcher sie auf das Bett deutete. Es kam ihm blöd vor, sie nicht nur aus dem Schlaf gerissen zu haben, sondern auch noch in ihrem Bett zu wühlen. Doch dem selbstzufriedenen Lächeln auf ihrem Gesicht nach zu urteilen, zog sie nicht in Erwägung, ihn aus der peinlichen Situation zu befreien und ihm das Drachenei eigenständig zu überreichen.

Für einen Moment überlegte er fieberhaft, während er sie verärgert beäugte. Gegen seinen Willen musste er feststellen, wie attraktiv sie mit den offenen, dunklen Haaren wirkte. Ganz abgesehen davon, dass das kurze Hemd ihre langen Beine nicht bedeckte und er nicht anders konnte, als die nackte Haut zu betrachten. Sie schien sich ihrer aufreizenden Pose, wie sie da mit dem Po gegen die Kommode gelehnt stand, gar nicht bewusst zu sein. In dieser Hinsicht unterschied sie sich um Welten von Moné.

»Was ist?«, fragte Zara gereizt und riss Tristan aus seinem Starren.

»Ich muss das Drachenei zur heutigen Besprechung mit dem Botschafter mitnehmen«, erklärte er schnell und angelte das Ei aus dem Bett.

Im Licht der Morgensonne schimmerte es besonders schön und als sich seine Hände um die raue Schale schlossen, fühlte er sich augenblicklich besser.

»Gut, dann komme ich mit.«

»Was?« Überrascht sah er auf.

Mit dieser Antwort hatte er nicht gerechnet. Eher mit einem ersten *Nein* und einem anschließenden Einlenken. Frustriert biss er sich auf die Zähne, um sich eine unüberlegte Aussage zu verkneifen. Um Zara nicht aufzuregen, musste er die Sache anders angehen.

»Das ist viel zu gefährlich. Er könnte dich als Sklavin erkennen, dann würdest du nie neue Papiere bekommen.«

Ohne mit der Wimper zu zucken, erwiderte sie seinen Blick böse. »Warum sollte das passieren? Ich wurde von meinem Herren freigelassen, meine Papiere wurden gestohlen. Genauso wie euch das Drachenei gestohlen wurde. Gehe ich deswegen her und zweifle an, dass das Drachenei euch gehört? Vielleicht sollte ich das ebenfalls tun.« Provokant hob sie die Augenbrauen.

»Fang gar nicht erst damit an«, knurrte Tristan verärgert.

»Ich bin frei und das werde ich mir nicht mehr nehmen lassen.« Entschlossen straffte sie die Schultern.

»Ich brauche das Ei als Beweis, dass ich nicht lüge. Dich kann ich bei einem diplomatischen Gespräch wirklich nicht gebrauchen.« Entnervt stieß er die angehaltene Luft aus. Dann ließ er resigniert die aufbrausende Mauer fallen. »Was willst du?«

Zara schien einen Moment zu überlegen. Sie hielt die Arme vor sich verschränkt, was ihre Brüste unter dem Leinenhemd nur noch mehr betonte. Schnell wandte er den Blick ab.

»Als Sicherheit, dass unsere kleine Abmachung nicht platzt, möchte ich, dass du deine Armreifen bei mir lässt. Und zwar alle.«

»Bitte was?« Geschockt sah er sie an. Er konnte von Glück reden, dass er das Drachenei nicht vor Schreck fallen gelassen hatte.

»Du hast mich schon verstanden«, gab sie spöttisch zurück. »Das gibt mir die Gewissheit, dass du sicher wieder zurückkommst.«

»Das kann ich nicht machen.«

»Gut, dann bleibt das Ei hier.« Entschlossen streckte sie die Hand aus, um das Drachenei entgegenzunehmen. Doch Tristan dachte gar nicht daran, gleich einzulenken.

»Nicht so schnell.« Vorsichtig legte er das Drachenei auf das Bett und machte einen Schritt auf sie zu. Langsam war es an der Zeit, ihr zu zeigen, wer der Stärkere war.

»Geh weg«, fauchte sie kratzbürstig und versuchte zur Seite abzutauchen, doch geschickt umfasste er ihre Arme und hielt sie so davon ab, ihm zu entkommen.

Er hielt sie eingekeilt zwischen sich und der Wand, sodass sie nicht ausweichen konnte.

»Ich halte mich an unseren Deal, weil ich es kann, nicht weil ich es muss«, zischte er ihr ins Ohr.

Sie schluckte schwer, die Antwort blieb ihr ganz offensichtlich im Hals stecken. Tristan verstärkte seinen Griff, bis sie einen Schmerzenslaut von sich gab. Eigentlich müsste er jetzt Genugtuung verspüren, stattdessen kam er sich wie der größte Idiot der Nation vor. Er machte ihr Angst und von ihrer sonst so aufbrausenden Art war nichts zurückgeblieben. Ihre blauen Augen glitzerten ängstlich und er wusste, dass er zu weit gegangen war. Betreten trat er einen Schritt zurück und ließ von ihr ab.

»Entschuldigung«, murmelte er, während sie mit weit aufgerissenen Augen vor ihm zurückwich und so viel Abstand zwischen sie brachte, wie in diesem kleinen Raum möglich war.

»Ich wollte dich nicht erschrecken.« Wut durchfuhr ihn. Am liebsten hätte er auf etwas eingeschlagen, aber damit hätte er sie nur noch mehr verängstigt. »Es tut mir leid, aber ich kann das Drachenei nicht hierlassen«, sagte er leise.

Er sah ihr an, dass sie sich bemühte, keine Reaktion zu zeigen, doch die Angst stand ihr ins Gesicht geschrieben. Nun das Drachenei, ihre einzige Versicherung auf seine Hilfe, zu verlieren, musste ihr wie ein Schlag ins Gesicht vorkommen.

Bevor er es sich anders überlegen konnte, öffnete er die Armbänder an seinen Handgelenken, die ihn als freien Mann auszeichneten, und legte sie vor ihr auf die Kommode. Angespannt beobachtete sie seine Bewegungen. Irgendwie hoffte er wohl, sie würde sich doch wieder entspannen und zu ihrer alten Art zurückfinden. Aber weder ein siegessicheres Lächeln noch Erleichterung traten auf ihre Züge.

Einzig Angst.

Geknickt verließ Tristan ihr Zimmer.

DIE DEHNARISCHE BOTSCHAFT

Tristan

Lustlos kaute Tristan sein Frühstück. Selbst die warmen Fladenbrote vermochten das Gefühl der Leere in seinem Bauch nicht zu vertreiben. Das schlechte Gewissen saß tief und seine Gedanken drehten sich durchgehend um Zara.

»Was ist los, Tristan? Schmeckt es nicht?«, fragte Sagua und begutachtete die Brote auf dem Teller misstrauisch.

»Nein, das ist es nicht. Dein Frühstück schmeckt wirklich zauberhaft«, versuchte er, ihr Gemüt zu beruhigen.

Nicht ganz überzeugt, klatschte sie ihm mit einem großen Kochlöffel eine Portion Brei auf den Teller. Um sie nicht zu kränken, schob er sich einen vollen Löffel davon in den Mund, obwohl es wie gegessen und wieder ausgespuckt aussah. Als der Brei seine Geschmacksknospen erreichten, stellte er jedoch überrascht fest, dass er sogar ganz ausgezeichnet schmeckte.

»Mmh«, machte er begeistert mit vollem Mund und brachte Sagua damit zu einem zufriedenen Schmunzeln.

»Wusste ja, dass das den Tag rettet«, murmelte sie vor sich hin, während sie munter zum nächsten Tisch eilte.

Dort versuchte sie, dem kleinen Mann, den er zuvor am Gang mit der Putzelfe gesehen hatte, ebenfalls einen Schöpfer aufzubrummen, doch der Griesgram lehnte akribisch ab und wehrte sich mit Händen und Füßen dagegen.

Selbst schuld, fand Tristan.

Ein Blick auf die Wanduhr oberhalb der Theke bestätigte ihm, dass er sich auf den Weg machen sollte. Laut Kato erwartete ihn der Botschafter um elf.

»Sagua, danke für das Essen. Ich muss dann los«, wandte er sich an die Köchin, die gerade an ihm vorbeieilte und gleich seine leere Schüssel mitnahm.

»Hab einen schönen Tag, junger Tristan. Und keine Sorge, ich kümmere mich in der Zwischenzeit um dein Mädchen.« Verschwörerisch zwinkerte sie ihm zu.

Tristan setzte zu einer umständlichen Erwiderung an, da verschwand sie bereits kichernd in der Küche und ließ ihn mit glühenden Wangen zurück.

Schnell straffte er die Schultern, sah sich unauffällig um, ob einer der anderen Gäste sein peinliches Verhalten bemerkt hatte, dann zog er sich den Wintermantel über. Knarrend öffnete sich die Holztür der Schänke und er stapfte nach draußen, wo ihn klirrende Kälte empfing.

Über Nacht war die Temperatur gefallen und dicke Schneeflocken tanzten vom grauen Himmel. Erstaunt legte er den Kopf in den Nacken und blinzelte den weißen Flocken entgegen. Es kitzelte, als sie auf seiner Nase landeten. Wie ein kleines Kind griff er danach und hielt den klaren, weißen Eiskristall vor die Augen. Nach wenigen Sekunden schmolz er auf seiner Fingerspitze und zurück blieb ein einziger Wassertropfen.

Trotz des aufgestauten Ärgers bahnte sich ein Lächeln den Weg auf seine Lippen. Es war das erste Mal, dass er mit eigenen Augen Schnee sah, und er fand es unglaublich, wie schnell hier im Norden der Wetterumschwung vor sich ging.

Sein Gefühl verriet ihm, dass dies nicht der normale Lauf der Natur war, sondern mit den Schattenwesen zu tun haben musste. Wenn man im Süden lebte, war es schier unmöglich, sich vorzustellen, wie Regen in Form von festen Flocken vom Himmel fiel. Es war einfach unglaublich … aber mit dem Gedanken an die Schattenwesen kamen auch noch andere Sorgen.

Zwar erinnerte er sich nur noch vage an die Geschehnisse der verhängnisvollen Nacht, aber eines hatte sich in sein Gedächtnis gebrannt und bereitete ihm seither ein mulmiges Gefühl. Denn er vermutete, dass sie auf der Lichtung nicht nur gegen Schattenwesen gekämpft hatten.

Er wusste noch zu gut, wie er sich gefühlt hatte, als er plötzlich die Kontrolle über seinen Körper verloren hatte, kurz bevor ihn etwas am Hinterkopf traf und zu Boden schleuderte. Es war grauenhaft gewesen, so abrupt nichts als Kälte zu spüren.

Von so einem Gefühlszustand hatte er bisher erst im Zusammenhang mit Blutbändigern gehört und das ergab einfach keinen Sinn. Hier im Norden gab es keine Blutbändiger und schon gar nicht würden sie mit Schattenwesen zusammenarbeiten.

»Na, noch nie Schnee gesehen?«, erklang die raue Stimme des Wirts und Tristan sah peinlich berührt auf.

»Könnte man so sagen«, erwiderte er lachend und richtete den Kragen seines Mantels, um davon abzulenken, wie er soeben noch ganz entzückt in den Himmel gestarrt hatte. Seine düsteren Gedanken konnte er damit jedoch nicht vertreiben.

»Nur zu. Es ist wirklich etwas Besonderes«, antwortete Kato und lächelte nachsichtig, wie es Großeltern bei ihren kleinen Enkelkindern tun. »Ich begleite dich zu Herrn Tout«, wechselte er zum Geschäftlichen.

»Danke, das ist sehr freundlich«, nahm Tristan erleichtert an. »Wenn möglich, würde ich davor noch gerne nach meinem Squa sehen.«

»Türlich, türlich«, brummte der Mann. »Ich muss so und so noch Holz schichten. Komm einfach zu mir, sobald du bereit bist.«

Schnell ging er nach hinten zu den Ställen. Das Knirschen der Schuhsohlen auf der dünnen Schneedecke kam Tristan ganz seltsam vor. Mit dem Schnee hatte die Stadt sich einem vollkommenen Wandel unterzogen. Die Sonne kam kaum gegen die dicke Wolkendecke an und der Rauch, welcher aus den Schornsteinen der Häuser aufstieg, vermischte sich mit dem Grau des Himmels zu einer drückenden Masse. Tristan fühlte sich wie in einer eigenen kleinen Welt. In jenem Moment erschien es ihm unbegreiflich, wie es in seiner Heimat gerade erstickend heiß sein konnte, wie das ganze Jahr über.

Pyreus stand vor Wind und Wetter geschützt in einer Box. Über die Holzbalken des Gatters hinweg sah er Tristan aus dunklen Augen entgegen und wieherte erfreut, als er ihn erkannte.

»Na, wie findest du den Schnee, Junge?«, redete er dem Tier zu und klopfte ihm zur Begrüßung den Hals.

Der Stall hielt für den jungen Squa alles Nötige bereit und Tristan kehrte guten Gewissens zu Kato zurück, um zur Botschaft aufzubrechen.

»Kato, können wir los?«, unterbrach er den Wirt bei der Arbeit.

»Türlich, bin schon bereit.«

Geschäftig klopfte er sich die Hände an der dreckigen Arbeitsschürze ab, nahm jene ab, knüllte sie zusammen und schmiss sie auf den Holzstoß. Anschließend ergriff er den schwarzen Mantel, den er während der Arbeit abgelegt hatte, und stapfte durch den Schnee zu Tristan.

»Hier entlang. Wir nehmen die Abkürzung über den Marktplatz, dann kannst du dir einen Überblick verschaffen. Die Stadt ist groß, aber du wirst dich schnell zurechtfinden.«

Gemeinsam schlenderten sie durch die verschneiten Straßen, vorbei an arbeitenden Leuten, schwatzenden Frauen und im Schnee tollenden Kindern und Tieren. Der Rummel auf den Straßen erinnerte ihn an das Leben vor den Toren des Palasts in Dehnarien. Er fragte sich, wie Zara die Stadt gefallen würde. Gern hätte er sie nun an seiner Seite gehabt.

»Was ist Tout für ein Mann? Kennst du ihn persönlich?« Er schloss zu Kato auf, um ihn im Gedränge nicht zu verlieren.

»Bin ihm erst einmal begegnet. Komischer alter Mann, aber das ist mit den Diplomaten aus anderen Ländern wohl so.« Er zuckte die Achseln und grummelte noch etwas in seinen Bart hinein, doch da öffnete sich eine Tür neben ihnen und eine wütende Frau jagte einen Jungen mit dem Besen nach draußen.

»Verschwinde, du Rotzbengel!«, schrie sie ihm nach, während der Kleine lachend zwischen den zwei Männern abtauchte. Rudernd wich Tristan ihm aus, wobei er beinahe den Besen der Frau ins Gesicht geschlagen bekam.

»Geht es hier immer so turbulent zu?«, erkundigte er sich und hob belustigt die Augenbrauen.

»Bei Tag kannst du darauf zählen. In Ignis hast du selbst in der Nacht keine Ruhe, heute ganz besonders nicht. Es ist der erste Vollmond des Monats und die Stadt feiert den Tag, da endlich Schnee fällt. Das ist ein Zeichen, dass wir das kommende Jahr nichts zu befürchten haben. Die Göttin Godsqua legt ihren Schutz über uns wie die Schneedecke über unsere Häuser.« Kato lachte und klopfte sich den dicken Bauch, während sein langer Mantel über den Schnee raschelte.

»Das ist ein schöner Brauch.« Tristan nickte anerkennend.

»Nach der traditionellen Ansprache auf dem Marktplatz richten wir in der Schänke ein Fest mit Tanz und Musik aus. Du und dein Mädchen solltet euch das auf gar keinen Fall entgehen lassen.« Gut gelaunt zwinkerte er ihm zu.

Zwar glaubte Tristan nicht, dass Zara nach heute Morgen noch beabsichtigte, jemals mit ihm zu sprechen, dennoch gefiel ihm der Gedanke.

»Ich werde es mir überlegen.« Nachdenklich rieb sich Tristan den Unterarm. Das fehlende Gewicht der Armbänder unter seinem Mantel war ungewohnt.

»Da vorne ist das Lokal, in welchem wir uns mit dem Botschafter treffen. Er ist ein schräger Vogel. Sag später nicht, ich hätte dich nicht gewarnt«, meinte Kato und öffnete die Tür.

Das Lokal stank unglaublich nach Rauch und verschüttetem Cognac, doch Tristan erkannte sogleich an der Einrichtung, dass es sich um ein nobles Lokal handeln musste. Roter Teppich bedeckte den Boden und über eleganten Sitzecken hingen extravagante Bilder, die Tristan mit schief gelegtem Kopf beäugte.

»So etwas Hässliches hab ich noch nie gesehen«, kommentierte Kato, ebenfalls das Bild betrachtend, und spuckte in ein dreckiges Stofftaschentuch.

Am entsetzten Blick des Kellners erkannte Tristan, dass weder er und schon gar nicht Kato der Norm der sonstigen Gäste entsprachen. Das Lokal war überraschend leer – vermutlich der einzige Grund, warum der Kellner die zwei nicht sofort hinausschmiss.

»Herr Tout?«, fragte Kato mit rauer Stimme und lehnte sich bedrohlich über die Theke Richtung des Kellners.

»Hier entlang«, dirigierte dieser und kniff säuerlich die Lippen zusammen.

Das Lokal war nur spärlich besetzt und es war sofort klar, wer von den wenigen Gästen Herr Tout war.

»Guten Tag, Herr Tout«, grüßte Tristan höflich, als sich der ältere Mann aus dem Sessel erhob.

Formell schüttelten sie einander die Hand, wobei Herrn Touts Hände in weiße Handschuhe gehüllt waren.

»Sehen aus wie von einer Frau«, murmelte Kato in seinen Bart, als er die eleganten, weißen Handschuhe beäugte.

Der Diplomat tat, als hätte er nichts gehört, doch dem verkniffenen Zug um seinen Mund entnahm Tristan, dass er Katos Worte durchaus vernommen hatte.

»Ich bin so froh, Euch zu sehen. Ich brauche dringend Eure Hilfe«, lenkte er die Aufmerksamkeit seines Gegenübers wieder auf sich.

»Der Wirt hat mir Eure Lage bereits erläutert.«

Mit gespreiztem kleinem Finger trank Herr Tout einen kleinen Schluck aus seiner Porzellantasse. Hätte sich das zierliche Gefäß in Katos Bärenpranken befunden, wäre es vermutlich zersprungen.

»Ich habe gestern an den König geschrieben und erwarte spätestens heute Abend die Antwort aus Dehnarien. Landsleute sind unterwegs, um sich um die Bestattungen der Soldaten zu kümmern. Es tut mir sehr leid, Euch mitteilen zu müssen, dass außer Euch niemand zurückgekehrt ist.« Bedauernd senkte er den Kopf, während sich Tristans Züge verspannten.

Doch nun musste er einen kühlen Kopf bewahren. Fieberhaft überlegte er, wie er die Dringlichkeit einer Wache zur Sprache brachte, ohne den zwei fremden Männern zu sagen, dass er ein Drachenei bei sich trug. Mit einem Mal war er nicht mehr sicher, ob er dem Diplomaten das Ei präsentieren wollte. Konnte er dem Mann trauen? Freunde würden sie bestimmt keine werden, aber er war Dehnare wie er und das musste reichen.

»Ich brauche Wachen«, verkündete er mit gedämpfter Stimme. »Wir hatten die Aufgabe, ein Drachenei wiederzufinden. Ich habe es gefunden.«

»Wie habt Ihr …?«, rief der Diplomat überrascht aus. Tristan gebot ihm eilig, die Stimme zu senken.

»Stellt keine Fragen. Aber Ihr müsst etwas für mich arrangieren.« Sowohl Tout als auch Kato sahen ihn irritiert an. »Ich brauche Ausweise für eine Person, die mir bei der Suche geholfen hat. Auf den Namen Sara …« Er zögerte kurz. Er wusste ihren Nachnamen nicht und auf die Schnelle fiel ihm kein passender Name für sie ein. »Salamon«, sagte er den erstbesten Namen, der ihm einfiel. Wenn ihn nicht alles täuschte, hatte ihr Herr so geheißen, also würde es schon passen.

»Sara Salamon«, wiederholte er bestimmt. »Sie hat ihre Papiere verloren, als wir im Wald auf die Schattenwesen trafen«, log er. »Sobald ich meine Schuld bei ihr beglichen habe, werde ich mit dem Drachenei nach Dehnarien zurückkehren.«

»Gut«, antwortete Tout langgezogen und hob skeptisch die Augenbrauen.

Es war offensichtlich, dass er die Geschichte für alles andere als glaubwürdig hielt, doch da er nicht *Verrat* oder *Diebin* schrie, schloss Tristan, dass er die Zusammenhänge noch nicht durchschaut hatte.

»Ich werde mich darum kümmern.«

Zara

Kälte durchdrang mich, als ich nach Tristans unangekündigtem Besuch das Fenster öffnete. Die Decke um die Schultern geschlungen, stand ich am Fensterbrett und sah hinaus auf die Straße.

Über Nacht hatte es geschneit und als ich meine Hand ausstreckte und die weiße Masse auf dem äußeren Fenstersims berührte, zuckte ich überrascht zusammen. Es war das erste Mal, dass ich Schnee sah, und es war ein überwältigendes Gefühl. Von meinem Platz aus sah ich über die Dächer hinweg. Eine weiße Schneeschicht lag über der Stadt und die graue Wolkendecke hing tief am Himmel, während vereinzelte Flocken zu Boden rieselten.

Die Schönheit der Stadt lenkte mich jedoch nur kurzfristig von meiner Wut auf Tristan ab. Ärger brodelte in meinem Inneren wie ein heranziehendes Gewitter. Trotz der Armreifen fühlte ich mich verletzlich und unsicher. Ohne das Drachenei war ich Tristan ausgeliefert.

Die Kälte kroch in das Zimmer und ich hielt es nicht länger aus. Entschlossen schloss ich das Fenster und zog mich an. Dann nahm ich die auf der Kommode abgelegten Armreifen und verstaute sie in meiner Tasche. Mein Magen knurrte und meine Nase führte mich nach unten in die Gaststube.

»Schlafmütze, auch schon wach?«, begrüßte mich Sagua freundlich und lächelte mir entgegen. Geschäftig eilte sie mit einem Tablett in der Hand hinter die Theke. »Ich bin gleich mit Frühstück bei dir.«

Nickend suchte ich mir einen freien Platz im hinteren Teil der Schänke, wo ich das Gefühl hatte, vor den bohrenden Blicken der anderen einigermaßen geschützt zu sein.

»Hier.« Geschickt stellte Sagua mir eine Schüssel mit einem seltsam aussehenden Brei vor die Nase. Doch ich war weit Schlimmeres gewöhnt und absolut nicht eitel.

»Danke«, murmelte ich und griff nach dem Löffel. Sobald ich die ersten Bissen gekaut hatte, hielt ich überrascht inne, nur um daraufhin noch zügiger weiterzuessen.

»Echt lecker«, brachte ich zwischen zwei Bissen hervor und strahlte Sagua dankbar an.

»Schön, schön«, trällerte sie und schwang enthusiastisch den Kochlöffel. »Für dich kleines Täubchen müssen wir noch etwas anderes zum Anziehen besorgen. So kannst du ganz sicher nicht auf dem Fest auftauchen.« Nachdenklich beäugte mich die Köchin aus zusammengekniffenen, grünen Augen und stemmte den freien Arm in die breite Hüfte.

»Was für ein Fest?«, fragte ich mit vollem Mund.

»Lass dich überraschen, Täubchen.«

Strahlend tänzelte sie zurück zur Theke, während ich weiter mein Frühstück verschlang. Vermutlich würde mich Tristan so oder so nicht zu irgendeinem Fest gehen lassen, aus Angst, ich könnte mit dem Drachenei abtauchen. Erneut wurde meine Wut auf den jungen Dehnaren allgegenwärtig und ich setzte den Wasserbecher zu fest auf, sodass Flüssigkeit über den Rand schwappte.

»Da ist aber jemand griesgrämig«, erklang die glockenklare Stimme der kleinen Elfe, welche gestern Abend die Gäste mit Musik unterhalten hatte. Überrascht sah ich mich um, ob sie tatsächlich mit mir sprach. Als ich niemanden sonst in unmittelbarer Nähe entdeckte, errötete ich und wischte schnell die um den Becher gebildete Pfütze auf.

»Ich … nein, also …«, stotterte ich verlegen.

»Sagua hat mich zu dir geschickt«, erklärte sie ihr plötzliches Erscheinen warm lächelnd und nahm ungefragt mir gegenüber Platz.

»Aha«, gab ich möglichst unverfänglich zurück und kaute weiter mein Frühstück.

»Sie sagt, du bist aus Dehnarien. Ich war noch nie dort, erzähl mir davon.« Aus glänzenden Augen sah sie mich erwartungsvoll an.

Eigentlich war ich nicht gerade in der Stimmung, weiter Lügengeschichten zu spinnen, immerhin war ich genauso noch nie in Dehnarien gewesen. Doch sie strahlte eine solche Neugier aus, dass ich ihre Bitte nicht abschlagen konnte. Außerdem waren sich das kopanische und dehnarische Reich in ihren Klimaverhältnissen nicht ganz so unähnlich. Heiß war es dort überall.

»In Dehnarien gibt es keinen Winter wie hier«, begann ich zu erklären. »Zumindest nicht mit dieser eisigen Kälte und Schnee. Selbst jetzt hängt über dem Land eine drückende Hitze.«

Mehr als die Wärme und enge Menschenmengen hatte ich nicht mehr in Erinnerung, was nicht augenblicklich verraten hätte, dass ich eigentlich von den Plantagen kam. Doch die junge Elfe wirkte wissbegierig und würde sich mit meiner lahmen Beschreibung der Wetterverhältnisse bestimmt nicht zufriedengeben.

»Ist der Prinz wirklich so hübsch?«

Vor Aufregung überschlug sich ihre Stimme und erst jetzt fiel mir auf, wie jung sie noch war. Mit gerunzelter Stirn überlegte ich, wie es kommen konnte, dass sie in einem so zarten Alter in solch einer Schänke arbeiten musste.

»Ich habe ihn noch nie gesehen …« Schulterzuckend wandte ich mich wieder meinem Essen zu.

Die Erzählungen über den Prinzen hatten mich noch nie sonderlich interessiert, auch dass er besonders hübsch sein sollte, war mir noch nicht untergekommen. Genauso wenig hatte mich die Schönheit des kopanischen Königs Aréolan gekümmert. Warum auch? Sklaven interessierten sich nicht für das Aussehen derjenigen, die ihr Leiden zuließen.

»Schade«, murmelte sie und ehrliches Bedauern klang in ihrer Stimme mit. Die hellblonden Haarsträhnen hingen ihr ins Gesicht, als sie den Kopf senkte.

»Ist der kleine, tasmanische Prinz nicht eher in deinem Alter?«, fragte ich und zwinkerte ihr freundlich zu, um sie aufzumuntern.

»Aber der ist bestimmt nicht so hübsch«, gab sie murrend zurück.

Ah – mein Fehler. Gegen meinen Willen musste ich schmunzeln.

»Woher kennst du Sagua?«, erkundigte ich mich neugierig.

»Sie hat mich von der Straße aufgegabelt, mir eine Arbeit und einen Schlafplatz gegeben. Ich verdanke ihr sehr viel.«

Schulterzuckend huschte ihr Blick zur Köchin, die gerade hinter der Theke hantierte. Ich reimte mir sofort zusammen, warum sie auf der Straße gelandet war. Armut gab es in allen drei Reichen.

»Sagua scheint wirklich ein guter Mensch zu sein.« Nachdenklich legte ich den Kopf schräg. Ich spürte, dass ich mich auf dünnem Eis befand. Immerhin war ich eine Fremde für die junge Elfe und das Thema viel zu ernst für ein einfaches Frühstück. Diesen Gedanken teilte wohl auch die kleine Elfe.

»Und kochen kann sie auch«, gab sie frech zurück und brach damit die ernste Stimmung. »Wie heißt du?«, erkundigte sie sich und drehte eine ihrer langen, blonden Haarsträhnen um ihren Zeigefinger.

»Z…«, begann ich und brach abrupt ab. »Sara.« Ich bemühte mich um ein Lächeln. Sollte sie etwas an meinem Verhalten für merkwürdig befinden, so ließ sie es sich nicht anmerken. »Und du?«, fragte ich schnell zurück.

»Quin. Den Namen trug auch die verstorbene tasmanische Königin.«

Stolz reckte Quin das Näschen in die Luft und übermittelte mir damit nur noch stärker den Eindruck, dass sie noch sehr in der Fantasie des Prinzessinnentraums gefangen war.

»Na, Mädels? Versteht ihr euch gut?« Mit einem breiten Lächeln tänzelte Sagua auf uns zu. Statt die Schürze um die Hüften zu tragen, hielt sie den weißen Stoff zusammengeknüllt in der geballten Faust. »So, wir können los.«

Verwirrt sah ich zu ihr auf, während Quin bereits glücklich in die Hände klatschte und aufsprang, sodass der Sessel mit einem unangenehmen Knarren über den Holzboden schrammte.

»Du brauchst ein Kleid. Und ich weiß auch schon, wo wir das finden werden.« Breit grinsend zog Sagua mich am Arm hoch und Quin sprang begeistert auf der Stelle.

Sie stürmten wie Wirbelstürme um mich herum und ehe ich mich versah, befand ich mich bereits auf den verschneiten Straßen Ignis'.

Tristan

Mit federnden Schritten überquerte Tristan den schneebedeckten Marktplatz. Kato hatte sich auf dem Rückweg von ihm verabschiedet, er musste dringend zurück zur Schänke und den Laden für die Festlichkeiten am Abend auf Vordermann bringen. Tristan hingegen trieb nichts zurück in das Gasthaus.

Ihm war bewusst, dass Zara ihn vermutlich nicht sehen wollte, und so schob er das Unvermeidliche unnötig hinaus. Anfangs noch neugierig, schlenderte er durch die Gassen, machte Halt an verschiedenen Ständen, die die Stadtbewohner extra für den heutigen Festtag aufgebaut hatten, und plauderte mit aufdringlichen Händlern. Erst nachdem er bereits glaubte, jeden Stand zweimal begutachtet zu haben, hielt ihn nichts mehr davon ab, zur Schänke zurückzukehren.

Langsam setzte er einen Fuß vor den anderen, doch als ihn eine ältere Dame mit Stock überholte, riss er sich am Riemen und sammelte seine gesamten Kraftreserven für die folgende Unterhaltung. Womit er beim Betreten der Schänke jedoch nicht rechnete, war, dass Zara gar nicht anwesend sein könnte.

»Kato, wo ist sie?«, fragte er entgeistert.

»Mit Sagua unterwegs. Deswegen könnte ich Hilfe gebrauchen.« Gestresst wedelte der Wirt mit der Hand nach einem Jungen, der in der Küche den Boden schrubbte.

»Unterwegs?«, wiederholte er stutzig.

»Ja, unterwegs. Sagte ich doch«, brummte Kato. »Und jetzt nimm das Holz dort drüben. Das muss in die Küche.«

»Aber …«

»Du musst auf andere Gedanken gebracht werden«, unterbrach Kato ihn sofort. »Da ist Arbeit das Beste. Also pack an!«

Einen Moment überlegte Tristan, abzulehnen, doch dann schüttelte er den Kopf. Kato hatte recht, die Ablenkung würde ihm guttun.

»Natürlich. In die Küche, sagtest du?«

Entschlossen legte er den Wintermantel ab und krempelte die Ärmel hoch, dann griff er nach den Holzscheiten.

So arbeitete er den restlichen Tag vor sich hin. Einzig davon durchbrochen, dass er das Drachenei auf sein Zimmer brachte und immer wieder nach ihm sah. Kato hielt sie alle ganz schön auf Trab und als sie gegen Mittag eine Pause einlegten, verschlang er das vorgesetzte Hühnchen wie ein hungriger Werwolf.

»Ein Soldat bist du nicht, Bürschchen. Jetzt schon so ausgebrannt«, meinte Kato mit einem belustigten Blick auf den leeren Teller.

Tristan zuckte mit den Schultern. Dergleichen hatte er auch nie behauptet.

»Nach dem, was ich heute gesehen habe … also.« Kato zögerte.

Sein Blick huschte nervös von einer zur anderen Seite, doch niemand war in ihrer unmittelbaren Nähe und der Lärmpegel in der Schänke viel zu hoch, als dass jemand seine geflüsterten Worte hätte mithören können.

»Also bist du ein Bändiger?«, brachte er schließlich hervor.

Verdutzt erwiderte Tristan seinen Blick. Damit hatte er tatsächlich nicht gerechnet, auch wenn ihm augenblicklich klar war, woher Katos Überlegung kam. Als Einziger seiner Truppe hatte er den Angriff der Schattenwesen überlebt und außerdem den wichtigen Auftrag des Königs erteilt bekommen. Dabei war er nur ein einfacher Pfleger.

Die Wahrheit war, er hatte schlichtergreifend Glück gehabt. Kato konnte nicht wissen, wie sehr Tristan das schlechte Gewissen darüber plagte. Seit er in der Höhle zu sich gekommen war, quälte ihn die Frage, warum er überlebt hatte und nicht einer seiner Kameraden. Besonders der Verlust von Loyd schmerzte ihn sehr.

»Nein.« Tristan zwang sich zu einem Lächeln.

Der Gedanke, ein Bändiger zu sein, stimmte ihn nachdenklich. Die Frauen in seiner Familie waren des Feuers mächtig, nur deswegen war der König auf seine Hochzeit mit Moné so erpicht. Nur wenige verfügten über diese Gabe und da war es nur logisch, dass der König Interesse daran hatte, die Bändiger-Gene in die Familie zu bringen.

Wie Tristan wusste, war auch Prinzessin Izabel magisch begabt. Die meisten Königsfamilien achteten bei der Partnerwahl darauf, die in ganz Godsquana hoch angesehenen Fähigkeiten zu bewahren. Es wurde gemunkelt, Izabel würde das Element Feuer beherrschen. Da in Tasmanien aber vor allem Luft- und Wasserbändiger lebten, blieb das nur ein Gerücht.

In Kopanien waren die Mitglieder der königlichen Familie Feuerbändiger – das mächtigste Element, einzig von den Schatten übertrumpft. König Rauke aus dem Norden war der mächtigste Schattenbändiger, der die Schattenwesen befehligte und das tasmanische Reich nun schon seit dem letzten Blätterwechsel erstarren ließ. Hier gab es keinen Sommer mehr. Nur noch Kälte und Schatten, die das Land in Angst und Schrecken versetzten.

Es war ein grausames Gefühl, zu wissen, dass die Schattenwesen draußen vor den Stadtmauern ihr Unwesen trieben und mit ihren Kräften einzig und allein zum Töten lebten. Kein Wunder, dass die Menschen sich von der Göttin Schutz erhofften. Mit einem Mal sah er die kommenden Festlichkeiten mit ganz anderen Augen.

»Ich bin kein Bändiger, auch kein Soldat. Ich bin Pfleger magischer Tiere. Mehr brauchst du nicht zu wissen.« Zwar lächelte er warm, dennoch wählte er seine Worte bestimmt.

Je weniger Kato wusste, desto besser. Sie verweilten für einen Moment in Schweigen, dann nickte Kato.

»Verzeihung.« Schnell trat er den Rückzug an und kratzte sich verlegen am Bart. »Trink aus! Dann geht es weiter mit der Arbeit«, brummte er wieder in gewohnter Lautstärke und winkte den jungen Knaben zu sich, damit er die leeren Teller abräumte.

Tristan wischte sich gerade den Mund mit einer Serviette ab, da öffnete sich die Tür der Schänke und drei kichernde und lachende Damen kamen herein. Tristan brauchte einen Moment, bis er die schwarzhaarige Schönheit erkannte. Sie trug ein blaues Kleid, welches ihre ozeanfarbenen Augen zum Strahlen brachte. Ihm stockte der Atem.

»Wow«, brachte er überrascht zustande, während Kato anerkennend pfiff.

»Weib, was hast du mit dem Mädchen nur vor? Möchtest du sie heute schon an einen reichen Mann bringen?« Amüsiert lachte Kato, während er sich die Arbeitsschürze um die Hüften schlang.

»Ganz bestimmt nicht«, fiel ihm Zara ins Wort, bevor Sagua ihre Grundidee verkünden konnte.

Tristan sah genau, wie Zara die Röte in die Wangen schoss und Sagua verschmitzt grinste. Was er jedoch nicht verstand, war, warum es ihn störte. Schuldbewusst dachte er an Moné – er sollte ihr dringend eine Nachricht schreiben.

»Man kann sich auch für sich selbst mal schön kleiden, nicht nur um den Männern zu gefallen.«

Kokett drehte Zara sich einmal im Kreis, sodass sich der dunkelblaue Stoff bauschte und hob und ihre dünnen Fußknöchel enthüllte.

Die schwarze Haarpracht war nicht mehr so zerzaust wie noch heute Morgen, sondern floss in sanften, glänzenden Wellen ihren Rücken hinunter. Während der eine Ärmel des Kleides ihre Sklavenmarke versteckte, lugte am rechten Handgelenk neben dem goldenen Armreifen ein schwarzes Armband hervor. Es war ihr eine Spur zu groß und ließ ihr Handgelenk nur noch zierlicher erscheinen.

Da Tristan wusste, dass die Bewohner im Norden statt der Lebensarmreifen wie Kato und Sagua breite Lederbänder trugen, vermutete er, dass Sagua ihr das zweite Lebensarmband geschenkt hatte. Obwohl die Frau ahnte, dass hinter Zaras Geschichte noch mehr steckte, ließ sie sie nicht auffliegen.

»Wieder an die Arbeit«, verkündete Kato.

»Einen Moment noch. Ich muss kurz mit Sara sprechen.«

Während Sagua verschlagen grinste, brummte Kato zustimmend und scheuchte sowohl Sagua als auch die kleine Elfe neben ihr in die Küche.

»Ja?« Auffordernd blickte ihn Sara aus großen, blauen Augen an.

In den schwarzen Locken hingen noch weiße Schneeflocken von draußen, die in der Wärme der Schänke zu Wasserperlen schmolzen.

Erst als sie noch mal ihre Stimme erhob und genervt fragte: »Was willst du?«, registrierte er, dass er sie zu lange angestarrt hatte.

»Ähm«, begann er befangen und errötete prompt.

Bevor er sich weiter in der Tiefe ihrer blauen Augen verlieren konnte, riss er sich am Riemen und zog jene Fassade auf, welche Zara bereits heute Morgen verängstigt hatte.

»Meine Armreifen«, forderte er und zog sie beiseite, sodass sie im Schutz der Treppe nicht belauscht werden konnten.

Unwillkürlich stellte er fest, wie gut sie roch. Ein bisschen wie eine südliche Zitrusfrucht. Er schmunzelte, mahnte sich jedoch schnell zur Konzentration.

»Ich habe die Papiere angefordert, sie müssten in ein paar Tagen ausgestellt und beglaubigt sein.«

»Danke«, antwortete sie ruhig, wobei er ihrer Mimik entnahm, dass sich alles in ihr dagegen wehrte, dieses Wort auszusprechen.

Die Wut über sein Verhalten heute Morgen sprach ihr aus den Augen und augenblicklich zog erneut das schlechte Gewissen auf, wie dunkle Wolken vor einem Sommergewitter.

»Die Armreifen bekommst du, sobald du mir das Drachenei wiedergibst.« Stur erwiderte sie seinen Blick.

Nun, da sie nicht mehr allein waren, schien sie neuen Mut gefasst zu haben. Vielleicht, da sie nicht fürchten musste, er könnte ihr tatsächlich etwas antun.

»Ich kann es dir nicht geben. Es könnte bald schlüpfen, es braucht Pflege.« Seine Worte klangen nasal und hochnäsig, er kam sich blöd vor.

Dabei waren seine Worte die reinste Wahrheit. Er kannte sich mit der Pflege von Dracheneiern aus, im Gegensatz zu Zara.

»Wo befindet es sich jetzt?«, fragte sie resigniert.

»In meinem Zimmer. Ich sehe immer wieder nach ihm …« Bemüht verkniff er sich das siegessichere Lächeln, welches bei ihren Worten in ihm aufkam.

»Gut. Die Armreifen bekommst du trotzdem noch nicht«, knurrte sie und ließ ihn stehen.

Zwar nicht der optimalste Ausgang, dennoch war Tristan zufrieden.

Bevor er in die Küche zurückkehrte und Kato bei der anstehenden Arbeit half, machte er noch einen weiteren Abstecher in sein Zimmer. Zwar glaubte er nicht, dass das Ei in den nächsten Tagen schlüpfen würde, dennoch fühlte er sich sicherer, es in seiner Obhut zu wissen.

Er hatte gerade die ersten Stufen erklommen, da öffnete sich der Eingang der Schänke auf ein Neues und er sah reflexartig zu dem Neuankömmling. Mit dem Öffnen der Holztür drang nicht nur die Kälte in das Innere, sondern auch der Lärm der Straße, der die Aufregung der Dorfbewohner über die baldigen Festlichkeiten untermauerte.

Im Eingang stand eine hoch aufragende Gestalt, muskulös und breit wie ein Bär, mit der Mähne eines Löwen. Er humpelte, ein Schwert hing an seiner Seite. Tristan musste nicht das Wappen am Knopf des dunklen Umhanges sehen, um zu wissen, wer es war.

»Loyd«, murmelte er voller Verblüffen und umklammerte haltsuchend den Holzbalken der Treppe.

Mit einem Mal fühlte er sich ganz wacklig auf den Beinen. Wie in Zeitlupe bewegte er sich auf seinen alten Kameraden zu, der nicht weniger überrascht zurücksah.

»Loyd. Ich dachte, du seist tot!« Er traute seinen Augen nicht.

Herr Tout hatte gesagt, es gäbe keine Überlebenden, und nun stand ihm sein treuer Freund gegenüber? Beinahe hatte er Angst, er könnte sich jeden Moment in Luft auflösen. Doch als er seine Hand ausstreckte und ihn umarmte, war er immer noch da.

»Tristan. Der Botschafter hat mir erzählt, du seist am Leben«, erklärte Loyd leise und schwankend.

Erst jetzt erkannte Tristan, dass an der Stelle, wo eigentlich Loyds rechtes Bein hätte sein sollen, ein Holzbein hervorlugte.

»Das Schattengift hat sich ausgebreitet, sie konnten nichts mehr tun«, antwortete er mit belegter Stimme auf Tristans entsetzten Blick hin. »Ich hatte Glück, es überhaupt aus dem Wald zu schaffen. Aber wie hast du es dort raus geschafft? Du bist wohlauf und unverletzt? Wie konntest du überleben?«, fragte Loyd mit kratziger Stimme und musterte ihn kopfschüttelnd. »Ich habe gesehen, wie die Schattenwesen dich erwischt haben. Wie ist es möglich, dass sich das Gift nicht in deinem gesamten Körper ausgebreitet hat?« Suchend beäugte er Tristan, als erwartete er, ihm würde ebenfalls eine Hand oder ein Bein fehlen.

»Ich hatte Hilfe. Ein Mädchen hat mich gefunden – warte, ich hole sie. Sara!«, rief er laut nach ihr.

Vergessen war die eisige Stimmung zwischen ihnen, er wollte sie seinem Freund vorstellen. Seinem totgeglaubten Freund, der tatsächlich zu ihm zurückgekehrt war! Er konnte es einfach nicht fassen.

Da Zara lediglich nebenan in der Küche war, hörte sie seinen Ruf sofort und lugte verwirrt um die Ecke. Offenbar hatte sie nicht damit gerechnet, sich noch einmal mit einem Gespräch mit ihm konfrontiert zu sehen.

»Komm her! Ich möchte dir jemanden vorstellen.« Breit strahlte er sie an, als sie zögerlich näher trat. »Das ist General Loyd. Er ist einer meiner engsten Freunde. Er hat den Angriff überlebt – darauf müssen wir trinken!«

Voller Enthusiasmus und Freude winkte er nach Kato und geleitete Loyd zu einem Tisch, wo er sein verletztes Bein entlasten konnte. Für einen Moment musste er daran denken, wie sie sich vor der Hexenhütte gestritten hatten. Damals hatte Loyd ihm erstmals vor Augen geführt, was für ein Glück er schon sein Leben lang hatte. Nun war es erneut so. Tristan ging gesund und lebendig aus dem Kampf mit den Schattenwesen hervor, während Loyd sein Bein verloren hatte. Dabei hatte er heldenhaft gekämpft, während Tristan bewusstlos am Boden gelegen hatte.

Ein schlechtes Gewissen durchzuckte ihn und dämpfte seine Freude. Doch Loyd lebte.

»Sara hat mich gerettet. Ohne sie hätte ich nicht überlebt«, erklärte er und bemerkte nicht, wie Loyds Blick immer düsterer wurde.

Überschwänglich erzählte Tristan Loyd von seinen letzten Tagen, in seiner Freude entging ihm vollkommen, dass Loyd kaum antwortete und sich über ihr Wiedertreffen nicht im Geringsten zu freuen schien.

»Wie seid Ihr aus dem Wald gekommen, General?«, fragte Zara nach einer Weile höflich.

Tristan kannte sie mittlerweile jedoch gut genug, um die verwirrte Falte auf ihrer Stirn zu deuten. Offenbar witterte sie etwas, doch Tristan erahnte nicht, worum es dabei ging.

»Ich habe es auf eigener Faust aus dem Wald geschafft.« Eine kurze Pause. »Auf einem Squa.«

»Tatsächlich«, antwortete sie vage.

Loyd erwiderte ihren Blick nicht. Offenbar war ihm die Frage unangenehm und nervös fuhr er sich durch die bereits ergrauten Haare. Seit Tristan ihn das letzte Mal gesehen hatte, schien er noch mal um zehn Jahre gealtert zu sein. Nun erinnerte kaum noch etwas daran, wie jung er eigentlich noch war. Nicht nur die stumpfen, grauen Haare zeugten von unglaublichem Stress und Angst. Auch die Augen blickten leer aus eingefallenen Höhlen hervor. Nun, da Tristan so drüber nachdachte, wirkte er mehr tot als lebendig.

»Geht es dir schon wieder gut genug für das Fest heute? Feier mit uns hier in Katos Schänke. Wir haben noch so viel zu bereden«, schlug Tristan vor.

Er spürte, dass zwischen Zara und Loyd eine eisige Spannung herrschte und er wollte die beiden nicht unnötig lange an einem Tisch gefangen halten. Da war es wohl besser, das Gespräch auf den Abend zu verschieben.

»Ja. Tout kommt auch mit, vielleicht ist bis dahin bereits eine Antwort aus Dehnarien eingetroffen«, stimmte Loyd zu und erhob sich von seinem Stuhl. Das Holzbein scharrte mit einem unangenehmen Laut über die Dielenbretter.

»Die Dame, meine Verehrung«, sagte er mit einem höflichen Kopfnicken zu Zara.

Auf seinen Lippen lag ein Lächeln, doch es erreichte seine Augen nicht und ließ ihn nur noch furchteinflößender wirken.

Tristan verabschiedete sich von Loyd und brachte ihn bis zur Tür. Als er wiederkam, stand Zara noch immer am Tisch.

»Du glaubst ihm doch nicht etwa, oder?«, fuhr sie ihn aufgebracht an.

»Was soll ich ihm nicht glauben? Dass er am Leben ist? Das hast du doch gerade gesehen!« Genervt versuchte er an ihr vorbei zur Treppe zu gelangen.

Erst wollte er nach dem Drachenei sehen und anschließend wie versprochen Kato helfen.

»Merkst du denn nicht, dass seine Erzählung Lücken hat? Es sagt, er wäre mit einem Squa in die Stadt zurückgekehrt. Das kann nicht sein. Ich habe alle freigelassen und ganz abgesehen davon fand ich außer dir keinen Überlebenden. Tristan!« Sie sah ihn ernst an. »Du hast geatmet, sonst niemand.«

»Vielleicht war er bereits weg, bevor du dort warst«, gab Tristan schulterzuckend zurück.

»Und hat nicht nachgesehen, ob einer seiner Kameraden überlebt hat?«, konterte Zara provokant.

»Wenn du meinst, was ich vermute, dann würdest du ihn des Verrates beschuldigen«, stellte er mit gedämpfter Stimme fest.

Ernst sah er sie an. Sie musste begreifen, welch schwerwiegende Anschuldigungen sie damit erhob.

»Und wenn«, erwiderte sie schnippisch. »Ich glaube, du siehst nicht, was hier wirklich gespielt wird. Egal in Bezug auf was, der General hat gelogen. Ich an deiner Stelle würde noch mal darüber nachdenken, anstatt ihm bedingungslos zu vertrauen.«

»Er ist einer meiner besten Freunde.« Tristan seufzte. Er war nicht mehr länger in der Stimmung zu diskutieren. »Ich kenne ihn Jahrzehnte länger als dich. Also warum soll ich dir trauen und ihm nicht?«

Auch wenn seine Worte harsch waren, sprach er sie nicht so aus. Er legte Ehrlichkeit in seine Frage, wollte wirklich wissen, warum er ihr trauen sollte.

»Die schlimmsten Feinde sind jene, die sich hinter der Maske eines Freundes tarnen«, sagte sie nur und ging.

DAS SCHNEEFEST

Zara

Die Zeit bis zum Anbruch der Dunkelheit verging wie im Flug und die freudige Aufregung steckte mich bis in die Knochen an. Quin und Sagua hatten mir viel über die Tradition des Schneefestes erzählt und nun brannte ich vor Vorfreude, ebenfalls Teil davon zu sein.

In meiner Heimat gab es nicht viele Feste. Zumindest keine, bei welchen Sklaven miteinbezogen wurden. Einzig das Erntedankfest hatte Herr Salamon jährlich groß gefeiert. Wenn die Feier im vollen Gang war, konnten wir Kinder uns in die Küche schleichen und bekamen Essen für uns und die Familie. Exquisite Speisen, die übrig blieben und andernfalls nur weggeschmissen werden würden.

Dass es bei den einfachen Leuten hier in der Stadt auch so sein würde, bezweifelte ich. Jedoch hatte mir Sagua erzählt, dass auch hier viel getanzt und gesungen wurde. Um es kurz zu sagen – ich freute mich sehr.

Über meinen überschwänglichen Enthusiasmus vergaß ich sogar, auf Tristan sauer zu sein, und suchte frohen Mutes sein Zimmer auf, um mich bei ihm zu entschuldigen. Ich hätte seinen Freund nicht so verurteilen sollen.

»Tristan?«, rief ich und klopfte an die Tür.

Als niemand antwortete, drückte ich die Klinke probeweise nach unten. Überraschenderweise öffnete sich die Tür problemlos.

»Tristan?«, fragte ich erneut und trat ein. Die Kerze in meiner rechten Hand erleuchtete das dunkle Zimmer.

»Oh«, machte ich überrascht, als ich mich einem fremden Mann gegenübersah.

Er stand neben der geöffneten Kommode. Es erweckte ganz den Anschein, als durchsuche er das Zimmer. Mein Herz begann zu rasen. Das konnte nur eines bedeuten.

»Wer bist du?« Misstrauisch rückte ich ihm näher auf die Pelle. Unter normalen Umständen hätte ich mich dergleichen nicht getraut, doch der Mann wirkte schwächlich und klein. Die weißen Handschuhe unterstrichen diesen Eindruck nur.

»Niemand«, antwortete er sogleich.

»Was hast du gestohlen?«, verlangte ich ohne Umschweife zu wissen.

»Sehe ich aus wie ein Dieb?« Das runde Gesicht lief rot an, Schweißperlen traten ihm auf die Stirn, welche er sich nun mit einem weißen Taschentuch abtupfte.

»Das ist nicht dein Zimmer. Warum bist du also hier?« Möglichst unauffällig beäugte ich den Fremden. Zwar hatte er einen dicken Bauch, jedoch sah ich keine Auskerbung in seiner Kleidung, die ein Indiz dafür wäre, dass er das Drachenei gestohlen und eingesteckt hatte.

»Ich warte auf Herrn Andrássy.« Aus dunklen Äuglein spähte er immer wieder zur Tür. Mit den roten Wangen erinnerte er mich an ein kleines Schwein. Das war doch Tristans Nachname, oder?

»Im Dunkeln?«, konterte ich provokant. Sein nervöser Blick huschte durch den kleinen Raum, während seine behandschuhten Finger sich krampfhaft ineinanderschlangen. »Halte mich nicht für dumm. Niemand wartet im Dunkeln in einem fremden Zimmer, wenn er ehrenhafte Absichten hat.«

»Die Kerze ist soeben ausgegangen«, entgegnete der Fremde und ich lachte ungläubig auf. In Katos Gasthaus trug man Kerzen mit grüner Flamme, das bedeutete, sie konnten nicht unabsichtlich ausgehen.

»Wie du siehst, ist er nicht hier«, fuhr ich mit fester Stimme fort. »Verschwinde aus diesem Raum.«

Den herrischen Ton der Adeligen hatte ich in meinem Leben oft genug zu hören bekommen, sodass mir die drohenden Worte mit einer bestimmten Leichtigkeit über die Lippen gingen. Meine elegante Kleidung, welche Sagua zu einem guten Preis für mich organisiert hatte, unterstrich meine Präsenz nur noch. Der Fremde hielt mich vermutlich für eine edle Dame, vielleicht Herrn Andrássys Frau, nicht aber eine gesuchte Sklavin und Diebin.

»Verzeiht die Störung«, murmelte er mit gesenktem Kopf und ging zur Tür.

Kurz überlegte ich, ihn zurückzuhalten. Immerhin bestand noch immer die Gefahr, er könnte das Drachenei irgendwo versteckt haben. Doch da ich ohne Waffe im Ernstfall nichts gegen ihn ausrichten könnte, entschied ich mich, alles auf eine Karte zu setzen und ihn gehen zu lassen.

Sobald die Tür ins Schloss fiel, stürzte ich auf das Bett zu. Im Gegensatz zu dem Fremden wusste ich, dass Tristan das Drachenei wie ein Baby hütete und es unter der warmen Decke auf dem Polster bettete. Maßlos erleichtert atmete ich aus, als ich das Laken wegzog und das blau schillernde Ei zum Vorschein kam.

Es konnte kein Zufall sein, dass der Fremde gerade in Tristans Zimmer im Dunklen gewartet hatte. Eines stand auf jeden Fall fest: Das Ei war hier nicht sicher. Kurzentschlossen nahm ich es an mich und verließ Tristans Zimmer so schnell, wie ich es betreten hatte.

Vorsichtig lugte ich in den Gang, doch der Fremde war verschwunden. Zielstrebig ging ich in mein Zimmer und wickelte das Drachenei in das Leinenhemd, welches ich auf meiner Flucht getragen hatte. Dann bettete ich es in eine Schatulle und stellte diese zurück in den Schrank. Davor legte ich meine Kleidungsstücke, sodass die Kiste zumindest im ersten Moment nicht zu sehen war, und schloss den Schrank.

Sicher, dass das Drachenei hier besser aufgehoben war, verließ ich den Raum, schloss die Tür ab und machte mich auf den Weg zum Fest.

Die Stimmung war aufgeladen und prickelte vor Aufregung. Warm in meinen Mantel gepackt und den blauen Schal aus meiner Heimat bis zur Nasenspitze hochgezogen, stand ich gemeinsam mit Tristan, Sagua, Quin und Kato am Straßenrand vor der Schänke und wartete gespannt mit Tausenden anderen Bewohnern darauf, dass die Prozession vorbeizog.

Gleich nachdem ich den Gastraum der Schänke betreten hatte, waren wir zum Fest aufgebrochen. Daher hatte sich noch keine Gelegenheit ergeben, ungestört mit Tristan zu reden und ihm von dem fremden Mann in seinem Zimmer zu erzählen.

»Ich sehe nichts«, quengelte Quin aufgeregt.

Ihre hellblauen Augen leuchteten vor Vorfreude und hibbelig sprang sie von einem aufs andere Bein, womit sie Kato gewaltig auf die Nerven ging.

»Aye, gibt auch noch nichts zu sehen«, brummte er und rieb sich die aus brauner Wolle gestrickten Fäustlinge.

Sein Atem bildete weiße Wölkchen in der Luft, so klirrend kalt war die Nacht. Plötzlich gingen erste Begeisterungsrufe durch die Reihen und Musik erklang.

»Das ist Elfenmusik«, rief Quin begeistert aus und Kato überraschte uns alle, indem er die Kleine hochhob und sie auf seine Schultern setzte, sodass sie über die zahlreichen Köpfe hinwegsehen konnte.

»Siehst du sie?«, fragte Sagua lächelnd.

»Ja, ich glaub schon!« Die Begeisterung sprühte Quin förmlich aus den Augen. Sie grinste wie ein Honigkuchenpferd.

»Die Zeremonie ist am Hauptplatz. Es ist nicht weit. Kommt, das Spektakel wird euch gefallen.« Sagua scheuchte uns wie kleine Lämmer vor sich her, obwohl das gar nicht nötig gewesen wäre, gegen die Kraft der Masse wäre keiner von uns angekommen.

»Achtung«, murmelte Tristan, als mich ein besonders großer Mann, der sich mit einer Glocke läutend und laut grölend einen Weg durch die Menge bahnte, beinahe umrannte.

»Das ist der Winterbote«, erklärte Kato amüsiert. »Früher waren das junge Mädchen, aber ihr könnt euch vorstellen, dass die hier nicht mehr so leicht durchkommen würden.«

Ich kam nicht zu einer Antwort, da hatte mich schon jemand von hinten angerempelt und ich taumelte erneut gegen Tristan.

»Entschuldigung«, murmelte ich und errötete.

»Gleich sind wir da.«

Quin auf Katos Schultern begann vor Aufregung an seinen Haaren zu ziehen, was der Riese nur mit einem kurzen säuerlichen Blick quittierte.

Als wir das Ende der Straße erreichten und auf einen weitläufigen, gepflasterten Platz vor einem großen Gotteshaus der Göttin Godsqua kamen, sah ich mich erstaunt um.

Tausende Füße hatten den Schnee plattgedrückt und einzig eine matschige Schneemasse zurückgelassen. Hier weiterzulaufen, war alles andere als einfach, wenn man von allen Seiten hin und her gedrängt wurde. Die den Platz umgebenden Häuser sahen aus wie vom Schnee geküsst. Wenn ich den Kopf in den Nacken legte, sah ich die Schneeflocken auf uns herabrieseln.

Es wirkte magisch.

Dann trat ein Priester auf ein Podest vor dem Gotteshaus, hinter ihm stellte sich eine Schar Feuer-Mönche auf. In den zu Schüsseln geformten Händen der Bändiger loderten Flammen auf.

Aufgeregt reckte ich den Kopf, ich hatte in meinem Leben nur selten echte Bändiger zu Gesicht bekommen. Staunend beobachtete ich sie. Im Gegensatz zu den Hexen ließen keine äußerlichen Merkmale darauf schließen, welches Talent in diesen Menschen steckte. Doch auch wenn man es nicht sah, musste magisches Blut in ihnen fließen.

Die Elfen, welche zuvor die Prozession angeführt hatten, standen mit flatternden Flügeln am Platzrand und ihr Chorgesang ebbte langsam ab. Die Musik wurde immer leiser, bis sie ganz verstummte und der Priester mit der Messe begann. Die Entfernung und das vereinzelte Gemurmel der Leute machten es mir unmöglich, die tasmanischen Worte zu verstehen, doch das war nicht weiter schlimm.

Wie Tristan richtig bemerkt hatte, war ich im Herzen Heidin und glaubte nicht nur an eine Göttin. Deswegen verfolgte ich den Gottesdienst nicht mit der gleichen Inbrunst wie Kato und Sagua, die die Gebete laut mitsprachen. Stattdessen nutzte ich die Zeit, um die Leute zu beobachten und mich an den neu gewonnenen Eindrücken sattzusehen.

»Die Messe ist vorbei. Jetzt kommt das Feuerwerk«, murmelte mir Tristan zu.

So in Gedanken versunken, hatte ich gar nicht bemerkt, dass der Priester bereits mit den Mönchen den Rückzug angetreten hatte und im Gotteshaus verschwand, wo sie das Ritual mit einer Opfergabe beenden würden. Nun übernahm der Stadtherr die Zeremonie der Feierlichkeiten.

»Was ist ein Feuerwerk?«, fragte ich, während ein beleibter Mann mit ergrautem Haar auf der Bühne eine mitreißende Rede schwang. Leider verstand ich immer noch kein Wort.

»Ich habe selbst erst einmal eines gesehen und kann es nicht wirklich in Worte fassen. Aber die Hexen und Feuer-Mönche haben sich dafür zusammengeschlossen und machen etwas mit den Flammen.« Schulterzuckend deutete er nach vorne. »Schau es dir einfach an.«

Mir drehte sich bei seinen Worten der Magen um. Mit einem unguten Gefühl spähte ich nach vorne und hielt Ausschau nach der Hexe Sanna, die ich vor wenigen Tagen bestohlen hatte. In eben diesen gestohlenen Mantel gehüllt, versteckte ich mich hinter Tristan. Obwohl die Wahrscheinlichkeit, in der Menge entdeckt zu werden, verschwindend gering war, zog sich in mir alles nervös zusammen.

Dann sah ich sie tatsächlich. In einen mitternachtsblauen Umhang gehüllt, der die grünliche Farbe ihres Gesichtes unterstrich, trat sie mit drei weiteren Hexen auf die Bühne. Die Hexe neben ihr wies ebenfalls die grünliche Hautfarbe auf, während die dritte beinahe purpurn leuchtete. Hätte ich nicht gewusst, dass es sich um eine Hexe handelte, hätte ich sie für eine gerade in einen Wutanfall ausbrechende alte Dame gehalten.

Links und rechts neben den vier Frauen standen zwei der Feuer-Mönche. Sie hielten sich die gekrümmten Hände mit der Flamme vor das Gesicht und pusteten das Feuer sanft an. Die Flammen züngelten auf die Hexen zu, die sie sofort auffingen und jeweils zu einer Kugel formten, die vor ihnen in der Luft schwebten. Nun hielten alle sechs auf der Bühne Stehenden eine der Feuerkugeln vor sich. Die Menge applaudierte und jubelte.

Dann traten die grüne Hexe und Sanna in der Mitte einen Schritt vor und warfen die Feuerbälle hoch in die Luft. Die Menge legte die Köpfe in den Nacken und verfolgte mit einem staunenden Raunen, wie die Kugeln zischend in den Nachthimmel fuhren. Tausend Köpfe höher zersprangen sie mit einem lauten Knall und zerbarsten in einen Feuerregen aus den unterschiedlichsten Farben.

»Oh«, ging es durch die Zuschauer, gefolgt von tosendem Applaus.

»Das ist absolut unglaublich«, kreischte ich Tristan voller Enthusiasmus und Begeisterung ins Ohr.

Er lächelte mich nachsichtig an, doch davon ließ ich mir nicht die Freude verderben. Mit wild klopfendem Herzen hüpfte ich auf der Stelle und streckte mich, um auch die nächsten Feuerkugeln im Blick zu haben.

Es war das erste Mal in meinem Leben, dass ich Magie in dieser Form zu sehen bekam. Ich war vollkommen hin und weg. Majestätisch hoben sich die bunten Funken vom dunklen Nachthimmel ab. Einfach unglaublich! Viel zu schnell war das Spektakel vorbei und ich beobachtete mit Wehmut, wie die Hexen und Mönche die Bühne verließen. Zu gern hätte ich noch mehr davon gesehen.

Tristan

»Lasst uns zurückgehen. Die Gäste rennen uns bestimmt schon die Tür ein«, verkündete Kato und Sagua nickte zustimmend.

»Bleibt ihr noch hier?«, fragte die ältere Dame an Tristan und Zara gewandt, doch er schüttelte den Kopf.

»Es ist viel zu kalt. Wir kommen auch mit.« Tristan wunderte sich, dass Zara nichts dazu sagte.

Normalerweise mochte sie es nicht, wenn andere für sie mitbestimmten, doch entgegen seiner Erwartung verhielt sie sich still. Er beobachtete, wie ihr Blick immer noch auf die Bühne gerichtet war. Erst als sich erste Zuschauer in Bewegung setzten und ein Gedrängel entstand, schien sie aus ihrer Trance zu erwachen und hielt sich an Tristans Arm fest. Gemeinsam eilte das kleine Grüppchen zur Schänke zurück, während ihnen die Schneeflocken weiße Nasen und Schultern zauberten.

»Brrr, ist das kalt.« Kato trat über die Schwelle ins warme Innere des Gasthofes und schüttelte sich den Schnee aus den Haaren. »Wärm dir besser die Finger auf. Du wirst die Elfengruppe heute mit deiner Musik unterstützen«, trug er der kleinen Quin auf, die sich vor Kälte bibbernd die ausgestreckten Hände am beinahe heruntergebrannten Feuer wärmte. Eifrig nickte sie.

»Können wir auch irgendwie helfen?«, fragte Zara, die sich an Tristan vorbeischlängelte und sich neben Quin ans Feuer setzte.

Im Vorbeigehen streifte ihr schwarzer Umhang Tristans Hand und wie magnetisiert folgte er ihr mit seinem Blick. Immer noch sah sie unglaublich schön aus in dem bezaubernden Kleid. Mit den weißen Schneeflocken im dunklen Haar hatte sie etwas Verzauberndes an sich.

»Nein, ihr seid unsere Gäste. Eure einzige Aufgabe ist es, euch zu amüsieren«, verkündete Kato mit einem breiten Grinsen, da ging bereits die knarrende Holztür auf.

Begleitet von einem eisigen Lufthauch drängte sich eine Gruppe älterer Männer in den Gastraum, die es sich in einer Ecke gemütlich machten. Sagua machte sich gleich daran, die Bestellungen aufzunehmen.

»Du schaust so nachdenklich«, riss Zara Tristan aus seiner Trance und erst jetzt bemerkte er, dass er sie wohl zu lange angestarrt hatte.

»Ich mache mir nur Gedanken, wie lange die Antwort aus Dehnarien dauern wird.« Schulterzuckend wandte er sich ab. »Setz dich schon mal. Ich hole uns Getränke.«

Mit zwei Krügen feinsten Elfenmets kehrte Tristan zu Zara zurück und sank neben sie auf die Holzbank.

»Danke.« Schüchtern lächelnd nahm sie den Krug entgegen.

»Auf unsere Abmachung«, sagte er, als sie mit den Getränken anstießen.

Ihm kam der Spruch blöd vor, doch ihm fiel nichts Besseres ein. Seltsamerweise fühlte er sich nicht gut, wenn er daran dachte, dass sie schon bald wieder getrennte Wege gehen würden. Um sich nicht länger als notwendig mit dem Gedanken herumzuschlagen, nahm er einen kräftigen Schluck des alkoholischen Gebräus und sah sich in der sich immer schneller füllenden Schänke um.

»Da ist General Loyd«, stellte Zara in jenem Moment fest, in dem Tristan seinen guten Freund auf sie zukommen sah.

Ihm entging nicht, wie Zara missbilligend die Augenbrauen zusammenzog, aber als Loyd sie begrüßte, ließ sie sich mit einem freundlichen Lächeln von ihm die Hand küssen. Tristan wusste nicht, was Zara gegen Loyd hatte, doch er verwarf den Gedanken – immerhin war ihre Meinung für ihn nicht von Belang.

»Ich muss kurz mit Tristan unter vier Augen sprechen.« Entschuldigend lächelte Loyd Zara an.

Selbst Tristan fiel auf, wie frostig seine Worte klangen und das Lächeln erreichte seine Augen nicht. Offenbar beruhte die Abneigung auf Gegenseitigkeit. Tristan beobachtete beide neugierig, konnte sich jedoch keinen Reim darauf machen.

»Dann lasse ich euch besser in Ruhe«, antwortete Zara genauso frostig und fixierte Loyd mit stechendem Blick.

Dann erhob sie sich graziös, streifte den wärmenden Umhang von den Schultern, ließ ihn auf ihrem Platz liegen und schlenderte mit hoch erhobenem Kopf an die Theke zu Quin. In dem weitläufigen, mitternachtsblauen Kleid, das ihrer pfirsichfarbenen Haut schmeichelte, konnte sich Tristan kaum vorstellen, wie sie noch vor wenigen Wochen unter harten Bedingungen auf den Plantagen im Osten als Sklavin gearbeitet hatte.

»Was sollte das eben?«, fragte er und lehnte sich in seinem Sessel zurück, bis die vorderen Stuhlbeine in der Luft schwebten. »Sara ist nun eine von uns. Sie hat uns und damit dem Königreich sehr geholfen.«

»Hätte sie das Drachenei nicht gestohlen, wäre es gar nicht nötig gewesen, uns jetzt zu helfen«, schoss Loyd mürrisch zurück.

»Du hast also wirklich gleich begriffen, dass sie es war«, stellte Tristan fest.

Natürlich verstand er, dass Loyd den Diebstahl nicht vergessen hatte, doch es war nur zu offensichtlich, dass das alles ein Missverständnis war. Jeder, der die schwarzhaarige Schönheit ansah, musste erkennen, dass die zierliche Frau unmöglich hinter einem großen Komplott stecken konnte. Seine Mundwinkel zuckten vor Belustigung, als er sich ausmalte, wie Zara in schwarzer Tarnkleidung die Sicherheitsschlösser des dehnarischen Königshofes knackte.

»Sei besser froh. Hätte sie es nicht gestohlen, hätte der wahre Dieb vermutlich schon Spiegelei draus gemacht«, knurrte Tristan wütend.

Ihm ging das Leben des Drachen über alles und es ärgerte ihn, dass Loyd nicht einsah, dass so wenigstens der Drache gerettet war.

»Du meinst, sie hätten den Drachen umgebracht?«, fragte Loyd verblüfft.

»Natürlich«, antwortete Tristan inbrünstig. »Den Radikalen geht es nicht darum, Macht zu erlangen oder den Frieden zu erhalten. Sie wollen das Königshaus zerstören und das möglichst, ohne mit den gleichen Waffen der Monarchen zu kämpfen. Sie halten sich für etwas Besseres.« Tristan zuckte mit den Schultern. Wenn es um die radikalen Rebellen ging, sah er nur schwarz-weiß.

»Aber der Drache ist viel Geld wert und mächtig«, murmelte Loyd und Tristan erkannte, dass er darüber wohl schon lange nachgedacht hatte.

»Wenn wir doch nur wüssten, von wem Sara das Drachenei hat. Schlussendlich tappen wir noch immer im Dunkeln. Vielleicht waren es doch keine Rebellen? Immerhin hätten sie das Ei bestimmt in den Süden gebracht, statt nach Kopanien«, äußerte Tristan seine Zweifel.

Gerne hätte er auch angesprochen, was ihn seit dem Kampf mit den Schattenwesen beschäftigte: War es möglich, dass Blutbändiger unter ihnen gewesen waren?

»Du weißt doch schon, wie ich dazu stehe. Es waren Rebellen, keine Diskussion«, gab Loyd gereizt zurück und Tristan verwarf die Idee, mit ihm über den Kampf zu sprechen. Das Thema war heikel und die Beziehung der zwei Freunde momentan ohnehin angespannt. »Ein Glück, dass sie nicht mehr im Besitz des Dracheneis sind. Sie dürfen nicht zu noch mehr Macht gelangen. Ein Drache in ihren Händen wäre zu mächtig.«

»Mächtig ja, aber Wasserdrachen werden sanftmütig geboren und erzogen. Sie sind klug und ihr Temperament ist besonnen, deshalb können sie nicht im Kampf eingesetzt werden. Man könnte sagen, sie haben einen ausgeprägten Sinn für Gerechtigkeit …«, antwortete Tristan.

Nachdenklich sah er durch die Schänke. Wie von selbst blieb er auf seiner unbestimmten Suche an Zara hängen. Zu abgelenkt, bemerkte er erst verspätet, wie sich Loyd neben ihm verspannte und mit sich selbst haderte, als wolle er etwas Wichtiges loswerden. Nun wieder auf seinen Gesprächspartner konzentriert, hob er fragend die Augenbrauen.

»Was, wenn der Feu… also, wenn der Wasserdrache anders ist … also ganz anders, als du gerade beschrieben hast«, stammelte Loyd. »Also …«

Tristan hatte seinen langjährigen Freund noch nie so aufgelöst erlebt. Normalerweise zeichneten ihn Ruhe und Kühnheit aus, doch nun wirkte er geradezu hilflos. Einzig die blauen Augen leuchteten fast wie besessen.

»Würde das die Motive der Radikalen ändern?«, fragte Loyd atemlos und hektische, rote Flecken bildeten sich auf seinem Hals.

»Natürlich. Aber was verleitet dich zu dieser Annahme?« Beunruhigt beugte er sich über den Tisch, sodass sein Sessel wieder auf alle vier Füße kippte. Das im Lärm der Gäste untergehende Knarren klang wie das Zuschnappen eines Haifischgebisses.

»Der König hat da so etwas angedeutet«, stotterte Loyd und Tristan kannte seinen Freund schon lange genug, um zu wissen, dass er log.

Nun stellte sich einzig die Frage, ob er log, um ein königliches Geheimnis zu hüten, oder ob mehr dahintersteckte. Tristan wollte ihm vertrauen. Doch seit Zara ihre Zweifel geäußert hatte, fiel ihm dies zunehmend schwer. Bereits die Flucht aus dem Wald hatte gegen die Grundwerte seines Freundes verstoßen und seither hatte sich sein Verhalten in Tristans Augen nur noch mehr verändert, sodass er ihn kaum wiederzuerkennen glaubte. Lag es an den Wunden, setzten ihm die Schattengifte noch immer zu?

»Sag mir, was König Scąr dir anvertraut hat«, verlangte Tristan zu wissen, doch Loyd schüttelte vehement den Kopf.

»Ich hab es bei meinem Leben geschworen. Du musst mir vertrauen«, beschwor Loyd ihn mit gedämpfter Stimme. »Ich habe vom König einen neuen Auftrag bekommen. Um das Drachenei zu schützen, müssen wir es in den Osten bringen.«

»In den Osten?«, rief Tristan ungläubig.

»Nicht so laut«, zischte Loyd und sah sich verstohlen um.

Doch die Gäste feierten ausgelassen das Schneefest und nahmen keine Notiz von den zwei in der dunklen Ecke sitzenden Männern.

»Wie sollen wir das Drachenei unbemerkt in den Osten bringen? Und warum gerade dorthin?«, fragte Tristan leise. »Schickt der König Verstärkung?«

»Ich habe eine Frau aus dem Norden von Kopanien gefunden, die uns helfen wird«, vertraute ihm Loyd an. »Neferet Salmon ist ihr Name. Glaub mir, die Frau ist mit allen Wassern gewaschen. Sie stellt uns Geld zur Verfügung und wird uns helfen, unbemerkt durch das Land zu kommen. Sie hat Kontakte zu wichtigen Leuten. Allein würden wir an der Mission scheitern.«

Tristan brauchte Zeit, um die Informationen zu verarbeiten. Ihm kam der Name bekannt vor, er konnte ihn jedoch nicht zuordnen. Seine Gedanken rotierten wild. Es war schier unerträglich, dass Loyd ihm den Grund, warum sie das Drachenei in den Osten bringen sollten, vorenthielt. Natürlich war es plausibel, dass der König den General mit einer Geheimmission beauftragt hatte, von der der einfache Tierpfleger nichts wissen durfte.

»Erzähl mehr von dieser Frau«, lenkte Tristan ein.

Wenn so der Befehl des Königs lautete, konnte er sich dem wohl kaum widersetzen. Auch wenn er nicht verstand, warum gerade in den Osten.

»Sie ist Plantagenbesitzerin und verdammt reich. Ihr Mann, Salamon Salmon, ist erst kürzlich verstorben.«

»Salamon«, wiederholte Tristan.

Der Name von Zaras Sklavenhalter. Unruhe beschlich ihn. Wie lange kannte Loyd die Frau schon? Erst heute Morgen hatte er diesen Namen als Nachnamen für Zaras Papiere gewählt. War es möglich, dass er Loyd so auf ihre Fährte gelockt hatte?

Aber nein, beruhigte er sich selbst.

In so kurzer Zeit wäre das doch unmöglich, oder? Tristan überlegte, an Prinzessin Izabel zu schreiben, immerhin hatte sie ihn beauftragt, sie darüber in Kenntnis zu setzen, sollte etwas Ungewöhnliches geschehen. Schlussendlich entschied er sich jedoch um. Vermutlich trauerte sie noch um ihren Cousin und würde erpichter darauf sein, Rache zu nehmen.

»Ich werde Moné schreiben, vielleicht kann sie mir mehr darüber verraten«, überlegte Tristan laut.

Als Tochter des Königs verfügte sie bestimmt über mehr Informationen und bisher war sie immer gewillt gewesen, diese mit ihm zu teilen. Einerseits fühlte er sich schuldig, dass er so rational über ihre Beziehung dachte, doch wenn er sie schon heiraten musste, würde er die damit einhergehenden Vorrechte nicht in den Wind schlagen.

»Hast du Moné denn noch nicht geschrieben?«, erkundigte sich Loyd mit überrascht gehobenen Augenbrauen.

»Nein«, gestand Tristan.

»Sie dachte, du seist tot. Du solltest ihr wirklich schreiben.«

»Ich hatte bisher noch keine Zeit«, knurrte Tristan und hielt Loyds Blick wütend stand.

Die Sorge um das Drachenei hatte ihn so eingenommen, er hatte kaum an Moné gedacht, was seine Schuldgefühle nur noch bestärkte.

»Warst wohl zu beschäftigt, Sara hinterherzustarren«, feixte Loyd und lehnte sich in seinem Sessel zurück.

Es war nur ein Scherz unter Freunden – hätte er damit nur nicht ins Schwarze getroffen. Wortlos stand Tristan auf und verließ den Tisch.

Zara

Wir tanzten ausgelassen zur lebendigen Musik der Elfen, bis meine Füße schmerzten und mir der Alkohol den Kopf verdrehte. Die Tänze wurden immer schneller, das Gegröle der Gäste schiefer und dafür lauter. Tristan drehte mich um meine eigene Achse, dann landete ich erneut in seinen Armen. Während er mit einer Hand meine hielt, lag die andere an meiner Taille. In schicklichen Kreisen wäre seine Hand mittlerweile schon viel zu tief hinuntergerutscht, hier war es jedem egal.

Ich sah General Loyd in einer Ecke der Schänke grimmig zu uns herüberstarren, doch der Elfenwein hatte meine Gedanken so vernebelt, dass selbst das meine ausgelassene Stimmung nicht dämpfte.

»Aufgepasst«, rief Sagua lachend, als wir an ihr vorbeiwirbelten.

Sie balancierte Gläser feinsten Whiskys aus den Drachengebirgen auf einem Tablett. Tristan schnappte sich eines der Gläser und stoppte den Tanz so abrupt, dass meine Röcke weiterschwangen und er mich auffangen musste, bevor ich stürzte.

»Trink nicht alles allein weg«, hörte ich mich wie in Watte gepackt zu ihm sagen und legte in einer koketten Geste den Kopf in den Nacken, um ihm in die Augen zu sehen.

Sein intensiver Blick brannte auf meiner Haut, als er das Glas absetzte und mit der Zunge über seine Unterlippe fuhr. Dann reichte er mir das Glas weiter. Ich spürte gar nicht, wie ich es in der Hand hielt. Erst als der Alkohol meine Kehle hinunterbrannte, bemerkte ich, dass ich bereits trank.

»Ich glaube, ich sollte wirklich zu Bett gehen, ich kann kaum noch stehen«, nuschelte ich und kicherte aus einem unerfindlichen Grund.

Mein Herz schwoll an vor Überschwang und Glück und auch wenn ich gerne noch die ganze Nacht zu den beschwingten Klängen getanzt hätte, wusste ich, dass ich ohne Tristans Stütze keinen Schritt mehr gehen konnte. Meine Beine waren schwer wie Blei, während ich mich zeitgleich so leicht wie eine Feder fühlte.

»Ich glaube, ich fliege«, flüsterte ich nah an Tristans Ohr, woraufhin er lachte.

Das Misstrauen, das er mir sonst so oft entgegenbrachte, war vollkommen verschwunden. Stattdessen war er locker und gelöst. Seine graublauen Augen glitzerten wie im Fieber und er wirkte entspannt.

»Dann flieg schön ins Bett. Tragen kann ich dich nicht mehr.«

Nur dem Alkohol war es zu verdanken, dass wir nun so losgelöst lachten und aneinandergelehnt den Weg zu den Gästezimmern entlangtorkelten.

»Gute Nacht, Kato«, rief Tristan dem Wirt zu, der uns gutmütig zuwinkte.

Er würde heute noch mit genügend Betrunkenen zu tun haben und war bestimmt froh, wenigstens zwei auf eigenen Füßen den Gastraum verlassen zu sehen.

»Achtung, Stufe«, lallte Tristan, während ich bereits mit der Hand meinen Sturz abfangen musste. Sobald die ersten Stufen erklommen waren, erkannte ich, dass ich mein Kleid anheben musste.

»Ups«, kicherte ich und hielt mir den Bauch. So viel gelacht wie heute hatte ich mein Leben noch nicht.

»Auf die Freiheit«, rief ich inbrünstig und krallte mich an Tristans Hemd fest, um nicht umzufallen. »Warte, wir haben kein Glas mehr.«

»Stopp. Das zahlt sich heute nicht mehr aus«, hielt er mich auf, als ich Anstalten machte, umzudrehen und zurück in die Stube zu gehen.

»Wahrscheinlich«, murmelte ich, da ich die zurückgelegten Stufen nicht ein weiteres Mal in Angriff nehmen wollte.

Der Anflug von Leichtigkeit war mittlerweile aus meinem Körper gewichen und ich fühlte mich unendlich schwer. Erst im oberen Stockwerk angekommen, kehrte die Beschwingtheit zurück. Von unten erklang noch immer die Musik und ich summte leise mit.

»Hier sind wir«, kommentierte Tristan an meiner Zimmertür und wartete höflich, bis ich mit fahrigem Griff das Schloss geöffnet hatte.

Ob er trotz des Alkoholpegels ein Gentleman war oder einfach nur eine kurze Pause brauchte, bevor er in sein Zimmer ging, konnte ich nicht deuten. Doch da er sich taumelnd am Holzbalken festhielt, vermutete ich Letzteres.

»Danke fürs Herbringen«, nuschelte ich und lächelte ihn schief an. Ich wusste, dass mein Lächeln ins Träumerische abglitt, so verklärt wie ich ihn anstrahlte, doch ich konnte nichts dagegen unternehmen.

»Danke für den Abend«, erwiderte er und öffnete mir die Tür. »Schlaf gut, Zara.«

Es war das erste Mal, dass er mich bei meinem richtigen Namen nannte. Ich wusste, dass der Elfenwein die Verantwortung für diese Unachtsamkeit trug, dennoch wurde mein Lächeln noch breiter. Ein warmes Gefühl glühte in meinem Magen und breitete sich immer weiter aus.

»Gute Nacht, Tristan«, flüsterte ich mit rauer Stimme.

Doch anstatt zu gehen, trat er wie in Trance näher. Mein Körper stand in Flammen, sein intensiver Blick ließ meinen Atem schneller werden.

»Ich gehe besser«, hörte ich ihn sagen – seine Augen sagten etwas anderes.

Eine Antwort blieb mir im Hals stecken. Wie von selbst bewegten sich unsere Körper aufeinander zu. Er war mir so nahe. Unsere Lippen überbrückten den letzten Abstand, dann fühlte ich seine auf meinen.

Leidenschaftlich pressten sich unsere Körper aneinander, wie zwei Teile eines Puzzles. Mit der einen Hand wanderte er meinen Rücken auf und ab und drückte mich fest an sich, die andere vergrub er in meinen Haaren, während der Kuss immer intensiver wurde.

Seine rauen Lippen fühlten sich wild und aufregend auf meinen an. Leicht öffnete ich den Mund und unsere Zungen trafen aufeinander. Ich schmeckte die Bittersüße des Elfenweins und gab mich vollkommen meinen Sinnen hin. Meine Haut prickelte, als hätte er ein Feuerwerk darauf entfacht. Mein Atem ging schnell und ich genoss es, wie sich unsere Lippen im Gleichklang bewegten und das Feuer in mir immer weiter anstachelten.

Ich bemerkte nicht, dass wir immer noch im Eingang zu meinem Zimmer standen, als er mich in den Raum drängte und die Tür hinter uns zuschlug. Mit begieriger Hingabe drehte er mich schwungvoll herum, sodass die Holztür plötzlich in meinem Rücken lag und er mich dagegen presste. Er griff nach meinen Handgelenken und hielt sie neben meinem Kopf festgenagelt, sein Körper an meinen geschmiegt.

Seine Küsse wanderten von meinem Mund über meinen Hals. Entzückt seufzte ich auf. Dann war der Druck der kühlen Holztür in meinem Rücken plötzlich weg und wir bewegten uns auf das Bett zu. Gierig zog er an den Schnüren, die das Kleid zusammenhielten, während meine Hände unter sein Hemd fuhren. Ich spürte das Holz des Bettgestells in meinen Kniekehlen, dann landete ich rücklings auf der Matratze.

Tristan zog sich das Leinenhemd über den Kopf und glitt zu mir aufs Bett. Seine sturmgrauen Augen glitzerten hungrig und ich gab mich ganz seiner Leidenschaft hin, als sich seine Lippen erneut auf meine legten.

DAS FEUER

Tristan

Als Tristan am nächsten Morgen die Augen aufschlug, schluckte er schwer. Mit einem Schlag waren jegliche Erinnerungen an die vergangene Nacht in seinem Kopf. Sein Herz klopfte nervös und augenblicklich stellte sich ein schlechtes Gewissen ein. Er verbat sich den Gedanken an Moné – es war nicht anders als die Male davor. Dennoch schaffte er es nicht mit der gewohnten Leichtigkeit, das Bett der Frau zu verlassen, mit der er die Nacht verbracht hatte.

Zwar war der Alkohol aus seinem Blut, nichtsdestotrotz machten sich die Gläser von gestern als Kater bemerkbar. Pochende Kopfschmerzen erschwerten ihm das Denken. Zu gerne hätte er sich umgedreht, an Zaras warmen Körper gelehnt und noch eine Runde geschlafen. Doch es war schlimm genug, überhaupt in ihrem Bett gelandet zu sein.

Vorsichtig hob er Zaras Arm, den sie im Schlaf um seine Hüfte geschlungen hatte, und schlüpfte unter der Decke hervor. Mit angehaltenem Atem überprüfte er, ob er sie damit geweckt hatte, doch als sie sich nicht regte, stand er auf. Zerstreut sammelte er seine Kleidung zusammen und zog sich in Windeseile an. An der Zimmertür hielt er noch mal inne und warf einen letzten Blick zurück.

Im fahlen Morgenlicht wirkte ihre Haut sogar noch heller und das schwarze Haar lag wie ein Fächer ausgebreitet auf dem Kopfpolster. Im Schlaf waren ihre Züge friedlich und entspannt. Die Haut glatt und von jeglichen Sorgenfalten frei. Tristan kam nicht umhin, festzustellen, wie schön sie aussah. Ihre Lider zuckten im Schlaf und Tristan befürchtete bereits, sie könnte aufwachen. Schnell wandte er sich ab und verließ das Zimmer.

Zum ersten Mal seit Langem war es nicht das Drachenei, das seine Gedanken bestimmte, und ihm war bewusst, wie nachlässig ihn das machte. Sofort schlug er den Weg zu seinem Zimmer ein. Seit gestern am frühen Abend war das Drachenei schon allein, was ihn mehr als nervös machte.

»Ah, da seid Ihr ja, Herr Andrássy«, rief eine ihm bekannte Stimme.

Herr Tout kam ihm entgegen. Misstrauisch kniff er die Augen zusammen. Was tat der alte Mann hier?

»Herr Tout«, grüßte Tristan förmlich.

Er war nicht in der Laune, dem Diplomaten Honig ums Maul zu schmieren, stattdessen wollte er einfach in sein Zimmer.

»Ich war soeben bei Ihrem Zimmer. Aber da war niemand.«

Gerne hätte Tristan die Augen verdreht. »Hier bin ich ja. Stets zu Diensten«, entgegnete er.

»Ja, gut. Bitte kommt mit nach unten. Ich habe mit Euch und General Loyd zu sprechen.«

Der kleine Mann gestikulierte aufgeregt mit den behandschuhten Händen.

»Ich komme gleich nach. Ich muss kurz in mein Zimmer«, versuchte Tristan zu erklären, doch der Diplomat schüttelte vehement den Kopf.

»Bitte kommt sofort mit. Es sind wichtige Nachrichten.«

»In Ordnung«, knurrte Tristan schlecht gelaunt und knöpfte die Ärmel seines Hemdes zu, dann folgte er dem kleinen Mann die Treppe nach unten in die Gaststube.

Nur wenige Gäste hatten bisher den Weg aus den Betten zum Frühstück gefunden und außer Loyd war nur ein anderer Mann, der halb auf seinem Frühstücksbrot zu schlafen schien, anwesend.

»Guten Morgen.« Sagua kam frisch und munter aus der Küche geeilt.

Gestern Nacht war sie sicher noch weit länger aufgeblieben, um die Gäste zu bedienen, Tristan war es ein Rätsel, wie sie nun dennoch so munter sein konnte.

»Morgen.« Tristan lächelte sie halbherzig an, während er insgeheim den starken Elfenwein verfluchte, den sie ihm eingeschenkt hatte.

Herr Tout sagte nichts und nahm bereits am Tisch neben Loyd Platz.

Die zwei tauschten mit gedämpften Stimmen ein paar Worte, doch als sich Tristan zu ihnen setzte, verstummte das Gespräch abrupt. Tristan hob fragend die Augenbrauen.

»Es geht um das Drachenei«, kam der kleine Mann gleich zu Sache. »Habt Ihr es bei Euch?«

Die Frage war an Tristan gerichtet, aber dieser zögerte. Er traute Tout nicht und die Frage machte ihn stutzig. Doch als auch Loyd aufmunternd nickte, als wolle er Tristan versichern, dass Tout einer von ihnen war, setzte er zu einer Antwort an.

»Es ist im Zimmer. Warum fragt Ihr? Was hat der König vor? Und wohin sollen wir es bringen?«

»In Eurem Zimmer?«, fragte Tout nach, ohne auf die anderen Fragen einzugehen.

»Ganz unbewacht?« Loyd runzelte die Stirn.

Irgendwie wurde Tristan das Gefühl nicht los, dass das nicht das war, was dem General wirklich auf der Zunge lag. Die Worte klangen starr und hölzern, wie auswendig gelernt.

»Die Tür ist verschlossen und außer uns weiß niemand, dass es dort ist«, verteidigte Tristan seine Entscheidung ungehalten.

Für Einsicht war es viel zu früh und sein leerer Magen meldete sich bereits, was die schlechte Laune nur noch verstärkte.

»Tout weiß Bescheid, dass wir das Drachenei in den Osten bringen müssen«, sagte Loyd.

Gerne hätte Tristan ihn angefahren, dass er verdammt noch mal wissen wollte, warum sie das Ei dorthin bringen sollten, doch er blieb still. Ihm stand es nicht zu, die Befehle des Königs zu hinterfragen oder gar zu missachten.

»Ich habe dir gestern von Neferet Salmon erzählt. Sie wird gleich kommen.«

Überrascht zog Tristan die Stirn kraus. Ihm war nicht wohl dabei, hier mit der Sklavenhalterin zu frühstücken, während Zara nur ein Stockwerk höher war.

Gerade wollte Tristan seine Bedenken kundtun, da öffnete sich die Tür und eine hochgewachsene Frau betrat den Gastraum. Hoheitsvoll strich sie sich den Schnee von den Schultern und entledigte sich ihres Mantels, den Sagua ihr sogleich abnahm und zum Trocknen ans Feuer hing.

»Herr Tout, General Loyd. Es freut mich, Euch wiederzusehen.« Mit einem undefinierbaren Lächeln ließ sie sich von beiden Männern die Hand küssen.

Als sich Tristan ebenfalls zur Begrüßung erhob, verkleinerten sich ihre giftgrünen Augen zu Schlitzen, als sie ihn genauer in Augenschein nahm.

»Und mit wem habe ich hier das Vergnügen?« Lasziv biss sie sich auf die mit Lippenstift bemalte Unterlippe.

»Tristan Andrássy, Madam«, stellte er sich vor und verneigte sich leicht, wie es vor einer so hochgestellten Frau üblich war.

»Ist mir ein Vergnügen«, raunte sie und klimperte mit den langen Wimpern.

Tristan fand, dass die Frau etwas an sich hatte, das einem die Eingeweide verdrehte. Es war nicht nur ihr Aussehen oder ihre Art – vermutlich beides zusammen.

Ihr Mann musste schon alt gewesen sein, Neferet hingegen wirkte sehr jung. Tristan schätzte sie nicht über dreißig. Das rote Haar war für eine Kopanin sehr ungewöhnlich, also kam sie vielleicht ursprünglich aus dem Norden. Auch die helle Haut bestärkte seine Vermutung. Vermutlich bekam sie beim ersten Sonnenkontakt bereits einen Sonnenbrand und konnte im heißen Südosten kaum das Haus verlassen. Wie sie sich nun eine der feuerroten Locken um den Finger wickelte und aus klugen, grünen Augen von einem zum anderen sah, erinnerte sie ihn an eine sowohl betörende als auch abstoßende Schlange.

»Ihr wisst, was meine Forderung ist?«, erkundigte sie sich mit samtweicher Stimme und lächelte milde.

So in Gedanken versunken, registrierte Tristan ihre Worte zu spät. »Was für Forderungen?«, fragte er ungehalten und rieb sich die Stirn, während Tout und Loyd nickten.

»Ich habe gehört, Ihr habt meine Sklavin gefunden. Ihr braucht sie mir nur zurückbringen, mehr verlange ich nicht«, offenbarte sie Tristan bereitwillig.

»Bitte, was?«, rief er überrascht aus. Mit einem Mal fühlte er sich, als hätte sie ihm in den Magen getreten.

»Wenn ihr sowieso nach Osten müsst, ist es nicht zu viel verlangt, dass ihr sie mir hinbringt. Immerhin profitiert ihr sehr von unserer Zusammenarbeit«, verdeutlichte Neferet, da sie offenbar dachte, Tristan wäre der Umweg zu weit.

Stattdessen beschäftigten ihn ganz andere Gedanken. Was war mit den Papieren, die Tout ihm versprochen hatte? Nach all dem, was Zara für ihn getan hatte, konnte er sie unmöglich hintergehen. Ihm war kalt und heiß zugleich, während er einfach keinen klaren Gedanken zu fassen bekam.

»Am besten gehen wir in mein Büro und sehen den Vertrag durch«, wandte sich Tout an die Dame, da er wohl bemerkte, wie die Wut in Tristan brodelte. »Ihr kommt nach, wenn ihr das Frühstück beendet habt?«

Natürlich war die Frage nicht ernst zu nehmen, immerhin war allen Anwesenden klar, dass es zwischen Tristan und Loyd zum Streit kommen würde. Neferet beobachtete die angespannte Atmosphäre beinahe lustvoll. Tristan sah ihr an, dass sie gerne geblieben wäre, doch als Tout sich bereits erhob, konnte sie es nicht länger hinauszögern.

»Warum hast du mir nicht gesagt, dass Neferet nur hilft, um Zara zu bekommen?«, zischte Tristan erbost, als Tout hinter der Rothaarigen die Schänke verließ.

Loyd hob besänftigend die Hände. »Das ist nicht der Grund. Es war Zufall. Wie ich schon gesagt habe, ist Neferet eine ambitionierte Frau, die auch in der Politik mitwirken will.«

»Das ist bescheuert«, fuhr ihn Tristan an. »Die Frau wirkt böse.«

»Sie ist uns eine große Hilfe. Der Deal hat sich erst so ergeben. Woher hätte ich auch ahnen sollen, dass du mit dem Mädchen hier auftauchst?«, wich Loyd aus. »Warum regst du dich überhaupt so auf? Dir sollte egal sein, was mit dem Sklavenmädchen passiert.«

Natürlich wusste Tristan, dass er recht hatte. Dennoch zog sich alles in ihm zusammen, wenn er daran dachte, wie verletzt Zara sein würde, sollte sie von seinem Mitwirken in dieser Intrige erfahren. Ganz davon abgesehen, dass er sie so wieder ihrer Freiheit berauben würde, um die sie so sehr kämpfte.

»Ich habe ihr ebenfalls mein Wort gegeben«, suchte er Ausflüchte. »Im Austausch für das Drachenei und mein Leben habe ich ihr Papiere und die damit einhergehende Freiheit versprochen. Du weißt, ich kann mein Wort nicht einfach brechen.«

Loyd zuckte mit den Schultern. »Es geht hier um mehr als um deine Ehre, Tristan. Sollte sie sich wehren, steht immer noch dein Wort gegen das einer Sklavin.« Damit schien die Diskussion für ihn erledigt.

»Sie ist keine Sklavin«, fauchte Tristan verärgert. »Sie hat von ihrem Herren die Papiere erhalten, bevor er starb.«

»Ach, tatsächlich?« Loyd hob spöttisch die Augenbrauen. »Dann braucht sie dich doch gar nicht, um ihr welche zu beschaffen.«

»Sie wurden gestohlen«, versuchte Tristan zu erklären, doch Loyd lachte nur.

»Ja genau. Sagen sie das nicht alle?« Mit diesen Worten erhob er sich vom Tisch. »Du lässt dir von einer Sklavin den Kopf verdrehen, nur weil sie hübsch ist und dir schöne Augen macht. Vergiss sie! Geh heim zu deiner Verlobten und halte dich an die Befehle des Königs«, sagte der General kalt, als wiederhole er nur das, was bereits allen klar war.

Doch für Tristan war das alles ganz und gar nicht klar. Natürlich hegte er Zweifel, ob Zaras Geschichte der Wahrheit entsprach, dennoch konnte er nicht einfach sein Wort brechen.

Sobald Loyd die Schänke verlassen hatte, zog es Tristan ohne Frühstück zurück zu den Gästezimmern. Träge schlurfte er durch den dunklen Gang zu seinem Zimmer. Als er den Schlüssel ins Schloss steckte, bemerkte er, dass die Tür nur angelehnt war. Überrascht drückte er gegen das Holz und mühelos schwang die Tür nach innen auf. Es hatte sich jemand am Schloss zu schaffen gemacht!

Alarmiert stürmte er ins Zimmer. Auf den ersten Blick erkannte er, dass jemand hier gewesen war. Die Schranktüren und Schubladen standen offen, der Inhalt lag am Boden zerstreut. Doch nicht seine Sachen machten ihm Sorgen, sondern das Drachenei. Panisch durchsuchte er die Laken, sah unter dem Bett nach, doch natürlich war das Drachenei unauffindbar.

»Verdammt«, fluchte er und Panik staute sich in ihm.

Das Blut rauschte in seinen Ohren und das Atmen fiel ihm schwer. Kopflos stürzte er aus dem Zimmer. Wo sollte er zu suchen anfangen? Ohne Zweifel war das Ei gestohlen worden und der Dieb schon über alle Berge. Atemlos lief er durch den Gang, als er den vertrauten Geruch nach Rauch bemerkte. In seiner Panik kurzzeitig abgelenkt, flog sein Blick suchend durch den Gang. Da erkannte er im fahlen Licht eines schrägen Dachfensters, wie Rauch unter einem Türspalt hervorkroch.

»Zara«, flüsterte er entsetzt, als er begriff, wem das Zimmer gehörte.

Dann durchflutete ihn eine Welle Adrenalin und er stürmte auf das Zimmer zu. Mit Schwung riss er die Tür auf und verharrte überrascht in der Bewegung, als er sah, dass Zara vor einem brennenden Kleiderschrank stand. Ein beinahe entschuldigendes Lächeln lag auf ihren Lippen. Tristan verstand die Welt nicht mehr.

Zara

Ich wachte auf, als sich neben mir jemand bewegte. Es dauerte seine Zeit, bis ich registrierte, um wen es sich dabei handelte. Der beruhigende Duft nach Wald und Honig verriet es mir und augenblicklich gefror ich zu Eis. Zwanghaft versuchte ich, normal weiterzuatmen. Bilder von gestern Nacht schossen mir durch den Kopf und mein Herz begann wie wild zu klopfen.

Als die Matratze knarrte, erkannte ich, dass er aufstand. Er schlüpfte unter der Decke hervor und kurzzeitig kroch unangenehme Kälte unter das Laken. Gerne hätte ich mich wie eine Katze zusammengerollt, aber ich traute mich nicht, mich zu bewegen.

Früher oder später würde unweigerlich ein peinliches Gespräch folgen, doch so früh am Morgen – nackt, mit zerzausten Haaren und Schlafsand in den Augen – fühlte ich mich noch nicht bereit dazu. Man könnte meinen, es sei kindisch, sich schlafend zu stellen, aber in jenem Moment sah ich keine andere Option.

Gespannt wartete ich ab, bis sich endlich die Tür hinter ihm schloss. Keine Sekunde später vernahm ich das endgültige Zuschnappen des Türschlosses und schlug die Augen auf.

Von Unruhe befallen, richtete ich mich im Bett auf und raufte mir die Haare. Was war nur in mich gefahren? Unser Verhältnis war ohnehin von Anfang an angespannt gewesen, und nun? Vielleicht wäre es doch besser gewesen, das unangenehme Gespräch schnell hinter mich gebracht zu haben. Wie würde ich reagieren, wenn ich ihm beim Frühstück begegnete? Immerhin konnte ich mich nicht den ganzen Tag im Bett verstecken. Mir schoss die Hitze ins Gesicht. Würden Sagua und Kota etwas bemerken? Verschämt verkroch ich mich wieder unter der Bettdecke.

Schlussendlich hielt ich es nicht länger im Bett aus. Aufgrund der beißenden Kälte schlüpfte ich schnell wieder in das wunderbare, blaue Kleid. Meine schwarze Hose und die unauffällige Jacke wären vermutlich praktischer gewesen, doch wir waren hier im noblen Norden und niemand sollte von meiner wahren Herkunft erfahren.

Gähnend trat ich ans Fenster und versuchte hinauszulinsen, doch Schneekristalle verzerrten die Sicht und stattdessen beschloss ich, nach dem Drachenei zu sehen. Erst jetzt fiel mir ein, dass ich Tristan darüber in Kenntnis hätte setzen sollen, dass ich es nach dem seltsamen Zusammentreffen mit Tout gestern Abend zu mir geholt hatte. Doch sobald er es in seinem Zimmer nicht anfand, würde er sich ohnehin sofort melden. Gut, dass ich bereits angezogen war – nun rechnete ich jeden Moment damit, dass er in Panik zur Tür hereingeschneit kam.

Ich zog das Drachenei aus seinem Versteck hervor. Dabei stellte ich fest, dass es glühte. Verwundert wickelte ich es aus den Decken. Ob das Einhüllen zu warm für es gewesen war? Tristan hatte gemeint, Wasserdrachen hätten es gerne warm. Nun wirkte es jedoch geradezu überhitzt.

Unentschlossen legte ich es erst auf dem Bett ab, dann lief ich aufgewühlt davor auf und ab. Es war wohl das Beste, Tristan zu holen, immerhin würde er wissen, was zu tun war. Gerade hatte ich mich dazu entschieden, sein Zimmer aufzusuchen, da vernahm ich ein leises Knacken. Vor Schreck erstarrt, wandte ich mich wie in Zeitlupe um. Nun schien die Luft um das Ei herum vor Hitze zu schillern. Entsetzt kniete ich mich vor das Bett und bewegte mich vorsichtig an das Ei heran. War es nur Einbildung, oder wurde die blaue Schale immer dunkler? Dann knackte es erneut. Ich schreckte zusammen. Zaghaft streckte ich die Hand aus, doch als meine Haut das Ei berührte, zuckte ich zurück.

»Au«, stieß ich überrascht aus.

Das Ei glühte, ich hatte mich verbrannt. Was ging hier vor? Panik staute sich in mir. Warum hatte ich das Drachenei nur mitgenommen? Es durfte in meiner Obhut nicht sterben! Die Schale wurde immer dunkler, als würde das Drachenbaby absterben, und ich befürchtete bereits das Schlimmste.

»Nein, nein – bitte nicht«, wimmerte ich verzweifelt.

Dann ging alles ganz schnell. Weitere Knackgeräusche, wie das Bersten von Glas, folgten und plötzlich erschienen deutlich sichtbare Risse auf der Oberfläche der mittlerweile schwarzen Schale.

Unfähig, auch nur irgendetwas zu tun, folgte ich mit überrascht aufgerissenen Augen dem Geschehen vor mir. Mit einem Mal zersprang die Schale ganz und von einem auf den anderen Moment blinzelten mir zwei große, goldene Augen entgegen.

»Bei Godsqua«, stieß ich überrascht aus und beugte mich mit angehaltenem Atem näher.

Unbeholfen streckte der kleine Babydrache sein mit stumpfen Krallen versehenes Vorderbein aus der Schale hervor, dann gab er einen kläglichen Laut von sich, als würde er schreien.

Vollkommen überfordert starrte ich ihn an. Gefühle des Staunens gemischt mit Panik überschwemmten mich. So war das nicht geplant! Erneut schrie der Drache auf und hob die Flügel, die doppelt so groß waren wie sein ganzer Körper. Es sah einfach goldig aus. Unschuldig und süß, wie er mich aus großen Augen anblinzelte.

Doch etwas machte mich stutzig. Aufgrund der Farbe der Eierschale und der Tatsache, dass es ein Wasserdrache sein sollte, hatte ich erwartet, seine

Schuppen würden dieselben blau schillernden Meerestöne haben. Stattdessen leuchtete er in einem warmen Rot-orange.

Fasziniert beäugte ich den kleinen Babydrachen. Zu gerne hätte ich ihn an mich genommen und im Arm gehalten, doch ich traute mich nicht, hatte Angst, seine dünnen Flügel zu verletzen. Erneut schrie er auf, was fast wie ein unbeholfenes Quieken klang.

Ich kicherte. Er war einfach entzückend. Mit einem warmen Gefühl im Magen näherte ich mich ihm. Als meine ausgestreckte Hand nur noch wenige Zentimeter entfernt war, wuchtete der Drache sich in die Höhe und trippelte mir mit wackligen Schritten über die zerknüllte Bettdecke entgegen.

»Oh, schon gut«, rief ich aus, als er taumelte, und stützte ihn vorsichtig.

Dann nahm ich ihn auf den Arm. Seine Schuppenhaut war überraschend weich, viel weicher, als ich mir die robuste Haut vorgestellt hatte.

Fast wie flüssiges Gold, schoss es mir durch den Kopf.

So schön war er zumindest allemal! Von der Seite wirkte der Kopf schmal und filigran, doch wenn er mich frontal mit den goldenen Augen anblinzelte, wirkte er proportional zum restlichen Körper ganz groß, wodurch er nur noch niedlicher aussah.

»Du bist ja einer«, murmelte ich lächelnd, als er meinen Handrücken mit der kühlen Nasenspitze berührte.

Vermutlich war er hungrig. Nachdenklich sah ich mich im Zimmer um, doch ganz abgesehen davon, dass ich nicht wusste, womit man Drachenbabys fütterte, war nichts Adäquates vorhanden.

»Bist du hungrig, Kleiner?«, fragte ich mit unglücklich verzogenem Gesicht.

Obwohl mir bewusst war, wie ich automatisch meine Stimme verstellte, als würde ich mit einem kleinen Baby reden, konnte ich es nicht abstellen. Irgendwie sprach ich ja auch mit einem Baby. Noch während ich innerlich debattierte, wie ich am besten Tristan herholen konnte, ohne den Drachen allein am Zimmer zu lassen, begann er, kläglich zu husten. Die goldenen Augen füllten sich mit Tränen.

»Oh nein, was hast du denn?«, rief ich verzweifelt aus und wiegte ihn im Arm, doch er beruhigte sich nicht.

Erneut streckte er den langen Hals und hustete. Erst Asche, dann drang heller Rauch aus seinen Nüstern. Überrascht hielt ich in der Bewegung inne. Mein Herz klopfte mit einem Mal ganz schnell und meine Gedanken überschlugen sich. Dann hustete das Drachenbaby erneut, sodass seine golden schimmernden Flügel erzitterten, und plötzlich züngelte eine Flamme aus seinem Maul hervor.

»Oh, Godsquan«, rief ich in heller Panik aus.

Hätte der Schrank nicht innerhalb von Sekunden lichterloh gebrannt, hätte ich meinen Augen nicht getraut – doch so war es unbestreitbar: Dieses Drachenbaby war ein Feuerdrache!

Tristan

»Bei Godsqua! Was ist hier geschehen?«, rief Tristan voller Entsetzen aus und stürmte in den Raum. Sein Verstand hatte die Bilder noch nicht verarbeitet, doch nun stellte sich ein Gedanke über jeden anderen: Feuer!

Ohne zu zögern, riss er das Laken vom Bett, warf es auf den Schrank und erstickte damit die Flammen. Mit aller Kraft drückte er sich gegen das Holz und schlug mit dem Stoff auf die Flammen ein, bis nur noch gräulicher Rauch aufstieg.

»Verdammt«, stieß er atemlos aus und starrte Zara und das Drachenbaby an.

»Mach die Tür zu. Hoffentlich hat uns noch niemand gehört«, raunte Zara nervös und nahm das Drachenbaby wieder auf den Arm, als es zu weinen begann.

Zwar war es Drachen, wie Tristan wusste, nicht möglich, Tränen zu vergießen, dennoch weckte das klägliche Schreien des Kleinen jegliche Beschützerinstinkte in Tristan. Schnell trat er an die Tür und ging Zaras Aufforderung nach.

»Warum hast du mich nicht geholt, als der Drache geschlüpft ist?«, fragte er vorwurfsvoll und kam näher, um den kleinen Drachen genauer in Augenschein zu nehmen.

Obwohl er gewusst hatte, dass es nicht mehr lange dauern würde, war er mit der Situation komplett überfordert.

»Wie du vielleicht mitbekommen hast, hatte ich dazu keine Zeit«, entgegnete Zara verärgert und blitzte ihn wütend an. Als das Drachenbaby jedoch treuherzig die Augen aufriss, wurden ihre Züge weicher und sie lächelte.

Stumm betrachtete er den Drachen. Das Orange seiner Schuppen leuchtete im Licht der durch das Fenster scheinenden Sonne und als er dem Blick der goldenen Augen begegnete, konnte er es nicht länger ignorieren.

»Es ist ein Feuerdrache«, stellte er voller Verwirrung fest.

Tristan verstand nicht, wie er sich so hatte täuschen können. Alles hatte darauf hingedeutet, dass er einen kleinen Wasserdrachen heranwachsen ließ. Doch der verkohlte Kleiderschrank am anderen Ende des Zimmers war Beweis genug.

»Wie ist es möglich, dass das niemand bemerkt hat? Du hast mir doch erklärt, dass man sie an der Farbe ihrer Schale erkennt«, antwortete Zara nicht minder irritiert.

Tristan überlegte einen Moment, dann nahm er ihr den Drachen ab, um zu untersuchten, ob er gesund und wohlauf war. Der kleine Drache nahm die Prozedur eingeschüchtert hin. »Ich kann es mir nur so erklären, dass die Schalenfarbe potentielle Nesträuber täuschen soll. Sodass sie in ihrem verletzlichsten Entwicklungsstadium nicht von Feinden getötet werden – eine Schutzfunktion also … Aber mein Professor hätte das bemerken müssen, immerhin war er dabei, als sie das Drachenei entwendeten.«

»Ihr habt das Ei seiner Mutter gestohlen?«, unterbrach sie ihn entsetzt.

»Wie, hast du gedacht, ist es an den königlichen Hof gekommen?«, entgegnete er trocken und verzog traurig das Gesicht.Zara blickte betroffen auf das Drachenbaby.

»Das ist grausam«, flüsterte sie nach einer Weile. Darauf wusste er nichts zu erwidern.

Der Drache wurde unruhig und wand sich in Tristans Händen. Zwar war er nicht groß, dennoch bemerkte Tristan deutlich, dass sich die mit goldenen Schuppen besetzten Beine nach Zara streckten. Als er auch die Flügel einsetzte und sich immer weiter hochstemmte, gab Tristan nach und reichte den Babydrachen an Zara weiter, die ihn unbeholfen entgegennahm.

»Was sollen wir jetzt tun?« Unsicher erwiderte Zara seinen Blick.

»Meine Aufgabe wäre es, das Drachenei in den Osten zu bringen.«

»Nach Osten?«, fragte Zara irritiert. »Warum solltest du das tun? König Scąr wartet doch darauf, dass du mit dem Drachen nach Dehnarien zurückkommst.«

»Loyd sagt, es gäbe eine Planänderung«, gab Tristan zu.

Wie erwartet hob Zara spöttisch ihre Augenbrauen. »Aha, Loyd sagt das also.«

»Ich weiß, wie das klingt, und du traust ihm nicht«, lenkte Tristan ein. »Ich bin mir selbst nicht sicher, ob das eine so gute Idee wäre. Immerhin weiß niemand, dass es ein Feuerdrache ist. Ich habe dir doch erzählt, wie gefährlich diese sein können. In den falschen Händen sind sie fürchterlich gefährliche Waffen. Wer weiß, wem ich den Drachen in Kopanien in die Hände spielen würde. Es weiß doch jeder, was man sich über König Aréolan so erzählt.«

»Ich muss dir etwas erzählen«, gestand Zara und nestelte nervös an einer langen Haarsträhne.

Sie senkte den Kopf und die Strähne fiel nach vorne. Sofort spielte nun auch das kleine Drachenbaby damit herum. Tristan erkannte, dass es hungrig war. Sie mussten Milch für das Baby auftreiben, doch Zaras Worte brachten ihn in eine Zwickmühle.

»Ja?«, drängte er sie zur Eile.

»Es tut mir leid, dass ich das Drachenei gestern einfach zu mir genommen habe, ohne dir etwas zu sagen«, entschuldigte sie sich mit niedergeschlagenen Lidern. »Aber als ich den Mann mit den Handschuhen in deinem Zimmer traf, hatte ich ein so seltsames Gefühl …«

»Du hast jemanden in meinem Zimmer gesehen? Mit Handschuhen, einen Mann?« Mit einem Mal raste sein Puls.

»Ja«, bestätigte sie leise.

Unruhig begann Tristan auf und ab zu gehen. Das konnte nur einer gewesen sein – Tout, der Diplomat. Und dann noch das durchsuchte Zimmer … steckte er dahinter?

»Bist du sehr wütend?«, fragte Zara zaghaft. Schnell schüttelte er den Kopf.

»Nein! Du hast alles richtig gemacht. Heute Nacht hat jemand mein Zimmer durchsucht. Wäre das Drachenei dort gewesen, wäre der Dieb mit ihm schon längst über alle Berge.« Nun schwenkte sein Fokus auch wieder zurück zum Drachen. »Wir müssen von hier verschwinden. Ich glaube nicht, dass Tout tatsächlich Unterstützung aus Dehnarien angefordert hat. Ich traue ihm nicht mehr.«

»Du meinst, er hat dich ausgetrickst?« Überrascht zog Zara Luft ein.

Der kleine Drache in ihren Armen quengelte ungeduldig. Fieberhaft überlegte Tristan, was sie nun tun sollten.

»Ich besorge noch heute deine Papiere, dann musst du nicht länger bei mir bleiben. Ich nehme Pyreus und den Drachen und reise zurück nach Dehnarien. Es ist gut möglich, dass Tout Loyd falsche Informationen zugespielt hat. Die Geschichte mit dem Osten ist mir von Anfang an suspekt erschienen«, entschied Tristan kurzerhand.

»Oh«, verließ ein überraschter Laut Zaras Lippen.

Ein trauriger Schatten huschte über ihr Gesicht, dann färbten sich ihre Wangen wie ertappt rot. Doch ihr Gesichtsausdruck wechselte so schnell, da konnte er sich auch getäuscht haben.

»Das klingt vernünftig. Am besten brichst du mit dem Morgengrauen auf.« Sie nickte bestimmt.

»Ich gehe sofort zu Kato und weihe ihn ein. Dieses Zimmer darf niemand betreten.« Ernst sah er ihr in die Augen. »Dieser Feuerdrache wird nicht nur von den Monarchen heiß begehrt sein. Wir können gar nicht vorsichtig genug sein.«

Beklemmung erfasste ihn, als er den kleinen Drachen betrachtete, der während ihres Gesprächs langsam eingenickt war und nun mit geschlossenen

Augen und schlaff nach unten hängenden Flügeln in Zaras Armen eingeschlafen war.

Tristan konnte sich kaum vorstellen, wie das kleine Wesen in Kürze zu einem gefährlichen Feuerdrachen, der ganze Städte zerstören könnte, heranwachsen würde. So ausgewachsen könnte er in den falschen Händen großen Schaden anrichten und Zerstörung über ganz Godsquana bringen.

»Und auf dem Weg werde ich in der Küche gleich Milch für den Drachen besorgen.« Tief durchatmend, straffte er die Schultern und trat an die Tür.

»Du lässt mich mit dem Baby allein?«, zischte Zara mit gedämpfter Stimme und schreckgeweiteten Augen.

»Ich muss mit Kato reden und deine Papiere auftreiben. Keine Sorge, ich bin gleich wieder zurück.«

»Tristan«, rief sie ihm gepresst nach, aber da war er bereits durch die Tür geschlüpft. »Ich weißt doch gar nicht, was ich tun soll, wenn es aufwacht!«

X
DIE PAPIERE

Zara

Als das Drachenbaby ruhig weiterschlief, nahm meine Panik etwas ab. *Etwas* im Sinne von *so gut wie gar nicht*. Ich und ein Feuerdrache – das hätte ich mir auch nie träumen lassen.

Nun war es also so weit: Tristan holte die Papiere und unsere Wege würden sich trennen. Obwohl ich wusste, dass ich eigentlich Freudensprünge machen müsste, hatte ich seltsamerweise einen kleinen Schlag in der Magengegend verspürt, als Tristan mir seinen Plan eröffnete.

Das peinliche Gespräch nach gestern Nacht hatte sich aufgrund der turbulenten Ereignisse vollkommen erübrigt und dennoch verspürte ich keine Erleichterung. Ich hatte gerade erst angefangen, ihn zu mögen, oder zumindest nicht mehr ganz so zu verabscheuen wie am Anfang, und nun kam der Schlussstrich viel zu abrupt. Gerade nach gestern Nacht …

So ist es nur das Beste, ermahnte ich mich.

Hatte ich erst mal die Papiere in den Händen, konnte ich ein komplett neues Leben starten und diesen frischen Lebensabschnitt wollte ich ganz bestimmt nicht damit verbringen, mich in die Angelegenheit des dehnarischen Königreiches einzumischen. Immerhin war ich doch nur zufällig überhaupt in diesem Schlamassel gelandet. Und nun hielt ich ein schlafendes Drachenbaby in den Armen.

Über mich selbst den Kopf schüttelnd, trat ich ans Bett heran und setzte mich vorsichtig. Ich hatte Angst, den kleinen Drachen zu wecken, bevor Tristan mit der Milch zurück war.

Obwohl ich erst vor wenigen Stunden aufgestanden war, fühlte ich mich ausgelaugt und erschöpft. Das düstere Wetter vor dem Fenster machte die Müdigkeit auch nicht besser. Dazu kam der ruhige, gleichmäßige Atem des Drachen in meinen Armen, der mich auf merkwürdige Art und Weise zu besänftigen vermochte.

Es war eine schlechte Idee, einzuschlafen, während der Drache jeden Moment aufwachen und das Bett in Brand stecken konnte. Doch ich war müde und vertraute dem Tier aus einem seltsamen Gefühl heraus. Erschöpft legte ich mich auf den Rücken und schloss die Augen.

Der zierliche Kopf des Drachen sank auf meine Brust und sein gleichmäßiger Atem kitzelte meinen Hals. Die feine Haut der Flügel fühlte sich weich an unter meinen Händen, die ihn beschützend festhielten. Kaum vorstellbar, wie in diesem kleinen Wesen die Macht stecken konnte, einen ganzen Kleiderschrank abzufackeln. Mit diesem Gedanken glitt ich in einen Traum voller Drachen und magischer Wesen.

Tristan

Begleitet vom Duft nach Semmelknödeln und Pilzsauce betrat Tristan die Schänke. Auf der Suche nach Kato schweifte sein Blick durch den mit Gästen gefüllten Raum. Plötzlich tauchte General Loyd in seinem Blickfeld auf.

»Verdammt«, fluchte Tristan und duckte sich weg, doch da hatte Loyd ihn schon gesehen und kam mit großen Schritten auf ihn zu.

»Hey«, sagte Tristan und setzte ein strahlendes Lächeln auf, das hoffentlich nicht allzu verdächtig wirkte.

»Tristan.« Loyd beäugte ihn misstrauisch. »Wir haben auf dich gewartet. Tout und Frau Salmon wollten dich doch noch sprechen«, rief er ihm in Erinnerung.

Siedend heiß fiel es Tristan wie Schuppen von den Augen – wie hatte er das nur vergessen können?

»Ich brauche die Papiere für Sara, Loyd.« Obwohl Loyd bereits Zaras wahren Namen kannte, blieb er aus Gewohnheit bei ihrem Decknamen. Außerdem befürchtete er noch immer, irgendjemand könnte sie belauschen. »Bitte hilf mir. Ich kann nicht verantworten, Neferets Hilfe anzunehmen, solange Sara mit den Papieren nicht abgesichert ist.«

Er wollte Loyd nicht misstrauisch machen, indem er sich offen gegen Neferet aussprach. Stattdessen musste er glauben, er würde ihre Hilfe doch annehmen.

»Dir werden die Papiere nicht helfen – Neferet wird deine Sara so und so zurückholen. Keine Ahnung, was die Frau sich daraus verspricht, immerhin könnte sie sich für weit weniger Geld auf dem Markt ein neues Mädchen kaufen und hätte dafür nicht die weite Reise auf sich nehmen müssen.« Er zuckte dezent genervt die Schultern. »Aber das kann uns auch egal sein.«

»Bitte, Loyd«, bat er seinen langjährigen Freund. »Sie verdient es, frei zu sein. Nur die Papiere, und sie kann von hier verschwinden.«

»Hatte nicht den Eindruck, als hättest du das so gerne«, feixte Loyd.

»Ich kann mit dem Drachenei auch ohne Neferets Hilfe in den Osten reisen und Sara damit die Freiheit schenken. Ich bin ihr etwas schuldig.«

»Du kannst ihr vielleicht die Freiheit schenken, aber ohne Papiere bringt ihr die nicht viel.«

»Loyd«, sagte Tristan ernst. »Wir kennen uns schon so lange, ich weiß, dass du so nicht bist. Warum bist du plötzlich so voller Hass?«

Loyd verdrehte die Augen und musterte ihn düster. »Gut«, lenkte er ein, ohne auf das ernste Thema einzusteigen. »Ich werde mit Tout reden und Neferet bearbeiten. Vielleicht lässt sich mit ihr über die Konditionen verhandeln. Ich verstehe sowieso nicht, was sie von dem Sklavenmädchen will.«

»Danke«, stieß Tristan erleichtert aus.

Insgeheim war er sich zwar nicht ganz sicher, ob ihn Loyd nicht an der Nase herumführte, doch in dem Fall blieb ihm keine andere Wahl, als zu hoffen.

»Ich organisiere die Papiere und du sprichst mit Neferet. So verlieren wir am wenigsten Zeit.«

Ohne auf seine Zustimmung zu warten, machte sich Loyd auf den Weg. Ein ungutes Gefühl beschlich Tristan. Er konnte nicht genau benennen, woher dieses Gefühl stammte, doch es hatte ihn davor bewahrt, Loyd die volle Wahrheit zu erzählen. Es war das Beste, wenn er allein nach Dehnarien zurückkehrte. Egal, ob Loyd nun tatsächlich etwas im Geheimen plante oder nur eine Marionette von Herrn Tout war.

Als er zu Kato in die Küche trat, fragte er sich noch immer, wie er sich so hatte verändern können. Oder war es ihm plötzlich wichtig, was Moné von seiner aufsehenerregenden Rückkehr halten würde? Seine Gedanken wanderten zu Zara. Niemals würde er ihren fassungslosen Blick vergessen, als sie mit dem Feuerdrachen vor dem brennenden Kleiderschrank stand. Ein kleines Lächeln bahnte sich auf sein Gesicht.

»Tristan«, rief Kato erfreut. »Alles in Ordnung?«

Kurz haderte er mit sich selbst, ob er Kato nicht einweihen konnte. Dann entschied er jedoch, dass er besser so wenige Informationen wie möglich teilte.

»Ich breche morgen auf. Bitte sattle Pyreus bei Tagesanbruch und pack mir etwas Proviant zusammen.«

»Türlich«, sagte Kato sofort und setzte einen geschäftigen Blick auf. »Kann ich sonst noch etwas für dich tun?«

Tristan überlegte einen Moment, dann nickte er mit einem leichten Schmunzeln, das Kato wohl nicht zu deuten wusste.

»Eine Schüssel Einhornmilch mit Mohn.«

Das würde dem Drachen schmecken.

Zara

Ein Klopfen an der Tür riss mich aus dem Schlaf. Verwirrt blinzelte ich in den Raum. Bilder aus meinen Träumen hielten mich noch gefangen. Seltsamerweise waren darin nicht nur Babydrachen vorgekommen, und mit dem

Schock eines Kübels kalten Wassers war mir eine Erkenntnis vor Augen geführt worden.

Tristan würde mit dem kleinen Drachen aufbrechen und vermutlich würde ich ihn nie wiedersehen. Mich packte die Sorge, unsere gemeinsame Nacht wäre nicht ohne Folgen geblieben. Mein Herz klopfte wild und mühsam unterdrückte ich die Panik.

Erneut vernahm ich das beharrliche Klopfen an der Holztür und riss mich wieder zusammen. Vorsichtig legte ich den kleinen Drachen, der immer noch friedlich in meinen Armen schlummerte, in eine Mulde in der Matratze und ging zur Tür.

»Wer ist da?«, fragte ich angespannt.

»Ich bin es, Tristan.«

Erleichtert wich ich zurück und zog die Tür auf.

»Hallo.« Verlegen verharrte er bei meinem Anblick auf der Türschwelle.

War nun der Moment für das ausstehende, peinliche Gespräch? Plötzlich wurde mir ganz flau im Magen. Dann schien er sich zusammenzureißen, denn mit einem unruhigen Blick links und rechts den Gang entlang trat er ein und schloss die Tür hinter sich.

»Hier habe ich Milch für den Drachen«, sagte er und hob eine kleine Holzschüssel samt Löffel in die Höhe. Ich wusste nichts darauf zu sagen, außerdem war meine Kehle wie zugeschnürt, daher nickte ich bloß.

»Loyd ist auf dem Weg, um deine Papiere zu holen. Morgen früh bist du frei.« Er lächelte mir zu.

Mit einem Mal schlug mein Herz viel schneller. Ich redete mir ein, dies würde an der Vorfreude auf meine Freiheit liegen, doch die widersprüchlichen Gefühle in meinem Inneren machten es mir schwer.

»Ich muss kurz zu Sagua und Quin«, murmelte ich und nahm den schwarzen Mantel aus dem Schrank.

Für einen Moment wirkte Tristan überrascht, dann schien er meine Worte einleuchtend zu finden.

»Gut, bis später.«

Von der Tür aus beobachtete ich noch, wie er sich dem schlafenden Drachen näherte, dessen mit roten Schuppen versehene Schwanzspitze im Schlaf unruhig zuckte, dann trat ich hinaus in den Gang.

Mit schnellen Schritten machte ich mich auf den Weg nach unten und holte tief Luft, als ich die Gaststube betrat. Mittlerweile war der Ansturm der Mittagszeit vorüber und nur noch vereinzelte Gäste saßen an den Tischen.Nervös trat ich durch die Küchentür und hörte bereits Quins vertrautes Schnattern. Wie ein Wasserfall redete sie auf Sagua ein, die gerade die Heizstelle säuberte. Kato war glücklicherweise nicht anwesend. Solche Frauenprobleme in seiner Gegenwart zu besprechen, wäre mir mehr als unangenehm gewesen.

»Hallo, ihr zwei«, machte ich auf mich aufmerksam und trat unruhig von einem Bein auf das andere.

»Oh, Sara«, rief Sagua erfreut und ihr hübsches, rundes Gesicht strahlte, als hätte sie eine alte Freundin vor sich. »Ich habe gehört, ihr brecht morgen auf? Kato bereitet alles für eure Weiterreise vor.«

»Nur Tristan«, verbesserte ich. »Wir werden nicht gemeinsam weiterziehen. Vielleicht bleibe ich noch ein paar Tage, bevor ich aufbreche.«

Um ehrlich zu sein, hatte ich sowieso keinen anderen Plan. Immerhin war ich nun endlich in Tasmanien und sobald sich die Papiere in meinem Besitz befanden, begann mein Leben in Freiheit.

»Du siehst besorgt aus«, stellte Sagua fest und runzelte die Stirn. »Was liegt dir auf dem Herzen, Liebes?« Trotz ihres sonst so jungen Auftretens wirkte ihre Fürsorge geradezu mütterlich.

Quin, die auf einem wackligen Holzhocker saß, lächelte mir auffordernd zu. Ihre großen Kinderaugen wirkten vergnügt, als genösse sie es, neuen Tratsch der Erwachsenen zu verfolgen. Ich wand mich unter den neugierigen Blicken der zwei.

»Tristan und ich waren gestern zusammen«, murmelte ich Sagua zu und sah sie bedeutungsvoll an.

»Oh«, machte diese überrascht, während Quin entzückt aufsprang. Der Hocker wankte bedenklich.

»Ich wusste, dass ihr euch verliebt! Werdet ihr jetzt heiraten?«, rief sie begeistert und klatschte in die Hände.

Statt zu antworten, wurde ich puterrot und überlegte fieberhaft, was ich nun sagen sollte.

»Kindchen, geh und hol uns etwas Feuerholz«, sagte Sagua da und rettete die Situation.

Quin zog zwar einen Schmollmund, widersetzte sich jedoch nicht. Sobald sie durch die Hintertür ins Freie geschlüpft war, atmete ich aus.

»So, jetzt kannst du mir alles erzählen«, sagte Sagua und klopfte mit der Hand auffordernd auf den Hocker, auf dem soeben noch Quin gesessen hatte.

»Ich weiß nicht, wie ich so dumm sein konnte«, begann ich sofort. Die Worte sprudelten nur so aus mir heraus. »Wir haben zu viel Wein getrunken und eines führte zum anderen.«

»Der junge Herr ist auch sehr attraktiv. Da wären viele schwach geworden.«

Fürsorglich tätschelte sie mir den Arm und hielt mir einen Becher heißen Zwergenmets hin. Kopfschüttelnd lehnte ich ab. Schlussendlich hatte mich der Alkohol überhaupt erst in die Lage gebracht.

»Ja, aber was, wenn ich jetzt … Du weißt schon.« Verlegen sah ich weg und verbarg mein Gesicht in den Händen.

»Oh«, machte Sagua überrascht, als sie begriff. »So schnell kannst du nicht herausfinden, ob du schwanger bist. In ein paar Wochen vielleicht.«

»So lange kann ich nicht warten. Er wird die Stadt morgen verlassen.«

Ich fühlte mich so kläglich und schlecht. Wie ein Häufchen Elend saß ich zusammengesunken auf dem Hocker.

»Gut, da kann nur eine helfen.« Entschlossen reckte Sagua das Kinn und löste den Knoten der Schürze um ihre Hüfte. »Steh auf, wir gehen zu einer Hexe.«

»So, so. Ein Braten im Ofen also«, rief die blauhäutige Hexe kichernd, als sie uns die Tür öffnete.

Offenbar war sie solchen Besuch bereits gewohnt. Erleichtert stellte ich fest, dass es sich nicht um die Hexe Sanna handelte, der ich den Mantel aus dem Geschäft gestohlen hatte.

»Hallo, Ronja.« Sagua überging die spitze Bemerkung, küsste die Hexe zur Begrüßung auf die Wange und schob mich an ihr vorbei ins Innere des kleinen Häuschens.

»Wollt ihr etwas trinken, essen?«, bot Ronja an und trat an einen über der Feuerstelle köchelnden Topf.

Geschäftig schob sie den dicken, geflochtenen Zopf mitternachtsblauer Haare über ihre Schulter und einen Holzlöffel in die Brühe, um davon zu kosten. Pustend drehte sie sich mit dem Löffel vor dem Mund zu uns um.

»Kanincheneintopf«, ließ sie schmatzend verlauten.

Als sowohl Sagua als auch ich den Kopf schüttelten, ließ sie den Löffel mit einem Plopp in den blubbernden Topf zurückgleiten und setzte sich zu uns an den Tisch.

»Wie kann ich helfen?«, erkundigte sie sich, obwohl ihrer vorherigen Bemerkung zu entnehmen war, dass sie bereits Bescheid wusste.

Schon in meiner Zeit auf den Plantagen hatte ich davon gehört, dass junge Mädchen, die ungewollt schwanger wurden, Hexen aufsuchten. Auch wenn es niemand direkt aussprach, war klar, dass sie die ungeborenen Kinder noch im Mutterleib abtöteten. Bei dem Gedanken zog sich alles in mir zusammen. Allein die Vorstellung erfüllte mich mit Grauen. Ganz unbewusst fragte ich mich, wie viele Babys Ronja bereits getötet hatte. Eine Gänsehaut zog sich über meine Arme. Dazu wäre ich niemals fähig, oder?

Bevor ich weiter ins Grübeln kommen konnte, erklärte Sagua mein Problem. Nervös nestelte ich am Saum meines Umhangs, während ich, von Scham erfüllt, Ronjas stechendem Blick auswich.

Verstohlen sah ich mich im spärlich möblierten Wohnraum der Hexe um. Durch die mit Eiskristallen und Dreck verkrusteten Fensterscheiben drang nur wenig Licht und somit war die einzige Lichtquelle das unter dem Topf knisternde Feuer. Zusätzlich zu den drei wackligen Holzsesseln, auf denen wir saßen, stand noch ein Schaukelstuhl neben dem Fenster. Auf an die Wand genagelten Holzbrettern reihten sich Schüsseln, Fläschchen und Gläser, die mit seltsamen Flüssigkeiten und Gegenständen befüllt waren, die mich an Organe und Gedärme erinnerten. Mir drehte sich der Magen um und schnell sah ich weg. Viel mehr hatte die Küche nicht zu bieten. In der Ecke stand ein Besen und an einer Wand hatte sie bis zur Decke Feuerholz aufgestapelt.

»Setz dich dorthin«, ordnete Ronja an und deutete ungeduldig auf den Schaukelstuhl.

Mit wackligen Knien stand ich auf, um mich gleich darauf wieder zu setzen. Das Holz knarrte unter meinem Gewicht. Unentschlossen, was ich nun tun sollte, wartete ich mit wild klopfendem Herzen ab. Ich verfluchte mich selbst dafür, dass ich mich überhaupt erst in diese unangenehme Lage geritten hatte.

»Du brauchst deinen Bauch nicht frei zu machen. Der Stoff ist nicht dicker als deine Haut«, meinte Ronja verhalten lächelnd und stellte sich neben mich.

Sagua, die noch am Tisch saß, blickte interessiert auf. Auch ich verfolgte jede Bewegung der Hexe gespannt.

»Entspann dich«, verlangte sie.

Das war leichter gesagt als getan. Verkrampft umklammerte ich das Holz der Lehne.

»Nicht erschrecken, das wird kalt.«

Die Warnung kam zu Recht. Als Ronja ihre flachen Hände auf meinen Bauch legte, hatte ich das Gefühl, als würde ein Eiseshauch von ihr wegfließen. Überrascht zuckte ich zurück, woraufhin sie den Druck nur noch verstärkte.

»Nicht bewegen.« Mit vollster Konzentration und geschlossenen Augen hielt sie die Position.

»Sie versucht das Baby zu spüren. Hexen erkennen Leben, bevor auch nur das Herz anfängt zu schlagen«, erklärte Sagua, die aufgestanden und näher getreten war.

Abrupt öffnete Ronja die Augen und blickte mich durchdringend an. Dann formte sich der schmale Mund zu einem Lächeln und sie tätschelte mir die Schulter.

»Kein Baby. Absolut nichts«, sagte sie und nahm die Hände von meinem Bauch.

Augenblicklich füllte mich wieder Wärme und erleichtert atmete ich aus. Mir war, als wäre eine schwere Last von meinen Schultern gefallen. Wortlos trat Ronja einen Schritt zurück und schob sich eine blaue Haarsträhne hinters Ohr, an welcher ein Strang mit im Licht schimmernden Perlen baumelte.

»Danke für deine Hilfe, Ronja.« Sagua lächelte. »Fast ein wenig schade. So hast du keinen Grund mehr, den hübschen Tristan hierzubehalten.« Freundschaftlich zwinkerte sie mir zu, während mir die Röte ins Gesicht schoss.

»Jetzt machen wir uns besser wieder auf den Weg. Kato wird schimpfen, wenn er sieht, dass ich nicht das Abendessen vorbereite.«

Gerne hätte ich die Chance genutzt und Sagua gefragt, ob sie und Kato ein Paar waren. Doch da öffnete Ronja auch schon die Tür für uns und wir verließen das Hexenhaus.

»Das Geld zahle ich dir zurück«, murmelte ich beschämt, als ich sah, wie Sagua Ronja zur Verabschiedung unauffällig einige Golddiore zusteckte.

»Kindchen. Das brauchst du nicht, die Anreise von dir und dem tasmanischen Schönling hat dem Gasthaus ganz schön viel Geld eingespielt. Wenn du mich fragst, kann Tristan nicht nur irgendein gewöhnlicher Tierpfleger sein, bei dem Vermögen, das er bei uns zurückgelassen hat.«

Warm in unsere Mäntel gehüllt, zogen wir durch die verschneiten Straßen Ignis'. Der Feierabend nahte, immer mehr Menschen drängten sich an uns vorbei und eilten nach Hause in die warmen Stuben.

»Ich weiß nicht viel über Tristan«, gab ich zu.

»Eine schlechte Partie ist er bestimmt nicht«, konterte sie sofort und zwinkerte schelmisch.

Der Gedanke an Tristan ließ mein Herz höher schlagen. Zwar hatten wir die Nacht miteinander verbracht, jedoch trug der viel zu starke Elfenwein daran die Schuld und seit wir uns im Wald das erste Mal gesehen hatten, hatten sich die Differenzen zwischen uns nur noch verstärkt.

Tristan empfand mit Sicherheit nichts für mich. Dafür war sein heutiges Verhalten Beweis genug. Der Drache hatte für ihn oberste Priorität und morgen würde er aufbrechen, ohne zurückzusehen – da war ich mir sicher.

DIE VERGANGENHEIT

Tristan

Zu Tristans Leidwesen hielt ihn der kleine Drache ganz schön auf Trab. Sobald Zara das Zimmer verlassen hatte, war der Feuerdrache aufgewacht, und nachdem er seine erste Mahlzeit zu sich genommen hatte, strotzte er geradezu vor Energie.

Unter Einsatz all seiner Kräfte bewahrte Tristan alle Gegenstände im Raum davor, in Flammen aufzugehen, und mühte sich damit ab, den kleinen Drachen ruhig zu halten. Mit den Nerven am Ende glitt er schließlich am Fußende des Bettes auf den Boden und beobachtete von dort aus verzweifelt, wie der Drache sich auf dem Bett herumwälzte und klägliche Laute von sich gab, als würde er nach seiner Mutter schreien.

Die im Licht orangefarben schillernden Flügel zitterten bereits, so sehr regte er sich auf. Tristan hatte schon mit vielen magischen Wesen zu tun gehabt, doch dieser Drache raubte ihm jegliche Geduld. Wenn er sich doch einfach nur beruhigen würde. Eigentlich war er davon ausgegangen, der Mohn in der Milch würde den Kleinen augenblicklich wieder in den Schlaf wiegen, stattdessen strampelte er wütend und machte nicht den Anschein, als würde er sich so schnell wieder beruhigen.

Tristan verließ das Zimmer nur für eine Minute, als Quin ihn ein Stockwerk tiefer in den Gastraum lotste, um die Papiere entgegenzunehmen. Sofort verstaute er diese in seiner Brusttasche, aus Angst, der Drache könnte das dünnschichtige Pergament in Flammen setzen.

Loyd hatte zwar verwirrt die Augenbrauen gehoben, als Tristan ihm so in Hektik und nur mit einem flüchtigen Dank die Papiere aus der Hand gerissen hatte und wieder nach oben verschwunden war, jedoch glaubte er nicht, dass sein Freund etwas vermutete.

Gerade da sie sich schon so lange kannten, befand er sich im Zwiespalt. Er wusste nicht, ob Loyd tatsächlich mit Tout und Neferet unter einer Decke steckte, ob Tout ihn womöglich nur manipulierte oder was für Pläne die drei überhaupt hegten. Doch er konnte ihn unmöglich darauf ansprechen, ohne den Drachen und Zara in Gefahr zu bringen. So hatte er ihm das Schlüpfen des Drachen noch immer vorenthalten.

»Ach, komm schon! Was hast du?«, stieß Tristan frustriert aus und seufzte, als der Drache sich mühselig aufrappelte und wütend mit den Flügeln schlug.

Bevor Tristan reagieren konnte, spie der Kleine bereits einen Schwall heißen Feuers aus seinem Rachen. Die Bettdecke fing Feuer, doch Tristan schüttete schon den bereitstehenden Kübel kalten Wassers darüber und löschte zischend die Flammen. Aufgrund seiner langjährigen Ausbildung wusste er, dass er verhindern musste, dass sich der Drache aufregte.

Die Kehle eines jungen Feuerdrachen war noch nicht so robust und stark, dass er dieses heiße Feuer auf Dauer aushalten würde. Schwerwiegende innere Verbrennungen wären die Folge.

Der Drache plusterte sich auf und schüttelte sich. Das von seinen Schuppen abperlende Wasser funkelte im Licht und tropfte von den Flügelspitzen auf das weiße Laken. In diesem Moment klopfte es an der Tür und erleichtert wandte sich Tristan ab.

»Alles erledigt?«, fragte er Zara zur Begrüßung freundlich.

Ihm entging nicht, wie sich ihr Blick verdunkelte, er konnte ihr Verhalten jedoch nicht richtig deuten.

»Ja, natürlich«, murmelte sie und schüttelte sich die Schneeflocken aus den dunklen Haaren. »Bei euch alles in Ordnung?«, erkundigte sie sich mit hochgezogenen Augenbrauen, als sie das Chaos entdeckte, welches der Drache in den letzten Stunden angerichtet hatte. »Was ist hier passiert?«

»Ich weiß nicht, was mit ihm los ist. Es ist nicht ungewöhnlich, dass Feuerdrachen temperamentvoll sind. Aber so jung, wie er ist, müsste er eigentlich den ganzen Tag schlafen«, klagte Tristan und verzog verzweifelt das Gesicht.

Auf seltsame Art und Weise beruhigte ihn Zaras Anwesenheit, als wäre er nun nicht mehr allein mit dem Problem. Das war natürlich Blödsinn, immerhin würde er ihr gleich ihre Papiere überreichen und es stünde ihr frei zu gehen.

Als wollte er es noch ein wenig hinauszögern, setzte er sich ans Bettende, ohne die Papiere in seiner Tasche anzusprechen.

»Kein Wunder, dass er wütend ist, wenn du ihn mit Wasser überschüttest«, tadelte sie kopfschüttelnd und nahm den Drachen in den Arm. »Er ist ja ganz nass.«

Vorsichtig wickelte sie ihn in die trockenen Überreste der Decke. Tristan wollte ihr das kleine Biest bereits aus den Armen reißen, damit es ihr nicht die Hand verbrannte – doch dann überraschte ihn das Drachenbaby damit, dass es sich beharrlich in Zaras Armbeuge zusammenkauerte und den Kopf an ihre Handfläche schmiegte.

»Wie hast du das gemacht?«, rief Tristan ungläubig aus.

Argwöhnisch betrachtete er den Feuerdrachen und näherte sich langsam, wie um seine Reaktion zu testen.

»Herrje, Tristan. Du benimmst dich komisch.« Verärgert erwiderte Zara seinen Blick. »Du machst ihm doch Angst.«

Tatsächlich sah der kleine Drache mit den weit aufgerissenen, goldenen Augen verängstigt aus, doch Tristan lachte auf.

»Das gibt es doch nicht. Ich habe die Drachen jahrelang studiert und komme mit dem Kleinsten nicht zurecht, und du nimmst ihn einfach so auf den Arm.«

Glucksend ließ er sich mit geschlossenen Augen auf die Matratze plumpsen. Einen Moment war Stille, dann schlug er die Augen auf. Die Erkenntnis fiel ihm wie Schuppen von den Augen und die Bilder der letzten Stunden setzten sich in seinem Geiste wie ein Puzzle zu einem Ganzen zusammen.

»Das Drachenbaby hat sich auf dich geprägt.«

Pures Entsetzen vermischte sich mich absoluter Sicherheit. Er kam sich dumm vor, diese Möglichkeit nicht schon zuvor in Betracht gezogen zu haben.

Plötzlich wieder voller ruheloser Energie, sprang er auf und tigerte durch das Zimmer. Indes streichelte Zara dem Drachen, der nun mit seinen goldenen Augen aufmerksam dem Geschehen folgte, über den gezackten Kamm am erhobenen Haupt.

»Was soll das heißen?« Sichtlich verwirrt legte Zara den Kopf schief und sah Tristan fragend an.

Er raufte sich die Haare und dachte verzweifelt nach. Es war nur logisch. Immerhin war Zara die erste Bezugsperson gewesen, die der Drache nach dem Schlüpfen gesehen hatte. Er hielt sie für seine Mutter und wie Tristan wusste, war dieses Band so gut wie unmöglich zu brechen. Die angekokelten und verbrannten Gegenstände im Raum bestätigten die Annahme nur. Die schlagartige Veränderung des Gemütszustandes des kleinen Biestes, sobald Zara den Raum betreten hatte, konnte nur daher stammen.

»Der Drache hat sich auf dich geprägt, da du die erste Person warst, die er nach seiner Geburt gesehen hat«, erklärte er Zara aufgeregt. »Er hält dich für seine Mutter, daher ist er nun so besänftigt.«

Er sah ihr an, wie sie langsam begriff. Mit geweiteten Augen und einem Hauch von Beunruhigung in den sonst so weichen Zügen sah sie von einem zum anderen.

»Was soll das bedeuten?«

»Du kannst uns nicht allein lassen«, sprach er nach kurzem Zögern aus. War das wirklich die einzige Lösung? Tristan dachte an die fürchterlichen letzten Stunden zurück, was seinen Entschluss sofort bestärkte. »Er braucht dich.«

Unentschlossen sah Zara auf den kleinen Drachen hinab, der munter zu ihr aufblinzelte. Natürlich verstand er nichts von ihrem Gespräch. Allmählich schien sie jedoch das Ausmaß seiner Worte zu begreifen.

»Es gibt bestimmt einen anderen Weg. Jetzt mag es vielleicht noch so sein, aber wenn er mich ein, zwei Tage nicht gesehen hat, wird sich das bestimmt legen … also diese Prägung und was du sagtest«, stammelte sie nervös. »Du meintest doch, Loyd würde die Papiere vorbeibringen?«

Nun sichtlich besorgt, verdunkelte sich ihr Blick. Tristan wusste nicht, was ihn ritt, zu lügen, doch er tat es. Innerhalb von Sekunden hatte er seine Entscheidung getroffen. Die zusammengefalteten Papiere in seiner Brusttasche wogen schwer, als er den Mund öffnete, um die Lüge in Worte zu fassen.

»Das muss ich dir wohl noch beichten. Es gibt Probleme mit den Papieren.«

»Das ist nicht wahr. Tristan, bitte – du hast es versprochen!« Verzweiflung lag in ihrer Stimme.

Spätestens als sich ihre Augen mit Tränen füllten, hätte er einknicken und die Wahrheit gestehen müssen, doch irgendetwas hielt ihn davon ab. Es war das Beste für den Drachen, und nur ihm war er verpflichtet. Zara musste bleiben.

»Es tut mir leid. Ich werde versuchen, sie so schnell wie möglich zu bekommen. Aber bis dahin ist es für dich am sichersten, wenn du bei mir bleibst.«

»Was soll das heißen, Tristan? Du willst, dass ich mit nach Dehnarien komme? Das kann ich nicht«, rief sie entsetzt aus.

»Es geht nicht anders«, sagte er schroff.

Stumm wandte sie sich ab. Er spürte, dass sie jetzt allein sein wollte. Die Enttäuschung sprach aus ihrem traurig gesenkten Blick und er fühlte sich schlecht. Dennoch bereute er die Worte nicht.

»Ich hole noch eine Ration für den Drachen und bespreche letzte Vorkehrungen mit Kato.«

Zara nickte nur. Der Drache in ihren Armen sah verstört zwischen ihnen hin und her. Er verstand nicht, was sie so traurig stimmte.

Es fiel Tristan schwer, Zara mit ihren trüben Gedanken zurückzulassen, obwohl er doch nur die Papiere aus seiner Brusttasche ziehen müsste, um sie wieder glücklich zu machen. Entgegen seiner Erwartung war sie ihm in den letzten Tagen immer wichtiger geworden und nun hinter ihrem Rücken solch wichtige Entscheidungen zu treffen, war schlichtweg falsch … aber nein.

Der Drache brauchte sie, redete er sich stumm ein. Ebenfalls verstimmt, warf er einen letzten Blick auf das am Fenster stehende Mädchen und schloss die Tür hinter sich.

Als er einige Zeit später zurück in Zaras Zimmer kam, lag sie schlafend auf dem Bett. Behutsam nahm Tristan den Drachen, der unruhig und hellwach auf ihrem Schoß herumkrabbelte, und setzte ihn auf der Kommode ab, um ihn zu füttern.

»Sei ja still und weck sie nicht«, presste Tristan mit einem strengen Blick hervor und obwohl er sicher war, dass der Drache ihn nicht verstand, legte das Tier artig den mit Schuppen bedeckten Schwanz um den Körper und wartete, bis Tristan ihn mit einem Löffel zu füttern begann.

Draußen war mittlerweile die Nacht angebrochen und auch ihn packte die Müdigkeit. Der kleine Drache hingegen strotzte noch immer vor Energie und als Tristan ein langgezogenes Gähnen von sich gab, funkelten die goldenen Augen des Kleinen schelmisch, als wolle er sagen – schon so müde?

»Ja, sehr. Du hältst mich ganz schön auf Trab«, sagte Tristan kopfschüttelnd und tauchte den Löffel erneut in die Milch, um ihn dann dem Drachen hinzuhalten, der die weiße Flüssigkeit gierig aufleckte.

Die viel zu großen Flügel ruhten auf seinem Rücken und ließen ihn größer erscheinen, als er war. Tristan stellte amüsiert fest, dass der Kleine bereits jetzt wusste, wie er sich zu verhalten hatte, um anderen Lebewesen Respekt einzuflößen.

Plötzlich klopfte es stürmisch an der Tür und der Drache schreckte überrascht zusammen, sodass Milch über den Löffel schwappte.

»Mist«, sagte Tristan säuerlich und verzog den Mund, um sich dann abzuwenden und zur Tür zu gehen.

Wieder hämmerte jemand gegen das Holz. Verärgerung braute sich in Tristan zusammen.

»Was ist los?«, murmelte Zara im Halbschlaf und rieb sich müde die Augen.

»Nichts. Schlaf weiter«, antwortete Tristan sanft und öffnete die Tür in exakt dem Moment, als der Störenfried erneut zum Klopfen ausholte.

»Kato? Was ist los?« Tristan hob irritiert die Augenbrauen.

»Ich habe sie reden gehört. Sie kommen, um Zara zu holen«, brachte der Wirt schwer atmend über die Lippen.

»Was? Wer?« Tristans Herz begann vor Beunruhigung schneller zu schlagen, das Blut rauschte in seinen Ohren. Mühsam zwang er sich zur Konzentration. »Kato, sprich!«, verlangte er mit schneidender Stimme.

»Der General und die rothaarige Dame«, bestätigte Kato seine schlimmste Befürchtung.

»Verdammt«, stieß er fluchend aus und schlug mit der flachen Hand gegen die Steinmauer. »Verdammt. Wir müssen sofort verschwinden!«

»Tristan?«, vernahm er Zaras ruhige Stimme. Sie war unbemerkt näher getreten und sah nun verwirrt von einem zum anderen.

»Zieh dich an. Wir müssen sofort verschwinden.« Noch während er sprach, hatte er Zara bereits den schwarzen Umhang zugeworfen und den Drachen gepackt. »Kato, ist Pyreus aufbruchbereit?«

»Ja, natürlich. Kommt mit«, sagte der Wirt aufgeregt und blickte staunend auf den Drachen.

Zwar versuchte er seine Verblüffung zu überspielen, aber seine weit aufgerissenen Augen verrieten ihn. Immerhin sah man so etwas im Gasthaus nicht alle Tage und mit Faszination starrte er den Kleinen an.

Aber die Hektik nahm überhand. Tristans Herz hämmerte panisch in seiner Brust, während sie den Gang hinabrannten. Auch Zaras schreckgeweitete Augen trugen nicht zu seiner Beruhigung bei. Der Drache, den er unter seinen Arm geklemmt hatte, gab klägliche Angstlaute von sich, wehrte sich jedoch nicht in dem Ausmaß, das Tristan schon befürchtet hatte. Offenbar schien er doch genug zu verstehen, um kooperativ zu sein.

»Hier entlang. Es gibt einen Hinterausgang. Eine Feuertreppe«, erklärte Kato mit gedämpfter Stimme und eilte mit erhobener Laterne vor ihnen her, bis er abrupt innehielt.

Überrumpelt blieb Tristan stehen, woraufhin Zara gegen ihn taumelte. Angespannt horchten sie alle. Von unten drang Krawall nach oben, doch Tristan konnte nicht zuordnen, ob es sich nicht nur um den alltäglichen Trubel in einer Schänke handelte.

»Bewegung«, trieb Kato nun zur Eile. Offenbar hatte er aus den Lauten mehr herausgehört als seine zwei Gäste.

Jede Zelle seines Körpers war zum Zerreißen gespannt. Das Adrenalin pulsierte durch seine Adern und überdies bemerkte er gar nicht, wie sich die scharfen Klauen des Drachen in seinen nackten Unterarm krallten. Zaras

Atem ging laut und hektisch, gerne hätte er sie beruhigt, doch dazu fehlte jegliche Zeit.

Da erreichten sie bereits das Ende des Gangs. Kato schob eine schwarze Gardine zurück, die den Gang der Gästezimmer von seinen privaten Gemächern trennte, und sie schlüpften durch den engen Eingang.

»Die Tür klemmt«, flüsterte Kato angespannt und stellte die Laterne zu Boden.

»Warte, ich helfe dir.«

Er reichte den Drachen an Zara weiter und tastete unbeholfen in der Dunkelheit nach der verborgenen Tür. Als seine Fingerkuppen über das unebene Holz fuhren, hörte er bereits näher kommende Schritte.

»Ich hab's.« Erleichterung durchflutete ihn, als er die Finger in das sperrige Holz krallte und daran zog, bis die Tür nachgab und sie sie mit vereinten Kräften aufzogen.

»Folgt mir.« Kato ging mit der Fackel voraus.

»Halt dich gut fest«, flüsterte Tristan Zara ins Ohr, als er sie in der Dunkelheit an der Hand nahm und zur Tür schob.

Er spürte, wie sie zitterte, doch jede Sekunde konnte entscheidend sein, weswegen er keine Rücksicht darauf nahm und sie zur Eile drängte. Sobald alle hindurch waren, schloss Tristan die Geheimtür hinter ihnen.

Jedes Knarren der Treppe ließ sein Herz höher schlagen und als irgendwo ein Hund zu bellen begann, zuckte sein Blick nervös in alle Richtungen. Er betete zu Godsqua, dass sie niemand vom Fenster aus sah.

»Ich lenk sie ab, dann könnt ihr durch das Tor auf die Straße. Die Stadttore werden bereits geschlossen sein …« Die Beunruhigung sprach klar aus Katos Worten. Der Boden unter ihren Füßen war glatt und rutschig, als sie über den Vorplatz liefen.

»Das ist kein Problem. Wir werden fliegen«, versicherte Tristan. »Auch wenn sie uns sehen, sind wir schon längst über die Mauer.«

Pyreus wartete angebunden vor den Ställen und scharrte nervös mit den Hufen, als die kleine Gruppe näher kam. Kato hatte ihm bereits Sattel und Zaumzeug angelegt und etliche Vorräte in den Seitentaschen verstaut.

»Komm, ich helfe dir hoch.« Bevor Zara reagieren konnte, packte Tristan sie schon an der Hüfte und hob sie in den Sattel. Erst als sie sicher auf Pyreus' Rücken saß, ließ er sie los.

»Leg den Drachen in deine Kapuze, du brauchst deine Hände, um dich festzuhalten«, ordnete er noch an, dann wandte er sich Kato zu.

»Ich kann dir gar nicht genug danken.« Die Verabschiedung fiel kurz aus. Sie hörten das Knarren einer Tür und alle zuckten zusammen.

»Beeilt euch«, vernahmen sie die vertraute Stimme Quins. »Die Männer suchen euch!«

Ohne weiter zu zögern, schwang auch Tristan sich auf den Rücken des Squas und nahm die Zügel in die Hände.

»Möge Godsqua ihren Schutz auf euch legen«, murmelte Kato und ging zu Quin, um dem verängstigten Mädchen den Arm um die Schulter zu legen.

Dann trat Tristan Pyreus in die Flanken und der Squa setzte sich in Bewegung. Er lief immer schneller, spreizte die Flügel und erhob sich in die Luft. Der Wind peitschte ihnen die Haare aus dem Gesicht, der Drache lugte aus Zaras Kapuze hervor und blinzelte in die Tiefe.

»Da sind sie! Da! Sie flüchten!«, hallte eine Tristan vertraute Stimme durch die klare Nacht, doch da verschwand der Squa bereits am dunklen Nachthimmel.

Zara

»Zara. Zara, wach auf!«

Jemand rüttelte fest an meiner Schulter, die leise Stimme klang tränenerstickt. Erschrocken schlug ich die Augen auf.

»Ich bin wach.« Von einer auf die andere Sekunde komplett klar im Kopf, blinzelte ich der kleinen Sarabi entgegen. »Was hast du?«, fragte ich besorgt und richtete mich auf, um meine kleine Schwester genauer in Augenschein zu nehmen.

Sie stand direkt vor meinem Schlaflager. Es war mitten in der Nacht, dennoch war die Luft im Inneren der Sklavenhütten drückend und mir kroch vor Hitze der Schweiß über den Rücken. Nach und nach gewöhnten sich meine Augen an die Dunkelheit und ich erkannte die zarten Umrisse Sarabis.

Das braune Haar, vom gleichen intensiven Braun wie meines, hing ihr zottelig ins Gesicht. Sie hatte sich lange nicht mehr von den Hütten der Mütter und Kinder zu den Älteren geschlichen. Dafür musste es unweigerlich einen guten Grund geben und vor Angst zog sich alles in mir zusammen.

»Sarabi, was hast du?«, zischte ich angespannt und ließ meinen Blick durch den kargen Raum schweifen, um sicherzugehen, dass niemand sonst erwacht war.

»Du musst mitkommen. Es ist etwas Schreckliches geschehen«, flüsterte sie.

Im fahlen Licht des durch die Ritzen des Strohdaches scheinenden Mondes sah ich Tränen in ihren Augen glitzern. Ohne weiter nachzufragen, schlug ich das zerknitterte Laken zurück und tapste mit nackten Füßen Sarabi hinterher. Wie von allein fanden meine Beine den Weg durch die am Boden schlafenden Menschen. Der Staub unter meinen Fußsohlen war kratzig, doch die pure Aufregung ließ mein Herz höher schlagen und ich spürte es kaum. Sobald wir in die klare Nachtluft traten, packte ich Sarabi bestimmt an den Schultern.

»Sag endlich, was ist geschehen?«, verlangte ich streng zu wissen.

»Herr Salamon. Ich glaube, sie hat ihn vergiftet.«

»Vergiftet?«, stieß ich voller Schrecken aus.

Wer mit sie gemeint war, musste ich gar nicht erst fragen. Neferet … Ich schluckte schwer.

»Er wird sterben.« Sarabi schluchzte auf, doch ich vernahm es nur wie aus weiter Ferne. Meine Ohren waren wie mit Watte gefüllt. »Er hat nach dir gefragt …«

Augenblicklich lief ich los in Richtung Herrenhaus. Das Blut rauschte laut in meinen Ohren und mein Atem ging schnell und hektisch, als ich über den Hof rannte. Nur kurz dachte ich an die Wachen und das Hauspersonal. Sie sahen mich bestimmt. Doch sie hielten mich nicht auf.

Ohne zu klopften stürmte ich in das Zimmer meines Herren und fiel neben dem Bett auf die Knie. Erst als er seine vom Alter faltige Hand ausstreckte und nach meiner griff, bemerkte ich, dass mir stumme Tränen über die Wangen rollten.

»Wein nicht, mein Kind«, murmelte Salamon schwach und blinzelte mir aus müden, braunen Augen entgegen. »Ich bin alt. Du hast noch dein ganzes Leben vor dir.«

»Sie wird es mir zur Hölle machen«, flüsterte ich mit eisiger Gewissheit.

Neferet hatte mich vom ersten Tag an gehasst. Nun hatte sie freie Hand mit mir. Wenn sie wollte, konnte sie mich schon morgen früh in den Bunker sperren und verhungern lassen.

»Du warst niemals für dieses Leben bestimmt.« Fest drückte er meine Hand und richtete sich ein Stückchen auf, um mir ernst in die Augen zu sehen.

»Das ist keiner von uns.« Starr erwiderte ich den Blick.

Wehmütig schloss mein Herr die Augen. Wie vor der Wahrheit.

»Geh in Travis' Zimmer. Zieh sein Gewand an und nimm die Tasche, die dort steht.« Schwach deutete er in die Ecke des prunkvollen Zimmers.

Neben einem Mahagonitisch, auf dem ein goldener Kerzenständer prangte, lag eine Tasche am Boden. Verwirrt sah ich von ihr zu Herrn Salamon und wieder zurück.

»Darin befinden sich deine Papiere. Du bist frei … Ich wollte sie dir schon so lange geben, brachte es aber nicht übers Herz, dich gehen zu lassen.« Traurig senkte er den Blick. »Es tut mir so leid.«

Ungläubig schüttelte ich den Kopf. Ich glaubte zu träumen. Begriff nicht, was er mir da soeben sagte.

»Ich bin frei«, flüsterte ich.

Plötzlich sprang die Tür des Schlafzimmers auf und fiel mit einem lauten Krachen gegen die Steinmauer.

»Du wirst niemals frei sein!«, schrie Neferet und ihre Stimme hallte durch das Gewölbe.

Ich sah sie nicht, zu drückend war die Dunkelheit, die auf einmal von allen Richtungen auf mich zukam. Panik ergriff mich. Voller Angst sprang ich auf. Das körperlose Lachen schien von überall her zu schallen, wie der Teufel selbst …

Dann verschluckte mich die Dunkelheit und mit einem erstickten Laut schreckte ich aus dem Schlaf. Mein Herz klopfte wild in meiner Brust und mein Atem ging rasselnd. Die Angst saß mir noch immer im Nacken und hektisch blickte ich mich um.

»Alles in Ordnung?«

Überrumpelt zuckte ich zurück, dabei war es nur Tristan, der sich besorgt über mich gebeugt hatte und nun zurückwich, sodass ich hinter ihm ein halb heruntergebranntes Feuer entdeckte, das die nähere Umgebung in ein dämmriges Licht tauchte.

»Ja. Ja«, stammelte ich und nickte fahrig. »Wo sind wir?« Orientierungslos sah ich mich um.

»Wir sind nahe dem Dreiländereck. Zwar noch in Tasmanien, aber weit genug von Ignis entfernt. Pyreus brauchte eine Rast. Was hast du geträumt?«

Es sah Tristan nicht ähnlich, sich so nach meinem Befinden zu erkundigen. Ich konnte nicht einschätzen, ob er nur der Höflichkeit halber fragte.

»Ich weiß nicht«, murmelte ich daher ausweichend und setzte mich auf.

Die Furcht und Angst saßen mir noch immer tief im Nacken und mein Herz schlug noch unnatürlich schnell. Akribisch versuchte ich mich auf die Umgebung zu konzentrieren. Tatsächlich erkannte ich nun, dass wir uns schon sehr weit im Süden des Landes befinden mussten. Hier war von Schnee weit und breit nichts zu sehen und die Temperatur beinahe angenehm.

»Es muss ein Albtraum gewesen sein«, stellte er das Offensichtliche fest und ich entnahm seinem Nachbohren, dass wirkliches Interesse dahintersteckte.

»Ich habe von der Nacht meiner Flucht geträumt«, flüsterte ich. Die Bilder des Traums waren noch so gegenwärtig in meinem Geist, ich konnte sie nur mühsam verdrängen.

»Meine Schwester weckte mich mitten in der Nacht, um mir zu sagen, dass mein Herr im Sterben lag. Sie meinte, sie hätte ihn vergiftet. Ob das stimmt, weiß ich nicht …« Mir versagte die Stimme.

»Wer hat ihn vergiftet?« Tristan wirkte ehrlich verblüfft. Für ihn war natürlich nicht auf Anhieb klar, wen ich meinte.

»Neferet Salmon. Seine zweite Frau. Sie hat das Leben an seiner Seite gehasst, sie war auch viel zu jung für ihn. Die beiden hatten einfach nichts gemeinsam. Ganz abgesehen davon, dass sie eine ganz grausame Frau war.«

Allein der Gedanke ließ mich schaudern.

»Oh«, machte Tristan überrascht und sein Blick wurde abwesend. »Du hast eine Schwester?«, wechselte er plötzlich das Thema und ein Lächeln breitete sich auf meinem Gesicht aus.

»Ich habe drei Geschwister. Davon zwei Schwestern«, vertraute ich ihm an.

»Jünger oder älter als du?«, fragte er mit einem warmen Lächeln.

»Sarabi ist sieben Jahre alt, Nori ein Jahr jünger als ich. Unser Bruder war älter, wurde jedoch im Krieg vor vier Jahren eingezogen und seitdem haben wir ihn nicht mehr gesehen. Vermutlich ist er tot.«

Tristan antwortete nicht. Es gab auch nichts mehr hinzuzufügen. Wortlos starrten wir in die Glut des herunterbrennenden Feuers.

Der kleine Drache war in der Zwischenzeit kurz aufgewacht. Nun krabbelte er aus der Kapuze meines am Boden liegenden Mantels hervor und legte sich auf meinen Schoß. Sobald er den Schwanz um seinen Körper geschlungen und die Flügel auf seinen Rücken gebettet hatte, fielen ihm schon wieder die Augen zu und er schlief weiter.

»Ich weiß nicht, wie viel du von dem Leben auf den Plantagen im Osten weißt«, begann ich nach einer Weile zögernd.

Tristan schluckte schwer. »Nur das, was so erzählt wird. Auch ich habe gesehen, wie mit den Sklaven in Dehnarien umgegangen wird. Aber Kopanien ist in dieser Hinsicht wohl noch zurückgebliebener …« Seine Stimme wurde immer leiser, bis sie sich im Wind des Waldes verlor.

»Man kann es nicht schönreden. Das Leben auf den Plantagen ist hart. Aber mein Herr war gut zu uns. Verglichen zu anderen hatten wir großes Glück. Ich weiß nicht, wie es nach seinem Tod weitergeht. Seine Frau wird alles andere als gnädig sein.« Der Gedanke an meine Familie, die immer noch dort war, zerriss mich förmlich. »Ich fühle mich schuldig, weil ich gegangen bin«, flüsterte ich. Nun endlich wusste ich diese eisige Beklemmung richtig zu deuten. »Ich hätte sie nicht allein zurücklassen dürfen.«

»Was wäre deine Wahl gewesen?«, entgegnete Tristan ruhig.

»Sie hat mich gehasst«, murmelte ich.

Dann seufzte ich tief und schüttelte den Kopf, als könnte ich so meine Gedanken vertreiben.

»Aus welcher Region Kopaniens kommt deine Familie?«, fragte Tristan und wechselte damit erneut das Thema.

»Wir haben bei Herrn Salamon gelebt, solange ich mich erinnern kann. Meine Mutter wurde auf der Plantage geboren. Mein Vater war ein Kriegsgefangener aus Tasmanien, der nach dem großen Krieg vor mehr als zwanzig Jahren an Salamon verkauft wurde.« Ich dachte einen Moment nach. »Vielleicht kommt daher mein Wunsch, nach Tasmanien zu gehen.«

Tristan lächelte mir wehmütig zu.Uns beiden war bewusst, dass wir uns gerade immer weiter von Tasmanien entfernten.

»Du hast so helle Augen. Dieses Blau … Ich habe mich schon gefragt, woher deine Eltern kommen.«

Ich zuckte mit den Schultern. »Das fragen sich viele. Mein Vater hatte helle Haare, helle Haut und blaue Augen und war dennoch kein freier Mann.«

»Wie ist das Leben für eine Familie auf den Plantagen?«

Ich sah Tristan an, dass ihn die Antwort wirklich interessierte, weswegen ich meine Gefühle hinunterschluckte und mit belegter Stimme antwortete.

»Familie ist auf der Plantage wohl ein leeres Wort. Mir wurde erzählt, dass mein Vater fliehen wollte und dabei starb. Ich weiß nicht, was von den Geschichten wahr ist. Aber tot ist er mit Sicherheit.« Ich schluckte schwer. »Meine Mutter hat sein Gehen nie ganz verkraftet. Die harte Arbeit hat sie abgestumpft. Kaum jemand führt an solch einem Ort ein glückliches Leben. Dennoch glaube ich, dass meine Schwestern und ich es wenigstens versucht haben. Eines Tages möchte ich sie auch nach Tasmanien bringen.« Gedankenverloren streichelte ich dem Drachen den Kopf.

»Viele sagen, so viele Sklaven wären Heiden, weil sie Trost in den Armen der Götter finden.«

»Tust du das nicht auch?«, entgegnete ich spöttisch.

Zu gut erinnerte ich mich daran, wie fundamentalistisch seine Meinung am Anfang unseres Kennenlernens gegenüber meinem heidnischen Namen gewesen war.

»Ich glaube an Godsqua, die unsere Welt erschuf und der wir dafür ewige Dankbarkeit zollen.« Ich wusste nur zu gut, dass diese Diskussion aussichtslos war.

»Wir glauben genauso an Godsqua«, erwiderte ich fest. »Aber sie ist nicht die Einzige der Götter, der wir Dankbarkeit schulden.«

»Heiden bringen Godsqua keine Dankbarkeit entgegen«, spuckte Tristan förmlich aus.

»Woher willst du das wissen? Nur weil wir ihr in den Tempeln keine Tieropfer vorlegen?«, brauste ich auf und erwiderte wütend seinen Blick.

»Ganz genau«, knurrte er ebenso erzürnt.

»Es ist barbarisch, Godsqua Tierkörper zu opfern. Eines Tages werden sich die Geister rächen«, spie ich ihm entgegen.

Nur mühsam hielt ich meine Stimme so weit gedämpft, ihn nicht anzuschreien, um den in meinen Armen schlummernden Drachen nicht zu wecken.

»Also sind es Eichhörnchengeister, die Waldunfälle verursachen und durch Regentänze Unwetter heraufbeschwören?« Reinster Spott lag in seiner Stimme.

»Mit dir kann man nicht diskutieren«, erwiderte ich bitter und wandte mich ab.

Trotz der Stunden Schlaf, die ich nun hinter mir hatte, fühlte ich mich ausgelaugt und die Nachwirkungen des Albtraums ließen mich noch immer eiserne Beklemmung spüren. Ich fühlte mich seltsam leer, wobei dies genauso gut davon stammen konnte, dass ich seit einer halben Ewigkeit nichts mehr gegessen hatte. Wie aufs Stichwort knurrte mein Magen und wortlos reichte mir Tristan ein Stück Brot weiter.

»Wir sollten dem Drachen einen Namen geben«, schlug er auf einmal vor und überrascht sah ich auf.

Langsam wanderte mein Blick zum Drachen, der friedlich in meinen Armen schlummerte. Die spitzen, mit hellgoldenen Schuppen bedeckten Ohren zuckten im Schlaf. Mir gefiel die Idee.

»Was hättest du im Sinn?«

Er schien kurz zu überlegen.

»Salamon, nach dem Mann, der dir die Freiheit geschenkt hat«, schlug er vor. »Übersetzt heißt Salamon Glückskind.«

Nachdenklich blickte ich ins Feuer. Es war eine freundliche Geste und zeigte mir, wie er mir zugehört hatte, als ich ihm mein Herz ausschüttete. Doch wenn ich den Drachen ansah, fühlte es sich nicht ganz richtig an.

»Ich hätte einen anderen Vorschlag. Indigo«, sprach ich meinen Gedanken laut aus und lächelte zufrieden.

»Indigo?« Tristan hob skeptisch die Augenbrauen, doch sein Einwand vertrieb das Gefühl nicht. Ich nickte nur bestimmt.

»Ist Indigo nicht sehr ironisch, da er doch ganz offensichtlich nicht blau ist?« Nun lachte er doch belustigt.

»Blau, wie sein Drachenei war«, hielt ich dagegen. Doch das war nicht der eigentliche Grund. »Es ist schon lange in Vergessenheit geraten, aber ursprünglich war Indigo ein heidnischer Name«, vertraute ich Tristan an. »Er bedeutet Frieden.«

Für einen Moment erwiderte er stumm meinen Blick. Ich wusste, wie groß unsere Differenzen in der Glaubensfrage waren, doch nach einem weiteren Herzschlag veränderte sich sein nachdenkliches Mienenspiel und er lächelte.

»Der Name ist perfekt.«

Tristan

Die Nacht im Freien war ruhig und nach einer Weile gab Tristan seine angespannte Haltung auf. Zara war eingedöst, als sich der Himmel bereits grau färbte, dabei mussten sie bald weiterziehen.

Das Feuer war längst hinuntergebrannt und Tristan zog es vor, Indigo nicht zu wecken, um das Feuer erneut zu entfachen. Viel zu zufrieden und ruhig schlummerte er neben Zara, während Tristan sich mühsam wachhielt.

Um sich zu beschäftigen, bearbeitete er mit einem einfachen Messer einen Ast und schnitzte daraus eine Figur, die ihm gerade in den Sinn kam.

Auf einmal vernahm er das Knacken von Zweigen und wie vom Blitz getroffen richtete er sich auf. Schlagartig waren seine Sinne geschärft und er stierte hochkonzentriert in das dunkle Blätterdickicht, um die Quelle des Knackens auszumachen.

Doch er konnte nichts erkennen.

Pyreus, der unweit von ihm geschlafen hatte, erwiderte nun seinen Blick aus blitzenden Augen und als sich seine Nüstern blähten und er unruhig mit den Hufen scharrte, schrillten in Tristan die Alarmglocken.

XII DER VERRAT

Tristan

»Tristan?«, fragte Zara verschlafen und blinzelte zu ihm hoch.

»Psst.« Unruhig verdeutlichte er ihr, still zu sein.

Als sie die Anspannung in seinen Augen sah, verschwand die Müdigkeit mit einem Schlag aus ihrem Blick. Wie von einer Feuerhornisse gestochen, schreckte sie hoch. Den kleinen Drachen an die Brust gepresst, drängte sie sich an Tristan heran.

»Was ist da?«, wisperte Zara, doch Tristan schüttelte vehement den Kopf und brachte sie damit zum Schweigen.

Wieder knackten Zweige. Viel zu laut, um von einem kleinen Tier zerbrochen zu werden. Tristan lief es kalt den Rücken hinunter. Mit wild klopfendem Herzen zückte er seinen Dolch. Er wusste nicht, wie er im Notfall sowohl sich selbst als auch Zara beschützen sollte.

Pyreus war noch angebunden, ihre Sachen verstreut. Sie konnten nicht einfach mit dem Squa flüchten. Als hätte Indigo Zaras Furcht gespürt, schlug er in diesem Moment die goldenen Augen auf und blickte wachsam in die schwarze Nacht.

»Wer ist da?«

Er versuchte seine Stimme fest und furchtlos klingen zu lassen, doch Zaras Zittern übertrug sich nicht nur auf den unruhig zappelnden Drachen, sondern auch auf Tristan. Auf eine solche Situation war er nicht vorbereitet. Was sollte er tun? Er kam nicht dazu, eine Entscheidung zu treffen.

Ein bedrohliches Knacken kündigte die Katastrophe an. Dann scholl das Heulen eines Wolfes durch die Nacht und mit einem Mal vernahm er das

Donnern Dutzender Tatzen auf dem harten Waldboden, scharrend bohrten sich Krallen in die Erde.

Kalte Angst überkam ihn. Er erkannte sofort, was sich ihnen da näherte: Schattenwölfe. Diese grauenhafte Wolfsart war der Legende nach das Werk des Gottes Godsquan, der den dunklen Gegenpart zur Lebensgöttin Godsqua bildete. Heute wurden sie jedoch bloß noch von den Schattenbändigern gehalten.

Aus seinem Studium wusste Tristan, dass sich diese Art von Wölfen nach Anbruch der Nacht unsichtbar machen und lautlos bewegen konnte. Ihre Schatten verschmolzen mit der Nacht. Dass er sie nun hörte, bedeutete, dass der Führer ihres Rudels wollte, dass er sie kommen hörte.

Sein Herz klopfte wie wild. Wo war Pyreus? Sie mussten fliehen, er … er sah seinen Squa nicht mehr. Plötzlich war es unnatürlich dunkel. In letzter Geistesgegenwart drückte er Zara seinen Dolch in die Hand und griff nach einem dicken Ast zur Verteidigung.

Tristan sah Zara in die schreckgeweiteten Augen. Gerne hätte er etwas Aufmunterndes gesagt, doch in jenem Moment brach das Gestrüpp auf und ein Rudel von Schattenwölfen fiel auf die Lichtung ein. Knurrend umkreisten sie sie.

»Zeigt euch«, forderte Tristan laut und baute sich vor Zara auf.

Obwohl er sich darum bemühte, unerschrocken zu wirken, drang ihm die Angst in Mark und Bein. Mit der freien Hand klammerte sich Zara an seinen Arm. Die Wölfe fletschten die Zähne und ein bestialisches Knurren verließ ihre Kehlen.

»Seid ihr unterwegs in die Heimat?«, schallte eine unheilverkündende Frauenstimme aus der Dunkelheit und Tristan überlief ein Schaudern.

Neferet – sie musste eine Schattenbändigerin sein.

»Tristan.« General Loyd trat aus dem Schatten und sah ihn beinahe tadelnd an. »Ich dachte, der Befehl des Königs wäre klar. Was tust du hier?«

Warum machte Loyd sich noch die Mühe, seinen Verrat überspielen zu wollen, obwohl die Fakten doch so klar auf der Hand lagen?

»Der hübsche Tristan hält wohl nicht viel von Befehlen«, säuselte Neferet aus den Schatten.

»Lass das Spielchen und zeig dich!«, rief er mit unverhohlener Wut in der Stimme.

»Lass das Spielchen«, äffte sie ihn nach, trat dann aber doch aus ihrem Versteck.

Knurrend wichen die Wölfe von ihr zurück und ließen sie in den inneren Kreis treten.

Tristan seufzte resigniert.

»Was wollt ihr?«

»Das Drachenei. Ist das nicht offensichtlich?«, meldete sich eine dritte Stimme zu Wort und auf einmal trat der Diplomat Tout aus den Schatten.

»Sie?«, fragte Tristan möglichst überrascht, um Zeit zu schinden.

Aus den Augenwinkeln nahm er wahr, wie Zara den kleinen Drachen unter ihrem Mantel versteckte. Wenigstens wussten ihre Verfolger noch nicht, dass es das Drachenei nicht länger gab.

»Hast mir ganz schön in die Hände gespielt.«

Der kleine Mann mit der fortgeschrittenen Glatze grinste diebisch. Er rieb sich die Hände, wobei Tristan augenblicklich bemerkte, dass jene nicht länger von den weißen Handschuhen bedeckt waren. Tout fing seinen Blick auf und lächelte schelmisch, als wüsste er genau, was Tristan dachte. Provozierend langsam schob er die Ärmel seines Hemdes hoch und im Schein der Flammen sah Tristan die alten Brandwunden, die in Form von Narben seine Hände bis zu den Unterarmen zierten.

»Es wird nicht der erste Feuerdrache sein, der mir in die Finger kommt. Ich kann es kaum erwarten, bis er schlüpft«, rief er.

»Ein Feuerdrache? In dem Ei wächst ein Wasserdrache heran! Was habt ihr mit ihm vor?«, fragte Tristan angespannt und sah sich wieder nach Pyreus um.

»Ich habe so meine Quellen«, sagte Loyd schulterzuckend.

»Dass gerade du jetzt vor mir stehst, Loyd. Ich habe dir vertraut! Und nun muss ich feststellen, dass du die ganze Zeit über gegen unseren König gearbeitet hast?« Aus Tristans Stimme sprach ganz klar Enttäuschung.

Loyds Verrat saß tief. Wäre sein Freund wenigstens überrascht gewesen. Aber Zaras Misstrauen war die ganze Zeit berechtigt gewesen.

»Ich folge jetzt höheren Zielen«, antwortete Loyd mit einem siegessicheren Lächeln und trat neben Neferet.

Wie eine unbezwingbare Mauer bauten sich die drei vor ihnen auf. Tristans Blick zuckte über die Umgebung, doch es gab keinen Ausweg. Die Wölfe hatten sie umzingelt.

»Neferet«, flüsterte Zara.

Mit vor Schreck geweiteten Augen starrte sie an seiner Schulter vorbei und ihrer ehemaligen Herrin entgegen.

»Hallo, Zara. Ich komme, um dich nach Hause zu holen.« Teuflisch grinste die Rothaarige ihr zu, wobei sie die Zähne fletschte.

»Ich gehöre dir nicht mehr«, entgegnete Zara und hob mutig den Kopf.

Tristan witterte Schlimmes auf sich zukommen. Neferet war nicht nur hier, um das Drachenei zu holen. Sie wollte Zara zurück. Das konnte er nicht zulassen.

»Verdammte Verräter«, spie er seinem ehemaligen Freund und dem vermeintlichen Diplomaten entgegen.

»Du hättest das Ei nicht stehlen sollen. Gib es uns zurück und dir wird nichts passieren«, beschwor ihn Neferet mit einlullender Stimme. Die grünen Augen funkelten im Schein der Flammen und er traute dieser Frau zu, den Wölfen jeden Moment den Befehl zu geben, sie zu töten.

»Und was geschieht mit Zara?«, fragte er gepresst.

Noch immer stand er beschützend vor ihr und dem Drachenbaby, doch im Ernstfall würde er mit dem brennenden Holzscheit kaum etwas gegen die monströsen Schattenwölfe ausrichten können. Pyreus hinter ihm schrie kläglich. Tristan wusste, dass er zu gerne die Flügel ausgebreitet hätte und geflohen wäre, doch die Wölfe hätten sie zerfleischt, noch bevor sie im Sattel säßen.

Neferet zuckte mit den Schultern. »Sie ist eine Sklavin – mein Eigentum.«

»Salamon hat mich gehen lassen. Er wusste genau, was für ein Monster du bist«, fauchte Zara in kalter Wut.

»Aber beweisen kannst du es nicht«, entgegnete sie mit eiserner Gelassenheit.

Die Züge ihres aristokratischen Gesichts waren kühl und berechnend. Sie wusste genau, dass Tristan die Papiere nicht an Zara überreicht ha…

Siedend heiß lief die Erkenntnis Tristans Rücken hinunter. Sein Atem beschleunigte sich und fieberhaft überlegte er, wie er das Unausweichliche verhindern konnte.

»Wo sind deine Papiere, Zara?« Spöttisch hob Neferet die Augenbrauen.

Nein. Nein, nein, nein!

Tristan wusste genau, was sie im Schilde führte. Er musste nur in seine Brusttasche greifen und die Papiere hervorziehen, dann hätte Neferet keine Macht mehr über ihn. Aber dann wüsste Zara auch, dass er sie hintergangen hatte…

Die Schuld lag schwer auf seinen Schultern. Er hatte einen Fehler begangen. Niemals hätte er das Wohl des Drachen über Zaras Leben stellen dürfen. Wäre er nicht so selbstsüchtig gewesen, wäre sie viele hundert Kilometer entfernt im sicheren Tasmanien.

Frei und in Sicherheit.

»Es tut mir leid«, murmelte er so leise, dass Zara ihn gar nicht hören konnte. Verwirrt blickte sie zwischen ihm und Neferet hin und her.

»Tristan hilft bestimmt gerne aus. Hat er sie dir etwa noch nicht gegeben? Die Papiere?«

Genüsslich ließ Neferet die mächtigen Worte auf ihrer Zunge zergehen, dann lachte sie dunkel auf. Das Leid der anderen schien ihr Vergnügen zu bereiten. Tristan verspürte nichts als Hass ihr gegenüber.

»Du hast meine Papiere?«, fragte Zara mit unnatürlich hoher Stimme. Tristan wagte es nicht, ihr in die Augen zu sehen.

»Es tut mir leid«, sagte er erneut. Kraftlos und beschämt.

»Oh, Godsqua.« Erst verzweifelt, dann beinahe panisch starrte sie ihn an. »Du hast mich belogen!«, schrie sie wütend und enttäuscht.

Die Wölfe knurrten zustimmend. Bestimmt wäre sie weggerannt, wären sie nicht umzingelt gewesen. So blieb ihr nur die Möglichkeit, zornig seine Hand wegzuschlagen und ihn mit unverhohlenem Hass anzufunkeln.

»Verdammt, da ist ja ein Drache!«, rief Loyd unvermittelt aus und alle zuckten zusammen.

Während Tout und Neferet noch überrascht hin und her sahen, wusste Tristan bereits, wen Loyd da entdeckt hatte. Von Zaras Wut in Alarmbereitschaft versetzt, streckte Indigo den Kopf unter dem Umhang hervor. Aus gefährlich blitzenden, goldenen Augen stierte er zu ihren Angreifern.

»Schnappt ihn euch«, brüllte Neferet hysterisch, doch ihre Unkontrolliertheit schien die Wölfe zu verwirren.

Einige verharrten irritiert, während andere vorstürmten. Der Kreis bekam Lücken, sie hatte die Tiere nicht mehr länger unter Kontrolle. Sowohl Loyd als auch Tout sprangen wagemutig nach vorne und stürzten auf sie zu. Doch mit einem hatten sie nicht gerechnet – genauso wenig wie Tristan und Zara.

Der kleine Drache spreizte die Flügel und entwand sich Zaras Griff. Mit einem heiseren Kreischen öffnete er das Maul und ein Schwall tödlicher Flammen schoss daraus hervor.

»Dummes Vieh«, fluchte Loyd.

Er hatte sich nur ein wenig verbrannt, doch Tout schrie vor Schmerzen. Sein Ärmel hatte Feuer gefangen. Nun wand er sich am Boden, während die Wölfe ängstlich winselten und vor den Flammen zurückwichen.

»Steig auf den Squa. Schnell! Beeil dich!«, fuhr Tristan Zara an.

Hektisch schwang er den Sattel auf Pyreus' Rücken, zog ihn notdürftig fest und griff nach ihren Taschen. Zitternd klammerte sich Zara an Pyreus' Hals.

»Haltet sie auf!«, schrie Neferet, als Indigo das Maul schloss und die Flammen verschwanden.

»Zu spät«, murmelte Tristan und vor Erleichterung schlich sich ein Lächeln auf sein Gesicht.

Schnell packte er Indigo und drückte ihn Zara in die Hände. Dann schwang er sich ebenfalls auf den Rücken des Squas, welcher sich sogleich mit schlagenden Flügeln in die Lüfte erhob. Das Jaulen der Wölfe vermischte sich mit Touts Schmerzensschreien und Neferets Rufen, die sich die Wut von der Seele schrie.

Zara

Ich flog. Befand mich hoch in den Lüften. Der Wind zerrte an Haar und Kleidung und die unglaubliche Aussicht hätte mich in unendliches Staunen versetzen müssen. Stattdessen fühlte ich mich so leer wie noch nie.

Tristans Verrat brannte wie eine offene Wunde und nahm mir die Luft zum Atmen. Er hatte meine Papiere die ganze Zeit über gehabt und es mir verheimlicht. Der erste Schock hatte stumme Tränen über meine Wangen getrieben, doch der Wind hatte sie getrocknet und nun fühlte ich mich nur noch unendlich hintergangen. Verraten und enttäuscht. Ich hätte ein sicheres Leben haben können. Ein Leben in Freiheit, fern von Drachen und Königen. Nun war all das verloren.

Während des Flugs wechselten wir kein Wort. Tristan wusste genau, was er damit angerichtet hatte, und versuchte gar nicht erst, gegen meine innere Mauer anzukämpfen. Er ließ mir Zeit, die Geschehnisse zu verarbeiten, doch was sollte das bringen? Ich würde ihm niemals wieder vertrauen, geschweige denn verzeihen können.

Wäre er nicht gewesen, würde ich in diesem Moment vermutlich in meinem Bett in Katos Schänke schlafen, bald aufwachen und zu Quin und Sagua zum Frühstück gehen. Ich hätte einen Neuanfang wagen können. Stattdessen befand ich mich erneut auf der Flucht. Wie lange würde es dauern, bis uns Neferet nach Dehnarien folgte?

Als wir über das Meer flogen, wich die Nacht langsam dem Morgengrauen. Mittlerweile hatte ich mich an den beständigen kalten Wind gewöhnt, der Ausblick blieb unaufhörlich atemberaubend. Am Horizont wagte sich die Sonne langsam über die Bergspitzen der dehnarischen Küste und ihr Licht ließ den Himmel in den intensivsten Orange- und Rosatönen leuchten.

Obwohl sich in meinem Inneren alles leer anfühlte, verspürte ich für einen Moment einen warmen Funken nahe meinem Herzen. Der Anblick der aufgehenden Sonne, die den tiefblauen Ozean zum Glitzern brachte, trieb mir die Tränen in die Augen. Mit einem Schlag kehrte die Traurigkeit zurück. Wie hatte Tristan mich so belügen können?

Wir überflogen das Meer und segelten über eine Bergkette. Der grüne, bewaldete Landstrich, den wir noch an der tasmanischen Küste vorgefunden hatten, wich der drückenden Hitze des Südens.

Obwohl der Boden so weit entfernt war, erkannte ich deutlich, wie Bäume, Pflanzen und Gebüsch dem trockenen Wüstenboden Platz machten. Trotz der tief stehenden Sonne war der Temperaturunterschied enorm, sodass ich versuchte, mir den warmen Umhang auszuziehen. Leider war Indigo, der nach seinem mutigen Auftritt gegen Neferet, Tout und den General ganz erschöpft in meinen Armen schlief, im dicken Stoff verheddert und ich traute mich nicht, mich auf dem Rücken des fliegenden Squas zu stark zu bewegen.

Zu spät bemerkte ich, dass wir uns bereits einer Stadt näherten. Die hohen Stadtmauern aus dunklem Sandstein hoben sich vom blitzblauen Himmel ab. Die Luft in der Ferne schillerte aufgrund der Hitze und ließ die jahrhundertealten Bauten in der frühen Morgensonne geradezu mystisch erscheinen. Bestimmt sahen uns die Soldaten auf den Wachtürmen bereits. Würden sie erkennen, wer wir waren, oder uns als Feinde deuten?

Nervös verspannte ich mich und krallte mich nur noch fester in Tristans Schultern. Gerne hätte ich meine Gedanken laut ausgesprochen, doch ich fühlte mich noch nicht bereit, je wieder das Wort an Tristan zu richten.

Pyreus flog immer tiefer und je näher sein Zuhause kam, desto schneller wurde er. Ich schluckte schwer. Mein Mund war plötzlich ganz trocken. Wo würden wir als erstes hingehen? Hatte Tristan einen Plan?

»Tristan«, murmelte ich gegen meinen Willen, doch es war ohnehin egal, mein Ausruf verflog ungehört mit dem Wind.

Pyreus schlug ein letztes Mal kraftvoll mit den Flügeln, dann ging er in den Gleitflug über und wir näherten uns dem Boden. Für einen Moment traute ich mich, hinunter in die Tiefe zu lugen, und machte die Gestalten der Einwohner der Stadt aus. Der Turm der Kathedrale, dessen goldene Kuppel im Morgenlicht hell funkelte, bestärkte mich in der Annahme, dass dies die Hauptstadt Scat war. Das hieß, Tristan war auf dem Weg zum dehnarischen Königshaus.

Eine Mischung aus Aufregung und Angst überfiel mich und ich bekam kaum noch Luft, so erdrückte mich die unvorhergesehene Situation.

»Wir sind gleich da«, verkündete Tristan.

Damit richtete er sich erstmals seit Stunden an mich und ich wusste nicht, wie ich darauf reagieren sollte. Zum Glück blieb mir keine Zeit, weiter darüber nachzudenken, viel zu schnell näherten wir uns der Stadtmauer. Beunruhigend knapp flog Pyreus über die Barriere hinweg. Die Stadtwachen, die neugierig die Köpfe reckten, mussten sich ducken, um den Flügelschlägen zu entgehen.

»Tristan. Das ist Tristan Andrássy«, rief einer der Männer und plötzlich jubelten sie.

Ich erinnerte mich daran, dass Tout vermutlich nie irgendeine Nachricht geschickt hatte. Es musste wie ein Wunder für sie erscheinen, den totgeglaubten Mann auf einem Squa mit Frau und Drachen in die Stadt fliegen zu sehen.

Am Rand der westlichen Burgmauer bildete eine Anhebung dunklen Vulkansteins das Fundament der Burg, die mit ihren spitzen Türmen wie die Zacken einer Krone aus dem Erdboden ragte. Ein Fluss mit glasklarem Wasser trennte die Residenz des Königs vom Rest der Stadt.

Obwohl Scat an einem der heißesten und trockensten Orte Godsquanas lag, erblühte die Burg im Zentrum der Stadt in einem saftigen Grün. Unmengen an begabten Wasser- und Erdbändigern kümmerten sich das ganze Jahr über um den Garten des Palasts und das dünne Landstück am Fluss. Somit war der königliche Palast mit seinen Türmen, Kuppeln und Gärten das grüne Herz des Landes – eine kleine Oase in der vertrockneten Stadt.

Als wir auch den Fluss unbehelligt überquerten, klopfte mein Herz immer schneller. Der König war sicher informiert. Würden sie uns erwarten? Bereits von Weitem erkannte ich, dass die mit in den Sandstein geritzten Ornamenten verzierten Torflügel offenstanden und sich eine kleine Menschentraube am gepflasterten Vorplatz gebildet hatte. Die Sonne in unserem Rücken stieg immer höher und tauchte den Palast in ein warmes, goldenes Licht.

Ich duckte mich hinter Tristan, als könnte ich mich so unsichtbar machen. Als die Landung unweigerlich bevorstand, schlang ich die Arme haltsuchend um seine Hüfte. Die Hufen des Squas trafen klappernd auf dem Boden auf und ein Ruck fuhr durch meinen Körper, als Pyreus vom Flug in einen leichten Trab fiel. Er wurde immer langsamer, bis er in der Mitte des Vorplatzes zur Ruhe kam. Schnaufend senkte der Squa, vom langen Flug erschöpft, Flügel und Kopf und nahm uns somit jeglichen Sichtschutz.

»Tatsächlich, es ist Tristan«, rief ein bärenhafter Mann in einem tiefen Basston auf Dehnarisch.

Die Narbe, die über seine Wange verlief, und die zerzauste Haarmähne ließen ihn furchteinflößend wirken. Am dunklen Purpur seines Mantels, den er trotz der Hitze wie eine Tunika um die Schultern geworfen hatte, erkannte ich, dass es sich um den König handeln musste.

Vollkommen mit der Situation überfordert, gefror ich in meiner Position. Noch nie war ich einer so einflussreichen und mächtigen Person begegnet. Nicht mal Neferets Anblick hatte mich so aus dem Konzept gebracht. Neben dem dunkelhaarigen König mit narbenzerfurchtem Gesicht standen ein junger Mann und junge Frauen, vielleicht war eine davon die Prinzessin oder die Königin? Ihre Gesichter verschwammen vor meinen Augen zu einer einzigen Masse. Mir wurde schwindelig.

Nach dem Ausruf des Königs empfing uns Grabesstille. Alle schienen mit den unterschiedlichsten Emotionen zu kämpfen. Niemand verstand Tristans Ankunft und die Überraschung sprach ihnen aus den weit aufgerissenen Augen.

Immer mehr Menschen strömten durch das Burgtor nach draußen. Neugierige Kinder, Mägde, Soldaten, Adelige, Sklaven – sie alle drängten sich nach vorne. Unter den zahlreichen Blicken wie erstarrt, merkte ich zu spät, dass Tristan mittlerweile vom Rücken des Squas geklettert war und nun nach meiner Hand griff, um mir hinunterzuhelfen.

Ich schluckte schwer, als ich Indigo auf meiner Schulter absetzte. Der kleine Drache blinzelte verschlafen und krallte sich am Stoff meines Kleides fest, um nicht den Halt zu verlieren.

Auch Tristan schien sich unter den Blicken unwohl zu fühlen. Obwohl ich bereits auf sicherem Boden stand, ließ er meine Hand nicht los. Stattdessen hielt er sie verkrampft umschlossen. Niemand regte sich, wie aus Furcht, er könnte sich doch noch in Luft auflösen.

Gern hätte ich Tristan meinen Arm entrissen, aber ich konnte mich nicht bewegen. Vermutlich ging es ihm ähnlich. Angespannt zählte ich meine Atemzüge. Um niemandem in die Augen sehen zu müssen, beobachtete ich Tristan von der Seite. Sein Kiefer mahlte angestrengt. Er sammelte Atem, um etwas zu sagen.

Dann löste sich mit einem Schlag ein Glied der Kette. Aus den hinteren Reihen kämpfte sich ein schwarzhaariges Mädchen im dünnen, weißen Seidengewand nach vorne und die Menge teilte sich, um ihr Platz zu machen.

»Tristan«, schrie sie mit tränenerstickter Stimme und stürzte auf uns zu.

Ruckartig ließ er meine Hand los, als hätte er sich daran verbrannt. Mir blieb keine Zeit, um zu reagieren. Stumm beobachtete ich, wie sie sich in seine Arme warf und ihn stürmisch mit Küssen bedeckte.

Mir war, als würde mein Herzschlag aussetzen. War sie seine Frau? Mein Herz zog sich schmerzhaft zusammen. Schwarze Flecken tanzten vor meinen Augen. Geistesgegenwärtig griff ich haltsuchend nach Pyreus, andernfalls wäre ich vermutlich umgekippt. Mein Verstand wusste nicht mit den mich überschwemmenden Gefühlen umzugehen, wohingegen mein Körper die volle Portion abbekam.

»Tristan. Wir sind so froh, dich wohlbehalten zurückzuhaben. Wir dachten, du seist tot«, verkündete der König und kam auf das Paar zu. »Aber wie ist das möglich? Du musst uns alles erzählen.«

Kopfschüttelnd betrachtete er Tristan. Der Unglaube sprach aus seinen Augen. Wie vertraut der König mit ihm sprach …

»Das ist eine lange Geschichte. Es ist besser, sie nicht vor allen Ohren zu erzählen, Majestät«, raunte Tristan dem König zu und sah ihn ernst an.

»Au«, stieß ich leise aus.

Ohne Vorwarnung hatte Indigo mir mit den spitzen Zähnen ins Ohr gebissen, um meine Aufmerksamkeit auf sich zu ziehen. Nun richteten sich alle Blicke auf uns.

»Tristan, wer ist das Mädchen?« Mit einer Mischung aus Neugierde und Abneigung beäugte mich König Scąr.

Doch sein Blick war nichts gegen den des schwarzhaarigen Mädchens, das sich noch immer an Tristans Schulter klammerte. Am liebsten hätte sie mich wohl auf der Stelle erdolcht. Ich wusste, wie es für seine Frau aussehen musste. Als besäße er die Frechheit, die Mätresse mit nach Hause zu nehmen.

Mein Magen verknotete sich zu einem schmerzhaften Stein. Er hatte mit mir geschlafen, obwohl seine Frau zu Hause auf ihn wartete. Meine Wut von vorhin kehrte trotz der angespannten Situation zurück. Er hatte nicht nur mich verraten und meiner Freiheit beraubt, sondern auch ein zweites Herz gebrochen.

»Und ist das etwa ein Drache bei ihr?«

Ein erstauntes Raunen ging durch die Reihen und einige stießen angstvolle Schreie aus, als Indigo in jenem Moment ein Hustenanfall überkam und er eine Feuerwolke ausstieß, sodass die Menge in Panik zurückwich.

»Das sind Sara und Indigo«, verkündete Tristan mit leiser Stimme. Sein undefinierbarer Blick lag durchdringend auf mir.

Tristan

Zara sah Tristan ängstlich nach, als er zwei Dienerinnen und einen Wachmann beauftragte, sie und den Drachen in den Palast zu begleiten und in einem Zimmer unterzubringen.

Eindringlich versuchte sie seinen Blick aufzufangen, da sie doch so offensichtlich auf ihn angewiesen war und keine Ahnung hatte, was mit ihr geschehen würde. In ihrer Angst befürchtete sie vermutlich, eingesperrt zu werden, weswegen Tristan ihr trotz der ihn streng beobachtenden Blicke der Umstehenden ein beruhigendes Lächeln schenkte.

Als sie sich schlussendlich doch umdrehte und mit den Dienerinnen ging, erlosch Tristans Lächeln mit einem Schlag. Zu deutlich war er sich Monés festen Griffes um seinen Arm bewusst.

»Ich muss mit deinem Vater reden«, murmelte er ihr zu und wand sich aus ihrer besitzergreifenden Umklammerung, während um sie herum ein lauter Stimmensturm zusammenbrach.

Nun, da offenbar nichts Neues an Fakten hinzukommen würde, unterhielten sich die Leute angeregt über die Sensation. Der zurückgekehrte Sohn …

»Tristan, wer ist dieses Mädchen und warum trägt sie deine Lebensarmreifen?«, fragte Moné mit schneidender Stimme.

Sie hatte schnell kombiniert, während Tristan bereits ganz vergessen hatte, dass Zara ihm seine Armreifen noch immer nicht zurückgegeben hatte.

»Lass uns später darüber reden. Jetzt muss ich erst mal mit deinem Vater sprechen.«

»Du kannst jetzt nicht einfach gehen«, zischte Moné anklagend. »Ich dachte, du seist tot. Weißt du, wie schrecklich ich mich gefühlt habe? Ich lasse dich nie wieder gehen. Ich will noch heute aufbrechen!« Eindringlich sah sie ihn an. »Im Süden können wir uns ein neues Leben aufbauen. Weg von hier. Mein Vater wird unsere Entscheidung unterstützen. Er will sowieso, dass wir die Macht der Familie vor Ort festigen. Wir können sofort aufbrechen und alles hinter uns lassen. Dann gibt es nur noch uns zwei.«

Entsetzt registrierte Tristan, dass sich Tränen in ihren großen Augen bildeten. Bisher hatte er das starke Mädchen noch nie weinerlich erlebt und er wusste nicht, wie er damit umzugehen hatte.

»Moné, wir gehen nicht fort von hier«, sagte er ernst. »Du weißt genau, dass ich das nicht will.«

»Tristan … bitte.«

Flehend sah sie ihn an, aber er konnte sich jetzt nicht auf diese Unterhaltung einlassen.

»Lass uns später darüber reden. Ich bin gleich wieder zurück, aber es ist wirklich wichtig«, versuchte er zu erklären.

Besorgt sah Tristan zu Pyreus, der noch immer erschöpft schnaufte und dringend Verpflegung brauchte.

»Was soll wichtiger sein, als dich lebendig wieder bei mir zu haben? Als unsere Zukunft zu planen?« Moné bedachte ihn mit einem Blick voller Frustration und Schmerz.

Sie musste sich unweigerlich fragen, wie er sie selbst in dieser Situation abwimmeln konnte.

»Du da!«, rief Tristan immer noch abgelenkt und winkte einen Laufburschen zu sich. »Bring den Squa in die Ställe und versorge ihn.« Dann wandte er sich seiner Verlobten zu. »Es tut mir wirklich leid, Moné, aber ich muss mit deinem Vater sprechen.« Schnell drückte er ihr einen Kuss auf die Wange und stahl sich davon.

»Aber … deine Mutter! Sag ihr doch wenigstens selbst, dass du am Leben bist«, schrie sie ihm hinterher. »Das hat sie verdient.«

Tristan reagierte darauf nicht und erreichte den König.

»Eure Majestät, ich muss mit Euch sprechen«, sagte er mit leiser, gepresster Stimme.

Trotz des lauten Gemurmels um sie herum, wollte Tristan nicht riskieren, belauscht zu werden. Er scannte die Umgebung, doch das golden schimmernde Haar Prinzessin Izabels entdeckte er nirgends. Vermutlich durfte sie den geschützten Innenteil des Palastes nicht verlassen.

»Natürlich. Lass uns nach drinnen gehen.« Auch König Scąr schien angespannt und sah unruhig umher.

Loyds Verrat erinnerte Tristan erneut daran, wie gefährlich selbst die eigenen Freunde werden konnten.

Der König schritt voran und die Menge teilte sich vor ihnen. Tristan folgte ihm auf den Fuß. Er spürte Monés stechenden Blick auf sich, doch er drehte sich nicht um.

»Das ist eine Ungeheuerlichkeit! Ich habe nie dergleichen aufgetragen. Warum sollte ich das Drachenei in Kopanien sehen wollen? Dieser Lügner! Sollen die Schattenmonster ihn holen«, donnerte König Scąr in unverhohlener Wut über General Loyd.

»Dieser verdammte Verräter«, spuckte er und schlug mit der flachen Hand gegen die Mauer des Kreuzgangs, den sie soeben passierten.

Tristan sah nervös umher. Er fürchtete, jemand könnte, angelockt von der aufgebrachten Stimme des Monarchen, kommen und ihr Gespräch belauschen. Auch der König schien sich trotz seines Wutausbruchs darüber im Klaren zu sein, denn er sammelte sich und schien sich zumindest augenscheinlich zu beruhigen.

»Es ist seine Schuld, dass wir so viele gute Männer verloren haben. Wer weiß, wie lange er schon gegen uns intrigiert.« Dunkel starrte der König ins Leere. Wenigstens sprach er nun wieder leiser.

»Danke für alles, Tristan, was du für mich und das Land getan hast. Es ist verrückt, was mit dem Drachenei passiert ist. Aber Prinzessin Izabel ist uns gnädig gestimmt. Anstatt beleidigt, schien sie höchst interessiert zu sein.« Der König blickte nachdenklich umher. »Ich verstehe nicht, woher General Loyd wusste, dass es sich um einen Feuerdrachen handelte, da selbst du es nicht erkannt hast.«

Der Tonfall des Königs zeigte Tristan, dass er ihm keine Vorwürfe machte, sondern ehrlich verwirrt war. Dennoch schien ihm eine Entschuldigung angebracht.

»Ich hätte erkennen müssen, dass es sich um ein Feuerdrachenei handelt. Doch ist die blaue Schale … Ich habe mich zu sehr auf den Drachenfänger verlassen. Ich hätte nicht erwartet, dass er mich bei diesem entscheidenden Aspekt belügen würde.«

Nachdenklich sah er durch den grünen Garten. Sie standen im Schatten der kühlen Steinmauern, dennoch war die dehnarische Hitze allgegenwärtig.

»Es ergibt keinen Sinn. Hätte er von vornherein gesagt, dass es sich um das Ei eines Feuerdrachen handelt, hätte er eine noch viel höhere Summe fordern können. Es ergibt einfach keinen Sinn …« Frustriert ballte er die Hände zu Fäusten.

»Wir werden dem Ganzen auf den Grund gehen«, verkündete der König und rieb sich den dunklen Bart.

Obwohl er den hohen Gästen aus dem Norden zuliebe einen eleganten, purpurnen Mantel angelegt hatte, umstrahlte ihn noch immer die für ihn typische, kriegerische Aura.

»Ich bin dir zu großem Dank verpflichtet, Tristan.« Er nickte ihm wohlwollend zu.

Tristan fühlte sich unwohl dabei, aber er musste das Thema ansprechen.

»Es gibt ein kleines Problem mit Indigo«, begann er zögernd.

»Der Drache?«, vergewisserte sich König Scąr und zog die dunklen Brauen konzentriert zusammen.

»Ja.« Tristan nickte. »Er hat sich auf Zara geprägt, da sie die erste Person war, die er gesehen hat.«

»Eine Prägung? Wie bei Graugänsen?«, fragte der König erstaunt.

»Es kommt nur selten vor. Normalerweise fällt die Prägung auf das Muttertier und als das sieht der Drache nun Zara. Wir können sie nicht wegschicken.«

»Der Name …«, sagte Scąr nachdenklich. »Sie ist Kopanin?«

Zögernd nickte Tristan. Beiden war bewusst, was das bedeutete, aber dem König schien ihre andere Religionszugehörigkeit egal zu sein.

»Wenn es für den Drachen ist, werden wir über ihre Herkunft stillschweigen.« Der König seufzte tief und rieb sich erschöpft die Augen. »Als Herrscher sage ich, behalten wir das Mädchen für den Drachen da. Aber als Vater …«

Kopfschüttelnd sah er Tristan an. »Du hättest sie nicht mitbringen müssen.«

Tristan überlegte einen Moment, dann sprach er ehrlich aus, was er dachte: »Doch. Das musste ich.«

DIE RÜCKKEHR

Tristan

Inmitten des Chaos', das ihre Rückkehr am königlichen Hof ausgelöst hatte, machte sich Tristan auf die Suche nach Prinzessin Izabel. Er hatte sein Versprechen ihr gegenüber keineswegs vergessen und er glaubte nicht, dass die mächtigen Männer am Regierungstisch sie in die Geschehnisse einweihen würden.

Dabei vermutete Tristan, dass die kluge Frau eine große Hilfe sein konnte. Zwar war das Drachenei vorerst in Sicherheit, dennoch hatten sie keine Ahnung, wer oder was hinter dem Diebstahl steckte. Von einer Verschwörung der Rebellen ging Tristan schon lange nicht mehr aus.

Gleichermaßen glücklich, wieder zu Hause zu sein, wie gestresst, was er mit Zara, Moné und dem Drachen machen sollte, zog er durch die Gänge des Palastes. Nahezu alle paar Meter klopfte ihm jemand freundschaftlich auf die Schulter, zog ihn in eine herzliche Umarmung oder nahm Anteil an den Verlusten seiner Freunde im Kampf gegen die Schattenwesen.

Soeben hielt der alte Hofschmied, der sich regelmäßig um Pyreus' Hufe kümmerte, eine ergreifende Rede und schwelgte in Erinnerungen an die Zeit, als er selbst noch im Kriegsgebiet im Osten stationiert war.

»Habt Ihr irgendwo Prinzessin Izabel gesehen?«, fragte Tristan beiläufig eine vorbeigehende Magd, als er sich nicht länger auf die Erzählungen des Schmieds konzentrieren konnte. »Die Prinzessin erwartet mich«, log er, als ihn das hellhäutige Mädchen argwöhnisch musterte.

Ihr Haar war beinahe rötlich, auf jeden Fall zu hell für eine Dehnarin, woraus Tristan schlussfolgerte, dass sie eine der Dienerinnen der nordländischen Prinzessin war. Er befürchtete bereits, sie könnte seine Sprache nicht verstehen, als sie doch noch zu einer Antwort ansetzte.

»Die Prinzessin ist im Garten. Im Innenhof«, sagte sie mit gesenkten Lidern und Tristan bedankte sich.

»Es tut mir leid, Noah. Aber ich muss gehen«, verabschiedete er sich vom verdutzten Schmied, der noch lange hätte weiterreden können, und schnell nahm Tristan Reißaus.

Die Sonne brannte vom Himmel und Tristan wischte sich die Schweißperlen von der Stirn. Eigentlich sollte er wohl nach der langen Reise schnellstmöglich ein Bad aufsuchen, doch das Gespräch mit der Prinzessin drängte. Ein undefinierbares Gefühl bestärkte ihn in der Annahme, dass sie vielleicht mehr wusste als anfangs angenommen. Zumindest war er davon überzeugt, das Richtige zu tun, indem er mit ihr sprach. Er fand die Prinzessin dort, wo er sie auch das letzte Mal in der Sonne sitzen gesehen hatte. Eine Dienerin hielt einen Sonnenschirm, während Izabel mit geschlossenen Augen ihren Gedanken nachhing.

»Verzeihung«, sagte er leise und räusperte sich verhalten, als er näher trat.

Die Dienerin bedachte ihn mit einem abschätzigen Blick, als hielte sie diese direkte Anrede für rüpelhaft. Bestimmt überlegte sie gerade, einen der Wachmänner zu rufen, da winkte Prinzessin Izabel ab.

»Schon gut, Mira. Geh und lass mir schon mal eine Wanne mit Wasser ein. Ich komme gleich nach.«

Sie wartete ab, bis die Zofe durch den Steinbogen in den Kreuzgang verschwand, dann wandte sie sich Tristan zu.

»Es freut mich sehr, Euch wohlbehalten zurückzusehen, Tristan. Niemand hier hat damit gerechnet, Ihr hättet überleben können.«

Ein beinahe warmes Lächeln stahl sich auf ihr Gesicht und Tristan war gewillt, es zu erwidern. Dabei registrierte er irritiert, dass er nicht mehr von ihrem betörenden Zauber gebannt war, wie es noch vor seinem Aufbruch nach Tasmanien der Fall gewesen war.

Unbestreitbar, die Prinzessin war schön wie eh und je. Die leichte Bräune, die ihr die Zeit in der Sonne beschert hatte, machte sie sogar noch bezaubernder, mit den roten Wangen, die ihr Leben einhauchten. Dennoch schlug sein Herz in normalem Tempo weiter und es fiel ihm ungemein leicht, sich auf das Wichtige zu konzentrieren.

»Danke.« Er nickte höflich. »Aber ich habe etwas Wichtiges anzusprechen.« Ohne Umschweife kam er sofort zum Thema. »Ihr habt mich gebeten, Euch über die Ereignisse in Eurem Land auf dem Laufenden zu halten. Ich habe bereits mit meinem König darüber gesprochen, doch ich glaube nicht, dass er Euch das gleiche Vertrauen schenken wird. Aber Ihr müsst wissen, was geschehen ist, denn ich glaube, es wird Euer Land maßgeblich beeinflussen.«

Eine kleine Sorgenfalte entstand zwischen den Augenbrauen der Prinzessin und sie presste die Lippen aufeinander.

»Die Schattenwesen sind weit in Euer Land vorgedrungen. Als sie uns überraschten, waren wir weit im Süden des Landes, nahe der Hauptstadt.«

»Davon habe ich bereits gehört.« Ungeduldig wedelte sie mit der Hand. »Aber Ihr glaubt nicht, dass das die einzige Bedrohung ist, die ich zu befürchten habe, nicht wahr?«

Sie sprach, als wäre sie bereits die Regentin des Landes. Als Frau würde sie das vermutlich nie sein, aber es zeigte, wie sehr ihr das Land am Herzen lag, und Tristan war geradezu ergriffen. Die Bewohner litten unter den Schattenwesen des selbsternannten Königs aus dem Norden. König Rauke war ein Monster wie die Schatten, die er als Schattenbändiger erschuf.

»Ja, Eure Majestät. Das befürchte ich«, gestand Tristan. »Vielleicht eine innere Bewegung aus dem Volk? General Loyd und Tout wollten den Feuerdrachen nicht ohne Grund haben, da bin ich mir sicher.«

»Was für ein Feuerdrache?«, fragte Izabel irritiert.

»Euer Drachenei. Während wir im Norden waren, ist es geschlüpft. Jedoch ist es kein Wasserdrache, sondern ein Feuerdrache.«

»Oh. Wie erstaunlich.«

»Der General hat sich Verbündete gesucht«, fuhr Tristan eilig fort. »Das macht mir am meisten Sorgen. Eine Frau aus Kopanien wollte ihn unterstützen und ich glaube nicht, dass sie aufgegeben haben. Neferet, dieses Biest …«

»Neferet Salmon?«, unterbrach ihn Izabel überrascht.

»Ja. Kennt Ihr sie?« Tristan runzelte die Stirn.

»Sie lebte vor einiger Zeit bei uns am Hof. Jedoch wurde ihre Familie verstoßen.« Auf einmal schien die Prinzessin mit ihren Gedanken weit weg zu sein.

»Weshalb?«, fragte Tristan beunruhigt nach.

»Sie ist eine Schattenbändigerin. Und wie Rauke sind diese uns nicht mehr gut gesinnt.«

»Das hatte ich schon befürchtet«, antwortete er düster und dachte an die Schattenwölfe. »Sie hatte definitiv Interesse an dem Drachen und dennoch habe ich das Gefühl, etwas zu übersehen.«

Izabel sah nachdenklich in den Himmel. »Was solltet Ihr übersehen? Ein mächtiger Drache, mit dem sie Rache nehmen kann, klingt nach genügend Munition.«

Ein verzweifelter Zug lag in den Augen der Prinzessin, der Tristan überraschte. Sie musste ihm sehr vertrauen, sich so offen vor ihm zu geben und ihre wahren Gefühle nicht hinter einer Maske zu verbergen.

»Ich glaube nicht, dass Neferet allein etwas mit dem Drachen bewirken könnte. Immerhin hat sie keine Armee, keinen Einfluss«, antwortete er nachdenklich und schüttelte frustriert den Kopf. »Dieser Komplott muss schon lange geplant worden sein. Allein Touts Geschichte. Er muss längere Zeit in Ignis gelebt haben, immerhin hielten ihn die Einwohner tatsächlich für den Diplomaten. Sie hatten Glück, dass Zara mit dem Drachenei gerade dorthin floh. Ich gehe davon aus, dass es von Anfang an der Plan war, das Ei in den Norden zu bringen, wo Tout wartete. Sie konnten nicht bleiben, da ich und Zara auftauchten. Vielleicht war der Plan, das Ei in den Osten bringen zu wollen, nur ein Trick, um mich zu täuschen und auf eine falsche Fährte zu bringen.«

»Oh«, machte die Prinzessin überrascht, als sie die Verbindung erkannte. »Glaubt Ihr, sie wollten das Drachenei weiter in den Norden bringen? Zum Schattenkönig? Da Neferet als Schattenbändigerin mit ihm zusammengearbeitet hat?«

In ihrer Stimme lag die Angst vor diesem Mann. Der Schattenkönig war unglaublich machtvoll und seine Kräfte unbezwingbar. Der Feuerdrache in seinen Fängen wäre eine mörderische Waffe.

»Ja.« Tristan nickte ernst. »Das glaube ich.«

Zara

Es war ein seltsames Gefühl, in diesem fremden Land zu sein, das mich doch irgendwie an meine Vergangenheit erinnerte. Die drückende Hitze und das gleiche hierarchische System, das darüber entschied, wer ein gutes Leben führte und wer dazu verdammt war, sein Dasein als Sklave zu fristen. Aber diesmal stand ich auf der anderen Seite des Zufalls. Als Tristan mich mit den Dienern schickte, befürchtete ich, abgeführt zu werden. Stattdessen brachten sie mich in ein Gästezimmer.

Ich konnte es noch immer nicht glauben. Allmählich begriff ich, dass ich nicht mehr zu der niederen Schicht gehörte. Meine Verbindung zu dem wertvollen Drachen hatte mich unentbehrlich gemacht und ich wusste nicht, was ich davon halten sollte. Einerseits sehnte ich mich danach, endlich mein freies Leben anzutreten. Andererseits musste ich mir eingestehen, dass ich es genoss.

Die Räumlichkeiten, die sie mir zuwiesen, waren gigantisch. Ein weitläufiger Raum mit einem von Polstern und Decken bedeckten Himmelbett, weiteren Sitzgelegenheiten und kleinen Tischen, auf denen Goldschüsseln und Krüge mit Weintrauben und Wasser standen. Das Bett war durch eine kunstvoll verzierte Trennwand vom Wohnraum abgetrennt. Vor den großen, hohen Fenstern wehten weiße, bodenlange Vorhänge, sodass ich jederzeit nach draußen in den Garten gehen konnte. Die hohen Räume mit den Rundbögen und Säulen faszinierten mich. Als Sklavin hatte ich nur in den Hütten geschlafen. Nun staunte ich über jedes Detail und fragte mich, wie jemand so etwas hatte bauen können, ohne dass es zusammenstürzte.

Tristan glänzte mit Abwesenheit, doch ich hatte auch nicht wirklich damit gerechnet, ihn so schnell wiederzusehen. Vermutlich verbrachte er die Zeit mit seiner Familie und seiner Frau. Mir wurde ganz schlecht. Hatten sie womöglich schon Kinder? Zwanghaft versuchte ich die Gedanken von mir zu schieben und mich auf das Hier und Jetzt zu konzentrieren.

»Alles in Ordnung, Abebei Sara?«, fragte eines der Mädchen und goss einen weiteren Wasserkrug in die Wanne.

»Ich heiße Z…«, begann ich ganz automatisch, stockte dann jedoch.

Tristan hatte natürlich nicht meinen heidnischen Namen genannt, da er mich sofort als entlaufene Sklavin enttarnen würde. Abebei war die Bezeichnung für einen ranghohen Adeligen, weshalb ich mir bereits zusammenreimte, was Tristan allen erzählte. Akribisch hielt ich mein Handgelenk unter der Wasseroberfläche versteckt, sodass niemand das Tattoo sah.

»Ja, danke«, murmelte ich stattdessen und tauchte mit dem Kopf unter Wasser, um meine Haare zu waschen.

Auch Indigo wurde von einer der Dienerinnen mit einem nassen Lappen vorsichtig gesäubert, bis seine Schuppen feurig glänzten. Ihre sachten Berührungen zeigten deutlich, welche Angst sie vor dem feuerspeienden Tier hatte.

Tatsächlich hatte sein kleiner Hustenanfall bei unserer Ankunft ein verzerrtes Bild für jene gezeichnet, die ihn nicht näher kannten. Das Feuer machte den Leuten Angst, dabei war er ein ruhiges und feinfühliges Wesen. Zwar noch seinem Alter entsprechend unbeholfen und tollpatschig, aber damit würde er im Nu die Herzen aller erobern.

Nach der langen Flucht und Reise tat es gut, den Dreck und Schweiß von der Haut zu waschen, und als ich schlussendlich aus der Wanne stieg und mich abtrocknete, fühlte ich mich wie neugeboren.

Es lag in meiner Natur, zu arbeiten und nicht untätig herumzustehen, weshalb ich mich geradezu zwingen musste, den zwei Mädchen nicht beim Entleeren der Badewanne zu helfen. Das hätte nicht mit der Geschichte, die Tristan unweigerlich erzählen würde, übereingestimmt.

»Ich bräuchte noch ein paar Armbänder«, versuchte ich möglichst hoheitsvoll anzuordnen, als mein Blick auf das luftige Kleid fiel, das sie auf dem

Bett für mich bereitgelegt hatten. Ohne Ärmel würde es unvermeidlich den Blick auf das Tattoo an meinem Handgelenk freilegen.

»Natürlich, Abebei Zara.« Das brünette Mädchen knickste und verschwand aus dem Raum.

»Darf ich Euch beim Ankleiden helfen?«, fragte die Zweite, doch ich schüttelte den Kopf.

»Das schaffe ich schon allein, danke.«

Sobald auch sie den Raum verlassen hatte, atmete ich erleichtert aus.

»Was für ein Tag. Nicht wahr, Indigo?«, sprach ich zum Drachen, der interessiert durch das Zimmer streifte und aufgeregt mit den Flügeln schlug.

Vorsichtig zog ich mir die Tunika über und band eine goldene Kordel um die Taille. Meine nackten Arme fühlten sich ungewohnt frei. Ich hatte bisher kaum so freizügige Kleidung angezogen. Statt auf aufwändige Gewänder schien in Dehnarien mehr Wert auf Schmuck gelegt zu werden.

Ich legte ein Paar großer, goldener Ohrringe und eine lange Kette aus dünnen Goldfäden an. In meinem gesamten Leben hatte ich noch nicht so etwas Wertvolles getragen und als die Dienerin auch noch mit den Armbändern zurückkam, war ich vollkommen aus dem Häuschen. Denn dabei handelte es sich um jene besonderen Armreifen, die nicht nur den Stand und den Reichtum der jeweiligen Person anzeigten, sondern genauso die Freiheit. Das Lederarmband, das mir Sagua gegeben hatte, trug ich immer noch als Erinnerung an unsere Freunde im Norden.

»Abebei Andrássy sagte, Ihr hättet Eure auf der Reise verloren«, erklärte das Mädchen und überreichte mir zusätzlich zu einem breiten Lederband fünf Reifen aus dickem Gold.

Dabei nahm sie mir unauffällig Tristans Armreifen ab, die er mir in Ignis überreicht hatte. Bestimmt hatte sie die Aufgabe, ihm seine Lebensbänder zurückzubringen, ohne Aufsehen zu erregen.

»Danke.« Ich konnte meine Freude kaum zügeln, wollte aber auch nicht zu begeistert wirken.

Als ich das Lederband an mein linkes Handgelenk legte, um das Tattoo zu verdecken, wandte ich mich bemüht beiläufig ab.

»Kannst du mir sagen, wo ich Herrn Andrássy finde?«, erkundigte ich mich und ging zur Tür.

»Ich begleite Euch.« Eifrig eilte sie ebenfalls zur Tür, doch irgendwie fühlte ich mich dabei nicht wohl. Es war beinahe, als wäre sie meine Aufpasserin. War sie das vermutlich wirklich?

»Nein, danke«, sagte ich mit schneidender Stimme. »Die Richtung reicht vollkommen.«

Möglichst bestimmt winkte ich Indigo zu mir und setzte ihn auf meiner Schulter ab. Aufgeregt kreischte er wie ein Vogel und blickte mit seinen goldenen Augen wachsam umher. Das brünette Mädchen beäugte den Drachen nervös.

»Natürlich. Ihr müsst zurück in die Eingangshalle und von dort aus in den rechten Palastflügel«, erklärte sie mit gesenktem Blick. »Seine Gemächer findet ihr hinter der dritten Tür im zweiten Gang.«

»Danke.« Ich verabschiedete mich mit einem Kopfnicken und verschwand durch die Tür, bevor sie sie mir öffnen konnte.

Wieder und wieder wiederholte ich die Anweisung in meinem Kopf. Obwohl mir bewusst war, dass es keinen guten Eindruck machte, dass ich sofort zu ihm ging und noch dazu seine Privatgemächer aufsuchte, entschied ich, dass ein klärendes Gespräch unausweichlich war. Schlimm genug, dass er mir verschwiegen hatte, dass er die ganze Zeit über meine Papiere bei sich gehabt hatte. Aber nun seiner Frau gegenüberzustehen, ließ mich vor Scham im Boden versinken.

Mit schnellen Schritten durchquerte ich die Korridore. Von der Hitze draußen vollkommen unberührt, lagen sie in friedlicher Stille da. Hin und wieder begegnete ich einer Wache, ansonsten blieb ich allein.

Der Palast war von gigantischer Größe und ich kam aus dem Staunen gar nicht heraus. Das war wohl der Grund, warum ich so unachtsam war und erst zu spät bemerkte, dass hinter mir Schritte erklangen.

»Halt«, rief eine Stimme gebieterisch und ich gefror in der Bewegung.

Als ich mich mit wild klopfendem Herzen umdrehte, sah ich mich dem schwarzhaarigen Mädchen von vorhin gegenüber. Tristans Frau.

»Guten Tag, Abebei«, grüßte ich höflich, senkte den Blick und deutete einen Knicks an.

»Prinzessin«, verbesserte das Mädchen mit schneidendem Unterton und mir gefror das Blut in den Adern. »Prinzessin Moné.«

Ich schluckte schwer. »Verzeihung, Prinzessin Moné«, raunte ich, während Indigo auf meiner Schulter verwirrt krächzte und mit den Flügen schlug, sodass sie meine noch feuchten Haare durcheinanderwirbelten.

Prinzessin Moné nickte steif. Das war dann wohl die Erklärung, warum Tristan von der Königsfamilie so akzeptiert wurde. Er war Teil davon. Aber wieso war er dann nach Tasmanien geschickt worden? Und wie konnte er der Mann der Prinzessin sein, wenn er doch nur ein gewöhnlicher Tierpfleger war? Oder war das auch eine Lüge gewesen? Ich brachte kein Wort über die Lippen.

»Wer bist du und was hast du mit meinem Verlobten getan?«, zischte die Prinzessin und ich atmete erleichtert auf, obwohl es vermutlich nichts zum Aufatmen gab.

Nur weil sie erst verlobt waren und noch nicht getraut, hieß das nicht, dass sein Seitensprung weniger schlimm wäre.

»Mein Name ist Sara Salamon. Der Drache hat sich auf mich geprägt, als er geschlüpft ist. Das ist der einzige Grund, warum ich mit hierhergekommen bin«, versuchte ich ruhig zu erklären, doch meine Stimme zitterte.

»Ich glaube dir nicht«, verkündete sie und verengte die dunklen Augen zu Schlitzen.

Zu meinem Leidwesen musste ich eingestehen, dass ich es ihr nicht verdenken konnte. Ich wirkte auf sie wie eine Bedrohung, die es zu bekämpfen galt.

»Halte dich von Tristan fern oder du wirst es bereuen«, fauchte sie und reckte das Kinn.

Verächtlich blickte sie mich an. Für einen Moment dachte ich, ihr Blick würde auf meinem linken Handgelenk verweilen, doch das konnte ich mir auch nur eingebildet haben.

»Sehr wohl, Majestät«, murmelte ich schnell.

»Schön, dass wir uns verstehen.«

Mit einem letzten einschüchternden Blick stolzierte sie davon und ließ mich allein im Korridor zurück.

Tristan

Schon bevor er den Thronsaal betrat, wusste er, dass es eine katastrophale Idee war, gemeinsam mit allen zu essen. Nicht nur würde er seiner Mutter und Moné begegnen, auch Zara und Indigo hatten anwesend zu sein. Das würde beinahe so explosiv werden wie ein Sack voller Feuerknaller …

Mit diesen Blumen, deren Knospen bei zu ruckartigen Bewegungen platzten und Feuer spien, hatten sie als Kinder immer gespielt. Er schüttelte über sich selbst den Kopf. Wie konnte er in diesem Moment über so etwas nachdenken?

Eigentlich hatte er Zara vor dem Essen aufsuchen wollen, doch in ihrem Zimmer waren weder sie noch der Drache. Umso nervöser war er, als er nun vor den Pforten des Saals auf und ab ging.

Nervös spielte er mit einem Goldring, den er an seinem Finger trug. Die Dehnaren legten viel Wert auf Schmuck, aber Tristan kam sich blöd dabei vor, unzählige Ringe zu tragen, weshalb er das Goldstück nach kurzem Zögern abstreifte und in die Hosentasche steckte.

»Tristan«, rief Moné und er sah auf. »Schön, dass du auf mich wartest.« Keck küsste sie ihn auf die Wange und hakte sich bei ihm unter. »Hast du schon mit deiner Mutter gesprochen?«, fragte sie und sah ihn forschend von der Seite an.

Er schüttelte beklommen den Kopf. »Nein. Ich hoffe, es hat ihr jemand gesagt.« Nervös kratzte er sich die rechte Augenbraue.

Moné verzog das Gesicht. Es war klar, dass sie es für falsch hielt, seiner Mutter gegenüber so wenig Empathie zu zeigen. In Wirklichkeit hatte er schlichtweg noch keine Zeit gefunden, sein Zuhause aufzusuchen.

»Also wirklich, was hast du die ganze Zeit über getan?« Sowohl Neugierde als auch Misstrauen sprachen aus ihren dunklen Augen.

Er wusste genau, dass er das Gespräch mit Izabel nicht erwähnen sollte und schon gar nicht, dass er nach Zara gesucht hatte. Er schluckte schwer.

»Lass uns besser hineingehen«, sagte er nur und gab den Wachen ein Zeichen, die hohen Flügeltüren zu öffnen. Ohne auf Monés Antwort zu warten, trat er ein und zog sie mit sich.

Im Inneren des ihm vertrauten Thronsaals war eine lange Tafel mit über zwanzig Sesseln aufgestellt worden. Sowohl das Königspaar als auch die ersten Gäste saßen bereits.

Tristans Blick fiel sofort auf Zara, die samt Indigo auf dem Schoß mehr als verloren neben dem dehnarischen Prinzen platziert worden war. Allein diese Tatsache bestärkte Tristan in der Annahme, dass sein Plan aufgegangen war. Durch die Notwendigkeit Zaras für den wertvollen Feuerdrachen war sie zu einer angesehenen Frau geworden.

Obwohl sich ihre Blicke nur für eine Sekunde trafen, fiel ihm sofort auf, wie schön sie in der traditionell dehnarischen Tunika aussah. Das dunkle Haar schimmerte in dem Licht, das durch die Buntglasfenster brach, und das stechende Türkis ihrer Augen hielt ihn wie gebannt. Moné versetzte ihm einen leichten Stoß und schnell verneigte er sich vor dem König.

»Eure Majestät. Danke, dass meine Familie heute mich Euch essen darf.«

»Tristan, lass doch. Das ist selbstverständlich und das Schöne, wenn zwei Familien zusammenfinden.« König Scąr winkte ab und lachte bärenhaft.

»Papi«, sagte Moné, küsste ihren Vater auf die Wange und drückte zur Begrüßung die Hand ihrer Mutter, die sich still im Hintergrund hielt.

Unauffällig stellte er sich in Zaras Nähe. Trotz der mahnenden Worte des Königs wenige Stunden zuvor würde er Zara nicht allein den Löwen zum Fraß vorwerfen. Sie war vollkommen auf sich gestellt in einem fremden Land und es war seine Schuld. Er fühlte sich für sie verantwortlich …

»Tristan!«, schrie mit einem Mal eine grelle Stimme. Er sah auf und begegnete dem Blick seiner Mutter, die durch das noch offene Portal auf ihn zustürmte. »Es ist ein Wunder.«

Tränen rollten ihr über die Wangen, als sie ihn fest an sich drückte. Überrascht legte Tristan die Hände auf ihren Rücken. Er hatte seine Mutter nie sonderlich emotional, sondern immer als eine sehr hartherzige Frau erlebt, die den Aufstieg der Familie in die Königskreise über alles stellte. Sie nun so aufgelöst zu erleben, überforderte ihn in jeder Hinsicht.

Für einen Moment kam ihm der Gedanke, nur die Angst, mit seinem Tod doch nicht in die königliche Familie einheiraten zu können, ließe sie nun so erleichtert auf sein Überleben reagieren. Eine Sekunde später schämte er sich schon wieder dafür.

»Es ist schön, dich wiederzusehen, Mutter«, brachte er steif hervor.

Er erinnerte sich gut daran, wie oft sie sich darüber gestritten hatten, dass er Moné nicht die gebührende Aufmerksamkeit entgegenbrachte. Wenn sie nun erfuhr, dass er Zara aus Tasmanien mitgebracht hatte, würde sie sie nicht nur als Hure abstempeln, sondern ihm ganz bestimmt eine grauenhafte Szene machen. Dennoch konnte er Zara nicht ignorieren. Wohl oder übel musste er die Gefahr riskieren.

»Am besten setzen sich jetzt alle und beruhigen sich.« Zwar sprach der König die Aufforderung mit einem Lächeln aus, trotzdem merkte Tristan, dass er bereits ungeduldig wurde.

Schnell zog Tristan den Sessel neben Zara zurück und schob Moné einen Platz weiter, sodass er zwischen ihr und Zara und nicht bei seiner Mutter sitzen konnte. Zwar spürte er Monés versteinerten Blick, hatte jedoch keine Idee, wie er die brenzlige Situation besser hätte lösen können.

Mit einem Wink gab König Scąr den Bediensteten das Signal, mit dem Essen zu beginnen. Ein Wasserhorn wurde in den Raum geführt und begab sich ans Podium, um sie von dort aus mit leiser Musik zu berieseln. Routiniert zupfte sie an den zehn Saiten des runden Holzinstruments und der König schloss zufrieden die Augen. Nichts besänftigte den temperamentvollen Monarchen mehr als die ruhige Musik aus dem verborgenen Westen.

»Wir sind alle froh, deinen Sohn wiederzuhaben, Shanoa«, sprach die Königin Tristans Mutter mit einem warmen Lächeln an.

Die ruhige Königin wusste, wie es war, ein Kind zu verlieren, jedoch schätzte Tristan sie um einiges gefühlvoller und emotionaler ein als seine vom Leben gezeichnete und abgehärtete Mutter.

Neben Tristans Mutter saßen nur noch ein paar adelige Gäste, die sich aber, wie es die Etikette bestimmte, zurückhalten würden, weshalb Tristan sie als potentielle Feuerknaller ausschloss. Auf der linken Seite ihnen gegenüber saßen Monés kleine Geschwister und die Königin. Monés Mutter, König Scąrs Mätresse, hielt sich aus Rücksicht auf die Königin ebenfalls im Hintergrund und beteiligte sich nicht an der Unterhaltung. Neben den zwei kleinen Mädchen und dem Jungen saßen Prinzessin Izabel, die sich freundlich mit der kleinen Nola unterhielt, das tasmanische Königspaar und ein Priester.

»Ich bin auch überglücklich«, antwortete seine Mutter mit Tränen in den Augen und griff umständlich über Moné hinweg, um seine Hand zu drücken. »Aber wie ist das möglich?« Verwirrt schüttelte sie den Kopf.

Nervös spielte Tristan mit dem Goldring in seiner Hosentasche.

»Ja, das würde mich auch interessieren«, fügte Moné hinzu und beäugte ihn kritisch.

Tristan verspannte sich unter den neugierigen Blicken der anderen und war froh, dass gerade die Diener mit dem Essen kamen. Dem König gegenüber hatte er sich bewusst vage ausgedrückt und mit keinem Wort verlauten lassen, dass es sich bei Zara um die Diebin handelte, die sie von Anfang an gesucht hatten.

»Der Grund, warum ich noch lebe, sitzt neben mir. Als ich von den Schattenwesen verletzt wurde, fand mich Sara und hat mich gepflegt, bis ich wieder auf eigenen Beinen stehen konnte.« Er spürte, wie sich sowohl Zara als auch Moné neben ihm versteiften.

Ihm entging nicht, wie Zara geradezu hypnotisiert auf eine intensiv rote Rorange vor ihr auf dem Teller starrte.

»Du wurdest verletzt?«, rief Shanoa entsetzt, doch er winkte schnell ab.

»Mir geht es gut, Mutter.«

»Danke, Mädchen, dass du meinen Sohn gerettet hast.« Shanoa sprang auf und küsste Zara auf die Wangen. Von den Emotionen der Frau überrumpelt, errötete Zara und nickte nur unsicher.

»Das Essen, Mutter«, murmelte Tristan und warf einen unruhigen Blick umher.

Schnell setzte sich die ältere Dame wieder und strich sich verlegen eine dunkle Haarsträhne hinters Ohr.

»Aber warum ist Sara mit dir zurückgekommen?«, fragte Shanoa weiter.

Alle am Tisch erstarrten. Niemand außer dem König wusste, dass Zara nur hier war, da sich der Drache auf sie geprägt hatte und sie vor Loyd hatten fliehen müssen. Natürlich lag die Vermutung daher nahe, Gefühle stünden hinter der Entscheidung, das Mädchen aus Tasmanien mitzunehmen.

Der König räusperte sich verhalten. »Dabei handelt es sich um wichtige, politische Angelegenheiten, die hier nicht besprochen werden«, wies der König Shanoa in die Schranken und die dunkelhaarige Frau schluckte hart. »Aber da eines nicht zu übersehen ist – der Feuerdrache hat sich auf das Mädchen geprägt. Bis er aus dem Alter rausgewachsen ist, kann sie uns nicht verlassen.«

Tristan sah aus den Augenwinkeln, wie Entsetzen über Zaras Gesicht huschte. Ohne Zweifel hatte sie nicht vor, so lange zu bleiben. Doch Monés Reaktion war der schlimmere Feuerknaller, mit dem er sich nun zu befassen hatte, um einer Katastrophe entgegenzuwirken.

»*Sie* bleibt hier?«, fragte sie mit unnatürlich hoher Stimme und alle Köpfe drehten sich ihr zu.

»Moné, Schatz«, sagte der König mit einem mahnenden Unterton. »Es geht einzig und allein um das Wohl des Drachen.«

Schnell griff Tristan nach ihrer Hand. »Bitte, Moné«, sagte er leise mit gepresster Stimme.

Zwar warf sie ihm einen bösen Blick zu, doch fürs Erste schien sie besänftigt.

»Wirklich ungeheuerlich, was dem armen Drachenbaby zugemutet wurde.« Shanoa war bemüht, das Thema in etwas Unverfängliches zu wechseln, ahnte dabei jedoch nicht, was für einen wunden Punkt sie traf. »Die Diebin hat das Ei einfach im Wald ausgesetzt, nicht wahr? Wo hast du es schlussendlich gefunden, Tristan?«

Zara neben ihm atmete zischend aus.

»Nahe Ignis«, versuchte er möglichst neutral zu antworten.

»Fürchterlich, diese Menschen. Schade, dass ihr sie nicht mehr gefunden habt. Gehängt hätte sie gehört«, rief seine Mutter verächtlich.

Für den königlichen Hof waren solche Gespräche nichts Außergewöhnliches. Es war kein Geheimnis, dass der Großteil der Oberschicht für die arme Bevölkerung nicht viel übrig hatte. Für Zara waren Shanoas Worte jedoch wie ein Schlag ins Gesicht.

»Ihr würdet einen Menschen hängen?«, fragte Zara mit beunruhigend leiser Stimme.

»Natürlich. Sie ist eine Verbrecherin«, rief Shanoa inbrünstig aus und Tristan stocherte nervös mit seiner Gabel im Essen. Er würde bestimmt keinen Bissen hinunterbekommen.

»Glaubt Ihr nicht, dass es manchmal nicht so einfach zu erkennen ist, wer schuldig ist und wer nicht?« Zaras blaue Augen blitzten gefährlich.

»In diesem Fall sehr wohl. Eine verdorbene Diebin. Die Göttin wird sich schon etwas dabei gedacht haben, sie in ein so armseliges Leben zu stecken.«

Damit war sie zu weit gegangen. Vor Wut zitternd, sprang Zara von ihrem Sessel auf. Indigo auf ihrer Schulter schrie anklagend.

»Danke für das Essen, Eure Majestät«, brachte sie zwischen zusammengepressten Zähnen hervor, obwohl sie ihren Teller nicht angerührt hatte. »Aber ich fühle mich nicht gut.«

»Natürlich, Abebei Sara«, sagte der König überrascht.

»Was ist in sie gefahren?«, rief Shanoa aus und blinzelte irritiert.

Seufzend sah Tristan Zara nach, wie sie aus dem Thronsaal stürmte. Alles in ihm verlangte danach, ihr nachzulaufen. So sehr sie sich anfangs auch in die Haare bekommen hatten, so spürte er mittlerweile eine tiefe Verbundenheit zu ihr. Sie hatten so viel gemeinsam durchgestanden und waren sich immer nähergekommen. Nun zurück im Palast zu sein, schob einen Keil zwischen sie und bereitete Tristan beinahe physische Schmerzen.

Er hatte noch nie so viel für jemanden empfunden wie für Zara und immer, wenn er Moné in die Augen sah, wünschte er, stattdessen Zara vor sich zu haben.

Ein Blick zum König bestätigte ihm, dass er ihr nun auf gar keinen Fall nachgehen sollte. Nur mit Mühe hielt er sich zurück und wandte sich wütend Shanoa zu.

»Musste das sein, Mutter?«

DAS GESTÄNDNIS

Zara

Vor Zorn kochend, stürmte ich aus dem Thronsaal und kämpfte gegen die Tränen an. Allein die Vorstellung, vor den Wachmännern zu weinen, ließ mich vor Scham im Boden versinken und fachte das Feuer in mir an.

Obwohl niemand wusste, aus welchen Verhältnissen ich stammte, waren Shanoas Worte beschämend gewesen. Sie war eine Frau voller Vorurteile mit einem ausgeprägten Unvermögen, über den Tellerrand hinauszusehen, redete ich mir ein. Doch in Wahrheit dachten hier alle so. Vermutlich sogar Tristan. Wie hatte ich nur vergessen können, welche Anschuldigungen er mir von Anfang an entgegengebracht hatte?

»Kann ich Euch helfen, Abebei?«, fragte ein junger Page höflich.

»Ja, bitte.« Zerstreut sah ich mich um. Ich hatte keine Ahnung, wie ich in mein Zimmer zurückfinden sollte, geschweige denn, wo ich mich befand. »Bitte sag mir, wo ich die Gästeräume finde. Ich weiß nicht, wo … ich …« Mir versagte die Stimme.

»Natürlich. Ich führe Euch hin.« Ohne ein Wort über mein erbärmliches Auftreten zu verlieren, schritt er voran.

Mit herunterhängenden Schultern folgte ich dem Jungen. Inständig hoffte ich, er würde für sich behalten, wie er mich vorgefunden hatte. Zu gut wusste ich, wie schnell solche Geschichten die Runde machten. Hier am königlichen Hof vermutlich noch schneller als in einer gewöhnlichen Arbeitergemeinschaft.

Die Schritte auf dem Steinboden hallten laut wider, dennoch drangen sie nur wie in Watte gepackt zu mir durch. Meine Gedanken rotierten und meine Wut wich einer tiefgreifenden Traurigkeit. Ich gehörte nicht hierher.

Indigo drängte aufmunternd sein kleines Köpfchen gegen meine Wange und verwischte damit die Tränen. Ich gab einen Laut von mir, der wohl eine Mischung aus Lachen und Schluchzen war, denn der Page warf mir einen besorgten Blick zu.

»Danke«, murmelte ich beschämt, als wir mein Zimmer erreichten.

Ich erkannte es an dem Wachmann, der auch zuvor schon vor der Tür gestanden hatte. Als ich näher kam, verneigte er sich höflich und öffnete die Tür für mich. Es war seltsam, plötzlich jemand zu sein, für den die Tür geöffnet wurde, obwohl ich wenige Tage zuvor noch selbst Türen für andere hätte öffnen müssen. Ich musste eingestehen, dass ich das Gefühl genoss. Einzig die Tatsache, dass sie mich in den Kerker werfen oder gar den Krokodilen zum Fraß vorwerfen würden, sollten sie jemals erfahren, dass ich die Diebin war, dämpfte meine Begeisterung.

Rastlos wanderte ich in meinem Zimmer auf und ab. Nun, da ich allein war, ließ ich den Tränen freien Lauf.

Ich fühlte mich von Tristan so hintergangen und das Schlimmste war: meinen Gefühlen ihm gegenüber tat dieser Verrat keinen Abbruch. Auf der einen Seite hasste ich ihn, auf der anderen Seite hielt ich es kaum aus, zu wissen, dass ich ihn endgültig verloren hatte.

Die Stunden verstrichen. Indigo schlief mittlerweile friedlich in den Kissen. Ich lauschte seinen gleichmäßigen Atemzügen, während ich rücklings am Fußende des Bettes lag und an die Decke starrte. Draußen neigte sich der Tag dem Ende zu und das warme Licht der tiefstehenden Sonne tauchte den Raum in ein bezauberndes Gold. Dennoch fand ich keine Freude an der Schönheit des Moments. Stattdessen fühlte ich mich leer. Ich wälzte mich im Bett hin und her, fand aber doch keinen Schlaf.

Als die Sonne endgültig hinter dem Horizont verschwand, traten die zwei Dienerinnen von heute Morgen ein. Sie entzündeten die Kerzen und fragten nach meinem Befinden, doch ich wimmelte sie ab.

»Mir geht es gut, danke«, rief ich verärgert, als es erneut an der Tür klopfte.

Doch das Klopfen ließ nicht nach. Also stand ich auf, wischte mir die Wangen ab und zupfte mein Kleid zurecht.

»Herein«, sagte ich mit schlapper Stimme.

Die Tür öffnete sich und ich traute meinen Augen nicht. Empört wandte ich mich ab und ging zum Fenster.

»Zara. Darf ich kurz mit dir sprechen?«, fragte Tristan und trat ein, ohne auf meine Antwort zu warten. Hinter sich schloss er die Tür.

»Ich wüsste nicht, was wir zu bereden hätten«, erwiderte ich resigniert.

»Ich denke, da gibt es eine Menge.«

Ach, und damit kam er jetzt? Ich fuhr herum und starrte ihn an. »Du hast mich verraten, Tristan. Warum hast du mir die Papiere nicht gegeben? Du hast mich in dem Glauben gelassen, du hättest sie nicht bekommen, obwohl sie die ganze Zeit in deiner Jacke waren!« Ich schüttelte den Kopf. Die Enttäuschung sprach aus meinen Augen und unbewusst war meine Stimme immer lauter geworden.

»Du hast mir mein Herz gestohlen, obwohl du so viel falsch gemacht hast. Du hast mich so oft verletzt. Aber eine Frau, Tristan? Ernsthaft? Du hast deine Verlobte betrogen.«

Verächtlich musterte ich ihn über meine verschränkten Arme hinweg. Es waren gut fünf Schritte zwischen uns, dennoch fühlte ich seine Nähe so stark wie den Zauber einer Sirene.

»Ich wollte dich nicht verletzen«, murmelte Tristan. »Das musst du mir glauben.« Aus den dunklen Augen sah er mich mit einer Intensität an, die mir die Härchen im Nacken aufstellte.

»Das ändert nichts daran, dass du es getan hast«, antwortete ich kühl und hielt seinem Blick unbewegt stand. »Du hast nicht nur mich verletzt, sondern deine Verlobte genauso.«

»Ich wollte diese Verlobung doch nie«, rief er frustriert aus und raufte sich die Haare.

Nun war da keine Reue mehr in seinen Augen, sondern Ärger. Von einem Moment auf den anderen war er aufgebracht und ungehalten.

»Niemand interessiert sich für meine Meinung. Jeder ist nur verletzt, beleidigt und enttäuscht. Aber fragt auch nur einer mich? Ich wollte die Verlobung nie! Mir ist es egal, ob meine Familie zum Königshaus gehört oder nicht. Ich habe Moné nie geliebt und werde es auch nie. Es interessiert niemanden, wie es mir damit geht und jetzt habe ich einmal nur getan, was für meine Gefühle das Richtige war. Ich mag dich, Zara. Dich!« Schwer atmend redete er sich immer mehr in Rage. »Und es ist mir egal, ob es falsch war. Ich würde immer wieder so entscheiden.«

Fassungslos sah ich ihn an. »Was redest du da?«

Langsam trat er näher und ergriff meine Hände. Die Berührung war warm und vertraut, aber gleichzeitig fest und bestimmt, als würde er mich nie wieder loslassen wollen.

»Wir kennen uns noch nicht lange. Aber die Zeit, die wir miteinander verbracht haben, war intensiv und ich kann nicht leugnen, dass meine Gefühle für dich immer stärker geworden sind. Bitte sag, dass du mir verzeihst.«

Der Druck seiner Hände verstärkte sich. Ich wusste nicht, was ich fühlen sollte. Erst als eine Träne von meiner Wange abperlte, bemerkte ich, dass ich weinte. In meinem Inneren tobte ein Wirbelsturm aus Gefühlen. Ich war so unglaublich verwirrt, so unglaublich glücklich, so unglaublich traurig … alles zugleich.

»Ich verzeihe dir«, flüsterte ich mit zitternder Stimme und ein erleichtertes Lächeln erschien auf seinem Gesicht.

Dieser Anblick machte mich aus tiefstem Herzen glücklich. In seiner Gegenwart flatterten Schmetterlinge in meinem Magen, mein Herz raste und ich war unbeschreiblich glücklich – ich wusste, dass das nur Verliebtsein sein konnte.

Dennoch konnte ich die nächsten Worte nicht zurückhalten. Sie schlüpften mir über die Lippen und ich konnte sie weder aufhalten noch zurücknehmen.

»Aber ich weiß nicht, ob ich dir jemals wieder vertrauen kann.«

Tristan

Sein Lächeln erlosch mit einem Schlag und bestürzt sah er sie an. Tränen verschleierten Zaras Blick, während ihre Worte in seinen Gedanken nachhallten.

»Bitte weise mich nicht zurück, Zara«, murmelte er. »Ich werde alles daran setzen, es wiedergutzumachen. Es war ein Fehler, dir die Papiere vorzuenthalten. Es tut mir leid.«

Sein Herz zog sich schmerzhaft zusammen. Alles in ihm verzehrte sich nach ihr. Er wollte sie in die Arme ziehen, küssen und nie wieder gehen lassen.

»Es geht nicht.« Vehement schüttelte sie den Kopf und löste sich aus seinem Griff. »Es geht einfach nicht.«

Starr blickte sie durch die Vorhänge hinaus in den Garten, nur um ihm nicht in die Augen blicken zu müssen. Durch das offene Fenster hörte er Grillen zirpen und das Plätschern eines Springbrunnens.

»Ich gehöre hier nicht her. Warum begreifst du das nicht?«

Tränen verschleierten ihren Blick. Sie hatte recht. Das hier, dieser Luxus – all das war seine Welt, nicht die ihre. Aber er wollte sie hier haben. An seiner Seite. Egal, was die anderen Leute dachten.

»Doch, Zara, es geht. Es war ein Fehler. Ich weiß, ich stelle das Wohl der Tiere über alles. Aber ich würde es mit Indigo nicht ohne dich schaffen. Ich … brauche dich.«

»Willst du mich deswegen hierbehalten?«, fragte sie bitter und atmete tief ein und aus.

Sie drehte ihm die Worte im Mund um. Das war ihm bewusst. Es war so einfach, mit ihm zu streiten – vielleicht sogar einfacher, als über Gefühle zu sprechen. Doch dieses eine Mal ließ er sich nicht beirren.

»Genau das ist es nicht.« Er näherte sich ihr bestimmt. »Ich werde nichts und niemanden je wieder über dein Wohl stellen. Ich weiß, ich muss mir dein Vertrauen erst wieder verdienen. Aber ich kann nicht warten.«

Hingebungsvoll packte er sie an den Schultern, drehte sie um und zwang sie so, ihm wieder in die Augen zu sehen.

»Ich liebe dich, Zara«, raunte er. »Ich habe mich Hals über Kopf in dich verliebt.«

Er sah ein Glitzern in ihren Augen, doch er konnte nicht zuordnen, ob es Freude oder die erste Träne war. Sein Herz blühte vor überschwänglicher Liebe geradezu auf für sie und er wollte endlich hören, dass es ihr gleich erging. Dass sie zusammengehörten und gemeinsam kämpfen würden.

»Tristan. Das … ändert nichts. Du bist verlobt. Wir können nicht zusammen sein.« Sie schluckte schwer.

Die Tränen rollten ihr unaufhörlich über die Wangen und der Schmerz sprach aus ihrer Stimme.

»Natürlich – es ändert alles.« Fest hielt er sie an der Taille umfasst. »Ich werde Moné nicht heiraten. Ich will nur dich.«

Moné und er waren nie füreinander bestimmt gewesen. Sie war nie seine eigene Entscheidung gewesen und das wollte er nun ändern. Zara war seine Entscheidung – ohne Zweifel. Abwehrend schüttelte sie den Kopf.

»So wie du es sagst, klingt es so einfach. Aber in der Realität ist es das nicht. Tristan, es geht einfach nicht«, flüsterte sie und Verzweiflung packte ihn.

Ja, Moné würde toben, sollte Tristan die Verlobung auflösen. Aber er war es satt, immer nur auf die Wünsche anderer zu hören. Er wollte Zara und er würde sie nicht gehen lassen, nur weil es seine Familie verlangte. Sie hatte ihm gezeigt, was Liebe war und erstmals hatte er echte Gefühle. Sie gehen zu lassen, würde ihn mehr schmerzen als alles andere.

»Heirate mich«, sagte er unvermittelt.

Fassungslos sah sie ihn an.

»Was?«, fragte sie vollkommen überrascht und riss die Augen auf.

»Zara.« Er lächelte sie voller Sicherheit an, löste seinen Griff um ihre Taille und kniete vor ihr nieder.

Mit einem intensiven Leuchten in den Augen sah er zu ihr hoch. Ein berauschendes Glücksgefühl überschwemmte ihn, als er ihre linke Hand griff, an deren Gelenk das Tattoo nicht länger von den Armbändern und Reifen verdeckt war.

»Ich liebe dich und ich möchte, dass du meine Frau wirst. Zara, willst du mich heiraten?«

Fassungslos erwiderte sie seinen Blick, doch für ihn bestanden keine Zweifel. Dies war sein Glück. Er war nicht bereit gewesen, mit Moné in den Süden zu gehen. Doch für Zara würde er überall hingehen. Er wollte ein neues Leben mit ihr beginnen und endlich glücklich werden.

Seinem Gefühl folgend, zog er einen goldenen Ring aus seiner Tasche und hielt ihn ihr mit wild schlagendem Herzen entgegen.

»Was sagst du?«

Gleißendes Morgenlicht tauchte den Garten in all seine Farbpracht, während Tristan und Prinzessin Izabel gemächlich durch das Gras schlenderten. Der türkisfarbene Stoff des bodenlangen Kleides der Prinzessin raschelte bei jedem Schritt und vermischte sich mit dem Plätschern der Springbrunnen und dem Zwitschern der Vögel und Phönixe, die in den Bäumen saßen und wie grelle Farbkleckse aus den grünen Palmendächern hervorstachen.

»Ich will ehrlich zu dir sein«, begann Izabel und blinzelte gegen die Sonne an, um Tristan in die Augen zu sehen. »Mein Vater will mich so schnell wie möglich mit Prinz Joschua vermählt sehen. Aber ich will mein Land nicht verlassen. Mein Herz schlägt nicht für Dehnarien, sondern für die Leute in meiner Heimat.«

Tristan sah sie neugierig an. Die Worte der Prinzessin überraschten ihn nicht, ihre Ehrlichkeit hingegen sehr.

»Ich will herausfinden, wer hinter dem Diebstahl des Dracheneis steckt, und General Loyd und diesen Tout überführen.«

Gegen seinen Willen musste Tristan schmunzeln. Die Prinzessin wollte sich ihren Eltern beweisen. Genauso wie er damals, als er die Aufgabe hatte, das wertvolle Drachenei bis zur Übergabe des Verlobungsgeschenks zu pflegen. Zwar war er nicht regelrecht gescheitert, doch hatte alles einen ganz anderen Lauf genommen als erwartet.

»Ich werde Euch dabei helfen«, sagte er inbrünstig. »Momentan ist der Drache in Sicherheit, aber ich befürchte, dass sie nicht lockerlassen und erneut versuchen werden, Indigo zu entführen. Als Feuerdrache ist er so unglaublich wertvoll, im Grunde könnte jeder Interesse daran haben, ihn in seinen Besitz zu bekommen. Ich glaube nicht, dass Loyd der einzige Verräter war. Sie brauchten einen Spitzel hier am königlichen Hof, um den richtigen Zeitpunkt für den Diebstahl abpassen zu können.«

»Der Drache hat einen Namen?«, fragte Izabel dezent amüsiert und streifte im Vorbeigehen mit der Hand die Blätter einer zartrosa blühenden Orchidee.

»Ja, Z… Sara hat ihn ihm gegeben.«

»Sie ist keine echte Tasmanin«, sagte Izabel und hob tadelnd die Augenbrauen.

Tristans Herz schlug unweigerlich schneller und nervös wischte er sich den Schweiß von der Stirn.

»Wie kommt Ihr darauf?«

Die Prinzessin zuckte mit den Schultern. »Ich habe ihr den Akzent angehört. Aber keine Sorge, dein Geheimnis ist bei mir sicher.« Sie lächelte ihn warm an.

»Danke.« Auch auf seinem Gesicht breitete sich ein Lächeln aus.

»Dir bedeutet das Mädchen viel, nicht wahr?«, erkundigte sie sich interessiert und beäugte ihn aus klugen Augen.

»Ich habe sie gefragt, ob sie mich heiraten will.«

Bisher hatte er es noch niemandem erzählt. Doch er hatte das Gefühl, Izabel würde auch dieses Geheimnis für ihn wahren.

»Das freut mich für dich, Tristan. Hat sie Ja gesagt?«

Glucksend lachte er auf. »Zumindest noch nicht Nein.«

Izabel fiel in sein Lachen mit ein. Doch dann wurde ihr Gesichtsausdruck wieder ernst.

»Ich hätte auch gerne den Mut, mich gegen die Wünsche meiner Eltern zu stellen und frei zu entscheiden, mit wem ich mein Leben verbringen möchte und mit wem nicht.« Betrübt blickte sie in die Ferne. »Mein Leben ist vorherbestimmt – das hasse ich an diesem goldenen Käfig.«

Auch Tristan blicke nachdenklich. Ein Phönix kreischte hoch oben am Himmel und drehte über ihren Köpfen seine Kreise. Tristan legte den Kopf in den Nacken und genoss die Sonne auf seinem Gesicht, dann fing er Izabels Blick auf.

»Wenn man sein Glück erst mal gefunden hat, ist man nicht gewillt, es je wieder ziehen zu lassen. Der einzige Weg ist, darum zu kämpfen.«

Zara

»Komm schon, Indigo. Hoch! Du schaffst das«, feuerte ich den kleinen Drachen an.

Verbissen strampelte er mit den Füßen und versuchte sich vom Boden in die Luft zu drücken, doch mit den Flügeln wollte es einfach nicht so recht klappen.

»Feuerspucken kann er, aber fliegen noch nicht«, kommentierte ich amüsiert und Alende, die brünette Dienerin, lachte verhalten.

Mittlerweile hatte sie begriffen, dass ich nicht mit den gewöhnlichen Hofgästen gleichzusetzen war, dennoch traute sie sich in meiner Gegenwart noch nicht ganz, die Schutzmauer herunterzufahren.

»Vielleicht ist er zu schwer? Vielleicht ist das Essen hier zu viel für ihn?«, mutmaßte Nola, eine der kleinen Töchter des Königs, und beäugte den Drachen mit schief gelegtem Kopf.

Tatsächlich war Indigo nicht nur dicker, sondern auch größer geworden. Er wuchs in rasantem Tempo und ich konnte mich kaum noch daran erinnern, wie er einst in meiner Handfläche Platz gefunden hatte. Nun reichte mir sein Kopf bis zu den Knien und ich konnte ihn kaum noch auf der Schulter tragen. Vermutlich würde er bereits in wenigen Tagen ausgewachsen sein. Der Wachstumsschub war für das Leben in der Wildnis notwendig, doch ich bedauerte es, dass er nicht länger seine kindliche Statur behalten würde. Außerdem würde meine Hilfe so bald nicht länger von Nöten sein.

»Möchtest du ihn jetzt auf Diät setzen?«, fragte ich kichernd und legte mich ins Gras zurück.

Seit dem Morgen saßen wir mit Indigo im Garten. Die Sonne stand bereits hoch am Himmel, doch da es in der Nacht ein starkes Gewitter gegeben hatte, war die Luft noch abgekühlt. Alende hatte eine Decke ausgebreitet und uns einen gemütlichen Platz im Schatten gesucht, wo wir nun den schönen Sommertag genossen. Es war wie in einem Traum. Noch nie hatte ich eine so behagliche Zeit gehabt, dennoch erinnerte es mich nur noch intensiver daran, dass ich nicht hierher gehörte.

»Ich glaube, das würde Indigo nicht so gefallen«, antwortete Alende an meiner Stelle kichernd und schien kurzzeitig zu vergessen, mit wem sie auf der Decke saß.

Ich lächelte. Nola war ein ganz reizendes, kleines Mädchen und sie schaffte es, Leute schnell aus der Reserve zu locken. Die Stimmung war ausgelassen, dennoch wanderten meine Gedanken immer wieder zurück zur letzten Nacht. Ich hatte Tristan keine Antwort geben können. Nicht, weil ich nicht wollte – sondern weil ich nicht konnte. Unentschlossen biss ich mir auf die Unterlippe, bis ich Blut schmeckte.

»Sara, ist alles in Ordnung?« Nola sah mich neugierig an.

Trotz ihres zarten Alters von vielleicht sieben Jahren schien sie unglaublich klug und einfühlsam zu sein.

»Ja, natürlich.« Schnell zwang ich mich zu einem Lächeln und richtete meine Aufmerksamkeit zurück auf Indigo. »Er ist wirklich ein ganz besonderer Drache«, sagte ich und beobachtete, wie er erneut seine Flügel spannte und tatsächlich ein wenig vom Boden abhob. Mein Herz ging auf vor Freude und Stolz. Alende und Nola jubelten und klatschten begeistert in die Hände.

»Was ist denn hier los? Was soll der Krach?«, erklang plötzlich eine forsche Stimme. Wir schreckten zusammen.

»Verzeihung, Abebei Shanoa«, murmelte Nola beschämt und richtete sich gerade auf, während Alende wie von der Feuerspinne gebissen aufsprang.

Mit geröteten Wangen strich sie den Stoff ihrer Tunika glatt und verneigte sich vor Tristans Mutter. Mich beschlich augenblicklich ein mulmiges Gefühl. Von Alende hatte ich erfahren, dass Shanoa eine Bändigerin war und Tristans Familie daher so ein hohes Ansehen im Palast genoss. Die Tatsache, dass sie mich mit einem Fingerschnippen verbrennen konnte, machte mich mehr als nervös.

»Kann ich Euch eine Erfrischung bringen? Vielleicht Wasser oder Wein?«, fragte sie und schluckte schwer.

»Nein, nichts.« Shanoa winkte ab, wobei die goldenen Armreifen an ihrem Arm klimperten. »Ich muss mit Euch reden, Sara Salamon.«

Aus maikäferschwarzen Augen sah sie mich von oben herab an. Im Gegensatz zu den anderen schien sie sich von Tristans Geschichte nicht täuschen zu lassen, denn sie verzichtete demonstrativ auf die höfliche Anrede einer Abebei.

»Natürlich. Worum geht es?«, bemühte ich mich, höflich zu bleiben, und richtete mich ebenfalls in eine sitzende Position auf.

Indigo hatte in der Zwischenzeit seine Flugversuche aufgegeben und versteckte sich misstrauisch hinter meinem Rücken.

»Unter vier Augen«, entgegnete sie.

»Ich bin gleich wieder zurück«, sagte ich an Nola und Alende gewandt, erhob mich und lächelte ihnen warm zu.

»Bleib hier«, wies ich Indigo mit gestrecktem Zeigefinger und bestimmten Blickkontakt an.

Zwar schlug der rote Drache demonstrierend mit den Flügeln, senkte schlussendlich jedoch den goldenen Blick und blieb brav bei Nola und Alende auf der Decke sitzen.

»Das Tier hört tatsächlich auf Euch«, stellte Shanoa fest, nachdem wir uns einige Schritte entfernt hatten.

»Er hat sich auf mich geprägt. Daher bin ich noch hier«, wiederholte ich die Geschichte ein ums andere Mal.

Ich hob den Blick und beobachtete, wie ein Phönix von einer Baumkrone zur nächsten flog und dabei ein bezauberndes Lied von sich gab. Die Melodie war melancholisch und erfüllte mich mit einem tiefgreifenden Glücksgefühl. Wie die Gedanken an Tristan.

»Und ich soll glauben, dass Euer Bleiben nichts mit meinem Sohn zu tun hat?«, fragte Shanoa, als hätte sie meine Gedanken gelesen. Mein Herz setzte für einen Schlag aus.

»Nein«, log ich und hob die Augenbrauen. »Warum sollte es das?«

Es fiel mir nicht schwer, die überraschte Miene beizubehalten, denn der unzufriedene Ausdruck auf ihrem Gesicht gab mir Genugtuung und zeigte mir, dass es sie ärgerte, dass ich mich nicht einschüchtern ließ.

»Spiel nicht das scheinheilige Mädchen. Ich weiß genau, mit welchen Tricks du meinen Sohn in dein Bett gelockt hast.« Hasserfüllt starrte sie mich an, während mir der Atem wegblieb.

»Ich habe nie ...«, begann ich entrüstet, doch sie schnitt mir das Wort ab.

»Wage es nicht, dieses Bündnis zu zerstören. Bleib von meinem Sohn weg.«

Von ihren respektlosen Worten angestachelt, hob ich trotzig das Kinn.

»Und was, wenn nicht?« Ich dachte an den goldenen Ring, den ich unter meiner alten Kleidung im Schrank versteckt hielt.

Mit einem triumphierenden Lächeln auf den vollen Lippen trat sie einen Schritt näher, bis wir uns von Angesicht zu Angesicht gegenüberstanden. Sie war von hochgewachsener Gestalt und blickte auf mich herab. Automatisch fühlte ich mich noch viel kleiner.

»Ich weiß, wer du bist – Zara.« Genüsslich ließ sie meinen wahren Namen auf ihrer Zunge zergehen.

Erschrocken wich ich zurück. Mein Herz schlug wild in meiner Brust und ich wusste nichts zu erwidern. In stummem Entsetzen wartete ich ab, was nun folgen würde.

»Wenn dir deine Familie etwas bedeutet, würde ich an deiner Stelle aufpassen. Ein falscher Schritt und ich lass sie mit einem Fingerschnippen erhängen.«

»Das könnt Ihr nicht tun«, stammelte ich und meine Stimme zitterte vor Verzweiflung.

»Stell mich nicht auf die Probe«, zischte sie mir ins Ohr. »Und jetzt setz ein Lächeln auf. Wir wollen ja nicht, dass jemand misstrauisch wird.« Sie zwinkerte mir zu, was sie nur noch kaltblütiger erscheinen ließ. »Lass Tristan in Frieden und verschwinde dorthin, wo du hingehörst.«

Mit erhobenem Kinn und einem zufriedenen Lächeln auf den Lippen schritt sie durch den Garten zurück in den Palast. Ich starrte ihr nach und wusste, dass ich Wut empfinden müsste, doch ich fühle mich einfach nur leer.

Leer und besiegt.

Das Gefühl der Leere in meinem Inneren hatte noch nicht nachgelassen, als ich durch die Gänge des Palastes zu Tristans Zimmer ging. Jeder Schritt war schwer und ich fühlte mich, als würde ich mich durch einen Sumpf kämpfen.

Nach meinem Gespräch mit Shanoa hatte ich Alende nach einem Papierbogen gefragt. Es war seltsam, nach so langer Zeit erstmals wieder zu Papier und Feder zu greifen. Nicht viele Sklaven konnten lesen und schreiben und wieder mal dachte ich mit Wehmut an Herrn Salamon zurück, der sich so für mich eingesetzt hatte.

Es fühlte sich nicht richtig an, als ich das Pergament zusammenrollte und den Ring darüber zog, damit er die Rolle zusammenhielt. Tristan verdiente es, die Wahrheit aus meinem Mund zu hören.

Doch auf das Papier hatte nicht mal die halbe Wahrheit gepasst und ich fand auch nicht die richtigen Worte dazu. Entscheidend war – ich würde ihn nie heiraten können. Es stand zu viel auf dem Spiel.

Shanoas Worte hatten mich wieder zur Vernunft gebracht. Ich gehörte hier nicht her.

Tief einatmend hielt ich vor Tristans Tür inne. Es war keine Wache anwesend, was bedeutete, dass er nicht in seinem Zimmer war. Doch bald würde er zurückkommen und die Schriftrolle vor der Tür finden. Sobald er den Ring sah, würde er unweigerlich wissen, was es zu bedeuten hatte.

Ich musste fort von hier. Ich könnte es nicht ertragen, ihm doch noch zu begegnen. Tränen sammelten sich in meinen Augen und mein Herz zog sich schmerzhaft zusammen.

War der Kampf von Anfang an zum Scheitern verurteilt gewesen, oder hatte ich zu schnell aufgegeben?

DAS WIEDERSEHEN

Zara

Ziellos wanderte ich durch die Gänge des Palasts, bis die Sonne ihren höchsten Punkt erreichte und die Glocken zum Nachmittagsgebet läuteten. Mit Sicherheit hatte Tristan den Brief samt Ring bereits gefunden und ich traute mich nicht, in mein Zimmer zurückzukehren und ihm unter die Augen zu treten. Sollte er eine Erklärung verlangen, könnte ich sie ihm nicht geben.

Indigo befand sich in der Obhut von Prinzessin Izabel, Nola, Alende und fünf Wachen. Er musste sich erst daran gewöhnen, mich nicht in seiner Gegenwart zu haben, und bisher verlief die Entwöhnung gar nicht gut. Die sechste Wache musste weggetragen werden, als einer von Indigos Feuerstrahlen sie traf.

Es brach mir das Herz, den kleinen Drachen nach mir schreien zu hören, doch ich konnte nicht ewig bei ihm bleiben. Sobald die Feste zur Verlobung von Izabel und Prinz Joschua fürs Erste erledigt waren, würde die tasmanische Prinzessin mit ihren Eltern in die Heimat zurückkehren und Indigo mit sich nehmen.

Bestimmt gedachte sie nicht, mich als Gouvernante zu engagieren. Also war es besser, Indigo so früh wie möglich zu entwöhnen, sodass ich frei von Verpflichtungen endlich in mein neues, freies Leben starten konnte, bevor Neferet von meinem Aufenthaltsort erfuhr und mich meine Vergangenheit auf ein Neues einholte.

Ich hatte die Prinzessin heute kennengelernt und fand, dass Indigo es bei ihr mehr als gut haben würde. Sie war eine ruhige und warmherzige Frau und Indigo würde es an nichts fehlen.

Vom Hof drang Nolas aufgeregte Stimme zu mir und neugierig trat ich ans Fenster, um über die Mauer hinweg nach unten zu blicken. Halb erwartete ich, einen Wachmann in Flammen stehen zu sehen, stattdessen schien Indigo an ihrer Seite überraschend ruhig. Oder war er etwa eingeschüchtert?

Nola stand mit Alende und Indigo am Brunnen des von hellen Pflastersteinen bedeckten Platzes. Von meinem Versteck hinter der Säule aus sah ich, dass sie die Palasttore geöffnet hatten. Neugierig lehnte ich mich ein Stückchen weiter über die Mauer.

Wer waren die Neuankömmlinge? Ich hörte das Klackern von Hufen auf dem gepflasterten Boden. Vermutlich ein Squa?

»Wer seid Ihr? Wer hat Euch eingelassen?«, fragte Prinzessin Izabel, die näher herangetreten war, mit schneidender Stimme.

»General Loyd ist mein Name, Prinzessin«, erklang eine mir nur allzu vertraute Stimme und Loyd trat einen Schritt weiter in die Mitte des Hofes, um sich vor Izabel zu verbeugen. »Es freut mich so sehr, Euch kennenzulernen.«

Der Klang seiner Stimme reichte aus, um mein Herz kurzzeitig zum Stillstand zu bringen, doch ihn keine Sekunde später auch noch in Fleisch und Blut zu sehen, ließ mich beinahe in Ohnmacht fallen. Mein Blick fiel auf Indigo, der sich eingeschüchtert hinter Alende versteckte. Angst durchzuckte mich. Loyd durfte Indigo kein Haar krümmen. Mit einem Mal verdrängte Wut die Panik und ich sah nur noch rot.

Obwohl ich wusste, dass ich im Ernstfall nichts gegen Loyd ausrichten konnte, begann ich, ohne nachzudenken, zu laufen. Ich schlitterte über den glatten Marmorboden die Gänge entlang, raste die Treppen hinunter, nur um zu Indigo zu gelangen. Mein Herz schlug wild gegen meine Rippen und mein Atem ging schnell und hektisch.

»Wachen! Wir brauchen Hilfe«, rief ich hysterisch, als ich durch die Eingangshalle stürmte.

Überrascht folgten mir einige Männer auf dem Fuße. Loyds unerwartetes Auftauchen versetzte mich so in Angst, dass ich gar nicht weiter darüber nachdachte, wie seltsam es war, dass die Soldaten so einfach auf mein Wort hörten. Immerhin war ich doch auch nur eine entlaufene Sklavin.

»Was ist passiert, Abebei?«, fragte einer der Soldaten schnaufend, während er neben mir herlief.

»Jemand muss Tristan holen. Nein, den König – es ist Loyd. Er ist der Verräter, er will den Drachen!«, schrie ich in Panik.

Wir erreichten den Innenhof und augenblicklich lief ich auf Indigo zu, der mir bereits hüpfend entgegenkam.

»Was ist los?«, fragte Alende beunruhigt, während ich auf die Knie fiel und Indigo an mich drückte.

Seit ich meinen Platz am Fenster verlassen hatte, war Loyd nicht weit gekommen. Immer noch stand er umzingelt von den Mauerwachen, Izabel und neugierigen Palastbewohnern.

»Das ist der Mann, der Indigo entführen wollte«, zischte ich wutentbrannt und sprang auf, um auf Loyd zuzustürmen.

»Lass das«, bettelte Nola ängstlich und hielt mich am Arm zurück.

»Dieses Monster! Wie kann er es wagen, hier aufzutauchen?«, ließ ich laut meiner Wut freien Lauf.

Es war allgemein bekannt, dass Loyd der Verräter war. Wie also hatte er bis in den Innenhof des Palastes vordringen können?

»So sieht man sich wieder.« Mit einem diebischen Lächeln sah Loyd an Izabel vorbei. »Und da haben wir auch schon den Drachen.« Seine Lippen kräuselten sich süffisant.

»Sara, woher kennst du diesen Mann?« Izabel runzelte verwirrt die Stirn und sah von einem zum anderen.

Hinter ihrem Rücken formte Loyd mit den Lippen wortlos meinen Namen – meinen echten.

Zara.

Ich schluckte schwer. Mit einem Mal fühlte ich mich seltsam fern, als würde ich die Unterhaltung im Halbschlaf verfolgen. Tristan hatte ihm von meiner wahren Identität erzählt und durch Neferet wusste er sicher alles über mein früheres Leben. Er würde mich damit erpressen und unweigerlich war mir klar, was er verlangen würde. Mein Blick fiel auf Indigo und schnell blinzelte ich Tränen weg.

»Loyd, was machst du hier?«, schallte eine laute Stimme über den Hof und Tristan kam mit großen Schritten auf uns zugestürmt.

Er hatte sein Schwert gezückt und dem rasenden Funkeln in seinen Augen nach zu urteilen, traute ich ihm zu, es auch zu verwenden.

»Ich hätte durchaus eine freundlichere Begrüßung erwartet«, bemerkte Loyd spöttisch. Einzig die Soldaten verhinderten, dass Tristan auf ihn losging.

»Tristan, beruhige dich«, bat ich leise und trat an ihn heran. Obwohl ich selbst vor Zorn kochte, hielt ich einen Kampf nicht für die Lösung. Loyd würde seine gerechte Strafe bekommen, sobald der König hier war. »Lass dich nicht von ihm provozieren«, beschwor ich ihn und tatsächlich wurde er ruhiger.

Wütend schüttelte er die Soldaten sowie meine Hand ab, sodass er allein dastand. »Was willst du?«, bellte er Loyd mit herrischer Stimme an.

»Ich komme nach Hause zurück. Ist das nicht vollkommen normal?«

»Du bist ein Verräter, Loyd. Hier hast du nichts mehr zu suchen.« Verächtlich sah Tristan ihn von oben herab an. »Man wird dich hängen oder Schlimmeres. Wir waren so lange Freunde, daher sage ich dir – verschwinde, solange du noch kannst.«

»Lass das besser den König entscheiden«, entgegnete Loyd und die Selbstsicherheit in seiner Stimme jagte mir trotz der hohen Temperaturen eine Gänsehaut über den Rücken. »Es gibt immer zwei Seiten einer Münze, genauso wie es zwei Seiten einer Geschichte gibt.«

»Sprichst du von Lüge und Wahrheit?«, entgegnete Tristan barsch, doch auch ihm musste klar sein, dass Loyd nicht ohne Grund zurückgekehrt war.

Er hatte einen Plan und solange wir nicht mehr erfuhren, war er uns immer zwei Schritte voraus.

Es grenzte an eine Absurdität, doch Fakt war, dass der König Loyd gestattete, zu bleiben. Ich wusste nicht, was sich hinter den verschlossenen Türen des Thronsaals abspielte, aber als Tristan wutentbrannt hinausstürmte, hatte ich bereits eine gute Vorstellung von dem, was die Bediensteten innerhalb der nächsten Stunden an Tratsch verbreiteten.

Die Lüge, Loyd wäre von Tout und Neferet manipuliert worden, war geradezu lächerlich und ich verstand Tristans Frustration nur zu gut. Aber da ich den König nicht als dumm einschätzte, vermutete ich stark, dass Loyd ihn mit etwas anderem von seiner Unschuld überzeugt hatte.

Seit Loyds Erscheinen wich ich Indigo nicht von der Seite und ich dachte gar nicht daran, eine erneute Entwöhnung zu probieren. Prinzessin Izabel hatte sowieso keine Zeit, sich um ihren Drachen zu kümmern. Wie die anderen Mitglieder der königlichen Familien befand sie sich im Thronsaal, wo noch immer hitzig diskutiert wurde.

Stunde um Stunde betete ich zu den Göttern, Loyds Plan möge kein Aufdecken meiner vertuschten Vergangenheit beinhalten. Früher oder später würde er den Feuerknaller platzen lassen, doch jetzt beabsichtigte er sicher, mich mit der Qual der Ungewissheit leben zu lassen.

Mir war nicht nach Essen zumute, weshalb ich mit Indigo, der nach dem heutigen Tag noch zu viel Energie in sich trug und die ganze Zeit nur mein Zimmer verwüstet hatte, durch die Gänge schlenderte. Ich hoffte, irgendwo einen neuen Informationsfetzen aufzuschnappen, der mir verriet, wie die Verhandlungen liefen.

Die Wahrheit war jedoch, dass ich mich in einer viel zu unkonzentrierten Verfassung befand und wie in Trance einen Schritt vor den anderen setzte, wie eine Schlafwandlerin. Ich wusste schon gar nicht mehr, in welchem abgelegenen Teil des Palastes ich mich aufhielt. Zumindest war es ziemlich dunkel und ich war lange niemandem mehr begegnet.

Als ich die Schritte einer Person hörte, hielt ich gerade noch rechtzeitig inne und rettete mich mit Indigo hinter eine der Säulen. Mir fehlte gerade noch, dass mich irgendjemand so sah … Erst als sich eine Tür knarrend schloss, wagte ich mich aus meinem Versteck. Ich passierte soeben die Tür, da vernahm ich dumpf eine bekannte Stimme und verharrte in der Bewegung.

»Das war wirklich nicht einfach«, sagte Moné melodisch, jedoch mit einem angespannten Unterton.

Keinesfalls wollte ich Tristans Verlobter begegnen, allerdings packte mich die Neugierde, was die Prinzessin in einer dunklen Kammer in diesem entlegenen Teil des Schlosses zu suchen hatte. Ich pirschte mich an die Tür heran und presste gespannt mein Ohr gegen das Holz.

»Nun ist es beinahe geschafft. Ich wusste, ich kann auf dich zählen, Moné.«

Loyd!

Mir gefror das Blut in den Adern. Wieso war sie allein mit ihm in einer Kammer? Ich an ihrer Stelle hätte vor Angst gezittert und wäre auf dem schnellsten Weg geflüchtet. Loyd war für mich der Inbegriff des Bösen.

»Ich hoffe, es lohnt sich«, entgegnete Moné, ohne auf sein schleimendes Süßholzraspeln einzugehen. »Deinetwegen ist Tristan wütend auf mich und mein Bruder misstrauisch.«

Oh Godsqua, die zwei steckten unter einer Decke!

»Natürlich lohnt es sich«, behauptete Loyd augenblicklich.

Was würde sich lohnen? Mein Herz schlug unnormal schnell und über das Rauschen meines Blutes in meinen Ohren fiel es mir schwer, sie zu verstehen.

»Ich will sie verschwinden sehen.«

Mir war sofort klar, wen Moné damit meinte. Sie wollte mich loswerden – ich konnte es ihr nicht verdenken.

»Ach, die Liebe.«

Leise drang Loyds hinterhältiges Lachen an mein Ohr und ich konnte mir gut vorstellen, wie ihn Moné in ebendieser Sekunde verächtlich musterte. Wie hatte sie sich nur auf jemanden wie ihn einlassen können? Nur damit sie bekam, was sie wollte …

»Es geht mir nicht nur um Sara.«

»Ach ja?«, machte Loyd spöttisch.

Moné antwortete nicht.

»Aber das kostet dich extra. Das Mädchen war immerhin nicht von vorneherein in unserem Deal«, sprach Loyd weiter, woraufhin sein Gegenüber spöttisch auflachte.

»Genauso wenig war in unserem Deal inkludiert, dass du deinen Part verbockst und das Drachenei gefunden wird. Was hat der König gesagt, als er hörte, dass das Ei zurück bei meinem Vater ist?«

Verwirrt zog ich die Stirn kraus. Von wem sprach Moné? Meinte sie mit König ihren Vater oder einen der anderen Monarchen? Izabels Vater, König Aréolan oder sogar den Schattenkönig Rauke? Indigo neben mir zog ungeduldig mit den Zähnen am Saum meines Kleides.

»Psst«, machte ich angespannt und bedeutete ihm, still zu sein.

Mit wild klopfendem Herz beugte ich mich nieder, um durch das Schlüsselloch zu lugen. Es reichte, um einen kurzen Blick auf Moné und Loyd zu bekommen, die eng nebeneinander mit einer Kerze in dem halbdunklen Raum standen. Sie waren zu sehr auf sich selbst konzentriert, um mich zu entdecken. Schnell legte ich mein Ohr wieder an die Holztür und hörte weiter zu.

»Der König wird den Drachen schon noch bekommen. Deswegen bin ich ja hier. Aber gut«, lenkte Loyd in dem Moment ein. »Dann sind wir wohl quitt.«

»Zwei Fliegen auf einen Schlag«, verkündete Moné. »Izabel mischt sich in unsere Angelegenheiten ein – ich will, dass sie so schnell wie möglich verschwindet. Entweder du kommst noch in Scat an den Drachen oder Izabel nimmt ihn mit sich. So oder so muss auch Sara gehen«, führte sie weiter aus, woraufhin Loyd provozierend langsam Beifall klatschte.

»Da hat sich aber jemand Gedanken gemacht.«

»Mach dich ruhig lustig«, erwiderte Moné verächtlich. »Aber wenn Izabel zurück nach Tasmanien verschwindet, bevor du an den Drachen gekommen bist, wird es für dich mehr als schwer, deine Aufgabe zu erfüllen. Glaub ja nicht, ich würde mich dann noch dafür interessieren. Sobald Tristan einwilligt, mit mir in den Süden zu gehen, kannst du auf meine Hilfe verzichten. Und solltest du es nicht mitbekommen haben: Feuerdrachen wachsen nicht auf Bäumen. Solltest du diese Chance vermasseln, wird sich vermutlich nie wieder eine solche Gelegenheit bieten.«

»Dann viel Glück«, spottete Loyd. »Ich kenne Tristan gut genug. Du wolltest, dass sein erster großer Auftrag für deinen Vater schiefgeht und er deshalb die Aufgabe im Süden annimmt, aber das wird er nicht tun.«

»Lass mich einfach in Ruhe«, zischte sie aufgebracht. »Ich habe meinen Teil der Abmachung erfüllt und dich sogar vor meinem Vater verteidigt. Du verdankst mir, dass du hier so unbekümmert herumspazieren darfst, selbst nachdem du deine Aufgabe in Tasmanien so vermasselt hast. Dementsprechend erwarte ich ein Resultat, welches mich zufriedenstellt. Haben wir uns verstanden?« Drohend senkte sie die Stimme, sodass ich mich konzentriert vorlehnen musste, um das Folgende zu verstehen.

»Verstanden.«

»Gut«, zischte sie.

Die Wut war nicht zu überhören. Sie waren nur des Zieles wegen Verbündete, ansonsten schienen sie keine Verbindung zu haben. Ihre Abneigung ihm gegenüber klang beinahe genauso groß wie die meinige.

»Aber der Drache wird nicht mit der Prinzessin zurückkehren. Dafür werde ich sorgen.«

Mein Herz zog sich bei diesen Worten ängstlich zusammen. Krampfhaft umklammerte ich Indigo.

»Es wird nicht einfach. Aber sobald der Drache bei König Aréolan ist, sind all unsere Probleme gelöst. Sobald Tasmanien vom Heer des Schattenmeisters aus dem Norden und dem des Blutbändigers aus dem Osten umzingelt ist, wird der tasmanische König ganz andere Sorgen haben, als seine Tochter unter die Haube zu bringen. Sie werden sofort abreisen. Da König Scąr das Land nicht unterstützen und seine Absichten nicht länger verschleiern können wird, wird die Verlobung sofort aufgelöst werden. Aber einen Krieg gegen zwei so starke Parteien kann er sich nicht leisten.« Loyd lachte zufrieden auf, während sich mir die Härchen auf den Armen aufstellten.

Tristans Verwirrung, ob nun der Norden oder der Osten hinter den Intrigen steckte, war völlig hinfällig. Der Blutbändiger und der Schattenkönig arbeiteten zusammen. Sie hatten einen Plan und würden alles daran setzen, ihn auch zu erreichen. Indigo als gefährlicher Feuerdrache konnte in den falschen Händen großen Schaden anrichten. Das durfte nicht passieren.

»König Aréolan, der Blutbändiger, und sein Feuerdrache – klingt das nicht großartig?«

Nein, es klang vernichtend.

Tristan

»Ich muss mit dir reden.«

Das war der Schlüsselsatz, der Tristan glücklich aufhorchen und sein Herz einen Sprung machen ließ. Doch als er den Blick hob und Zara in die Augen sah, erlosch jeder Hoffnungsschimmer und hinterließ einen dicken Kloß im Hals.

Er räusperte sich. »Ja, natürlich.«

»Wo ist Prinzessin Izabel? Es ist wichtig. Ich muss mit euch sprechen.« Sie sah ihm nicht in die Augen und Tristan fühlte sich seltsam leer.

»Worum geht es?«, fragte er tonlos.

»Das kann ich hier nicht sagen.« Hektisch sah sie sich um. Sie standen im Hauptgang, der vom Thronsaal in die Eingangshalle führte. Bedienstete und Soldaten schritten an ihnen vorbei.

»Im Garten können wir ungestört sprechen. Trefft mich dort bei Sonnenuntergang. Es ist wirklich wichtig.«

Mit diesen Worten drehte sie sich um und eilte davon. Ungläubig sah er ihr nach.

»Zara! Wir sind hier noch nicht fertig. Ich muss genauso mit dir reden«, schrie er wütend und bemerkte zu spät, dass ihm ihr wirklicher Name herausgerutscht war.

Als ihr eine vorübergehende Frauengruppe neugierig hinterherstarrte, schlug er wütend mit der flachen Hand gegen die Steinmauer. Zara war bereits verschwunden und er traute sich nicht, noch mehr Aufsehen zu erregen, indem er ihr nachrannte.

»Verdammt«, fluchte er.

Seit er den Ring und ihren Brief vor seinem Zimmer gefunden hatte, verstand er die Welt nicht mehr. Wieso wies sie ihn zurück – obwohl sie doch genauso für ihn empfand wie er für sie? Der Tag war wie verflucht und als er sich in Bewegung setzte, um Prinzessin Izabel aufzusuchen, hing er seinen düsteren Gedanken nach, die ihn seit Stunden verfolgten wie dunkle Gewitterwolken.

Erst Zaras unverständliche Zurückweisung und dann auch noch Loyds Wiederkommen. Er verstand nicht, wie der König ihn aufnehmen konnte, nach all dem, was er ihm über den Verräter erzählt hatte.

Während des Verhörs im Thronsaal hatte der König sich seine Argumente zwar angehört, doch nachdem er allein mit Loyd gesprochen hatte, war seine Entscheidung anders ausgefallen. Noch mehr ärgerte ihn jedoch Monés Rolle in diesem Streit, weshalb er ihr bereits den ganzen Tag aus dem Weg ging, obwohl sie immer wieder seine Nähe suchte.

Tatsache war, er konnte ihren Anblick momentan nicht ertragen. Wie konnte sie erwarten, seine Frau werden zu wollen, wenn sie sich bei solch einer wichtigen Entscheidung gegen ihn stellte? Hinterrücks hatte er erfahren, dass sie sich für Loyds Unschuld ausgesprochen hatte. Es ergab absolut keinen Sinn, warum sie das getan hatte, und dass sie im Unrecht war, musste doch selbst dem König klar gewesen sein. Immerhin hatte Loyd nicht nur das Königreich verraten, sondern auch sein und Zaras Leben.

Er traute ihm nicht und fürchtete um die Sicherheit des Drachen. Nun den König so uneinsichtig und leichtsinnig zu erleben, schürte seine Wut und vergiftete seine Gedanken.

Tristan fragte sich, warum Zara gerade nach Izabel gefragt hatte, und sehnte den Sonnenuntergang herbei. Zwar war ihm bewusst, dass es nicht die Art Gespräch werden würde, nach der er sich verzehrte, doch wenigstens würde er sie so wiedersehen.

»Sie möchte mich dabeihaben?«, fragte Prinzessin Izabel überrascht, als Tristan ihr die Lage schilderte, nickte aber sofort und ging mit ihm.

Die Sonne stand tief und sie begegneten kaum Menschen. Der Großteil des Hofstaates nahm gerade das Abendmahl ein und Tristan vermutete, dass Zara die Zeit absichtlich gewählt hatte. Wenigstens musste er sich so keine Sorgen machen, Moné über den Weg zu laufen.

Als sie im Garten eintrafen, saß Zara mit Indigo bereits auf einer Holzbank im Pavillon und starrte in die Ferne. Sie wandte ihnen den Rücken zu, sodass es nicht auffiel, wie Tristan sie mit seinen Blicken geradezu verschlang.

Das Gras unter ihren Füßen raschelte und aufgeschreckt sah Zara hoch. Sobald sie sie erkannte, glätteten sich ihre Gesichtszüge und entschlossen erhob sie sich.

»Danke, dass ihr gekommen seid. Loyd und Moné planen etwas Schreckliches und wir müssen sie aufhalten.«

»Wovon spricht du?«, fragte Izabel beunruhigt, während Tristan abwehrend die Arme verschränkte.

»Ich habe ihr Gespräch belauscht«, gestand Zara und streichelte Indigo beruhigend über den Rücken. »Sie stecken unter einer Decke. Moné wusste, dass das Drachenei gestohlen werden soll. Tristan, hast du dich nie gefragt, warum ich das Drachenei in der Hauptstadt Kopaniens stehlen konnte? Der Dieb war damit auf dem Weg in den Osten, so wie es dir Loyd weismachen wollte.«

»Aber das war doch bestimmt nur ein Trick von ihm«, wandte Tristan ein. »Würde es nicht viel mehr Sinn ergeben, wenn er es zum Schattenkönig bringen wollte? Immerhin arbeitet er mit Neferet zusammen, die ebenfalls eine Schattenbändigerin ist, und Tout war in Ignis stationiert. Außerdem haben die Schattenwesen Loyd verschont. Irgendwie müssen sie also in Verbindung stehen.«

»Du verstehst mich falsch«, sagte sie und trommelte ganz aufgeregt mit ihren Fingerspitzen auf die Bretter der Holzbank. »Was ist, wenn sie zusammenarbeiten? Der Schattenkönig und der Blutbändiger – ein gefährliches Duo. Stellt euch doch mal vor, was sie anrichten können, wenn sie auch noch im Besitz eines Feuerdrachen sind.«

»Ein Bündnis«, rief Izabel entsetzt aus. »Ein Bündnis wie zwischen dem tasmanischen und dehnarischen Reich«, fügte sie leiser hinzu.

»Offenbar hatten sie dieselbe Idee«, erwiderte Zara düster.

Besorgnis braute sich in Tristan zusammen. Fassungslos rang er um Worte. »Bei Godsqua, wir müssen sie aufhalten.«

»Tristan! Warte«, rief Moné und widerwillig verlangsamte Tristan seine Schritte.

Seit Tagen ging er seiner Verlobten nun schon aus dem Weg. Nach dem, was Zara ihm und Izabel anvertraut hatte, konnte er Moné kaum noch in die Augen schauen. Es war kein Hass, den er gegen sie hegte – viel eher eine tiefe Enttäuschung, die er nicht ausblenden konnte.

»Warum rennst du vor mir weg? Ich möchte mit dir reden.« Anklagend hielt sie ihn am Arm fest und da sie sich in der Öffentlichkeit befanden, blieb er stehen.

Andernfalls würde sie ihm mit Sicherheit eine Szene machen und dafür fehlte ihm heute die Kraft.

»Ich renne nicht vor dir weg. Ich habe etwas zu erledigen«, entgegnete er grimmig.

Gekränkt verschränkte sie die Arme vor der Brust.

»Herrje, was ist nur in dich gefahren? Seit Tagen behandelst du mich wie Luft.«

»Seit Loyd zurück ist«, widersprach Tristan und legte damit offen, was ihn wirklich störte. »Du hättest ihn nicht verteidigen dürfen. Wie kannst du ihn in Schutz nehmen? Er hat das Land verraten und das weißt du genau.«

Erstmals sah er ihr wieder in die Augen. Ernst und unglaublich wütend. Unweigerlich wich sie einen Schritt zurück.

»Eifersüchtig?«, fragte sie mit hochgezogenen Augenbrauen und einem schelmischen Lächeln.

»Ganz bestimmt nicht«, wies Tristan sie kühl ab. »Loyd hat den Tod meiner Kameraden zu verantworten. Er ist ein Verräter und ich traue ihm nicht.« Mit diesen Worten wandte er sich ab und setzte seinen Weg fort.

»Tristan! Es tut mir leid. Renn jetzt nicht einfach weg! Wir müssen darüber reden«, flehte Moné. Ehrliches Bedauern sprach aus ihren Augen, doch Tristan beachtete es gar nicht.

»Es war eine falsche Entscheidung von mir. Aber hier am Hof kann er doch nichts anrichten. Er steht unter ständiger Beobachtung und …«

»Als ob«, spie er ihr verächtlich entgegen. »Er läuft hier frei herum und kann tun und lassen, was er will. Er wird Schaden anrichten – großen Schaden.«

Tristan beobachtete ganz genau Monés Reaktion. Wenn sie wirklich Loyds Komplizin war, wie würde sie sich verhalten, wenn es ernst wurde? Würde sie tatsächlich den Schritt wagen, gegen ihr eigenes Land zu handeln, nur um Zara und Izabel loszuwerden und mit ihm in den Süden zu gehen?

»Bitte lass uns über etwas anderes reden. Ich bin eine Frau, ich sollte mich nicht in die Politik einmischen ...«, versuchte sie mit ruhiger Stimme die Wogen zu glätten.

»Das ist nicht ... ach, egal.«

Entnervt winkte er ab und verzichtete darauf, den Streit weiterzuführen.

»Hast du schon gehört, Prinzessin Izabel möchte einen Ball veranstalten.«

»Einen Ball?« Überrascht hob er den Kopf. »Warum das?«

Moné zuckte lächelnd mit den Schultern, scheinbar froh, das Thema umgelenkt zu haben. »Sie sagt, es wäre eine schöne Geste den anderen Ländern gegenüber, um die Verlobung und das damit einhergehende Bündnis zu feiern.«

»Also kommen die Herrscher aller Länder«, schlussfolgerte Tristan und wie ein Geistesblitz schoss ihm das Bild des kopanischen Königs durch den Kopf. Das steckte also hinter Izabels Idee.

»Ich möchte mit dir hingehen«, säuselte Moné mit honigsüßer Stimme und lächelte ihn warm an.

Ihr rabenschwarzes Haar schimmerte im Licht der untergehenden Sonne und aufreizend wiegte sie die Hüften bei jedem Schritt hin und her. Doch Tristan hatte dafür keine Augen. Draußen im Hof hörte er die jammernden Schreie des Drachen. Vermutlich startete Zara einen erneuten Entwöhnungsversuch mit Indigo. Sie musste ganz in der Nähe sein.

»Tristan?«, widerholte Moné ungeduldig und hob die Augenbrauen. »Gehst du mit mir hin?«

»Wohin?«, entgegnete er abgelenkt.

»Zum Ball natürlich.«

»Oh.«

Das hätte er kommen sehen müssen. Ihm gingen Izabels Worte nicht mehr aus dem Kopf – sie mussten darauf achten, alles normal erscheinen zu lassen. Würde er sie trotz ihrer Verlobung nicht auf den Ball begleiten, würde es unnötiges Getuschel und Probleme geben, die er im Moment nicht gebrauchen konnte.

»Ja, natürlich«, stimmte er zu.

Zara

»Indigo ist mittlerweile so groß, er muss im Innenhof schlafen, und trotzdem weicht er dir nicht von der Seite. Wird er noch erwachsen, oder ist das ein Bündnis fürs Leben?« Izabel klang ratlos und ihr Blick war nachdenklich, als sie sich auf einem Sofa in meinem Zimmer niedersetzte und an die Decke sah.

In den letzten Wochen hatten wir viel Zeit miteinander verbracht und auch wenn unsere Bemühungen mit Indigo nicht geglückt waren, so hatten wir uns doch angefreundet.

»Ich weiß es nicht. Aber es stört ihn ganz fürchterlich, die Nächte allein draußen verbringen zu müssen.«

Ganz allein war er dort zwar nie und manchmal, wenn sein Gejammer bis zu meinem Fenster drang und ich es nicht länger aushielt, schlich ich mich nach unten und beruhigte ihn.

»Sara, ich muss dich etwas fragen. Du ahnst es vermutlich schon seit Längerem«, begann Izabel und richtete sich wieder auf. »Aber ich möchte wissen, ob du mit uns kommen willst. Sobald der Ball vorüber ist, werde ich zumindest fürs Erste mit meiner Familie nach Hause zurückkehren. Es wäre nicht das Richtige, Indigo ohne dich in den Norden zu bringen.«

Zwar hatte ich tatsächlich bereits darüber nachgedacht, dennoch überraschte es mich, wie offen sie die Situation nun ansprach.

»Ja, natürlich. Ich würde gerne mit euch kommen«, antwortete ich, ohne darüber nachzudenken.

Als mich die Erkenntnis traf, dass ich womöglich bald nicht nur in Tasmanien leben, sondern auch eine angesehene Arbeit am Hof haben und in der Gunst der Prinzessin stehen würde, erfüllte mich Begeisterung.

»Das ist großartig!« Die Prinzessin wirkte ehrlich erfreut. »Dann leite ich das gleich weiter. Mach du dich in der Zwischenzeit fertig, ich komme gleich zurück.«

Enthusiastisch sprang sie auf und tänzelte mit raschelnden Röcken zur Tür. Heute war der Tag der Tage. Der Ball würde bei Sonnenuntergang eröffnet werden und die adeligen Gäste trudelten der Reihe nach ein, sodass im Palast eifriges Treiben herrschte. Prinzessin Izabel hatte mir ein Kleid geliehen, welches sich maßgeblich von den dehnarischen Tuniken unterschied und mich an das Kleid erinnerte, das ich in Ignis zum Winterfest getragen hatte. Jener Abend brachte Erinnerungen hoch und erneut übermannte mich eine tiefe Sehnsucht. Doch ich sollte nicht in Trübsal versinken.

So beschloss ich, vor dem Ball ein letztes Mal nach Indigo zu sehen, und verließ das Zimmer.

Vorsichtig setzte ich mich auf einen Mauervorsprung neben Indigo und achtete dabei penibel genau darauf, mein Kleid nicht zu ruinieren.

Der hellblaue Stoff wirkte im goldenen Licht der untergehenden Sonne warm und umschmeichelte meine gebräunte Haut. Um den Hals trug ich ein einfaches Stoffband in derselben Farbe mit einem blitzenden Saphir. Ich fühlte mich, als sei ich selbst eine Prinzessin. Die Veränderung, die mein Leben im letzten Monat vollzogen hatte, war kaum zu glauben und ich begriff es immer noch nicht ganz. Vor allem Indigo hatte alles auf den Kopf gestellt.

Vollkommen in Gedanken versunken, beobachtete ich den Drachen, der neugierig über den Platz stolzierte. Der Trubel der ankommenden Gäste schien ihn ganz aufgeregt zu machen. Mittlerweile hatte der anfangs so kleine Drache die Größe eines ausgewachsenen Squas erreicht und wenn er die Flügel ausbreitete, war die Gefahr groß, dass er versehentlich eine der Wachen von den Füßen riss. Seine im Sonnenlicht glänzenden Schuppen waren noch immer von einem besonderen Rot, jedoch dunkler, fast blutrot. Immer wieder musste ich daran denken, wie Loyd Indigo als mächtige Waffe bezeichnet hatte. Wie ich es auch drehte, ich konnte den Drachen, den ich so in mein Herz geschlossen hatte, nicht als Gefahr ansehen. Dennoch wurde mir mit jedem Stück, das er wuchs, bewusst, dass es nur die Wahrheit war.

»Kommst du gar nicht rein? Die Eröffnung des Balles beginnt jeden Moment«, erklang eine vertraute Stimme hinter mir und überrascht zuckte ich zusammen.

»Tristan.« Gegen meinen Willen bildete sich ein Lächeln auf meinem Gesicht.

»Was machst du noch hier draußen?« Gemächlich kam er näher und lehnte sich gegen die Mauer. Er trug ebenfalls ein Festgewand, die kunstvollen Stickereien und Verzierungen am Stoff hatte ich bereits bei einigen der jungen Nobelmänner gesehen, deren Weg ich gekreuzt hatte.

»Indigo ist ein wenig nervös, da wollte ich ihn beruhigen.« Ich zuckte mit den Schultern und erhob mich. Es machte mich nervös, wie er auf mich herabsah. Irgendwie war in meinem Inneren wohl noch die Furcht verankert, wie Neferet auf mich herabgesehen hatte. Doch mittlerweile hatte ich diesbezüglich nichts mehr zu befürchten. Niemand außer Tristans Mutter wusste, wer ich wirklich war, und dementsprechend behandelten mich alle mit Respekt.

»Du kümmerst dich wirklich gut um ihn.«

»Danke. Es bedeutet mir viel, dass du das sagst.«

Wir verfielen in Schweigen. In meinem Kopf geisterten tausend Dinge umher, die ich ihm gerne gesagt hätte, in der Realität traute ich mich jedoch nicht, sie auszusprechen.

»Izabel wird Indigo und mich mit nach Tasmanien nehmen«, sagte ich nach einer Weile.

»Sie wird was?« Entsetzt öffnete er den Mund. »Du kannst hier nicht fort.« Fassungslos schüttelte er den Kopf, wandte sich von mir ab, als könnte er mir nicht länger in die Augen sehen.

»Ich kann«, entgegnete ich mit fester Stimme. »Ich muss fort. Hier kann ich nicht glücklich sein.«

Sanft, aber bestimmt legte ich meine Hand auf seine Schulter und zwang ihn damit, mir wieder in die Augen zu sehen. Aus seinem Blick schrie die Frage danach, warum ich ihn abgewiesen hatte. Doch ich brachte es nicht über mich, ihm zu sagen, was seine Mutter mir angedroht hatte. Ich wollte seine Familie nicht zerstören – genauso wenig wie meine.

»Ich möchte, dass du hier mit mir glücklich bist«, flüsterte er.

»Du bist verlobt, Tristan«, erwiderte ich ruhig, ohne Anschuldigung, ohne Wut – es war einzig und allein eine Feststellung. »Also was soll mich hier halten? Tasmanien würde mein Neustart werden. Meine zweite Chance auf ein gutes Leben. Soll ich diese Möglichkeit ziehen lassen? Nur, um einem Mann nahe zu sein, den ich nie mein Eigen werde nennen können?«

»Natürlich könntest du das«, entgegnete Tristan hitzig. »Ich habe dich gefragt, ob du mich heiraten willst! Du hast Nein gesagt, wie kannst du nun so tun, als würde ich dich nicht halten? Ich würde alles dafür tun, dass du bei mir bleibst.«

Schwer atmend packte er mich an den Schultern und schüttelte mich, als würde er damit meinen Verstand wachrütteln. Die Leidenschaft funkelte in seinen Augen und zu gerne hätte ich mich einfach dem Moment hingegeben und ihn geküsst. Doch Shanoas Drohung hallte unglückbringend durch meine Gedanken. Auf gar keinen Fall wollte ich das Leben meiner Familie riskieren, nur um für einen winzigen Moment glücklich zu sein.

»Es geht nicht, Tristan. Wir sind nicht füreinander bestimmt. Dafür steht zu viel gegen uns.«

Schmerzhaft zog sich mein Herz zusammen. Diese Worte auszusprechen, war grauenhaft für mich.

»Wie kannst du so etwas sagen?« Entgeistert schüttelte er den Kopf.

Er bedachte mich mit einem enttäuschten Blick, als würde er das Mädchen, in das er sich verliebt hatte, in mir nicht wiedererkennen. Es tat weh, so von ihm angesehen zu werden. Tränen sammelten sich in meinen Augen und ich blinzelte sie schnell weg.

»Für die Liebe kämpft man. Und du wirfst unsere weg, nur weil zu viel gegen uns steht?«

»Du weißt nicht, wovon du redest«, sagte ich schwach und wandte den Blick ab.

»Dann erkläre es mir!« Wütend packte er mein Handgelenk und hielt mich fest. Die Energie zwischen uns knisterte, mein Herz schlug wild gegen meine Rippen. Traurigkeit überkam mich und hinterließ eine tiefgreifende Leere.

»Das kann ich nicht«, flüsterte ich.

Tristan lockerte seinen Griff um mein Handgelenk. War das das Zeichen, dass auch er aufgab? Es war falsch von mir, doch insgeheim hoffte ich, er würde mir noch einmal in die Augen sehen und alles darin erkennen.

Die Lüge. Die Liebe.

Ich drehte mich um und wusste, dass ich gehen musste. Es war alles gesagt und jede weitere Sekunde würde mich nur schwach werden lassen. Alles in mir verzehrte sich danach. Ich hoffte, er würde mich aufhalten – festhalten und nie wieder loslassen.

Doch das tat er nicht.

»Wo warst du? Ich habe dich überall gesucht«, rief Izabel, als ich die Eingangshalle betrat.

Sie eilte auf mich zu, wobei ihr in Locken gelegtes, silberblondes Haar unruhig hin und her schwang.

»Tut mir leid. Ich musste nur schnell zu Indigo.« Meine Begegnung mit Tristan verschwieg ich wohlweislich. Andernfalls wäre ich vermutlich noch in Tränen ausgebrochen.

»Die Eröffnung beginnt jeden Moment.«

Nervös trat sie von einem Bein auf das andere, während sie abwartete, dass auch ich die Eingangsstufen erklomm. Vereinzelt standen noch Gäste in der Eingangshalle, doch der Großteil wartete bereits im Ballsaal auf die Begrüßung des Königs und den Eröffnungstanz.

»Aber du musst doch tanzen. Was machst du noch hier draußen?«

»Ich möchte nicht allein hineingehen«, gab sie zu und lächelte beschämt. »Kommst du mit mir nach vorne?«

Mit schief gelegtem Kopf sah ich sie an. »Du hast doch etwas vor«, schlussfolgerte ich, da ich das schelmische Glitzern in ihren Augen sah.

»Nein«, empörte sie sich sofort, musste jedoch einen Augenblick später bereits kichern.

»Ich wette, Tristan fordert dich zum Eröffnungstanz auf.«

In meinem Hals bildete sich ein dicker Kloß. Das würde ganz bestimmt nicht passieren – nicht nach unserem Streit.

»Izabel. Wo bleibst du so lange?«, ertönte eine hohe Stimme von der Treppe aus. Sie sprach auf Tasmanisch und ich erkannte augenblicklich die Königin.

»Komm schon«, drängte mich Izabel und da mir keine Erwiderung einfiel, ließ ich mich von ihr mitziehen. »Kannst du tanzen? Es ist egal, wenn nicht. Der Tanz ist nicht schwer. Außerdem wird Tristan führen.«

Kichernd schlug sie die Hand vor den Mund. Ihre Mutter warf uns einen tadelnden Blick zu und automatisch machte ich mich ganz klein. Die hochgewachsene Gestalt der Königin war einschüchternd und wie sie nun mit erhobenem Kopf graziös voranschritt, fühlte ich mich plötzlich ganz plump, wie ein dicker Elefant, der durch die Menschenmenge trampelte. Dass der bauschende Stoff meines Kleides noch mehr Platz einnahm, verstärkte dieses Gefühl nur noch mehr.

»Kopf hoch«, flüsterte mir Izabel zu und schnell ermahnte ich mich zu einer aufrechten Haltung.

Wir erreichten den Eingang des Festsaals. Die Autorität der tasmanischen Königin teilte die zusammenstehenden Zuseher wie ein Schiff das Wasser. Mein Herz klopfte wild und plötzliche Aufregung übermannte mich.

Würde Tristan mich tatsächlich zum Tanz auffordern? Sich gegen Moné und die Wünsche seiner Familie stellen? Meinetwegen?

Ich wagte es zu bezweifeln und dennoch blieb ein kleiner Hoffnungsschimmer, der sich von meinem Herzen über meine Brust und meinen ganzen Körper ausbreitete und mir ein glückseliges Lächeln auf die Lippen trieb.

Erst als wir stehen blieben und mein Blick durch den Saal schweifte, erlosch mein Strahlen gänzlich. Moné stand auf der gegenüberliegenden Seite neben ihrem Bruder, dem Prinzen, und ihr durchdringender Blick lag auf mir. Mein Herz stockte und ich wusste nicht, wohin ich sehen sollte.

Hektisch besah ich die wunderschöne Aufmachung des Ballsaals, auf die ich mich doch nicht wirklich konzentrieren konnte.

Durch die hohen Buntglasfenster fiel das letzte Sonnenlicht und brach sich in allen Regenbogenfarben, während an der Decke die Feuerfeen auf den Sonnenuntergang warteten, um mit ihrem Feuerspektakel den Ball zu eröffnen.

Eine freudige, gespannte Erwartung lag in der Luft und die Leute unterhielten sich angeregt in den unterschiedlichsten Sprachen. An den Längsseiten des Saals floss kristallklares Wasser wie bei einem Wasserfall die Wände hinab – dabei konnte es sich nur um das Werk mehrerer Wasserbändiger handeln. Das ruhige Plätschern des Wassers und das Stimmengesumme hätten mich beruhigen sollen. Stattdessen stand ich wie auf glühenden Sohlen.

Während ich einem Nervenzusammenbruch nahe war, drehte sich Prinzessin Izabel mit stoischer Gelassenheit hin und her, sodass die Röcke ihres Kleides wie ein Wolkenschiff schwangen. Sie winkte den Gästen zu, die kaum die Blicke von ihr wenden konnten.

Der Unterschied zwischen uns war unübersehbar – sie war für dieses Leben geboren, ich hingegen verdankte es nur einer Reihe an Zufällen, dass ich heute hier war.

Der dehnarische König stand mit seiner Frau auf einem Podium, auf welchem zwei Throne aufgestellt worden waren. Zwar waren sie nicht ganz so imposant wie die im Thronsaal, jedoch stellten sie in Kombination mit dem restlichen Ambiente ihre Macht einzigartig zur Schau.

Eine Fanfare erklang und lenkte die allgemeine Aufmerksamkeit auf König Scąr, der sich erhob und mit vor Stolz gereckter Brust auf seine Gäste herabsah. Vorsichtig lugte ich zu Moné, doch nun sah auch sie zu ihrem Vater und ich entspannte mich ein wenig. Ich traute mich nicht, nach Tristan Ausschau zu halten. Zu groß war die nervöse Angespanntheit.

Würde er mich auffordern? Ich konnte keinen klaren Gedanken fassen. Was würden die Leute von uns denken? Moné würde am Boden zerstört sein, das hatte sie nicht verdient. Bestimmt war Tristan ohnehin zu wütend auf mich.

Izabel hatte die Hoffnung in mir geweckt, die ich eigentlich nicht verspüren durfte. Immerhin war ich es gewesen, die ihn klar zurückgewiesen hatte.

»Verehrte Damen und Herren. Es ist mir eine Freude, Euch alle heute hier als Gäste willkommen heißen zu dürfen.«

Die wohlklingende Stimme des Königs hallte durch den Saal und vollkommene Stille kehrte unter den Gästen ein. Gespannt verfolgten sie die Eröffnungszeremonie. Anhand der Kleidung und der Wachmänner erkannte ich sofort, wer der dritte König war, obwohl ich ihn noch nie gesehen hatte.

Aréolan, der kopanische König, stand uns gegenüber in der ersten Reihe vor dem Tanzparkett. Der beinahe zierliche, junge Mann hatte nichts von einem blutrünstigen Krieger. Wäre ich ihm auf der Straße begegnet, hätte ich wohl niemals erwartet, dass es sich bei ihm um einen diktatorischen Monarchen handelte, der sein Volk unterdrückte, hungern ließ und nichts gegen die Sklaverei unternahm. Wie er zu dem Beinamen *Der Schreckliche* gekommen war, hatte ganz offensichtlich nichts mit seiner physischen Erscheinung zu tun.

Doch in ihm steckte ein Blutbändiger. Automatisch stellten sich mir die Nackenhaare auf, als ich ihn so beobachtete. Kaum konnte ich glauben, dass dieser junge Mann hinter den Entführungsplänen Indigos steckte. Die für einen Kopanen so typischen schwarzen Haare waren in einem Knoten zusammengefasst und mit der gebräunten Haut und den hohen Wangenknochen machte er einen attraktiven Eindruck. Doch in seinen schwarzen Augen lag Verschlagenheit.

Schnell wandte ich den Blick ab. Meine Brust hob und senkte sich hektisch und zwanghaft konzentrierte ich mich auf das Auskundschaften der Lage. Schnell erkannte ich: der selbstgekrönte Schattenkönig Rauke war nicht geladen, was eine klare Stellungnahme des dehnarischen Königspaars darstellte.

»... Denn dieser Ball steht im Zeichen des Friedens und es ist mir eine Ehre, den Abend nun für eröffnet zu erklären.«

Auf die Sekunde genau ging vor den Fenstern des Palasts die Sonne unter und die Nacht begann. Wie Kanonenkugeln schossen die Feuerfeen in die Luft und versprühten ihre Flammen, wie es die Hexen in Ignis getan hatten.

Das Orchester begann zu spielen und ich wusste, dass es nun so weit war. Der Eröffnungstanz.

Diese Ehre stand nur ausgewählten, hohen Gästen des Königs zu und alle Blicke waren gespannt auf die Tanzfläche gerichtet, wer von wem aufgefordert werden würde.

Mein Herz raste. All meine Worte von vorhin vergessend, schlug ich meine Vorsicht in den Wind. Nach dem, was ich über Moné erfahren hatte, fühlte ich mich nicht mehr wie die Böse in diesem Spiel. Ich hatte ein schlechtes Gewissen gehabt und gedacht, sie wäre die Richtige für Tristan und sein Leben am Hof. Aber die Berechnung und Bosheit, mit der sie Indigo an Loyd ausliefern wollte, war unverzeihbar.

Izabel würde mich sicher nicht im Stich lassen, sie könnte meine Familie schützen. Ich sollte mich nicht länger von Drohungen zurückhalten lassen. Ganz gleich, ob von Moné oder Shanoa.

Tristans Mutter stand in der Nähe des Königs und bedachte mich mit einem drohenden Blick, doch es war mir egal. Ihre schwarzen Augen vermochten es nicht, das Glück des Verliebtseins in meinem Inneren zum Schweigen zu bringen. Schmetterlinge flatterten in meinem Bauch und ich konnte nur an eine einzige Person denken – Tristan.

Prinz Joschua führte Izabel auf die Tanzfläche. Über seine Schulter hinweg zwinkerte sie mir zu. Mit wild klopfendem Herzen sah ich mich nach Tristan um. Dann entdeckte ich ihn und mir stockte der Atem, als er sich in eben diesem Moment umdrehte. Unsere Blicke trafen sich.

Die Funken des Feuerwerks der Feuerfeen rieselten auf ihn herab und mir war, als würde die Zeit stehen bleiben. Die Luft zwischen uns schien zu knistern und alles in mir verzehrte sich danach, mich in seine Arme zu werfen.

»Es tut mir leid«, formte er stumm mit den Lippen.

Das Hochgefühl verpuffte innerhalb eines Herzschlages. Er setzte sich in Bewegung. Kam auf mich zu, doch sein Blick war auf den Boden gerichtet und mit einem Schlag traf mich die Erkenntnis – er wählte Moné.

Als er sie erreichte und ihr die Hand darbot, war er nur wenige Schritte von mir entfernt und doch ferner als je zuvor. Glücklich strahlte sie ihn an und ich spürte, wie mein Herz in tausend Splitter zersprang. Aber war es nicht das gewesen, was ich gewollt hatte? Hatte ich nicht genau das mit meinen Worten vorhin beabsichtigt?

Tristan führte Moné an seinem Arm auf die Tanzfläche, mehr bekam ich nicht mehr mit. Mir wurde schwindelig und nur mit Mühe hielt ich mich aufrecht.

Ich hatte ihn verloren.

Und das für immer.

DER BALL

Zara

Ich sah mich nicht um, als ich weglief. Tränen verschleierten meinen Blick und ich sammelte meine gesamte Kraft, um nicht an Ort und Stelle zusammenzubrechen.

Es war bescheuert, so enttäuscht zu sein, immerhin hätte ich nichts anderes erwarten dürfen. Tristan war mit Moné verlobt und das war richtig so. Shanoas Worte geisterten durch meinen Kopf und ich ärgerte mich über mich selbst. Mit einem Mal erfüllte mich ein seltsames Gefühl des Heimwehs.

Ich vermisste meine Geschwister, meine Mutter …

Mittlerweile stand mein jetziges Leben in solch einem Kontrast zu meiner Vergangenheit, dass es mir schwerfiel, mir ihre Gesichter in Erinnerung zu rufen. Wie es ihnen jetzt wohl ging?

Ich schämte mich dafür, hier im Luxus zu leben, während sie noch auf den Plantagen arbeiteten. Das Versprechen an meine Schwester, sie nach Tasmanien nachzuholen, lag schwer auf mir und ich beschloss, dass ich gleich morgen früh mit Prinzessin Izabel darüber sprechen würde.

»Hallo, Zara.«

Erschrocken fuhr ich aus meinen Gedanken hoch. Inzwischen hatte ich mich so daran gewöhnt, mit Sara angesprochen zu werden, dass der Klang meines richtigen Namens beinahe fremd war. Doch wer würde mich so ansprechen, der nicht gerade im Festsaal war? Mit einer bösen Vorahnung im Magen drehte ich mich um.

»Neferet?«

Lächelnd löste Neferet sich aus ihrem Versteck und trat aus der Nische hervor.

»Hast du mich vermisst?«, fragte sie. Augenblicklich flammte Wut in meinem Inneren auf.

»Was willst du?«, entgegnete ich scharf und hob den Kopf. Ich durfte ihr auf gar keinen Fall zeigen, wie groß meine Angst vor ihr war.

»Clever, wie du dein Tattoo unter diesen Armbändern versteckst«, kommentierte sie und nickte zu meinem Handgelenk.

Ich musterte sie schweigend. Das rote Haar trug sie straff zusammengebunden und ihr Körper war in eine elegante, rote Tunika geschlungen, welche mit goldenen Fäden bestickt war. Ohne Zweifel war sie für den Ball gekleidet, also war sie nicht zufällig hier. Jemand musste sie eingeladen haben. Mich beschlich eine vage Vermutung und alles in mir zog sich zusammen.

»Aber du kannst es verdecken, wie du willst. Solange du dir die Hand nicht abhakst, weiß jeder, dass du mir gehörst.« Aus hasserfüllten Augen sah sie mich an.

Ungläubig schüttelte ich den Kopf. »Warum hasst du mich so sehr?«, stellte ich die Frage, die mich schon so lange beschäftigte. Ich verstand es einfach nicht. »Unter Hunderten Sklaven … Warum ich?«

Neferets grelles Lachen schickte mir einen Schauder über den Rücken. »Warum du?« Sie lächelte bitter, wobei ihre Augen in einem dunklen Moosgrün funkelten. »Das habe ich mich auch gefragt. Jahrelang.«

Da begriff ich es endlich. Mein Mund formte sich zu einem überraschten O, doch ich brachte kein Wort zustande.

»Salamon hat dich geliebt wie eine Tochter. Er hat dich gut behandelt, dir sogar das Lesen und Schreiben beigebracht. Aber warum?«, sprach Neferet unbeirrt weiter. »Ich habe mir immer die Frage gestellt, warum er das für dich tat, was so besonders an dir war. Immer wenn ich ihn gefragt habe, hat er gesagt, dass er es gerne mochte, wenn du ihm vorliest. Aber das hätte jeder machen können. Warum gerade ein kleines Kind? Ich dachte, es läge eben daran – dass du ein Kind warst. Doch unsere Kinder hat er nie so geliebt. Er hat dich bevorzugt, vergöttert und dir schlussendlich sogar die Freiheit geschenkt.«

Ich hörte ihr wie gebannt zu, während mein Herz immer schneller schlug. Neferets Hass saß so tief, ich wusste nicht, wozu sie imstande war.

»Irgendwann habe ich es dann begriffen. Es lag an Ireen.«

Mein Atem ging immer schneller. Ich wusste, wer Ireen war – Salamons erste Frau. Schon immer hatte die Vermutung nahe gelegen, dass Neferet sich selbst nach ihrem Tod von ihrer Vorgängerin eingeschüchtert fühlte. Doch was hatte ich damit zu tun?

»Ireen starb bei der Geburt einer Tochter, auch sie überlebte nicht. Er hat sie so geliebt, ich hatte niemals die Chance, ihren Platz einzunehmen. Dafür hat er sein Herz zu sehr verschlossen. Abgeriegelt und versperrt«, spie sie mir voller Wut entgegen, während sie wie ein gereizter Puma auf und ab ging.

»Ich habe ein Gemälde von ihr gefunden. Du siehst ihr so ähnlich. Diese Augen.« Erneut lachte sie voller Hysterie auf. Der Wahnsinn sprach aus ihrem Blick und die Angst saß mir im Nacken. »Wer, verdammt noch mal, hat in Kopanien schon blaue Augen?«

Voller Wut packte sie mein Handgelenk. Die Armbänder schnitten bei dem Druck unangenehm in meine Haut.

»Jedes Mal, wenn er dich angesehen hat, hat er sie in dir gesehen. Vielleicht hat er dich für das Kind gehalten, das er verlor. Ich weiß es nicht. Aber du hast mir jede Chance auf ein glückliches Leben mit ihm verwehrt. Allein deine Präsenz hat dafür ausgereicht, und jetzt ist er tot.«

Plötzlich wurde es dunkler und ich begriff, dass die Schatten an den Wänden bedrohlich länger wurden. Neferet brachte sie unter ihre Kontrolle, jedoch hatte sie ihre Kräfte über die Jahre hinweg geheim gehalten und nur selten genutzt. Vielleicht war sie aus der Übung – jedenfalls lösten sich die an die Wände geworfenen Schatten nicht von ihrem Untergrund und konnten nicht auf mich zustürzen. Mich ergriff ein kleiner Hoffnungsschimmer.

»Das lag nie in meiner Absicht«, flüsterte ich erstickt. »Ich war doch nur ein Kind. Was hätte ich tun sollen?«

Ich appellierte an ihre Menschlichkeit. Erhoffte mir, mit ihr Frieden zu schließen, aber ihr Griff wurde nur fester.

»Kommt her!« Mit einem Mal drehte sie sich abrupt um und zwei Wachmänner traten aus dem Schatten hervor.

»Was soll das?« Ich wollte zurückweichen, doch sie hielt mich fest.

»Du wirst mit mir kommen, Zara. Und für all das büßen, was du mir angetan hast.«

Tristan

Noch immer rieselten Funken auf sie herab.

Tristan vollführte mit Moné eine weitere Drehung, woraufhin sie wieder die klassische Tanzhaltung einnahmen. Seine rechte Hand lag an ihrem Rücken, während ihre auf seiner Schulter ruhte, die linken Hände hielten sie mit verschränkten Fingern in die Höhe.

Suchend sah er sich nach Zara um, entdeckte sie aber nirgends. Eine unangenehme Beklemmung ergriff von ihm Besitz und er konnte sich nicht auf den Takt der Musik konzentrieren.

»Was ist los?«, fragte Moné misstrauisch.

»Nichts«, wich er aus, sah ihr dabei jedoch nicht in die Augen.

Stattdessen wanderte sein Blick durch die Menge an fremden Gesichtern. Gäste, die aus der ganzen Welt angereist waren, unter ihnen auch der kopanische König Aréolan. Einzig Zara war verschwunden.

»Verdammt«, murmelte er und kam erneut aus dem Takt.

»Tristan, was ist los?«, fuhr Moné ihn an.

Der unschuldige Unterton, den sie in ihre Frage mischte, reizte Tristans Nerven nur noch mehr. Seit Zara ihm und Izabel von dem Gespräch zwischen Moné und Loyd erzählt hatte, wusste er nicht nur ihr Verhalten in der Verhandlung mit ihrem Vater bezüglich Loyds Rückkehr endlich zu deuten, sondern kämpfte bei jedem Gespräch mit ihr darum, sie nicht sofort damit zu konfrontieren. Stumm vermied er es, ihr zu antworten oder auch nur in die Augen zu sehen, und blickte stattdessen im Saal umher.

Die Feuerfeen zogen über ihren Köpfen ihre Kreise und die Gäste beobachteten das Spektakel mit Verzücken. Einzig der kopanische König stierte verdrießlich in die Richtung Prinzessin Izabels. Ob er bereits etwas ahnte? Augenblicklich beschlichen Tristan Zweifel. War ihr Plan gut genug?

Bestimmt nicht – allein mit Zaras Verschwinden standen sie vor einem Problem, was Tristan erneut befürchten ließ, dass es seine Schuld war. Es war töricht von ihm gewesen, sie nicht zum Tanz aufzufordern. Nach dem Streit und ihren niederschmetternden Worten hatte er sie verletzen, vielleicht endlich aufwecken wollen. Andererseits wäre es vermutlich noch dümmer gewesen, Moné vor aller Augen stehen zu lassen und den Zorn König Scąrs auf sich zu ziehen, da das Gelingen ihres Plans genauso von seiner Hilfe abhing.

Immer mehr Gäste gesellten sich zu ihnen auf die Tanzfläche, sodass es nicht weiter auffiel, wie unkonzentriert er war und dass er Moné immer wieder auf die Füße trat.

»Du brauchst gar nicht nach ihr Ausschau zu halten«, feixte Moné irgendwann. Damit hatte sie seine Aufmerksamkeit endgültig zurück.

»Was hast du getan?«, knurrte er sie an. Sie zuckte zusammen, er musste einen furchterregenden Eindruck erwecken. »Mach jetzt ja kein Theater«, zischte er ihr zu, als er bemerkte, dass sie Blickkontakt zu ihrem Vater aufzunehmen versuchte.

Tristan suchte indes seinerseits Blickkontakt mit Izabel. Die Prinzessin runzelte die Stirn, suchte nach Zara und verstand sofort. Knapp nickte sie Tristan zu und verschwand dann an Prinz Joschuas Seite nach draußen. Da der Ball nun eröffnet war, fiel ihr Verschwinden nicht weiter auf. Zu gerne wäre auch Tristan sofort losgerannt, um Zara zu finden, doch er hatte noch ein Wörtchen mit Moné zu sprechen.

»Sie hat dich abgelenkt von dem, was wirklich wichtig ist, Tristan.« Enttäuschung lag in Monés Blick und Tristan hätte vor Empörung am liebsten laut aufgelacht.

Um Zara von der Bildfläche verschwinden zu sehen, hatte sie sogar ihr eigenes Land verraten – wie konnte sie ihm da vorwerfen, den Blick für das Wichtige verloren zu haben?

»Und das wäre?« Spöttisch hob er das Kinn.

Sie bewegten sich noch immer mit den anderen Paaren auf der Tanzfläche, doch es glich mehr einem Kampf als einem wirklichen Tanz. Tristan hielt ihre Hand fest zusammengepresst, während sich ihre Finger wie Krallen in seine Schulter bohrten.

»Uns. Dich und mich. Sie hat einen Keil zwischen uns getrieben, das spüre ich doch.«

Sie versuchte es mit einem sanftmütigen Augenaufschlag, doch Tristan war zu wütend, um darauf hereinzufallen. Er konnte die Worte einfach nicht mehr zurückhalten.

»Ich weiß, dass du mit Loyd unter einer Decke steckst«, offenbarte er drohend. »Versuch gar nicht erst, es zu leugnen. Du hast von Anfang an mit ihm zusammengearbeitet. Seit das Drachenei gestohlen wurde, habe ich die Fakten hin und her gewendet. Warum hast du mich so hintergangen?«

Moné starrte ihn einen Moment lang überrumpelt an. Dann schüttelte sie den Kopf.

»Egal wie sehr ich um dich gekämpft habe, du warst immer distanziert zu mir. Als ich vorschlug, in den Süden zu gehen, hast du immer wieder abgeblockt. Selbst als dir mein Vater anbot, Statthalter zu werden. Wir hätten komplett neu anfangen können! Aber du hast immer nur an dich gedacht«, zischte sie und Tränen traten ihr in die Augen.

Jetzt ergab alles einen Sinn. Tristan sah sie mit einer Mischung aus Abneigung und Enttäuschung an.

»Ich fasse es nicht. Du dachtest, wenn das Ei verschwindet und ich somit meinen Auftrag nicht erfüllt hätte, würde ich mit dir in den Süden gehen. Deswegen hast du dich mit Loyd zusammengeschlossen.« Verachtung lag in seinen Augen, als er sich so nahe zu ihr beugte, dass es für Außenstehende wirken musste, als wollte er sie küssen.

»Du hast Loyd geholfen. Damals kannte ich Zara noch gar nicht – hattest du solche Angst, ich würde Scat nicht mit dir verlassen, dass du sogar dein eigenes Land verraten hast? Mich verraten hast?« Bitter lachte er auf.

»Du hast mich benutzt. Niemand hätte gedacht, die Tochter des Königs würde das wertvolle Drachenei stehlen, das machte dich zur perfekten Diebin. Wäre euer Dienstbote nur nicht so unzuverlässig gewesen, in Kopa einen Stopp einzulegen – so wäre euch Zara nie in den Weg gekommen.«

»Hör auf damit«, flüsterte Moné.

Sie hatte Tränen in den Augen, was Tristan nur noch darin bestärkte, dass seine Schlussfolgerung tatsächlich wahr war.

»Bei Godsqua! Warum hast du das getan?«

Pure Enttäuschung erfüllte Tristan, als er sie nun so sah. Von der starken, attraktiven Frau mit den sinnlichen, dunklen Augen, den vollen Lippen und den langen, schwarzen Haaren war nichts mehr da, was ihn zum Bleiben bewegt hätte.

»Du tust mir einfach nur leid. Ein Königreich, das dir zu Füßen liegt. Ein Leben ohne Sorgen, voller Reichtum und Luxus. Was willst du mehr?«

»Dich, Tristan«, flüsterte Moné. Eine einzige Träne kullerte ihr über die Wange. »Ich wollte immer nur deine Liebe. Aber ich hatte nie eine Chance, oder?«

Das Lied verklang und Tristan löste sich von ihr. Zugleich ließen die Feen ihre letzten Feuerkugeln in der Höhe explodieren, sodass ein Funkenregen auf sie herunterprasselte.

»Wir werden es wohl nie herausfinden«, antwortete er ernst und wandte sich ab. Sie rief seinen Namen, doch er drehte sich nicht um.

Zara

»Neferet, bitte! Es ist nicht meine Schuld. Ich kann doch nichts dafür«, flehte ich panisch, während sich meine Augen mit Tränen füllten.

»Das habe ich auch nie behauptet«, entgegnete Neferet mit einem boshaften Lächeln, welches ihre Aussage Lüge strafte. »Aber du bist mein Eigentum. Warum sollte ich also auf dich verzichten?«

Mit einem entspannten Wink forderte sie ihre Wachmänner dazu auf, mich gefangen zu nehmen. Das war auf dem Weg aus dem Palast hinaus wohl weniger auffällig als ihr magischer Schattengriff.

»Du weißt ganz genau, dass Salamon mich frei gelassen hat. Er hat mir die Papiere übergeben«, fauchte ich nun voller Zorn. Selbst wenn mich niemand hören konnte, würde ich nicht kampflos aufgeben.

»Du wolltest von ihm geliebt werden? Das hast du gar nicht verdient! Es war sein letzter Wille, mich gehen zu lassen, und selbst das zerstörst du ihm nach seinem Tod«, tobte ich und funkelte sie voller Hass an.

»Glaub ja nicht, du könntest mich umstimmen«, zischte Neferet kühl und wandte mir den Rücken zu.

Derweil hatten mich die Wachmänner erreicht. Einer von ihnen drehte mir die Hände auf den Rücken und so sehr ich mich auch wehrte, ich war ihm haushoch unterlegen.

»Was ist denn hier los?«, erklang plötzlich eine glockenklare Stimme.

»Izabel«, rief ich erleichtert aus, während Neferet die Stirn runzelte.

»Nehmt sie am besten gleich beide mit. Wir brechen sofort auf, während noch alle auf dem Fest sind«, orderte Neferet, ohne von Izabels Frage Notiz zu nehmen.

Sogleich trat der zweite Wachmann vor und wollte nach Izabels Armen greifen, da zuckte er mit einem Aufschrei zurück.

»Was, bei Godsqua?« Verärgert trat Neferet auf die Prinzessin zu, da fiel mein Blick auf ihre Handfläche, in welcher sie eine lodernde Feuerkugel hielt.

»Oh«, machte ich überrascht, wohingegen Neferet vermutlich am liebsten einen Schreikrampf bekommen hätte.

Izabel war eine Feuerbändigerin. Beinahe wäre mir ein Lachen entschlüpft, stattdessen nutzte ich das Überraschungsmoment und befreite mich aus ihrem Griff. Der Wachmann, der völlig fasziniert auf die Flamme starrte, versuchte gar nicht erst, mich aufzuhalten.

Flink tauchte ich an Neferet vorbei und ging hinter Izabel in Deckung. Ich erwartete eine Reaktion von Neferet, mindestens etwas so Schlimmes wie einen Schattenwolf. Aber als die Schatten an den Wänden nur schwächlich erzitterten und sich wieder nicht von ihrem Untergrund lösten, schrie sie frustriert auf.

»Bleibt sofort stehen! Ich befehle es«, rief sie.

Doch es war eine leere Drohung. Neferet war eine Schattenbändigerin, der die Schatten nicht länger gehorchten. Mit einem funkelnden Blick baute sich Izabel vor ihr auf.

»Ich bin die tasmanische Prinzessin und ich würde Euch raten, sofort zu verschwinden, bevor ich die Wachen hole oder Euch eigenhändig brate.« Drohend hob sie die Hand, warf den Feuerball lässig hoch und fing ihn wieder.

Neferets grüner Blick folgte der Bewegung des Feuerballs und ich sah sie schwer schlucken. So hatte sie sich meine Entführung wohl nicht vorgestellt. Ungläubig betrachtete sie Izabels kostbares Kleid und schien endlich zu verstehen, welch hohe Persönlichkeit sie da vor sich hatte. Augenblicklich veränderten sich ihre Gebärden, sie ließ die Hände sinken und gab die Kontrolle über die Schatten auf.

»Es handelt sich nur um ein kleines Missverständnis«, antwortete sie kriecherisch. »Meine liebe Zara wird daheim von ihrer Familie erwartet. Ich wollte nur sichergehen, dass sie gut in Kopanien ankommt.«

»Da bin ich mir sicher«, entgegnete Izabel kühl und ließ die Flamme in ihrer Hand anwachsen. »Verschwindet von hier – aber sofort. Ich will Euch nie wiedersehen, dass das verstanden ist!«

Die Prinzessin sah furchterregend aus. Das Rot ihres Kleides passte zum Feuer in ihrer Hand wie die Faust aufs Auge und hinterließ den Eindruck, als würde sie in Flammen stehen. Als sie Neferet und den Wachmännern den Feuerball entgegenschleuderte und mich dann am Arm mit sich zog, hörte ich nur noch einen Schreckensschrei und verspürte eine tiefgreifende Genugtuung.

»Danke«, murmelte ich, sobald wir außer Hörweite waren und uns dem vollen Ballsaal näherten.

»Nicht der Rede wert.« Lächelnd drückte sie meine Hand. »Weißt du, was du zu tun hast?«

Mit wild klopfendem Herz nickte ich. Ich bekam kein Wort über die Lippen, die Nervosität ging mir durch Mark und Bein und nahm mir die Luft zum Atmen.

»Hier, nimm das. Ein paar Tropfen werden genügen.«

Verschwörerisch lächelte sie mir zu und reichte mir ein kleines, unauffälliges Fläschchen, welches ich schnell in meinem Ausschnitt verschwinden ließ.

»Und wenn er etwas merkt?«, fragte ich nervös und zupfte am Stoff meines Kleides.

»Wird er nicht«, beschwor mich Izabel bestimmt. »Außerdem werde ich immer in deiner Nähe sein und aufpassen.«

»Gut.« Ich schluckte schwer, schwarze Punkte tanzten vor meinen Augen.

»Lass uns jetzt hineingehen. Ich werde dich ihm vorstellen. Tief durchatmen«, befahl Izabel.

Mir ging einfach alles viel zu schnell. In einem Moment war ich um Haaresbreite Neferet entgangen und nun sollte ich bereits den kopanischen König bezirzen?

»Du schaffst das.«

Ohne auf meine Reaktion zu warten, schritt sie davon. All meinen Mut zusammennehmend, folgte ich ihr zurück in die Löwenhöhle.

Der Ball war im vollen Gang und der Saal zum Bersten voll. Ich hielt automatisch nach Tristan Ausschau, und als ich ihn schlussendlich ganz am Rand des Saales entdeckte, schien sich mein Magen zu verknoten. Es hing so viel von den nächsten Minuten ab und ich durfte mich nicht ablenken lassen. Ich straffte die Schultern und hob das Kinn an.

Da Izabel voranging, machten uns die Leute Platz. Die Gäste tanzten zum Klang der Musik. König Aréolan stand etwas abseits, umgeben von drei Soldaten.

»Lass mich dich zuerst vorstellen, dann knicks«, flüsterte Izabel mir zu, dann stürzte sie sich bereits auf den König und ließ mir damit keine Sekunde für eine Verschnaufpause.

»König Aréolan, es ist mir eine Ehre«, begrüßte sie den jungen Mann und verneigte sich tief. Sie wartete ab, ob er ihre Hand ergreifen und küssen würde, wie es die Etikette verlangte, doch nichts dergleichen geschah.

»Schön, Euch wiederzusehen, Prinzessin«, sagte er nach einem Moment des Schweigens.

»Ganz meinerseits«, entgegnete sie und schenkte ihm ein warmes Lächeln. »Darf ich Euch Abebei Sara vorstellen? Sie kommt aus Eurem kopanischen Reich.«

Aréolan verengte die Augen. Offenbar konnte er die Situation nicht einschätzen und ihm gefiel nicht, so im Ungewissen zu stehen. Doch auch ihm schien trotz seiner so unumgänglichen Art bewusst zu sein, dass ein Abweisen zu rüde gewesen wäre und kein gutes Licht auf sein heutiges Erscheinen geworfen hätte.

»Es freut mich, Euch kennenzulernen, Eure Majestät«, begrüßte ich den König auf fließendem Kopanisch und knickste ergeben.

Entgegen meiner Erwartung schien der König erfreut, einem Landsmann – in meinem Fall einer Landsfrau – zu begegnen. Ich musste das Ziel im Blick behalten und durfte mich nicht ablenken lassen. Es war nicht wichtig, was er von mir dachte, ich hatte nur meine Aufgabe zu erfüllen.

»Bestimmt interessiert Euch, was Abebei Sara aus Eurem schönen Land hierhergeführt hat«, führte Izabel auf Tasmanisch weiter aus.

Es fiel mir schwer, so schnell zwischen den so unterschiedlichen Sprachen zu wechseln, weshalb ich erleichtert aufatmete, als Aréolan auf meiner Muttersprache antwortete.

»Falls es für mich von Belang ist.«

Seine Antwort war unhöflich und arrogant und er musterte mich von oben herab. Ich erwiderte seinen Blick mit identischer Hochnäsigkeit, von der ich nicht erwartet hätte, dass ich sie zustande bringen würde.

»Ich befinde mich zurzeit in Prinzessin Izabels Diensten, da ihr Drache auf mich geprägt wurde.« Bewusst setzte ich eine kleine Kunstpause und tatsächlich schien sich der kopanische König bei meinen Worten wachsam aufzurichten.

Plötzlich wirkte er nicht nur interessiert. Ein fiebriger Glanz lag in seinen Augen und geradezu gierig sah er mich an.

»Der Feuerdrache«, präzisierte ich, obwohl er natürlich genau wusste, wovon ich sprach.

»Er horcht auf jedes ihrer Worte. Es ist sagenhaft«, schwärmte Izabel und seufzte theatralisch.

»Interessant«, sagte Aréolan nur. Sein Gesichtsausdruck verriet jedoch, wie sehr ihn das Thema fesselte.

»Oh, ich sehe gerade, mein Verlobter winkt mich zu sich. Entschuldigt mich bitte.«

Prinz Joschua hatte zwar keineswegs auch nur den Arm gehoben, doch König Aréolan bekam davon nichts mit.

»Darf ich um einen Tanz bitten?«, fragte er überraschend galant.

Nur schwer konnte ich mir ein Lächeln verkneifen. Er reagierte genau so, wie Izabel es prophezeit hatte.

»Natürlich.«

Schnell senkte ich demütig den Blick, sodass er nicht bemerkte, wie die Freude über den kurzfristigen Triumph in meinen Augen funkelte.

Es war ein seltsames Gefühl, wie König Aréolan mir seinen Arm reichte und mich auf die Tanzfläche führte. Das Gemurmel und Getuschel unter den anderen Gästen bekam ich nur am Rande mit. Die Stimmen vermischten sich mit der Melodie der Musik und wurden zu einem leisen Hintergrundrauschen. Meine ganze Konzentration lag auf meiner Aufgabe und dem Gespräch mit dem König.

»Erzählt mir mehr über den Drachen«, forderte er mit einem charmanten Lächeln, als wir uns auf der Tanzfläche zu drehen begannen.

Kurz dachte ich darüber nach, wie es wohl gewesen wäre, wenige Minuten zuvor von Tristan zum Eröffnungstanz aufgefordert worden zu sein. Alles wäre einen ganz anderen Weg gegangen. Ob es ein besserer gewesen wäre? Ich konnte Tristans Gesicht nirgends erspähen. Das war auch gut so. Seine Anwesenheit hätte mich nur noch mehr abgelenkt.

»Was wollt Ihr wissen?«, antwortete ich bewusst kokett.

Der Stoff meines Kleides schwang mit der Bewegung, meine Füße bewegten sich wie von selbst zum Takt der Musik. Wie es sich gehörte, war der Körperkontakt zwischen mir und dem König nur minimal, dennoch fühlte es sich viel zu nahe an. Ich war nicht geübt darin, zu flirten, und der Gedanke, dass ich es hier mit dem König meines Vaterlandes zu tun hatte, brachte meinen Puls auf hundertachtzig.

»Wie groß sind seine Flammen? Kann er bereits fliegen und ...« Abrupt unterbrach er sich selbst.

Auch ihm schien aufzugehen, dass seine starke Neugierde zu auffallend war. Doch das war nur in meinem Interesse.

»Seine Flammen sind riesig. Er hat allein diese Woche drei Wachmänner mit seinem Feuer verletzt«, raunte ich ihm mit vertrauensvoll gesenkter Stimme zu und legte dabei eine gesunde Portion Begeisterung hinzu, sodass er mich als naives Dummchen abstempeln und kein abgekartetes Spiel vermuten würde.

»Fliegen kann er bis hoch in die Wolken.«

Das war glatt gelogen, immerhin war Indigo bisher nicht weiter als einen Fuß vom Boden abgehoben. Jedoch musste ich Aréolans Gier nach dem Drachen und sein Vertrauen in mich steigern, sodass er unachtsam wurde.

»Beeindruckend«, sagte er nachdenklich. Der König strahlte eine so kühle Gelassenheit aus, dass mir ganz anders zumute wurde. »Und der Drache gehorcht Euch?«

Forschend sah er mir in die Augen. Sie waren von einem so dunklen Braun, dass die Iriden beinahe nicht vom Schwarz der Pupillen zu unterscheiden waren. Zaghaft nickte ich.

»Eine Prägung ist stärker als alles, was wir uns je vorstellen können«, antwortete ich und bemühte mich um Ruhe in meiner Stimme.

Er durfte nicht merken, welche Angst mir allein seine Gegenwart einjagte. Ich konnte nur hoffen, er würde nicht bemerken, wie meine Hand in seiner zitterte.

»Wirklich beeindruckend«, wiederholte er und ließ mich nicht aus den Augen.

Ich wusste nicht viel mehr zu sagen und es machte mich nervös, wie wortkarg er sich gab. Den Köder hatte er geschluckt, mehr konnte ich nicht tun.

»Das Tanzen macht mich erschöpft«, begann ich nach einem Moment des Schweigens vorsichtig.

Bemüht um einen möglichst hilfsbedürftigen Tonfall, legte ich so viel Erschöpfung wie möglich in meine Stimme. Wenn ich ihm tatsächlich das Wahrheitsserum unterjubeln wollte, musste ich ihn zu einem Getränk überreden und das, ohne zu verdächtig zu wirken. Wie ich das Serum in sein Glas bekam, obwohl die Wachen jede seiner Bewegungen verfolgten, wusste ich noch nicht.

»Wollt Ihr etwas trinken?«, erkundigte sich Aréolan und vor Erleichterung, dass er tatsächlich darauf einging, wären mir beinahe die Tränen gekommen.

»Ja, bitte«, brachte ich atemlos hervor.

Ohne auf das Ende des Liedes zu warten, löste sich Aréolan aus der Tanzhaltung und ging mit mir am Arm auf den Ausgang des Saals zu. Die Leute sahen uns neugierig nach.

»Wohin gehen wir?«, fragte ich mit zittriger Stimme.

»In mein Gemach. Wohin sonst?«

»Was?«, stammelte ich überrumpelt.

Täuschte ich mich, oder wurde sein Griff um meinen Arm fester?

»Also ich meine, warum in Euer Gemach?« Ich versuchte mich an einem koketten Lächeln, scheiterte aber kläglich und hielt nach Izabel oder Tristan Ausschau. Als ich weder die Prinzessin noch Tristan entdeckte, bekam ich es mit der Angst zu tun. »Ist es hier nicht viel angenehmer? Unter den Leuten?«

»Komm mit«, sagte er vollkommen ruhig, aber bestimmt.

Ich traute mich nicht, etwas entgegenzusetzen. Izabel hatte gesagt, dass sie die ganze Zeit auf mich aufpassen würde, zweifellos war sie ganz in der Nähe und ich hatte sie in der Aufregung nur nicht gesehen.

»Gerne.« Schnell legte ich ein Lächeln auf meine Lippen.

Wenn ihm mein Gemütsumschwung seltsam vorkam, so ließ er es sich nicht anmerken. Oder es war ihm einfach egal. König Aréolan schien so gut wie alles gleichgültig zu sein, was nicht mit seinem Königreich, Macht und

Gold zu tun hatte. Vermutlich war meine Meinung über ihn bereits von den Geschichten vorbehaftet, die die Sklaven auf den Plantagen über ihn erzählt hatten.

Ich war eine von ihnen gewesen. In der untersten Schicht, wertlos und ersetzbar – und nun hielt mich genau jener Mann, der damals für mein Schicksal verantwortlich gewesen war, am Arm und führte mich in sein Gemach. Es war eine groteske Situation und je mehr ich darüber nachdachte, desto verzweifelter wurde ich.

Wir verließen die Feierlichkeiten und durchquerten die Eingangshalle. Außer seinen Leibwachen folgte uns niemand und ich wurde zunehmend nervös. Wo waren Tristan und Izabel?

»Warum plötzlich so schüchtern?«, fragte Aréolan und zeigte erstmals ein amüsiertes Grinsen, doch es wirkte triumphierend und schüchterte mich ein.

»Der Durst hat sich nur noch nicht gemindert«, versuchte ich es mit einer koketten Erwiderung, jedoch fiel jene eher schwach aus.

»Dann tritt ein.«

Galant öffnete er die Tür eines der zahlreichen Gästezimmer und ich verfluchte Godsqua innerlich dafür, dass wir schon angekommen waren. Nervös sah ich den Gang auf und ab, doch von Izabel und Tristan war weit und breit keine Spur. Gerne hätte ich mehr Zeit geschunden, aber Aréolan kniff bereits misstrauisch die Augen zusammen.

»Es gehört sich für eine Dame nicht, mit einem fremden Herrn aufs Zimmer zu gehen«, erklärte ich mit schwacher Stimme.

Mit einem verschämten Augenaufschlag sah ich zu den zwei Wachen, die die Tür flankierten, doch Aréolan lachte laut auf.

»Auch nicht mit einem König? Schätzchen, wegen denen brauchst du dir keine Gedanken machen.« Abschätzig schnaubte er.

»Kein Mann wird mir verübeln, dass ich dich haben will, und zwar jetzt. Langsam ist meine Geduld am Ende«, knurrte er und zog mich über die Türschwelle.

Die Wachen lachten verhalten amüsiert, während ich erschrocken die Luft einzog.

»Eure Majestät, bitte lasst mich gehen!« Obwohl ich genau wusste, wie wichtig meine Aufgabe war, überwog mein Fluchtinstinkt.

»Für die nächsten Stunden bleibst du schön da«, frohlockte er und stieß mich in den Raum.

Auf den ersten Blick war das Gästezimmer nicht anders als mein eigenes. Ein wenig pompöser und größer. Aréolan schlenderte gemächlich an den Tisch heran, wo bereits ein Krug mit Wein darauf wartete, eingegossen zu werden.

Das war meine Chance.

»Legt Euch doch schon mal hin. Ich schenke uns den Wein ein«, sagte ich bestimmt, was mir gewaltigen Mut abverlangte.

Bewusst warf ich meine dunklen Locken zurück, sodass er einen guten Blick auf mein Dekolleté bekam, und lächelte ihm verschwörerisch zu. Er schien einen Moment zu überlegen und ich befürchtete bereits, er würde mir auf die Schliche kommen, doch dann zeigte er erneut die Zähne und lächelte.

»So gefällst du mir«, antwortete er, kniff mir im Vorbeigehen in den Po und ließ sich rücklings auf das große Himmelbett fallen.

Ich zuckte unter seiner Berührung zusammen, sammelte dann aber meine Konzentration. Jetzt durfte ich mich nicht ablenken lassen. Jeden Moment konnte er hersehen, oder doch aufstehen und wieder zu mir kommen.

Mit zitternden Fingern zog ich das kleine Fläschchen mit dem Wahrheitsserum aus meinem Ausschnitt hervor. Um nicht sein Misstrauen zu wecken, schenkte ich in zwei Silberkelche Wein ein, dann löste ich den Korken des Fläschchens und schüttete den Inhalt schnell in den linken Becher. Der kalte Schweiß stand mir auf der Stirn, als ich die nun leere Phiole schnell wieder in meinem Ausschnitt verschwinden ließ und die zwei Kelche in die Hände nahm.

Ich wagte es kaum zu atmen. Ständig erwartete ich, er würde plötzlich aufspringen und mir die Kelche aus den Händen schlagen. Doch nichts dergleichen geschah. Seelenruhig wartete er mit übereinandergeschlagenen Beinen und hinter dem Kopf verschränkten Armen.

»Worauf wartest du?«

Mit einem raubtierhaften Lächeln richtete er sich auf und öffnete die Schnalle seines Gürtels. Mir wurde ganz unwohl in der Magengegend. Ich musste ihn nur noch dazu bringen, seinen Kelch zu leeren, dann konnte ich verschwinden. Für einen Moment zweifelte ich daran, warum ich mich in diese Situation begeben hatte. Doch ich tat es für Indigo und den Frieden zwischen den Ländern.

»Hier.«

Möglichst beherrscht reichte ich ihm den linken Becher und setzte mich an den Bettrand, während ich den rechten Kelch in meiner Hand behielt und vorsichtig daran nippte, um zu verhindern, dass er doch nach dem falschen griff.

»Zum Wohl«, sagte er, dann leerte er den Kelch mit einem Zug.

Starr beobachtete ich, wie er die Flüssigkeit schluckte. Nun war es geschafft. Er hatte das Serum in sich. Erleichterung durchströmte mich und plötzlich fühlte ich mich ganz schwerelos. Jetzt musste ich nur noch verschwinden – so schnell wie möglich.

Ich wollte gerade wieder aufstehen, doch da warf Aréolan seinen Kelch einfach weg, packte mich an der Hüfte und zog mich mit einem Ruck zu sich ins Bett. Ich lag auf dem Rücken und er beugte sich über mich, sodass mir sein Gewicht den Atem nahm.

»Nein«, rief ich panisch und versuchte mich zu wehren. Nun, da er das Wahrheitsserum in sich hatte, gab es keinen Grund mehr, das Spielchen mitzuspielen.

»Lasst mich sofort gehen«, versuchte ich mir Gehör zu verschaffen, doch er presste seine Lippen auf meine, ohne auch nur hinzuhören.

»Wehr dich ruhig, Schätzchen. Dann macht es viel mehr Spaß«, murmelte er an meiner Halsbeuge, als ich vergeblich versuchte, ihn von mir zu drücken.

Ich trat um mich, biss, kratzte, schrie, bis er endlich lachend von mir abließ. Mit rasendem Herzen und zitternden Knien stürzte ich aus dem Bett und auf die Tür zu. Doch weit kam ich nicht, da spürte ich plötzlich meine Beine nicht mehr. Vollkommen haltlos knickte ich ein und fiel zu Boden.

»Was … Was geschieht mit mir?«, stammelte ich mit zittriger Stimme.

Eine Eiseskälte kroch durch meinen ganzen Körper und hinterließ nichts als Taubheit. Ich wollte meine Hand heben, doch ich schaffte es nicht. Sie blieb schlaff neben meinem Körper liegen, wie die einer leblosen Puppe. Ich konnte mich nicht bewegen. Wie war das möglich?

»Wer nicht hören will, muss fühlen, Schätzchen.«

Gelassen erhob der König sich aus dem Bett und kam auf mich zu. Den Festtagsmantel hatte er bereits abgelegt und unachtsam auf den Boden geworfen, die Hose stand offen und nun zog er sich das Hemd über den Kopf.

»Du kennst dich in der oberen Schicht wohl nicht ganz so gut aus wie gedacht, nicht?« Spöttisch betrachtete er mich von oben herab, während er sich neben mich kniete. Spielerisch strich er mir eine lose Haarsträhne aus dem Gesicht. Zu gern hätte ich seine Hand weggeschlagen, doch ich war wie gelähmt.

»Bist du eine Spionin von Izabel?«

Langsam zeichnete er mit seinen kühlen Fingern eine Linie von meinem Hals über meinen Oberkörper, dann erstarrte er in der Bewegung.

»Ah«, sagte er und ein Leuchten der Erkenntnis trat in sein Gesicht. Abrupt packte er mein Handgelenk und ich konnte nicht verhindern, dass er das breite Lederarmband herunterriss.

»Eine Sklavin«, bestätigte er laut seine Vermutung. »Ich kenne das Zeichen. Aus dem Norden meines Landes, nicht wahr?«

Forschend sah er mich an, als erwartete er, ich würde eine Antwort geben. Wozu ich nicht imstande war.

»Aber hübsch bist du. Also was soll's.« Ein dunkles Lachen stieg aus seiner Kehle und zerfraß mich innerlich. »Hat dir niemand von mir erzählt, Schätzchen? Von König Aréolan, dem Blutbändiger?«, zischte er mir leise ins Ohr. Er hatte sich so tief über mich gebeugt, dass seine schwarzen Haare über meine Wange strichen. »In den nächsten Stunden wird dein Körper genau das tun, was ich will. Ich habe die Kontrolle.«

Eisige Gewissheit vermischte sich mit purer Verzweiflung. Er kontrollierte mein Blut, steuerte jede meiner Bewegungen – er wollte mich vergewaltigen und ich konnte mich noch nicht mal dagegen wehren.

Gewaltsam packte er mich an der Taille, hob mich hoch und warf mich aufs Bett. Ich spürte den Aufprall kaum, alles um mich herum war wie in Watte gepackt. Ich wollte schreien, weinen, flehen – doch nichts geschah. Er unterband jegliche Gegenwehr im Keim.

Das Blut rauschte laut in meinen Ohren. Wie aus weiter Ferne hörte ich, wie vor den Türen ein Tumult losbrach. Dann erklang ein Reißen, als er mit bloßen Händen mein Mieder zerriss. Das leere Fläschchen fiel auf die Laken. Alles in mir betete, er möge es nicht bemerkt haben, doch da verzog er bereits das Gesicht.

»Was ist das?«, fragte er misstrauisch und brauchte einen Moment, bis er kombinierte. Dann brüllte er los.

»Was hast du mir in den Wein gemischt?«

DIE VERHANDLUNG

Zara

Voller Wut packte er mich an den Schultern und schüttelte mich, doch ich konnte nicht antworten. Mein Körper gehorchte ihm noch immer.

»Du verdammtes Biest«, zischte er mir ins Ohr. »Antworte mir!«

Plötzlich löste sich meine Zunge und die Taubheit wich von mir. Ließ er mich los, um mir Hoffnung zu geben und mich nur noch mehr zu quälen? Tränen rollten über meine Wangen, ich war noch zu schwach, um aufzustehen.

»Antworte endlich! Was hast du in den Wein getan?«, donnerte Aréolan in kalter Wut und schlug mir ins Gesicht.

Mein Kopf flog zur Seite. Es fühlte sich an, als würde meine Wange in Flammen stehen.

»Ich habe nichts getan«, brachte ich schluchzend hervor. »Bitte lasst mich gehen.«

»Du lügst!«, zischte er und packte mich an den Haaren. Gewaltsam zog er meinen Kopf in den Nacken und starrte mich voller Abscheu an.

»Soll ich dir sagen, was wir in meinem Land mit Spionen machen?«, knurrte er mit bebender Stimme.

Kalte Angst kroch mir den Rücken hinab und ich zitterte unkontrolliert. Ich erwartete bereits, er würde ein Messer zücken, da gefror sein Gesicht zu einer Maske und voller Überraschung sah er auf.

In jenem Moment schlug die Tür des Gemachs auf und Tristan, gefolgt von Izabel, König Scąr, Prinz Joschua und einer Handvoll Wachen, stürmte herein.

»Zara«, rief Tristan sofort und stürmte an den anderen vorbei auf mich zu.

»Nehmt diesen Mann fest!«, forderte Prinzessin Izabel mit lauter Stimme.

Ich brauchte einen Herzschlag, bis ich begriff, was soeben geschah. Eine Welle von Gefühlen überrollte mich.

»Aréolan, wagt es nicht, uns anzugreifen. Eure Kräfte wirken bei mir nicht. Ich bin Bändigerin – mein Blut ist voller Magie. Also wenn Ihr nicht verbrennen wollt, lasst das Mädchen los.« Drohend hielt sie die Flammenkugel in ihrer Hand hoch.

Aréolan schrie vor Wut auf, ließ schlussendlich aber von mir ab, als Tristan mich erreichte.

»Haltet ihn in Schach. Er kann uns nicht alle kontrollieren«, befahl Izabel den Wachen, die sich Aréolan näherten, dann sank sie ebenfalls neben mir auf den Boden.

»Bist du verletzt? Was ist passiert?«, fragte Tristan aufgeregt und half mir, mich aufzurichten.

»Hier«, sagte Izabel und legte mir einen Seidenschal um, um meine Blöße zu bedecken.

»Hat er dich verletzt?«, knurrte Tristan.

»Mir geht es gut«, murmelte ich ausweichend.

Besorgt streichelte er mir über die Wange und sah sich die roten Striemen an, sagte aber nichts. Er spürte, dass ich nicht vor all den Leuten darüber reden wollte. Seine Anwesenheit gab mir Kraft.

»Hat es geklappt?«, flüsterte Izabel aufgeregt.

Ich nickte. »Ja, er hat das Serum getrunken.«

Ergriffen fasste sie sich an die Brust. »Danke, das war sehr mutig von dir.«

Warm lächelte sie mich an, dann verwandelte sich ihr Lächeln und triumphierend richtete sie sich zu Aréolan auf.

»Jetzt ist wohl der Moment gekommen, die Wahrheit zu sprechen. Führt ihn in den Thronsaal. Er hat ein Geständnis zu machen.«

»Izabel, was geht hier vor?« Prinz Joschua trat an seine Verlobte heran, während König Scąr das Geschehen überrumpelt beobachtete. Stolz reckte Izabel das Kinn und sah die zwei Männer herausfordernd an.

»Ich habe den Mann gefunden, der wirklich hinter dem Diebstahl des Dracheneis steckt«, verkündete sie und wandte sich ohne ein weiteres Wort von ihnen ab, um hinauszustolzieren. Den Männern fielen fast die Augen aus dem Kopf.

Endlich hatte sie bewiesen, dass sie das Zeug dazu hatte, Königin zu sein. Trotzdem würde sie immer nur die Frau des Thronfolgers bleiben – das waren die Gesetze dieser Welt. Genauso wie ich für immer eine Sklavin bleiben würde. Mein Blick fiel auf das Tattoo an meinem Handgelenk, welches nicht länger vom Armband bedeckt wurde. Ich war für immer gebrandmarkt. Mein Geheimnis war aufgeflogen.

Würde ich den Palast nun verlassen müssen?

Tristan

Voller Sorge hob Tristan Zara hoch. Sofort schlang sie die Arme um seinen Hals und ihre Schultern begannen zu beben.

»Es wird alles wieder gut. Ich bin bei dir«, murmelte er beruhigend in ihr Ohr und strich ihr besänftigend über die Haare. »Ich komme nach«, sagte er an Prinzessin Izabel gewandt, als jene an der Tür wartete.

»Ich schicke Alende und den Hofarzt zu euch«, sagte sie leise. »Auch wenn er das Wahrheitsserum geschluckt hat, werden wir sie als Zeugin brauchen.«

Tristan runzelte besorgt die Stirn, doch da löste sich Zara aus der Umarmung. Schniefend wischte sie sich mit dem Ärmel über die tränenbedeckten Wangen.

»Ich werde gegen ihn aussagen«, sagte sie bestimmt.

Prinzessin Izabel nickte zufrieden.

»Kommt nach, sobald es dir besser geht.« Mit diesen Worten ging auch sie nach draußen.

Die Wachen führten König Aréolan ab und innerlich konnte Tristan es gar nicht mehr erwarten, bis auch Loyd gefangen genommen werden würde.

In seinem Hinterkopf schwirrte die Frage, was wohl mit Moné geschehen würde. Nun, da er wusste, was sie getan hatte, war der Hass schier unendlich, dennoch bedrückte ihn der Gedanke. Immerhin war sie seine Verlobte. Doch nun war die Entscheidung für ihn glasklar. Niemals würde er Moné heiraten.

»Ich lasse dich nie wieder allein. Wohin du gehst, gehe auch ich«, flüsterte er Zara zu und drückte sie fest an sich.

»Versprich nichts, was du nicht auch halten kannst«, antwortete sie schwach und lächelte traurig.

Sie schien sich wieder gefasst zu haben. Ihr Blick war klar und ihr Atem normalisierte sich.

»Ich werde Moné nicht heiraten.« Bestimmt sah er ihr in die türkisblauen Augen, die ihn vom ersten Moment an verzaubert hatten. »Sie hat mich und das Land verraten. Sie wollte Indigo stehlen und hat sich nicht nur mit König Aréolan und Loyd zusammengeschlossen, sondern wollte dich an Neferet ausliefern. Ich kann ihr nicht verzeihen. Sie wird niemals die Frau sein, mit der ich mein Leben verbringen möchte.«

»Aber … meine Familie, Tristan. Deine Mutter und Neferet werden nicht ruhen, bis …«, stammelte sie aufgelöst.

»Meine Mutter?«, fragte er irritiert.

Ertappt presste sie die Lippen aufeinander. Dann senkte sie seufzend den Blick.

»Sie hat mir gedroht«, murmelte sie leise.

»Das hätte ich wissen müssen«, knurrte er und schüttelte frustriert den Kopf. »Ich habe mir immer eingeredet, sie würde für mich nur das Beste wollen. Aber in Wahrheit hätte sie mir fast mein Lebensglück verwehrt. Ich verspreche dir, ich werde dich und deine Familie vor Neferet und meiner Mutter beschützen.«

Ernst sah er sie an. »Ich werde mich darum kümmern. Du kannst mir vertrauen, Zara. Wir haben den wahren Dieb des Dracheneis entlarvt, der König steht in unserer Schuld und Izabel wird uns ebenfalls unterstützen.«

Warmherzig lächelte er ihr zu, dann beugte er sich vor und küsste sie sanft auf die geschwollenen Lippen.

»Danke. Ich weiß nicht, was ich ohne dich machen würde«, flüsterte sie und brachte damit sein Herz zum Leuchten. »Aber jetzt lass uns gehen. Wir haben eine Anklage zu machen.«

Genau in diesen Mut und diese Stärke hatte er sich verliebt. Zara hatte ihn beeindruckt und ihn dazu gebracht, die Welt nicht so hinzunehmen, wie sie war – sondern zu hinterfragen und sich um sein eigenes Glück zu kümmern. Sie war etwas Besonderes.

Als sie den Thronsaal erreichten, war die Verhandlung bereits im vollen Gange und König Scąr tobte vor Wut. Das Wahrheitsserum musste schon Wirkung gezeigt haben, denn König Aréolans Augen waren glasig und seine Gesichtszüge erschlafft.

Sie hatten ihn auf einen einfachen Stuhl gesetzt. Nun, da das Serum in seinem Körper war, war es nicht mehr notwendig, ihn zu fesseln. Ganz abgesehen davon, dass es einen riesigen Eklat geben würde, sollte jemals herauskommen, der kopanische König wäre auf dehnarischem Boden festgenommen und gefesselt worden.

Prinzessin Izabel, Prinz Joschua, König Scąr und ein Berater der Majestät standen in einem kleinen Kreis einige Schritte von Aréolan entfernt und diskutierten mit gedämpften Stimmen. Erwartungsvoll näherte sich Tristan mit Zara, wobei ihm nicht entging, dass sich die Augen beim Anblick ihres Peinigers zu dunklen Schlitzen verengte.

»Hat er schon gestanden?«, fragte Tristan interessiert.

»Ja«, antwortete Izabel, klang jedoch gehörig aufgebracht. »Aber jemand traut sich nicht, den Skandal öffentlich zu machen.« Es war nur zu offensichtlich, wen sie mit *jemand* meinte. Tristan sah überrascht zu König Scąr.

»Solch ein Schritt ist uns nicht möglich!«, beharrte der König kopfschüttelnd. »Das wäre einer Kriegserklärung gleichzusetzen und das können wir uns in Zeiten wie diesen nicht erlauben. Selbst ohne Feuerdrachen sind zwei

Nationen mit Schatten- und Blutbändigern zu mächtig. Die Kämpfe wären verheerend.«

Seine Worte waren wie ein Schlag ins Gesicht. Würde Aréolan mit seinen Verbrechen einfach so davonkommen? Natürlich – immerhin war er König eines großen Reiches und niemand wollte sich mit ihm anlegen.

»Wir können ihn nicht abreisen lassen und so tun, als hätten wir vergessen, dass er einen Feuerdrachen stehlen und damit einen Krieg gegen uns anfangen wollte!«, empörte sich Izabel. »Was würde ihn davon abhalten, es sofort wieder zu versuchen, sobald er die Gelegenheit dazu hat?«

Mit unverhohlener Wut starrte sie ihren Verlobten sowie ihren zukünftigen Schwiegervater an, die jedoch nur betreten wegsahen. Tristan hatte König Scąr immer als eine starke Persönlichkeit erlebt. Dass er nun zuerst an sein Volk und dessen Sicherheit dachte, anstatt impulsiv und unüberlegt in Rage zu handeln, überraschte und beeindruckte ihn zugleich. Dennoch konnte er sein Missfallen kaum verbergen. Aréolan durfte nicht ungestraft davonkommen.

»Wir schließen einen Friedensvertrag«, sagte Zara unverwandt und alle drehten sich zu ihr um.

»Einen Friedensvertrag?«, wiederholte König Scąr recht einfältig und sprach das Wort aus, als würde er es das erste Mal auf seiner Zunge zergehen lassen. Zara nickte.

»Einen Vertrag, der den Frieden zwischen den Königreichen sichert. Sobald er dagegen verstößt, stehen Euch, Majestät, Teile seines Reiches zu. So sichert Ihr Euch ab und er kann es nicht riskieren, wichtige Gebiete zu verlieren«, sprach sie inbrünstig weiter. Offenbar nahm die Idee in ihrem Kopf Form an – und sie war gut. »In Kopanien gibt es zahlreiche rohstoffreiche Gebiete, an denen Ihr bestimmt Interesse hättet. Darum streiten sich die Könige doch seit Jahren.«

»Hmh«, machte der König nachdenklich und wandte sich von der Gruppe ab.

Mit gemächlichen Schritten und hinter dem Rücken verschränkten Armen ging er vor Aréolan, der eingesunken auf dem Stuhl saß, auf und ab. Er schien seine Antwort genaustens abzuwägen und Tristan hielt vor Anspannung die Luft an.

»Nun gut.« Abrupt blieb König Scąr stehen und fixierte Aréolan mit eisigem Blick.

»Es ist einen Versuch wert, kriegerische Handlungen auf diese Weise zu umgehen. Setzt die Papiere auf«, befahl er mit lauter Stimme, dann lehnte er sich zu seinem Gefangenen vor, sodass sich ihre Nasen beinahe berührten. »Und du wirst unterschreiben!«

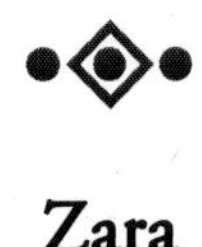

Zara

Ein Ereignis jagte das nächste und ich bekam kaum die Gelegenheit, mich wieder zu fangen. Als der König den Friedensvertrag aufsetzen ließ, verließen wir mit Izabel und Joschua den Thronsaal. Der Gedanke mit der Erpressung war mir durch Neferet und Shanoa gekommen. Sie hatten mich genauso unter Druck gesetzt, nun erging es Aréolan ganz gleich.

»Wir sollten zurück zum Thronsaal gehen. Es könnte verdächtig wirken, wenn wir alle auf dem Fest fehlen«, murmelte Prinz Joschua und Izabel nickte zustimmend.

Den Ball hatte ich schon wieder ganz vergessen. Es erschien mir geradezu unwirklich, dass nur wenige Mauern entfernt das Fest für alle einfach so weitergegangen war, während für mich beinahe die Zeit stehen geblieben wäre. Der Schock saß noch zu tief in meinen Knochen, die Geschehnisse der letzten Stunden waren wie ein Traum – ein dunkler Albtraum, der sich nach dem Aufwachen beharrlich im Hinterkopf festklammerte. Ich wollte nicht daran denken, wie mich Aréolan berührt und die Kontrolle über meinen Körper erlangt hatte.

Ein Blutbändiger … Was für eine schreckliche Gabe.

»Alles in Ordnung?«, fragte Tristan leise und bedachte mich mit einem besorgten Blick.

Die ganze Zeit über war er keinen Schritt von mir gewichen. Ob seine Worte von vorhin wohl ernst gemeint waren? Warm lächelte ich ihn an.

»Mir geht es gut«, log ich und drückte seine Hand.

»Hier ist sie!«, rief mit einem Mal eine wohlbekannte Stimme und ich zuckte zusammen, wie von einem Peitschenhieb getroffen.

»Was wollt Ihr noch hier?«, fauchte Izabel erzürnt, als auch sie Neferet vor den Toren des Thronsaals erblickte. »Ich dachte, ich hätte mich deutlich ausgedrückt.«

»Wachen, ergreift sie!«, schrie Neferet, ohne von Izabel Notiz zu nehmen. Schlagartig wurde mir kalt. »Sie hat meinen Mann getötet. Sie ist eine entlaufene Sklavin und Mörderin.« Anklagend deutete die Rothaarige auf mich. »Schaut auf ihr Handgelenk, es zeigt das Zeichen meiner Familie. Mein Mann starb vor wenigen Wochen, seither ist sie auf der Flucht!«

Ich brachte kein Wort zustande. Mit schreckgeweiteten Augen sah ich Tristan an, der nicht minder entsetzt war.

»Keinen Schritt weiter«, fauchte er und stellte sich den Wachen erzürnt in den Weg.

»Was soll diese Lüge?« Izabel brodelte vor Zorn.

»Mädchen, zeig dein Handgelenk«, forderte Prinz Joschua, der ebenfalls näher trat und mich ernst musterte. Mein Herz klopfte wie wild.

Bitte nicht, nur das nicht.

»Sie lügt. Ich kann das alles erklären«, flüsterte ich angespannt. Aber nun wurde mir endgültig gezeigt, dass den Sklaven in diesem Land nicht einmal ein fairer Prozess zustand.

»Zeig dein Handgelenk.« Ungeduldig streckte der Prinz seine Hand aus. Vehement schüttelte ich den Kopf und sah mit Tränen in den Augen zu Izabel.

»Joschua«, sagte diese mit samtweicher Stimme. »Sara ist die Vertraute des Drachen. Sie ist für uns alle unentbehrlich«, beschwor sie den Königssohn, doch er winkte nur ungehalten ab und kam sofort zu seiner Schlussfolgerung.

»Hast du die ganze Zeit über gewusst, wen du in unserem Zuhause beherbergst? Eine entlaufene Mörderin?« Verärgert stemmte er die Hände in die Hüften.

»Sara ist keine Mörderin. Diese Frau ist Aréolans und Loyds Komplizin. Ergreift sie«, fauchte Izabel nicht minder wütend und deutete auf Neferet.

»Wenn das so ist, ist es doch kein Problem, wenn sie ihr Handgelenk zeigt«, feixte Joschua und Neferet verfolgte den Schlagabtausch mit gierig funkelnden Augen, während mir das Herz bis zum Hals schlug. Tristan hatte unbewusst nach meiner Hand gegriffen.

»Lass sie ihre Argumente vortragen«, sagte Izabel ergeben und senkte den Blick. Ich verlor jede Hoffnung.

»Izabel, bitte. Ich habe Salamon nicht getötet«, flehte ich unter Tränen.

Mit trauriger Miene schwebte sie auf mich zu, während ihre Wachen nun immerhin die schreiende Neferet ergriffen.

»Ich kann euch nicht helfen. Der König wird dir nicht glauben, das Wort einer Sklavin zählt in seinen Augen nicht. Sobald er dein Tattoo sieht, wird er sich seine Meinung bilden.«

»Dann gib mir ein Wahrheitsserum, dann muss er einsehen, dass ich die Wahrheit spreche«, flehte ich leise.

Izabel schüttelte den Kopf.

»Das würde dauern. So viel Zeit haben wir nicht. Ihr müsst sofort verschwinden. Nehmt Indigo mit euch, er gehört nicht mir, er gehört zu dir, Zara«, flüsterte sie und lächelte uns sanft zu. »Fliegt mit ihm in den Norden. Ich halte sie auf, sie werden euch nicht folgen. Mach dir keine Sorgen um deine Familie. Ich werde sie finden und dafür sorgen, dass Neferet ihnen nicht zu nahe kommt. Aber jetzt beeilt euch.«

Ich traute meinen Ohren kaum. Ihre Lippen bewegten sich, ich hörte die Worte, doch ich konnte sie weder aufnehmen noch verstehen.

»Danke, Prinzessin«, sagte Tristan voller Dankbarkeit.

Dann packte er mich am Arm, ohne mir die Zeit zu geben, zu registrieren, was nun geschehen würde. Meine Beine bewegte sich ganz von selbst, als wir zu laufen begannen. Hinter uns hörte ich Neferet und Joschua empört aufschreien, doch an der Hitze in meinem Nacken erkannte ich, dass Izabel ihr Feuer heraufbeschwor.

Tristan hatte die Hand fest um meine geschlossen, so rannten wir die Korridore entlang. Die Tore waren verriegelt, der einzige Fluchtweg war durch die Luft. Doch Indigo konnte noch nicht fliegen. Die Tatsache lag mir wie ein Fausthieb im Magen und ich brachte die Worte kaum zustande.

»Indigo kann nicht fliegen«, keuchte ich von der Anstrengung ganz außer Atem, als wir die große Eingangstreppe in den Innenhof hinabrannten.

»Was?«, rief Tristan entsetzt aus.

Zeitgleich trieb uns lautes Geschrei von den Balkonen weiter an. Eine der Wachen musste es an Izabel vorbeigeschafft haben.

»Schnell.« Tristan zog mich über den gepflasterten Platz. Indigo, der schläfrig gedöst hatte, öffnete neugierig die goldenen Augen.

»Du musst uns jetzt helfen. Wir müssen hier weg«, sprach Tristan eindringlich.

Der Drache legte interessiert den Kopf schräg, als würde er uns verstehen. Doch tat er das wirklich? Bisher hatte er den Boden nie mehr als einen Fußbreit unter sich zurückgelassen. Würden wir es bis über die hohen Stadtmauern schaffen?

»Bitte, Indigo, steh auf«, flehte ich und wäre beinahe in Tränen ausgebrochen, als er sich tatsächlich erhob. Der Wind ließ mein Kleid flattern, als er die Flügel spreizte und damit die Luft aufwirbelte.

»Schnell. Steig auf«, drängte Tristan zur Eile, doch ich verharrte in der Bewegung.

»Tristan«, sagte ich mit belegter Stimme und kämpfte gegen die Tränen an. »Ich liebe dich.«

Es fühlte sich so unglaublich befreiend an, die Worte endlich auszusprechen. Als würden meinem Herz Flügel wachsen. Gleichzeitig spürte ich allerdings auch Furcht, ihn zu verlieren.

»Es schmerzt mich, aber du musst nicht mit mir gehen. Du hast hier dein Leben und deine Familie. Ich kann nicht von dir verlangen, mit mir zu gehen und das alles hinter dir zu lassen. Ein Leben an der Seite einer Prinzessin im Palast, als rechte Hand des Königs …«

»Was redest du da?« Verständnislos schüttelte er den Kopf. »Zara. Ich liebe dich und werde dich nie wieder gehen lassen. Niemals würde ich ein Leben im Palast vorziehen, das musst du mir glauben.«

Aus seinen Augen sprach nichts als Liebe zu mir. Trotz der Angst vor der Flucht fühlte ich mich in dem Moment glücklich.

»Indigo gehört nicht hierher«, sagte er leise. »Genauso wenig wie du. Und für dich würde ich überall hinfliegen.«

Er lächelte mich warm an. Ein prickelndes Glücksgefühl ließ mein Herz tanzen, als er mich küsste. Es war nur ein kurzer Kuss. Für mehr blieb keine Zeit, doch er sagte alles aus.

»Lass uns aufbrechen.«

Das ließ ich mir nicht zweimal sagen. Hektisch klammerte ich mich an Indigos Schuppenkamm fest und zog mich hoch. Auch Tristan schwang sich auf seinen Rücken, und das keine Sekunde zu früh.

»Stehen bleiben!«, schrie der Wachmann und die lauten Schritte kündigten Verstärkung an.

»Schnell. Indigo, mach schon!«, rief Tristan dem Drachen angespannt zu und drückte ihm die Fersen in die Flanken.

Empört reckte der Drache den Hals und stieß einen Schrei aus.

»Indigo! Flieg!«, schrie ich voller Panik und als ich am oberen Fenster Prinz Joschuas Gesicht sah, bekam ich es endgültig mit der Angst zu tun.

»Haltet sie auf«, schrie der Prinz. »Lasst sie nicht entkommen!«

Die Wachmänner stürmten aus dem Palast in den Innenhof. Sie konnten keine Bändiger sein, denn sie hielten Speere in den Händen. Nun schien auch Indigo zu begreifen. Er fletschte die Zähne, dann spie er einen gewaltigen Feuerstrahl aus und überrumpelt gingen die Soldaten hinter den Säulen in Deckung.

»Hoch! Indigo, wir müssen fliegen!«, schrie ich ihm ins Ohr.

Mit einem Ruck hob er den Kopf, sodass ich beinahe seitlich hinuntergefallen wäre, hätte mich Tristan nicht noch rechtzeitig festgehalten. Die Pflastersteine bröckelten, als Indigo sich mit seinem ganzen Gewicht vom Boden abdrückte und mit den Flügeln schlug. Langsam erhob er sich in die Luft.

Mit wild klopfendem Herz klammerte ich mich an seinem Hals fest. Seine rauen Schuppen scheuerten mir die Unterarme auf, doch das war mir egal.

»Er kann es«, rief ich voller Erleichterung aus und ein befreites Lachen brodelte aus meinem Innersten hervor. »Er fliegt!«

»Tut etwas. Sie fliehen!«, schrie Prinz Joschua mit gellender Stimme und ich lachte noch immer.

Silberne Spitzen glitzerten, als die Wachen Pfeile nach uns schossen, doch Indigos Schuppenhaut war dagegen gewappnet und wir gewannen immer mehr an Höhe, bis der Palast unter uns so klein wie ein Heuschuppen war.

»Wir haben es geschafft«, rief ich aus und lachte voller Erleichterung. Tristan fiel in mein Lachen mit ein.

»Das haben wir!« Fest drückte er mir einen Kuss auf die Wange und umschlang meine Taille fester.

»Wohin jetzt?«, schrie ich gegen den Wind an.

Scat verschwand unter unseren Füßen und alles andere wirkte so groß. Das war die Freiheit. Nun konnte sie mir niemand mehr nehmen.

»Richtung Norden.« Tristan lächelte glücklich. »In seine Heimat.«

Mit einem Kopfnicken deutete er auf Indigo, der zufrieden die Augen schloss.

Endlich waren wir frei – wir alle.

DANKSAGUNG

Als die Idee der Fantasiewelt Godsquana für eine Deutschhausaufgabe entstand, hätte ich mir nicht vorstellen können, ebendiese Jahre später als Buch in den Händen zu halten. Ohne die Hilfe ganz besonderer Leute wäre das natürlich nicht möglich gewesen.

Ich hätte mir für dieses Buch kein besseres Zuhause als den Gedankenreich-Verlag von Denise vorstellen können. Die Liebe und Arbeit, die das ganze Team des Verlags in die einzelnen Bücher steckt, ist unglaublich und ich möchte aus ganzem Herzen danke sagen. Denise kümmert sich nicht nur um die Bücher, sondern vor allem um ihre Autoren, ist immer für einen da und beantwortet Fragen, egal zu welch später Stunde.

Ein großes Dankeschön auch an die liebe Marie Weißdorn, die während des Lektorats mit mir an *Indigo* gearbeitet und jeden Satz auf Herz und Niere geprüft hat.

Das unglaublich schöne Cover des Buches verdanke ich Marie Graßhoff, die jegliche meiner Erwartungen vollkommen übertroffen und ein absolut perfektes Buchkleid gezaubert hat.

Und abschließend ein großes Dankeschön an meine Eltern, die immer für mich da sind und mich immer unterstützen.

Eure Katharina

Katharina Sommer wurde am 28. November 1998 in Graz geboren und wuchs in einer dreiköpfigen Familie, samt Katze, außerhalb der Kleinstadt Gleisdorf auf.

Schon früh entdeckte sie die Leidenschaft zum Schreiben und fand in der Internetcommunity von Wattpad, in welcher sie unter dem Pseudonym AniratakRemmos unterwegs ist, eine große Unterstützung und Motivation in ihren Leserinnen und Lesern, welche sie darin bestärkten ihr erstes Buch zu Ende zu schreiben.

Acht Jahre besuchte sie den naturwissenschaftlichen Zweig des BG/ BRG Gleisdorfs und studiert nun – neben dem Verwirklichen ihres Traumes, Autorin zu werden – an der Universität Graz Deutsch und Geschichte auf Lehramt.

www.wattpad.com/user/AniratakRemmos

Fantasy ist genau dein Ding?
Besuche Mawuria – die Dilogie von Katharina Groth!

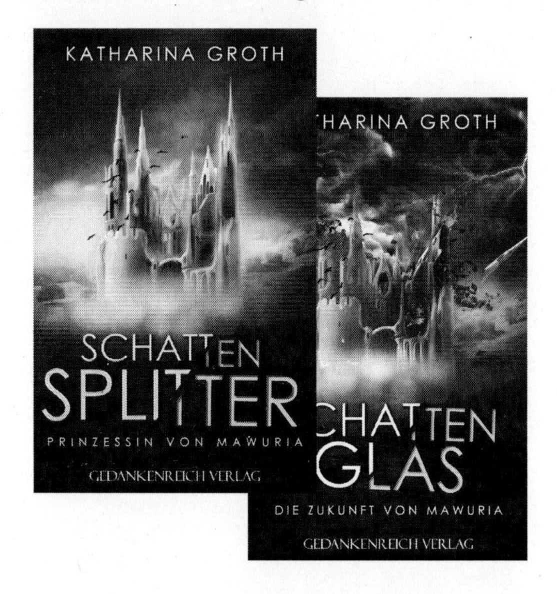

Der Mut einer Prinzessin, das Herz eines Knappen und die Liebe eines Fürsten...

Jorana kann nicht fassen, was ihr Vater von ihr verlangt: Sie soll nach Jahren der Freiheit an den Hof des Glaspalastes zurückkehren und darauf warten, dass die Fürsten der Schatteninsel sich in den Schattenspielen ihre Gunst erkämpfen. Doch sie hat weder Interesse daran, Prinzessin zu sein, noch, zu heiraten. Kurzerhand stellt sie sich selbst den gefährlichen Prüfungen der Schattengöttin, nichts ahnend, dass sie der dunklen Macht damit den Weg zurück in die Welt der Menschen ebnet.
Es beginnt ein Wettlauf mit der Zeit, der das Schicksal der Bewohner von Mawuria für alle Zeit besiegeln könnte.

Klick dich in unser Sortiment unter:
www.gedankenreich-verlag.de